Annales

Sujets & corrigés

2022

Philosophie

Term

Gérard Durozoi
Agrégé de Philosophie

Nathan

MODE D'EMPLOI

Ces Annales ont été conçues pour vous aider à réviser efficacement et progressivement l'épreuve de philosophie du baccalauréat 2022.

RÉUSSIR LE NOUVEAU BAC

Toutes les infos sur le **nouveau Bac** et la **description des épreuves**.

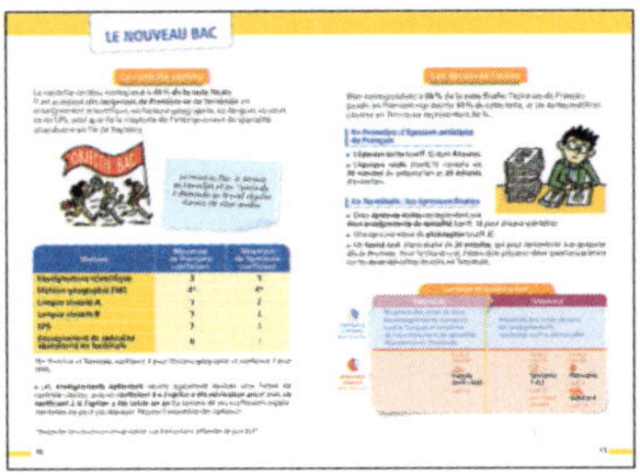

L'**épreuve expliquée** et les **astuces pour réussir** et apprendre à **bien mémoriser**.

S'ORGANISER POUR BIEN RÉVISER

La **méthode** pour traiter les deux types de sujets de l'épreuve finale avec des conseils pour réussir **étape par étape**.

Tous les types d'**exercice expliqués** : la dissertation et l'explication de texte

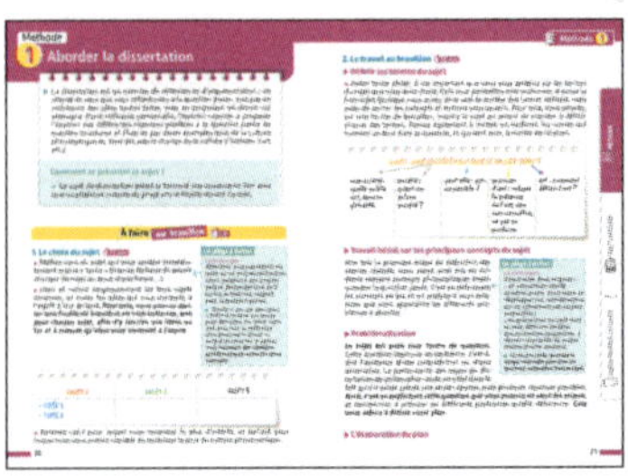

Toutes les étapes de l'épreuve expliquées, de la **feuille de brouillon** à la **rédaction sur la copie**.

RÉVISER ET PROGRESSER

Chaque **notion du programme** est traité de **manière progressive** pour **réviser son cours**, se tester et se préparer avec des **sujets guidés**.

aire le point

appels e cours, chémas bilans **t connaissances ndispensables.**

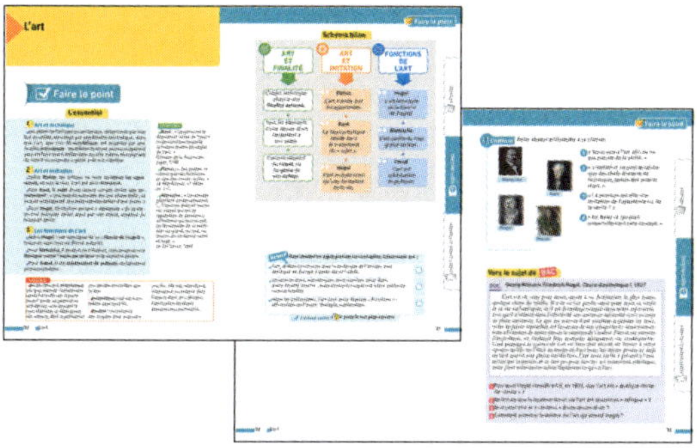

Contrôle des connaissances avec quiz et exercices variés.

Sujets guidés

Des **sujets expliqués** avec une démarche pas à pas.

Méthode par étapes pour acquérir les **bons réflexes.**

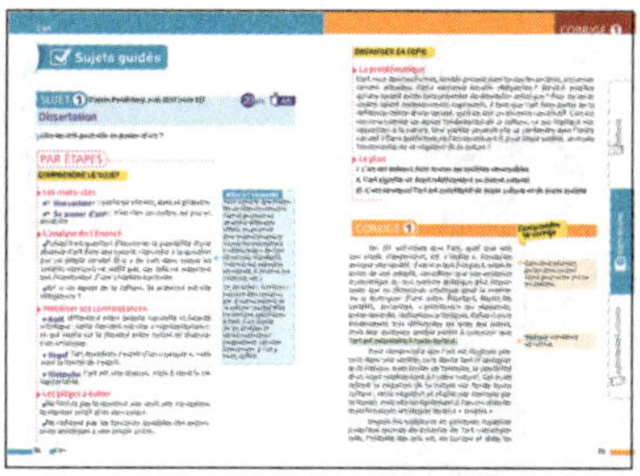

Corrigé commenté avec les **conseils et astuces** des **correcteurs.**

S'ENTRAÎNER POUR LE JOUR J

Des **sujets complets corrigés** conformes à l'épreuve finale.

Des **sujets avec minutage** pour mieux se préparer.

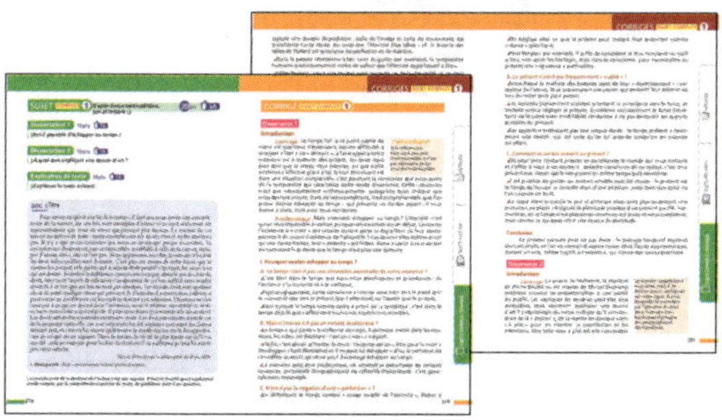

Dans les corrigés, **des astuces** pour **gagner des points et éviter les pièges** dans votre copie !

COMMENT FAIRE ? C'EST FACILE !

1. Téléchargez gratuitement l'application Nathan live disponible dans tous les stores (App store, Google Play).
2. Dès que vous voyez un picto, scannez la page.
3. Découvrez les ressources !

Direction éditoriale : Raphaëlle Mourey
Coordination éditoriale : Marie-Pierre Lowys
Édition : Maria Tasso
Conception graphique intérieur : Élise Launay
Couverture : Jean-Marc Denglos, Pierre-Yves Skrzypczak
Schémas : Aurélie Lequeux
Compositeur : CGI
Fabrication : Laurence Monaï

SOMMAIRE

Méthode

Sujets guidés

à revoir | réussi

à revoir | réussi

Sujets comme à l'examen

LE NOUVEAU BAC

Le contrôle continu

Le contrôle continu correspond à **40 % de la note finale**.
Il est composé des **moyennes de Première et de Terminale** en enseignement scientifique, en histoire-géographie, en langues vivantes et en EPS, ainsi que de la moyenne de l'enseignement de spécialité abandonné en fin de Première.

Le nouveau Bac se déroule en Première et en Terminale, il demande un travail régulier durant ces deux années.

Matière	Moyenne de Première coefficient…	Moyenne de Terminale coefficient…
Enseignement scientifique	3	3
Histoire-géographie EMC	4*	4*
Langue vivante A	3	3
Langue vivante B	3	3
EPS	3	3
Enseignement de spécialité abandonné en Terminale	8	/

*En Première et Terminale, coefficient 3 pour l'histoire-géographie et coefficient 1 pour l'EMC.

- Les **enseignements optionnels** seront également évalués sous forme de contrôle continu, avec un **coefficient 4 si l'option a été suivie deux ans** et avec **un coefficient 2 si l'option a été suivie un an** (la somme de ces coefficients supplémentaires ne peut pas dépasser 14 pour l'ensemble des options)*.

*Toutes ces informations correspondent aux instructions officielles de juin 2021.

Les épreuves finales

Elles correspondent à **60 % de la note finale** : l'épreuve de Français passée en Première représente **10 %** de cette note, et les autres matières passées en Terminale représentent **50 %**.

En Première : l'épreuve anticipée de Français

- L'**épreuve écrite** (coeff. 5) dure **4 heures**.
- L'**épreuve orale** (coeff. 5) consiste en **30 minutes** de préparation et **20 minutes** d'entretien.

En Terminale : les épreuves finales

- Deux **épreuves écrites** correspondant aux **deux enseignements de spécialité** (coeff. 10 pour chaque spécialité).
- Une épreuve écrite de **philosophie** (coeff. 8).
- Un **Grand oral**, d'une durée de **20 minutes**, qui peut commencer à se préparer dès la Première. Pour le Grand oral, l'élève doit préparer deux questions portant sur les deux spécialités choisies en Terminale.

Le calcul de la note en bref

	PREMIÈRE	TERMINALE
CONTRÔLE CONTINU 40 % de la note	Moyenne des notes de tous les enseignements communs sauf le français et moyenne de l'enseignement de spécialité abandonné en Terminale	Moyenne des notes de tous les enseignements communs sauf la philosophie
ÉPREUVES FINALES 60 % de la note	Fin du 3e trimestre : **Français (écrit + oral)** coeff. 10	Fin du 2e trimestre : **Spécialités 1 et 2** coeff. 16 pour chaque spécialité Fin du 3e trimestre : **Philosophie** coeff. 8 ; **Grand oral** coeff. 10

L'ÉPREUVE EN BREF

L'épreuve de philosophie

Comment s'organise l'épreuve ?

La philosophie, enseignement commun à tous les élèves de Terminale, est évaluée par une **épreuve terminale écrite**, se déroulant à la fin de l'année scolaire. Durant les quatre heures qui vous sont imparties, vous devez traiter l'un des trois sujets proposés (exceptionnellement quatre sujets ont été proposés en 2021 en raison de la crise sanitaire).

Durée : 4h
Coefficient : 8
Notation : 20 pts

Description
L'épreuve offre le choix entre trois sujets rattachés aux notions philosophiques étudiées en classe.

- **La dissertation**

Les deux premiers énoncés (exceptionnellement trois en 2021) sont des sujets de dissertation et se présentent sous la forme d'une question simple. L'exercice de la dissertation offre la possibilité de mobiliser la culture philosophique acquise par les candidats au cours de leur année de Terminale. Les intitulés de sujet suggèrent de mettre en œuvre **une discussion portant sur une ou plusieurs notions abordées au cours du programme** et que les candidats peuvent facilement repérer. Ces questions suggèrent aux candidats d'en explorer les enjeux et d'examiner de manière critique et ordonnée la ou les réponses qu'elle peut appeler.

- **L'explication de texte**

Le troisième énoncé de sujet est un texte, emprunté au répertoire d'un auteur figurant dans la liste des auteurs au programme, qu'il est demandé au candidat d'expliquer. Le texte proposé est suivi du nom de l'auteur, du titre de l'ouvrage dont il est issu, ainsi que de la date ou de l'époque de sa rédaction ou de sa publication. Ce texte se reporte de manière explicite à une ou plusieurs notions du programme étudiées en classe. Il est attendu des candidats qu'ils rendent compte de leur **compréhension précise du texte**, ainsi que du problème qu'il soulève ou bien de la solution qu'il propose.

De manière générale, chaque sujet doit conduire à la mise en œuvre des qualités de compréhension et d'analyse philosophique des candidats, ainsi que de leur aptitude à la démonstration. Pour développer leur argumentation, les candidats s'appuient sur les **connaissances acquises en cours**, ainsi que sur **leurs lectures et leur culture personnelles**.

Quels sont les attendus ?

Les aptitudes que le candidat doit mettre en œuvre seront évaluées dans leur ensemble par le jury. Ce dernier évaluera en effet la copie du candidat **de manière globale, en prenant en compte la démarche de chaque candidat**.

- **Le fond**
  - Aptitude à construire une réflexion en lien avec les connaissances des notions, des auteurs, des repères ainsi que des savoir-faire acquis en classe.
  - Aptitude à conduire un raisonnement de manière rigoureuse, en analysant et en élaborant les concepts mobilisés, en appréciant la valeur d'un argument et en discutant une thèse de manière pertinente, en rapport avec les notions du programme qu'elle met en jeu.

    → **Vos citations se rapportent-elles bien à vos analyses et arguments ?** (Une citation ne remplace pas un argument.)
  - Aptitude à identifier, poser puis formuler un problème lié à une ou à plusieurs notions du programme de philosophie d'après une question posée (exercice de la dissertation), ou à un texte proposé à l'étude (exercice de l'explication de texte).
  - Aptitude à lire puis à « expliquer avec précision un texte proposé à l'étude, et susceptible d'être progressivement intégré à un raisonnement et à une réflexion conduits par lui-même. »
  - Aptitude à justifier les prises de positions.

    → **Vos exemples sont-ils suffisants pour illustrer les idées abstraites ?**
- **La structure**
  - Aptitude à proposer un travail écrit composé avec méthode, répondant à un problème posé et formulé.
  - Aptitude à organiser une réflexion en différentes étapes, aux cours desquelles les exemples, les termes et les formulations mobilisées sont analysées.

    → **Ces exemples sont-ils bien analysés ?** (N'oubliez pas qu'un exemple n'est ni une définition, ni une démonstration.)
  - Aptitude à enchaîner des idées argumentées de manière logique et en établissant une transition entre elles.
  - Aptitude à proposer ainsi qu'à justifier une conclusion.

    → **Votre conclusion apporte-t-elle une réponse au problème traité ?**
- **La forme**
  - Aptitude à rédiger la copie de manière claire et aérée : alinéas en accord avec l'organisation des idées, retrait à la première ligne des paragraphes, ligne sautée entre deux parties.

    → **Avez-vous vérifié l'orthographe et la grammaire ?**

Bien se préparer

Travailler régulièrement

- Tout au long de l'année, rédigez des **fiches de révisions** sur les notions, les repères, les philosophes au programme et leurs œuvres importantes. N'hésitez pas à tenir un cahier de vos lectures personnelles !
- N'oubliez pas que votre capacité à vous **approprier** les problèmes, concepts et exemples étudiés en cours sera prise en compte. N'hésitez donc pas à les faire résonner avec vos **expériences** et votre **culture personnelles**.
- En plus de vos cours, n'hésitez pas à varier les supports d'apprentissage : il existe par exemple de nombreux **podcasts**, tel que « Les Chemins de la philosophie » proposé par France Culture.

Le jour J

- **Gérer son temps** est primordial, particulièrement pour une épreuve comme la philosophie qui évalue l'orthographe et la clarté de la rédaction. Rédigez uniquement votre introduction et votre conclusion au brouillon, et prenez le temps de **relire intégralement votre copie**.
- Il est conseillé de découper le temps qui vous est alloué de la manière suivante :

→ **Bien lire les sujets et choisir celui que vous allez traiter** : 15 minutes ;

→ **Établir votre plan, rédiger votre introduction, votre conclusion et vos transitions** : 45 minutes ;

→ **Rédiger directement la copie en suivant le plan défini** : 2 heures 30 ;

→ **Relire votre copie** autant de fois que vous le pourrez et en corriger les possibles imperfections : 30 minutes (ou parfois moins).

BIEN MÉMORISER

Différents types de mémoire

Je fais le test sur Nathan Live en flashant cette page. Est-ce que ma mémoire est plutôt **visuelle**, **auditive** ou **corporelle**?

Connaître son type de mémoire

• Il existe différentes manières de **traiter les informations** et donc d'apprendre et de mémoriser. Selon votre **profil dominant**, vous apprendrez différemment, il faut donc adapter vos méthodes pour mémoriser et réviser.

Mettre en place les stratégies adaptées

• **Vous avez une mémoire visuelle**: vous retenez mieux ce que vous lisez, voyez et écrivez. Soignez la présentation de vos cours, en utilisant tout ce qui peut marquer votre mémoire visuellement: codes couleur, schémas, mise en page, surlignage…

• **Vous avez une mémoire auditive**: vous retenez mieux ce que vous entendez, que ce soit votre prof ou la lecture de vos cours à voix haute. Dites à l'oral ce que vous avez compris avec vos propres mots ou enregistrez-vous en train de lire votre cours. N'hésitez pas à vous poser des questions et à travailler en groupe.

• **Vous avez une mémoire corporelle**: vous retenez mieux en bougeant, vos sensations et émotions jouent un rôle important dans la mémorisation. Privilégiez les activités motrices, les jeux, l'écriture. Vous pouvez rédiger des fiches de révision, réviser en vous déplaçant, ou encore associer des informations à des gestes (renseignez-vous sur la Méthode des lieux).

Comment bien mémoriser ?

Se mettre en condition

• Le processus de mémorisation dépend de plusieurs facteurs: **l'intérêt, la motivation, le niveau de difficulté et l'état physique et émotionnel**.

S'entraîner

Être attentif, c'est avoir jeté un coup d'œil au manuel avant le cours, être ouvert aux informations, se couper des interférences parasites.

live!

• La **mémoire de travail**, ou à court terme, nous permet de stocker pour une **durée limitée** les informations que nous recevons. Selon la qualité de **concentration** et d'**attention**, elle sera plus ou moins efficace, d'où l'importance d'avoir une écoute active en cours.

Opter pour un travail espacé dans le temps et régulier

• Notre cerveau a une capacité limitée de stockage, il est donc crucial de ne pas perdre des informations importantes, en les enregistrant dans la **mémoire à long terme**.

• La **réactivation** consiste à mobiliser son cours de manière régulière. Sans celle-ci, nous perdons une grande partie des informations le jour même où nous les avons apprises. Il faut privilégier un **apprentissage espacé dans le temps** en variant les méthodes : faire des schémas, raconter le cours à quelqu'un… Ainsi, on apprend plus vite, et pour plus longtemps.

Les méthodes à adopter

Les bonnes pratiques

• **Limiter les sources d'informations :** coupez tout ce qui n'a rien à voir avec les éléments à mémoriser (SMS, réseaux sociaux, etc.) durant vos révisions. Si vos pensées parasitent votre travail, faites des exercices pour vous relaxer ou vous recentrer.

> **À savoir**
>
> Soyez « mono-tâche ». Faites une relecture de votre copie en plusieurs fois et selon des filtres spécifiques, plutôt que de relire de manière globale.

• **S'approprier l'information :** plus vous transformez et personnalisez l'information, plus vous créez des connexions neuronales fortes. Mettez de la couleur, des symboles, procédez par association d'idées, transformez l'information en schéma ou en histoire.

• **Regrouper les informations :** la mémoire de travail ne pouvant accueillir que cinq à neuf informations simultanément, les rassembler par « groupes » permet de faire croire au cerveau qu'il y en a moins à traiter. Vous pouvez trier des données par catégorie, inventer des codes couleur ou des acronymes.

• **Repérer les points communs entre plusieurs tâches :** en comprenant la structure et l'enjeu d'un exercice, vous pourrez acquérir des réflexes de résolution. Vous pourrez ainsi appliquer une même méthode en différents contextes.

Utiliser des moyens mnémotechniques

• Relier une information nouvelle à une ancienne peut s'avérer très efficace, c'est ce qu'on appelle un **indice récupérateur**.

• Une information facile à retenir vous évoque une autre information plus difficile à mémoriser : elle peut être logique, thématique, émotionnelle, ou même tout simplement surprenante – **le cerveau retient plus facilement ce qui lui semble étrange**.

Méthode pour le **BAC**

Méthode

1 Aborder la dissertation

▶ La dissertation est un exercice de réflexion et d'argumentation : on attend de vous que vous réfléchissiez à la question posée, non pas en mobilisant des idées toutes faites, mais en proposant un devoir qui témoigne d'une réflexion personnelle. Disserter consiste à proposer l'examen des différentes réponses possibles à la question posée, de manière structurée et illustrée par divers exemples issus de la culture philosophique ou bien des autres champs de la culture (l'histoire, l'art, etc.).

Comment se présente le sujet ?

→ Le sujet de dissertation prend la forme d'une question en lien avec une ou plusieurs notions du programme étudié durant l'année.

À faire au brouillon 1 h

1. Le choix du sujet 15 min

• Méfiez-vous du sujet qui vous semble immédiatement le plus « facile » (il serait fâcheux de devoir changer de sujet au bout d'une heure…).

• Lisez et relisez soigneusement les trois sujets proposés, et notez les idées qui vous viennent à l'esprit à leur propos.

• Pour cela, vous pouvez diviser une feuille de brouillon en trois colonnes, une pour chaque sujet, afin d'y **inscrire idées, définitions, auteurs et références, etc., au fur et à mesure qu'ils vous viennent à l'esprit :**

Le piège à éviter

Le hors sujet

Ne retenez pas du sujet qu'un mot en récitant un cours complet à son propos, sans vous demander si cela a le moindre rapport avec la question posée.

→ Si celle-ci est, par exemple : « Suffit-il de faire son devoir pour être juste ? », votre copie doit être, non la restitution d'un cours sur le devoir ou sur la justice, mais l'**examen des relations problématiques entre les deux concepts.**

SUJET 1	SUJET 2	SUJET 3
– IDÉE 1 – IDÉE 2		

• Retenez celui pour lequel vous ressentez le plus d'intérêt, et surtout pour lequel vous vous sentez capable de mobiliser le plus de culture philosophique.

2. Le travail au brouillon 45 min

▶ Définir les termes du sujet

• Avant toute chose, il est important que vous vous arrêtiez sur les termes du sujet que vous avez choisi. Cela vous permettra non seulement d'éviter le hors-sujet (puisque vous aurez ainsi saisi la portée des termes utilisés), mais aussi de cerner les concepts et notions sous-jacents. Pour cela, vous pouvez, sur une feuille de brouillon, inscrire le sujet au centre de manière à définir chacun des termes. Pensez également à mettre en évidence les termes qui forment un bloc dans la question, et qui sont donc à mettre en relation.

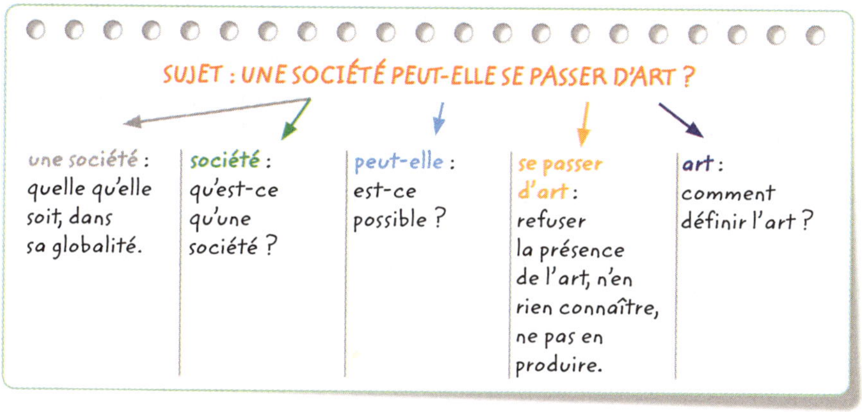

▶ Travail initial sur les principaux concepts du sujet

Une fois la première étape de définition des termes réalisée, vous aurez ainsi mis en évidence certains concepts philosophiques impliqués par la question posée. C'est en définissant les concepts en jeu et en analysant leurs relations que vont apparaître les différents problèmes à aborder.

> **Le piège à éviter**
>
> **Le contresens**
>
> Il peut avoir deux origines :
> - en interprétant mal la question posée, votre copie va développer des considérations qui ne concernent pas ou peu la question ;
> - en prenant un concept dans un sens différent de celui que lui confère la question, il devient impossible de traiter vraiment cette dernière.
>
> → Un seul remède : **prendre le temps nécessaire pour être sûr que vous comprenez bien le sujet.**

▶ Problématisation

Le sujet est posé sous forme de question. Cette question implique un problème, c'est-à-dire l'existence d'une contradiction ou d'une alternative. La particularité des sujets de dissertation de philosophie réside en effet dans le fait qu'il n'existe jamais une seule, mais plusieurs réponses possibles. **Ainsi, c'est en explicitant cette question que vous pourrez en saisir les enjeux,** et commencer à articuler les différents problèmes qu'elle détermine. **Cela vous aidera à définir votre plan.**

▶ L'élaboration du plan

Par principe, il convient de commencer la copie par le point de vue ou les éléments les plus simples, pour terminer par le point de vue le plus riche. Le plan consiste à mettre vos idées en ordre. Pour cela :

- gardez à l'esprit l'idée directrice de votre devoir (que vais-je démontrer, et suivant quelles étapes ?) ;
- consacrez une partie à chacun des problèmes repérés ;
- à l'intérieur d'une partie, prévoyez un paragraphe pour chaque argument ou analyse nécessaire à l'exposé du problème et à sa solution partielle ;
- les exemples (qui peuvent être empruntés à tous les domaines, du moment qu'ils sont pertinents) et les éventuelles citations viennent illustrer les arguments.

Le piège à éviter

- Durant l'année, entraînez-vous à réaliser des **plans détaillés** permettant de répondre à divers sujets. S'il ne doit pas être rédigé, le plan doit être assez clair afin que vous puissiez vous y retrouver une fois la rédaction commencée.
- En revanche, n'hésitez pas à **rédiger entièrement vos transitions et les passages délicats de la copie.**
- Il est également préférable de **rédiger l'introduction ainsi que la conclusion** au préalable, car ce sont des éléments essentiels de votre copie et qui doivent donc être soignés.

→ **Le brouillon devra être votre seul guide !**
Il n'est pas conseillé de rédiger un brouillon complet : en effet, vous n'aurez pas le temps de le recopier !

À rédiger sur *sa copie* 3 h

1. La rédaction 2 h 30

▶ Introduction

Elle situe le problème que vous allez aborder, et amorce son traitement. Vous pouvez (mais aucune réglementation n'y oblige) y indiquer le plan de votre devoir, mais sans y accumuler les questions concernant chaque problème abordé.
→ Puisqu'elle doit sans attendre attirer l'intérêt du lecteur, il est recommandé que vous la mettiez au point au brouillon.

▶ Développement

• Pas de panique ! Un plan correctement organisé vous permet de rédiger vos différentes parties, sans précipitation, en explicitant clairement vos idées et arguments, en commentant les exemples, et en introduisant convenablement vos citations.

• Les transitions entre les différentes parties nécessitent un soin particulier : elles montrent que, après les acquis de la partie précédente, on aboutit à un nouveau problème, dont le traitement va venir dans la partie suivante.

▶ Conclusion

Elle montre à quoi mène votre argumentation. Il ne saurait donc être question d'y proposer un simple résumé de votre dissertation. Le principal est qu'elle soit claire, et qu'elle énonce nettement la position que vous aurez défendue. L'idéal est de suggérer que la réflexion menée débouche sur une perspective ou un problème plus vaste.

Le piège à éviter

La fausse conclusion

Elle couronne le plus souvent un plan insuffisant : la copie a développé deux parties contradictoires résumées, sans apporter de solution à la question posée : « Dans certains cas…, c'est oui, mais dans d'autres…, ça peut être non ». Le développement n'apporte donc rien.

2. La relecture 30 min

Il est important de consacrer du temps à la relecture de votre copie : veillez à l'orthographe, à la grammaire et à l'expression écrite.

→ **Si vous constatez un oubli**, ajoutez une note en fin de copie : l'autocorrection d'un candidat est toujours appréciée.

Méthode

2 Aborder l'explication de texte

▶ L'explication de texte consiste en l'étude d'un texte extrait de l'œuvre d'un philosophe faisant partie de la liste des auteurs au programme. Il s'agit de rendre compte de votre compréhension précise du texte : votre devoir doit mettre en évidence le problème qu'il soulève ou bien la solution qu'il propose, ainsi que des notions philosophiques qui y sont abordées.

Comment se présente le sujet ?

→ Le sujet se présente sous la forme d'un texte en général long d'une vingtaine de lignes. Le nom de l'auteur, le titre de l'ouvrage dont l'extrait est issu ainsi que la date ou l'époque de sa rédaction ou de sa publication sont identifiés à la suite du texte. Quelques notes sont parfois ajoutées afin de préciser le sens d'un ou de plusieurs termes.
→ L'extrait est précédé de la mention : « Expliquer le texte suivant ».

À faire au brouillon 1 h

1. Le choix du sujet 15 min

▶ Comprendre et analyser le sujet

• Comme il est expliqué au début de la méthode consacrée à la dissertation, prenez le temps d'examiner chacun des trois sujets qui vous sont proposés.

• Ainsi, avant de faire votre choix, et puisqu'il faut prouver une compréhension précise du texte, vous devez d'abord procéder à une **mise en ordre des idées de l'auteur**, afin d'être certain d'avoir saisi toute la portée de l'extrait.

• Dans l'extrait qui vous est soumis, l'auteur peut avoir bousculé de façon plus ou moins notable ce que serait l'ordre logique d'une démonstration classique. Ce peut être pour choquer volontairement le lecteur en affirmant immédiatement un énoncé surprenant ou paradoxal qui ne sera démontré qu'ultérieurement, ou pour pratiquer, comme le disait Nietzsche, une philosophie « à coups de marteau ». Dans un tel cas, il faut d'abord restaurer à votre propre usage l'argumentation que le texte sous-entend.

• Toutefois, la plupart des extraits proposés à l'examen sont construits de manière logique : l'auteur y soutient une thèse (qui peut être formulée dès le début) et l'argumente de façon rigoureuse. Dans ce cas plus simple, votre devoir pourra suivre l'ordre d'exposition de l'extrait.

2. Lecture(s) et travail au brouillon 45 min

Votre premier travail consiste à **repérer clairement le problème abordé dans le texte, et la thèse que soutient l'auteur** – puisque c'est son explication que l'on vous demande. Pour cela, il est d'abord nécessaire que vous lisiez le texte plusieurs fois, de façon à vous en imprégner.

• Ensuite, vous devez en **préciser le plan**, afin de mettre en place les différents moments de l'explication.

• Davantage encore que dans une dissertation « classique », l'ordre de votre exposition rédigée sera l'inverse de celui de votre réflexion préparatoire. En lisant, vous découvrirez en effet des propositions, ou des phrases, qui peuvent se regrouper en parties. **Il vous est alors possible de pratiquer une sorte de « remontée » progressive vers l'essentiel :**
– **découpez le texte en parties** ;
– **résumez chacune de ces parties en une phrase** : vous obtenez le plan général du texte ;
– **résumez l'ensemble du texte en une seule phrase synthétique, qui pourrait lui servir de titre** : c'est la thèse de l'auteur ;
– **cherchez quel problème philosophique est concerné par cette thèse**.

> **Le piège à éviter**
> La paraphrase
> Ce défaut guette les candidats qui choisissent l'explication de texte en espérant qu'ils trouveront toujours quelque chose à dire.
> → La copie n'est alors rien de plus qu'une autre rédaction du texte proposé, à l'aide de diverses formules plus ou moins équivalentes qui prétendent l'éclairer.

À rédiger sur sa copie 3 h

1. La rédaction 2 h 30

Pour rédiger votre devoir :
– énoncez dès votre introduction le problème philosophique, la thèse de l'auteur et les moments successifs de son argumentation ;
– construisez autant de parties que vous en aurez distingué dans le texte. Une explication approfondie doit s'appuyer sur les suggestions (thème et thèse) du texte.

Attention !
Les correcteurs n'apprécient pas les considérations sur de grandes notions telle que la liberté, sous prétexte que l'extrait en parle.

> **Le piège à éviter**
> L'étalage de savoir
> S'il peut être nécessaire d'évoquer ou de citer Rousseau dans un développement concernant la liberté, il est en revanche inutile de faire état, sur le même sujet, de ses théories sur le langage ou la musique.
> → Vous êtes là pour montrer que vous êtes capable d'**utiliser judicieusement ce que vous savez.**

→ Du cours reçu dans l'année, même si vous le connaissez bien, il convient que vous ne reteniez que ce qui peut être utile au commentaire.

▶ Les enjeux de l'explication de texte

• **Le but du commentaire est de montrer que le texte (vous) donne à réfléchir**. Il convient de souligner son intérêt, en montrant, selon les cas :

– **qu'il propose une notion nouvelle, dont la pensée ultérieure tirera profit** : il est dans ce cas nécessaire de faire appel à votre connaissance de textes d'autres auteurs abordant le même thème ;

– **qu'il aborde une notion de façon originale par rapport aux pensées contemporaines et antérieures** : rappelez le contexte intellectuel dans lequel le texte a été produit, et évoquez les solutions apportées antérieurement au problème abordé ;

– **qu'il élabore un concept composant le point central d'un système (le cogito de Descartes, l'élan vital de Bergson)**. Il peut être utile – c'est le seul cas où cela est justifié – que vous rappeliez les grandes articulations de ce système en montrant comment elles sont liées à ce concept, mais il est surtout nécessaire de souligner combien ce dernier aura ensuite, dans l'histoire de la philosophie, un rôle discriminatoire dans le repérage des disciples ou des contradicteurs du philosophe.

> **Le piège à éviter**
>
> **L'incohérence**
>
> Une copie affirme des points de vue contradictoires : c'est ce qui survient lorsqu'on prétend s'appuyer, dans chaque partie, sur un philosophe, sous prétexte que celui-ci a évoqué par exemple le concept de travail ou celui de liberté : leurs positions risquent d'être peu compatibles, et les accumuler n'établit aucun point de vue final.
>
> → Pour éviter l'incohérence, **soignez les transitions entre les parties** : si vous ne parvenez pas à établir un lien logique entre elles, c'est que quelque chose « cloche ».

• Dans tous les cas, **votre explication du texte doit obéir à un souci de construction formelle aussi rigoureux que pour une dissertation classique**.

→ Cela signifie notamment que **vous ne devez jamais vous contenter d'opposer à la thèse de l'auteur une thèse contradictoire** : une telle démarche ne mène à rien et demeure sans conclusion possible, puisqu'elle suggère, au mieux, que la solution consisterait en un panachage éclectique sans rigueur, ou que vous laissez au correcteur le soin de choisir (en jouant à pile ou face ?) la position que vous prétendez défendre dans la copie.

2. La relecture 30 min

Comme pour la dissertation, il est important de consacrer du temps à la relecture de votre copie.

Sujets pas à pas

L'art

Faire le point

L'essentiel

1 Art et technique

• Les objets techniques ou artisanaux, déterminés par leur but ou utilité, sont régis par une finalité extrinsèque, alors que l'art, que l'on dit **autotélique**, est organisé par une finalité **intrinsèque** : les éléments d'une œuvre coopèrent pour en faire une totalité close sur elle-même, témoignant du talent ou du « génie » de son créateur.

2 Art et imitation

• Selon **Platon**, les artistes ne font qu'**imiter les apparences**, et non le réel. L'art est ainsi **trompeur**.

• Pour **Kant**, le **sujet** d'une œuvre compte moins que son **traitement** : « Une beauté naturelle est une *chose belle* ; la beauté artistique est une *belle représentation* d'une chose. »

• Pour **Hegel**, l'imitation est une « **caricature** » de la vie : un vrai bouquet séduit aussi par son odeur, absente du bouquet peint.

3 Les fonctions de l'art

• Selon **Hegel**, l'art témoigne de la « **liberté de l'esprit** », toujours supérieur au donné naturel.

• Pour **Nietzsche**, il produit de l'illusion, mais propose une **thérapie contre l'excès de sérieux** et la moralité sévère.

• Pour **Freud**, il est **sublimation de pulsions** socialement peu acceptables.

CITATIONS

→ **Kant :** « Le génie est la disposition innée de l'esprit *(ingenium)* par laquelle la nature donne les règles de l'art. »
Critique de la faculté de juger, 1790

→ **Platon :** « Ces poètes ne créent que des fantômes et non des choses réelles. »
La République, IVe siècle av. J.-C.

→ **Nietzsche :** « Les artistes glorifient continuellement […] tous ces états et toutes ces choses qui ont la réputation de permettre à l'homme qui les connaît ou les possède de se sentir bon ou grand, ou ivre, ou joyeux, ou en bonne santé et sage. »
Le Gai Savoir, 1882

LEXIQUE

• **art** (du latin *ars*) **et technique** (du grec *tekhnê*) : initialement savoir-faire efficace. À partir du XVIe siècle, les peintres et architectes, revendiquant le nom d'artistes, se distinguent des artisans, dont la production leur semble moins libre que la leur.

• **autotélique :** qui est à soi-même sa propre fin.

• **finalité :** convenance des moyens pour atteindre une fin. Elle est, selon Kant, intrinsèque ou interne dans l'œuvre d'art, et y désigne l'unification de divers éléments en une totalité.

Schéma bilan

ART ET FINALITÉ

L'objet technique obéit à une **finalité externe.**

+

Tous les éléments d'une œuvre d'art coopèrent à son **unité.**

+

L'œuvre dépend du **talent** ou du **génie** de son **auteur.**

ART ET IMITATION

Platon
« *L'art n'imite que les apparences.* »

+

Kant
« *Le beau artistique réside dans le traitement du « sujet ».* »

+

Hegel
« *L'art imitatif n'est qu'une caricature de la vie.* »

FONCTIONS DE L'ART

Hegel
« *L'art témoigne de la liberté de l'esprit.* »

+

Nietzsche
« *L'art guérit du trop grand sérieux.* »

+

Freud
« *L'art est sublimation de pulsions.* »

En bref

Pour aborder les sujets portant sur ce chapitre, il faut savoir que :

- l'art, d'abord confondu avec la technique et l'artisanat, s'en distingue en Europe à partir du XVIe siècle. ☐
- les œuvres d'art, autotéliques, sont soumises selon Kant à une finalité interne : leurs éléments coopèrent à leur existence comme totalité. ☐
- selon les philosophes, l'art peut avoir diverses « fonctions » : affirmation de l'esprit, thérapie, sublimation. ☐

J'ai tout coché ? Je passe le test page suivante

Contrôler ses connaissances

corrigés p. 200

QCM *Cocher les bonnes réponses.*

1. Quel philosophe considère que l'art est une copie du monde sensible, et donc une tromperie ?

- ☐ **a.** Aristote
- ☐ **b.** Kant
- ☐ **c.** Platon

2. Quel philosophe considère que l'imitation est en art une caricature de la vie ?

- ☐ **a.** Hegel
- ☐ **b.** Freud
- ☐ **c.** Platon

3. Lorsqu'on dit d'une œuvre qu'elle est autotélique, cela veut dire :

- ☐ **a.** qu'elle a pour but d'être utile.
- ☐ **b.** qu'elle n'a pas d'autre fin qu'elle-même.
- ☐ **c.** qu'elle peut avoir des significations multiples.

4. L'art se distingue de la technique car :

- ☐ **a.** il s'apprend.
- ☐ **b.** il est utile.
- ☐ **c.** il suppose du talent ou du génie.

5. Quelle peut être la fonction de l'art ?

- ☐ **a.** D'après Freud, il permet la sublimation de pulsions négatives.
- ☐ **b.** D'après Kant, il rivalise avec la nature.
- ☐ **c.** D'après Hegel, il hausse l'esprit au niveau de la nature.

6. Pourquoi l'illusion artistique est-elle un bienfait pour Nietzsche ?

- ☐ **a.** Elle nous aide à combattre l'ennui.
- ☐ **b.** Elle nous libère de l'esprit de sérieux et de la sévérité de la morale.
- ☐ **c.** Elle enjolive l'existence.

7. La finalité intrinsèque désigne :

- ☐ **a.** le fait qu'un objet est déterminé par son utilité.
- ☐ **b.** le fait que les éléments d'une œuvre coopèrent pour la présenter comme une totalité close sur elle-même.
- ☐ **c.** la possibilité, pour un objet, de ne pas être seulement utile.

8. L'art d'imitation est selon Hegel une caricature de la vie car :

- ☐ **a.** aucune œuvre d'art ne peut restituer tous les aspects sensibles de la vie.
- ☐ **b.** un tel art rend la vie ridicule et grotesque.
- ☐ **c.** l'art donne de la vie une représentation trop intense.

Citations

Relier chaque philosophe à sa citation.

Nietzsche

Kant

Hegel

Platon

1. « Nous avons l'art afin de ne pas mourir de la vérité. »
2. « L'imitation ne peut produire que des chefs-d'œuvre de technique, jamais des œuvres d'art. »
3. « La peinture est-elle une imitation de l'apparence ou de la vérité ? »
4. « Est beau ce qui plaît universellement sans concept. »

Vers le sujet de BAC

DOC. **Georg Wilhelm Friedrich Hegel, *Cours d'esthétique I*, 1827**

L'art est et reste pour nous, quant à sa destination la plus haute, quelque chose de révolu. Il a de ce fait perdu aussi pour nous sa vérité et sa vie authentiques, et il est davantage relégué dans notre *représentation* qu'il n'affirme dans l'effectivité son ancienne nécessité et n'y occupe sa place éminente. Ce que les œuvres d'art suscitent à présent en nous, outre le plaisir immédiat, est l'exercice de notre jugement : nous soumettons à l'examen de notre pensée le contenu de l'œuvre d'art et ses moyens d'exposition, en évaluant leur mutuelle adéquation ou inadéquation. C'est pourquoi la science de l'art est bien plus encore un besoin à notre époque qu'elle ne l'était au temps où l'art pour lui-même procurait déjà en tant que tel une pleine satisfaction. L'art nous invite à présent à l'examiner par la pensée, et ce non pas pour susciter un renouveau artistique, mais pour reconnaître scientifiquement ce qu'est l'art.

1. Pourquoi Hegel considère-t-il, en 1827, que l'art est « quelque chose de révolu » ?
2. Qu'est-ce que la *représentation* où l'art est désormais « relégué » ?
3. Que peut être le « contenu » d'une œuvre d'art ?
4. Comment nommer la science de l'art qu'attend Hegel ?

Sujet guidé

SUJET 1 D'après Pondichéry, avril 2017

20 pts — 4h

Dissertation

> **Une société peut-elle se passer d'art ?**

PAR ÉTAPES

COMPRENDRE LE SUJET

Les mots-clés

- « **Une société** » : quelle qu'elle soit, dans sa globalité.
- « **Se passer d'art** » : n'en rien connaître, ne pas en produire.

L'analyse de l'énoncé

- Puisqu'il est question d'examiner la possibilité d'une absence d'art dans une société, répondre à la question par un simple constat (il y a de l'art dans toutes les sociétés connues) ne suffit pas, car cela ne supprime pas l'éventualité d'une situation contraire.
- Art = un aspect de la culture. Sa présence est-elle obligatoire ?

Aller à l'essentiel

Pour montrer que toutes les sociétés connaissent l'art et peuvent en attendre différents effets, on pourrait être tenté d'énumérer toutes les conceptions « utilitaristes » de l'art (il console, il embellit, il donne des exemples de morale, il informe sur l'histoire, etc.).

Or, de telles « fonctions » peuvent être remplies par d'autres aspects de la culture : puisqu'elles ne sont pas spécifiques à l'art, il est inutile de les analyser et de les commenter longuement. Les citer brièvement, si l'on y tient, suffira.

Mobiliser ses connaissances

- **Kant** : différence entre beauté naturelle et beauté artistique : cette dernière est une « représentation », ce qui insiste sur la distance entre nature et élaboration artistique.
- **Hegel** : l'art manifeste l'esprit d'un « peuple », mais aussi la liberté de l'esprit.
- **Nietzsche** : l'art est une illusion, mais il rend la vie supportable.

Les pièges à éviter

- Ne limitez pas la question aux seuls arts européens, la réponse serait alors sans valeur.
- Ne réduisez pas les fonctions possibles des expressions artistiques à une simple utilité.

ORGANISER SA COPIE

La problématique

L'art, sous diverses formes, semble présent dans toutes les sociétés, anciennes comme actuelles. Cette existence est-elle obligatoire ? Serait-il possible qu'une société existe sans présenter de dimension artistique ? Pour qu'art et société soient nécessairement coprésents, il faut que l'art fasse partie de la définition même d'une société, qu'il en soit un élément constitutif. L'art est reconnu comme un aspect fondamental de la culture, ce qui implique son opposition à la nature. Une société pourrait-elle se confondre avec l'ordre naturel ? Dans quelle mesure l'art constitue-t-il, pour toute société, un mode fondamental de sa négation de la nature ?

Le plan

I. L'art est présent dans toutes les sociétés observables

II. L'art signifie un écart relativement au donné naturel

III. C'est pourquoi l'art est constitutif de toute culture et de toute société

CORRIGÉ 1

Comprendre le corrigé

On dit volontiers que l'art, quel que soit son mode d'expression, est « inutile ». Lorsqu'on évoque une société, il est vrai que l'on peut, selon le point de vue adopté, considérer que son existence économique ou son système politique sont plus importants que sa dimension artistique pour la repérer ou la distinguer d'une autre. Pourtant, toutes les sociétés, anciennes, « primitives » ou modernes, présentent des réalisations artistiques. Celles-ci sont évidemment très différentes les unes des autres, mais leur existence semble inviter à concevoir que l'art est nécessaire à toute société.

> Dans l'introduction, partez d'un constat banal pour votre entrée en matière.

> Réplique immédiate au constat.

Pour comprendre que l'art est toujours présent dans une société, sans doute faut-il souligner qu'il indique, dans toutes ses formules, la possibilité d'un écart relativement à l'ordre naturel. Cet écart rejoint la négation de la nature qui fonde toute culture ; cette négation se réalise par exemple par le travail, mais elle est également à l'œuvre dans les manifestations artistiques les plus « simples ».

> On peut suggérer dans l'introduction que, puisque l'art est une dimension de la culture humaine, il se manifeste nécessairement dans toute société.

Depuis les sculptures et peintures rupestres jusqu'aux œuvres déroutantes de l'art contemporain, l'histoire des arts est, en Europe et dans les cultures d'origine européenne, particulièrement longue et complexe.

> Soulignez, comme point de départ, la présence incontestable et complexe de l'art dans les sociétés occidentales.

On aurait sans doute tort de ne concevoir l'art que sous ce seul aspect et de négliger ses formes « populaires ». Sans doute leurs réalisations anciennes sont-elles rares, faute d'avoir été conservées avec le même soin que les tableaux classiques ou les frises des temples grecs. On connaît néanmoins des exemples de jouets artisanaux datant de l'Antiquité. Plus proches de nous, les meubles ou objets du quotidien sculptés et peints sont nombreux.

> Enrichissez sans attendre l'histoire de l'art officiel ou « noble » par celle d'autres domaines artistiques, que l'on oublie trop souvent.

L'Europe a mis du temps à reconnaître l'existence de formes artistiques différentes dans les autres cultures. Une fois opérés, ce repérage et cette admission d'œuvres – qui furent d'abord perçues comme de simples curiosités ou comme des indices de non-civilisation – ouvrent des considérations historiques aussi riches que celles concernant l'histoire de l'art occidental.

> Élargissez le constat aux cultures non occidentales : il devient indéniable.

La peinture chinoise, la littérature japonaise, l'architecture de l'Inde sont ainsi devenues des domaines de spécialistes, qui découvrent progressivement leur richesse et leur complexité. Bien entendu, il existe aussi dans ces cultures des formes d'art « populaire » qui méritent attention.

> Citez des domaines artistiques différents.

En raison des multiples relations qui ont été établies avec ces cultures, on constate un jeu d'influences réciproques qui suggère dans l'art d'une société une double capacité de renouvellement, soit autonome à partir de sa propre histoire, soit par emprunts.

> Ces influences reçues de l'extérieur suggèrent qu'une société sans art ne serait possible qu'à la condition de n'avoir aucun contact avec d'autres sociétés.

Un cas bien connu d'influence est celle de la statuaire d'Afrique noire sur le cubisme. Mais les sociétés africaines, ou plus généralement les sociétés traditionnelles, nous donnent surtout l'exemple d'expressions artistiques différentes de celles dont nous avons l'habitude : tatouages en Amazonie, scarifications en Afrique, mais aussi arts de la vannerie et peintures éphémères sur sable chez les Indiens d'Amérique du Nord, peintures sur écorce fixant les rêves en Australie, etc.

> Multipliez les exemples de formes artistiques n'utilisant pas nos matériaux habituels pour souligner que l'art se manifeste sous des formes très variées.

L'intérêt pour de tels modes d'expression vient confirmer que les sociétés dites « à histoire non cumulative », c'est-à-dire peu soucieuses de changements rapides, élaborent des œuvres répondant à des critères différents des nôtres, mais qui n'en définissent pas moins une certaine « beauté ».

L'art semble donc présent dans toutes les sociétés. Mais doit-il en être ainsi ? N'est-il pas possible de concevoir une société dépourvue d'art ?

De nombreuses œuvres, dans différentes cultures, ambitionnent d'être réalistes, au sens où elles pratiqueraient une imitation rigoureuse du réel. Hegel a fait valoir qu'une œuvre ainsi conçue ne peut être qu'une « caricature » de la vie, dans la mesure où son imitation est nécessairement imparfaite et incomplète : un tableau n'a que deux dimensions, une sculpture est statique, un texte descriptif ne peut remplacer ce qu'il décrit, etc.

Ce rappel de la critique hégélienne de l'imitation prépare l'affirmation de la différence entre représentation et représenté.

C'est pourquoi les arts figuratifs pratiquent des trucages ou des trompe-l'œil : on respecte les règles de la perspective classique, on calcule les proportions des personnages relativement au décor, etc. Mais ces règles ne valent que pour certaines cultures : la perspective chinoise n'est pas celle que l'on a élaborée en Europe. Et l'idée même d'une figuration fidèle à son modèle n'est pas universelle : on rencontre dans la statuaire africaine des « portraits » sans ressemblance visible avec les personnages qu'ils représentent.

En fait, une représentation ne peut être qu'infidèle à son modèle. Elle suppose en effet un écart relativement au donné initial, qu'il fasse ou non partie de la « nature ».

Kant a clairement marqué ce qui différencie la beauté naturelle de la beauté artistique : si la première renvoie à une « belle chose » présente comme un donné, la seconde est la « belle représentation d'une chose », ce qui signifie que cette « belle représentation » ne repose pas sur les mêmes principes que la belle chose. Quels que soient ces principes (qui varient d'une société à une autre), ils installent le motif dans un univers différent de celui auquel appartient la belle chose. Si la représentation, selon Hegel, n'est pas une simple répétition de ce qui était déjà là, c'est parce qu'elle résulte d'une intervention féconde de l'esprit.

L'analyse de Kant est classique, mais elle est ici très utile pour marquer l'écart entre le donné « naturel » et son interprétation artistique.

Mais tout art n'est pas nécessairement représentatif : la figuration peut être interdite ou négligée, soit qu'on la juge inutile, soit qu'on veuille élaborer des formes d'art « abstrait ».

Généralisation de l'écart entre art et donné : il existe même s'il n'y a pas figuration.

« L'abstraction se confond avec la liberté », écrit Malraux. Non parce que l'artiste pourrait faire ce qu'il veut. Il serait alors dans la situation de la colombe kantienne s'imaginant qu'elle volerait plus facilement si elle n'avait pas à lutter contre la résistance de l'air. La liberté en question est plutôt celle d'inventer des règles inédites pour définir un domaine de travail. Son intervention confirme que l'œuvre porte la marque de l'esprit – qu'il s'agisse, comme le disait Hegel, de l'« esprit d'un peuple » ou, comme c'est le cas dans les formes modernes de l'art, de l'esprit d'une collectivité restreinte, sinon d'un individu.

L'écart entre l'ordre naturel et l'ordre artistique est en quelque sorte une variante de celui qui existe entre la nature et la culture.

Par définition, la culture humaine advient par la négation de l'ordre ou du donné naturel. Les anthropologues admettent que cette négation se manifeste fondamentalement par la prohibition de l'inceste, complémentairement par la conscience de la mort, par le travail et les échanges. Ces phénomènes affirment que l'ordre social est différent de l'ordre naturel et que cette différence est instaurée par un écart, une manière pour l'humain de « décoller » de la nature et de ses contraintes. Un tel recul s'observe dans le langage : c'est parce que les mots ne sont pas les choses qu'ils peuvent les évoquer. Il se constate aussi dans l'art : toute œuvre n'informe sur le monde que par des voies détournées et indirectes.

Rappelez une définition générale de la culture pour indiquer que l'art en est un des éléments constitutifs.

C'est pourquoi les usages de l'art qui y cherchent d'abord un moyen d'information en restreignent considérablement la portée. Privilégier l'aspect « documentaire » d'un tableau, c'est n'y voir qu'une image livrant un document historique. De même, lorsqu'on conçoit l'art comme ayant une portée moralisatrice ou consolatrice, on n'y cherche que des fonctions qui peuvent être remplies aussi bien par des discours ou des croyances sans dimension artistique. On donne alors la priorité au motif apparent de l'œuvre, qui n'est pourtant que son prétexte. On s'imagine enfin que l'art se ramène à des domaines dans lesquels on perçoit un motif.

Passez par une critique des conceptions utilitaires de l'art et de ses œuvres.

Il est vrai que l'art a pu être « au service » de la religion ou du pouvoir, mais lorsque ses œuvres sont réussies, elles apportent davantage qu'un éloge ou une illustration – faute de quoi un portail roman ou le portrait d'un roi nous laisseraient indifférents, de même qu'une statue africaine, originellement liée à un rituel ou à une chefferie.

Précisez qu'il y a davantage dans une œuvre que la reconnaissance d'une autorité : le « cultuel » n'est pas l'utilitaire.

Sans doute Nietzsche a-t-il pu concevoir que l'art nous permet de supporter la cruauté de l'existence. Mais cela en fait bien un domaine où règne l'illusion – qui a donc un rapport lointain avec la nature ou avec la vérité –, et cela suppose que la « vie », dans sa nature profonde, est bien insupportable, et comme telle non duplicable.

Distinguez les conceptions utilitaristes de l'art d'un point de vue proprement philosophique.

Admettre que l'art, à travers la très grande diversité de ses formulations, ne peut en lui-même être remplacé par une autre activité, c'est reconnaître qu'il apporte à la société quelque chose de spécifique, qui lui est propre.

Cet apport ressemble en un sens à tout apport d'un autre élément de la culture globale : il signale la distance instaurée relativement au donné. Toutefois, ce qu'il signale ainsi est enrichi d'une dimension spirituelle qui est souvent moins présente dans les autres éléments culturels (notamment dans le travail). De la sorte, l'art installe aussi bien son créateur que ses amateurs ou « consommateurs » dans un « monde » plus « riche » que l'univers des choses ordinaires. Sans ce « monde », une société serait incomplète, se sentirait appauvrie.

Soulignez que ce qui singularise l'art dans la culture, c'est sa dimension spirituelle, qui instaure un univers plus « riche » que le quotidien.

Concevoir une société sans art serait la restreindre à un univers où règne le seul utilitaire, c'est-à-dire où les hommes seraient attachés, sans pouvoir s'en éloigner, à un donné relativement auquel ils n'auraient plus de liberté. Car si l'art témoigne d'une activité de l'esprit en général, il est nécessairement preuve de liberté, puisqu'il n'en finit pas d'indiquer qu'à ce qui existe, il est toujours possible d'ajouter ou d'opposer d'autres versions.

Une société où cette possibilité ne se manifesterait pas serait une société d'automates sans imaginaire ni plaisir.

Le devoir

Faire le point

L'essentiel

1 Devoir et contrainte

• Faire un **devoir**, même scolaire, implique une **contrainte**. On peut choisir de lui désobéir, au risque d'une sanction : le devoir, loin de contredire la liberté, lui offre une occasion de s'exercer. Il correspond à une **obligation**, non à une nécessité naturelle.

2 Devoir et volonté

• **Kant** distingue l'action « **conforme au devoir** » de celle qui est faite « **par devoir** ». La première, effectuée par habitude ou conformisme, correspond à des intérêts singuliers et reste étrangère à la morale. La seconde contrarie volontairement les inclinations personnelles et révèle la présence d'une **loi morale universelle**.

3 Origine de la loi

• La **loi** peut se manifester sous l'aspect d'une **maxime**, moralement bonne si elle est universalisable. Elle a force de loi par sa **forme**, et non par son contenu.

• D'un point de vue sociologique, **le devoir répond à des exigences sociales**. La diversité des sociétés peut susciter une diversité des devoirs.

• **Kant** oppose aux différentes versions de l'hétéronomie de la volonté sa conception rigoureuse : **l'autonomie de la volonté** affirme que le sujet n'obéit qu'à lui-même, à sa raison, pour formuler la loi du devoir.

CITATIONS

→ **Durkheim :** « Quand notre conscience parle, c'est la société qui parle en nous. »
L'Éducation morale, 1903

→ **Kant :** « Agis uniquement d'après la maxime qui fait que tu puisses vouloir en même temps qu'elle devienne une loi universelle. »
Fondements de la métaphysique des mœurs, 1785

→ **Épictète :** « […] il suffit que chacun remplisse son état et fasse son ouvrage. »
Manuel, vers 130 apr. J.-C.

LEXIQUE

• **autonomie de la volonté :** chez Kant, fait que la volonté obéit à une loi morale que le sujet découvre en lui-même, par sa propre raison.

• **conformisme :** attitude qui admet sans examen les valeurs (notamment morales) affirmées par son groupe ou sa société.

• **hétéronomie de la volonté :** chez Kant, toute conception admettant que la loi morale provient d'une autorité extérieure au sujet.

Schéma bilan

DEVOIR ET CONTRAINTE

Désobéir au devoir peut entraîner une **sanction**.

+

Le devoir donne l'occasion d'exercer sa **liberté**.

+

Son obligation est différente de la **nécessité naturelle**.

DEVOIR ET VOLONTÉ

Il y a une différence entre agir **conformément au devoir** et agir **par devoir**.

+

Le conformisme est étranger à la **morale**.

+

Agir par devoir révèle la **loi morale universelle**.

ORIGINE DE LA LOI

La loi compte par sa **forme**, et non par son **contenu**.

+

Une maxime est bonne lorsqu'elle est **universalisable**.

+

Le sujet, grâce à sa **raison**, formule seul la **loi morale universelle**.

En bref **Pour aborder les sujets portant sur cette notion, il faut savoir que :**

- le devoir moral contredit les intérêts ou inclinations égoïstes. ☐
- l'on peut distinguer avec Kant l'acte « conforme au devoir » de l'acte effectué « par devoir », et affirmer que seul le second est authentiquement moral. ☐
- la loi énonçant le devoir peut être conçue comme provenant soit d'une autorité extérieure au sujet, soit de sa propre capacité à légiférer (autonomie de la volonté). ☐

J'ai tout coché ? Je passe le test page suivante

Contrôler ses connaissances

corrigés p. 200

QCM *Cocher les bonnes réponses.*

1. Selon Kant, la loi morale, qui formule le devoir, ne peut être que :

- ☐ **a.** subjective.
- ☐ **b.** universelle.
- ☐ **c.** singulière.

2. Tout devoir implique :

- ☐ **a.** une nécessité naturelle.
- ☐ **b.** une contrainte.
- ☐ **c.** une absence de liberté.

3. L'hétéronomie de la volonté désigne :

- ☐ **a.** le fait que la volonté obéit à des lois instables.
- ☐ **b.** le fait que la volonté obéit à une loi provenant du sujet lui-même.
- ☐ **c.** le fait que la loi morale provient d'une source extérieure au sujet.

4. La religion est :

- ☐ **a.** une preuve d'autonomie de la volonté.
- ☐ **b.** un principe parmi d'autres de l'hétéronomie de la volonté.
- ☐ **c.** une pratique n'ayant rien à voir avec le devoir.

5. Pour un sociologue, la conscience morale :

- ☐ **a.** formule des exigences sociales.
- ☐ **b.** est une variante de la conscience religieuse.
- ☐ **c.** n'est qu'une illusion.

6. La loi morale est efficace :

- ☐ **a.** par sa forme.
- ☐ **b.** par la valeur qu'on lui accorde.
- ☐ **c.** par son contenu.

☐ Vrai ou Faux *Indiquer si les propositions sont vraies ou fausses.*

1. On doit admettre que certains devoirs sont définis par des besoins physiologiques. V ☐ F ☐
2. En considérant que les valeurs morales sont fournies à l'enfant par son précepteur, Montaigne est, avant Kant, un partisan de l'autonomie de la volonté. V ☐ F ☐
3. La maxime, qui énonce un devoir, ne peut jamais être considérée comme l'équivalent d'une loi. V ☐ F ☐
4. Le conformisme est l'attitude qui ne peut garantir qu'un acte est authentiquement moral. V ☐ F ☐
5. Il n'est jamais difficile d'agir « par devoir ». V ☐ F ☐
6. Selon Kant, tout homme a en lui la capacité de découvrir la loi morale. V ☐ F ☐

Citations

Relier chaque philosophe à sa citation.

Descartes

Durkheim

Kant

Épictète

1. « Agis uniquement d'après la maxime qui fait que tu puisses vouloir en même temps qu'elle devienne une loi universelle. »
2. « Quand notre conscience parle, c'est la société qui parle en nous. »
3. « Il faut toujours préférer les intérêts du tout, dont on est partie, à ceux de sa personne en particulier. »
4. « [...] il suffit que chacun remplisse son état et fasse son ouvrage. »

Vers le sujet de BAC

Respecter tout être vivant, est-ce un devoir moral ?

1. Expliciter la problématique.
2. Proposer un plan.

Sujet guidé

SUJET 2 D'après France métropolitaine, juin 2013

20 pts 4 h

Explication de texte

Expliquer le texte suivant :

Bien que chacun de nous soit une personne séparée des autres, et dont, par conséquent, les intérêts sont en quelque façon distincts de ceux du reste du monde, on doit toutefois penser qu'on ne saurait subsister seul, et qu'on est, en effet, l'une des parties de l'Univers, et plus particulièrement encore l'une des parties de cette Terre, l'une des parties de cet État, de cette société, de cette famille, à laquelle on est joint par sa demeure, par son serment, par sa naissance. Et il faut toujours préférer les intérêts du tout, dont on est partie, à ceux de sa personne en particulier ; toutefois avec mesure et discrétion, car on aurait tort de s'exposer à un grand mal, pour procurer seulement un petit bien à ses parents ou à son pays ; et si un homme vaut plus, lui seul, que tout le reste de sa ville, il n'aurait pas raison de se vouloir perdre pour la sauver. Mais si on rapportait tout à soi-même, on ne craindrait pas de nuire beaucoup aux autres hommes, lorsqu'on croirait en retirer quelque petite commodité, et on n'aurait aucune vraie amitié, ni aucune fidélité, ni généralement aucune vertu ; au lieu qu'en se considérant comme une partie du public, on prend plaisir à faire du bien à tout le monde, et même on ne craint pas d'exposer sa vie pour le service d'autrui, lorsque l'occasion s'en présente.

René Descartes, *Lettre à Élisabeth*, 1645.

PAR ÉTAPES

COMPRENDRE LE SUJET

Le plan du texte

- **Première phrase.** Chacun a des intérêts propres, mais doit se concevoir comme faisant partie d'un ensemble (famille, société, État ou humanité).
- **Deuxième phrase.** Les intérêts collectifs sont préférables aux intérêts privés. Mais un certain calcul peut intervenir : on évitera un grand mal ne procurant qu'un petit bien aux autres ; et un homme de bien ne doit pas se sacrifier pour sa ville si elle ne vaut rien.

• **Troisième phrase.** Ce calcul ne doit pas aboutir à un pur égoïsme, qui annule toute vertu. En se considérant comme partie d'un tout, on trouve du plaisir à faire le bien autour de soi et l'on consent au sacrifice pour autrui.

Méthode

Il est possible, pour l'introduction d'une explication de texte, de proposer une articulation des principaux moments de celui-ci, qui en formule aussi la problématique : on pose ainsi les questions auxquelles on devra apporter ensuite des réponses, et cela économise la présentation plus classique d'un plan. De surcroît, cette façon de procéder offre l'avantage de souligner l'actualité du texte, puisqu'on se passe de le situer historiquement.

L'analyse du texte

• **Descartes** cherche à définir une morale qui tienne compte à la fois de la singularité et de la collectivité : de manière générale, les intérêts communs doivent l'emporter sur les intérêts privés, sans entraîner de comportements ne respectant pas un certain équilibre (une proportion entre le mal et le bien). En effet, ne considérer égoïstement que soi supprime toute vertu, alors que s'inscrire dans un collectif encourage l'altruisme.

Mobiliser ses connaissances

• **L'homme, animal social** : Descartes n'est pas si éloigné d'Aristote.

• La recherche d'un « **juste milieu** » peut aussi être un écho (ou un souvenir ?) d'Aristote.

• Les conduites sont définies en fonction de devoirs relatifs aux seuls hommes, sans qu'intervienne une transcendance : aucune allusion à la morale chrétienne.

Les pièges à éviter

• N'oubliez pas de développer le début de la deuxième phrase : le privilège reconnu aux « intérêts du tout » implique qu'ils concernent le sujet qui en fait partie, sans le priver d'éventuels intérêts propres.

• Attention au début de la dernière phrase : si on rapporte tout à soi-même et si l'on pense retirer une commodité des autres hommes, on ne craint pas de leur nuire beaucoup.

ORGANISER SA COPIE

Le plan

I. Chaque homme n'est qu'une partie d'un tout

II. Il peut exister un calcul à propos des devoirs

III. L'altruisme ne donne-t-il pas du plaisir ?

CORRIGÉ 2

Comprendre le corrigé

Formuler les devoirs que l'on peut avoir à l'égard d'une collectivité risque toujours de contrarier les tendances égoïstes d'un sujet. Ces dernières ne sont-elles pas en un sens spontanées, provenant du simple fait que chacun est séparé des autres ?

Il est aisé d'opposer à cette séparation le fait que l'on ne peut vivre seul et que l'on fait partie de diverses communautés – de la famille à l'humanité. En satisfaisant les intérêts collectifs, on satisfait donc aussi les siens. Ne faut-il pas alors préciser jusqu'où il convient de se dévouer au profit des autres, puisqu'il paraîtrait par exemple injuste de risquer beaucoup pour gagner très peu ? Il n'en reste pas moins qu'un repli sur soi serait nocif, alors que la conscience d'appartenir au « public » suscite du plaisir et du courage. Ce qui, initialement, semblait contrarier les tendances d'un sujet se révèle finalement capable de le satisfaire pleinement.

> Suggérez que, puisque la société est nécessaire à l'individu, l'opposition entre tendances égoïstes et devoirs à l'égard de la collectivité peut être minorée en articulant plus subtilement les deux exigences.

Chaque individu est séparé des autres : cela peut s'entendre aussi bien physiquement que mentalement ou affectivement. Une telle affirmation est davantage un constat qu'une thèse : l'expérience quotidienne la plus élémentaire nous invite à distinguer notre corps de celui des autres et à deviner que ce que nous ressentons intérieurement n'est pas nécessairement ce que ressent le voisin. Descartes n'envisage pas un solipsisme, mais la simple différence qui existe entre deux individus.

> Suggérez que Descartes part d'une situation commune.

> Solipsisme : attitude selon laquelle le sujet pensant constitue la seule réalité.

De ce constat résulte que les intérêts d'un sujet peuvent être différents des intérêts d'un autre, et même des intérêts « du reste du monde ». Spontanément, chacun a tendance à favoriser ce qui l'intéresse, et il y aurait ainsi en chacun un germe d'égoïsme « naturel ».

> Soulignez que la singularité est ressentie par chacun.

À cette tendance répond une seconde observation, qu'il est nécessaire de penser pour en estimer toutes les conséquences : on ne saurait subsister seul. L'individu fait en effet partie d'un certain nombre de réalités ou de collectivités qui vont, dans l'ordre décroissant, de l'Univers à la famille en passant par la Terre, l'État et la société. C'est grâce à son intégration dans ces ensembles qu'il peut subsister, puisqu'ils lui procurent soit son espace,

> Explicitez la remarque, en elle-même assez banale, pour lui donner davantage d'intérêt.

soit son statut social, soit des relations affectives, sans compter la force.

Ces collectifs, tels que les présente Descartes, ne sont pas des ajouts étrangers ou artificiels : l'individu particulier « appartient » à sa famille ou à un État, et c'est cette appartenance qui lui permet de survivre.

En considérant cette nécessaire coexistence de l'individu avec diverses communautés, on peut admettre que ces dernières ont des intérêts qui peuvent ne pas coïncider avec les intérêts propres de chacun de leurs membres : il y aurait contradiction entre intérêts collectifs et intérêts personnels.

La question implicitement posée est alors de savoir quels sont ceux qui doivent être satisfaits. Faut-il, pour que chacun y trouve son plaisir ou sa satisfaction, peut-être même son bonheur, qu'il se préoccupe uniquement de ses intérêts propres et adopte un comportement totalement égoïste ? Faut-il au contraire que les intérêts du tout l'emportent, comme s'ils conditionnaient les satisfactions possibles pour chacun ? Quant à ce « tout », jusqu'où en doit-on considérer l'ampleur ?

> Après avoir indiqué que chaque homme appartient à plusieurs ensembles, on en vient à cette question : « Comment régler de possibles conflits d'intérêts entre chacun et ce dont il fait partie ? »

La réponse de Descartes semble d'abord sans nuance : « Il faut toujours préférer les intérêts du tout, dont on est partie, à ceux de sa personne en particulier. » Par principe, on doit accomplir ce qui apparaît comme des devoirs à l'égard de la collectivité. L'égoïsme est ainsi immédiatement récusé, et l'individu se trouve invité, ou sommé, d'oublier ses propres intérêts pour satisfaire ceux du tout dont il est partie, qu'il s'agisse de sa famille, de sa société ou de son État, puisque Descartes va bientôt les évoquer. Cela implique sans doute – bien que le philosophe ne le souligne pas – que c'est en satisfaisant les intérêts du tout que l'on satisfait du même coup ses intérêts personnels, mais cela n'oblige pas à considérer que des intérêts particuliers ne puissent être ultérieurement pris en considération. Il semble cependant que la Terre ou l'Univers soient un peu trop vastes, du point de vue cartésien, pour que l'on conçoive ce que peuvent être leurs intérêts.

> Commencez par affirmer le principe général : priorité au collectif.

On ne saurait reprocher à Descartes de manquer de conscience écologique, mais on peut aujourd'hui faire valoir l'existence de devoirs à l'égard de la Terre elle-même qu'il s'agirait de

> N'hésitez pas à compléter ce que dit Descartes en adoptant un point de vue plus contemporain (sans vous référer à la stricte actualité).

respecter, ne serait-ce que pour la confier aux générations futures dans un état viable – ce que Hans Jonas nomme le « principe responsabilité ». Cela peut aussi signifier des devoirs envers les animaux, puisque certains philosophes ou juristes commencent à réfléchir sur l'existence de leurs droits. On devine que les intérêts des animaux ne sauraient alerter Descartes : une telle notion est incompatible avec la théorie des animaux-machines. Quant aux intérêts de la Terre, le souci que l'on peut en avoir désormais est la conséquence d'une mentalité technoscientifique dont Descartes est l'un des initiateurs, sinon le principal en son temps.

> Soulignez ce qui sépare ce point de vue des thèses cartésiennes.

La considération des intérêts du tout ne doit pas inviter à les faire passer systématiquement en priorité. Il semble exister des situations dans lesquelles l'intérêt personnel doit encore l'emporter. Descartes en propose deux, qui révèlent une disproportion entre le mal risqué et le bien acquis, ou entre des valeurs. Si quelqu'un s'expose à un grand mal pour n'obtenir au profit des siens (famille ou pays) qu'un bien modeste, on admettra qu'il a tort. De même, si la valeur d'un individu est supérieure à celle de toute la ville dont il fait partie (il serait par exemple le seul homme honnête parmi une population de voleurs), la raison ne demande pas qu'il se perde pour la sauver.

> Montrez qu'il y a bien un calcul concernant ce qui doit être fait : il s'agit de garantir l'équilibre entre les risques et les gains.

> N'hésitez pas à expliciter les exemples fournis par le texte.

Malgré la possibilité de tels calculs et l'avantage éventuellement accordé à l'individu dans certaines conditions, la fin du texte en revient au principe général pour montrer qu'un égoïsme permanent a des effets destructeurs. Si l'on se considère comme étant prioritaire en toutes circonstances, on n'hésitera pas, pour peu que l'on espère en obtenir un petit avantage, à nuire beaucoup aux autres hommes. La disproportion réapparaît, mais elle est inversée : l'égoïsme risque de produire un mal supérieur au bien espéré. Autant dire qu'il s'appuie sur un faux calcul. Il n'est donc pas surprenant qu'il ait pour effet de tout fausser, en rendant impossible toute vertu. L'égoïsme intégral apparaît comme l'attitude antimorale.

> Soulignez clairement que la critique de l'égoïsme est sévère.

À l'inverse, se considérer comme une partie d'un tout a pour conséquence directe que l'on peut faire du bien à tout le monde, mais aussi y prendre plaisir. Ce plaisir ressenti vient en quelque sorte

> Au contraire de l'égoïsme, l'altruisme a des qualités remarquables.

confirmer que l'on a fait le bien autour de soi : il est d'une autre nature que celui que l'on peut trouver à ne faire du bien qu'à soi-même, parce qu'il résulte d'un sentiment d'appartenance et de collaboration avec un groupe, alors que ne penser qu'à soi exclut mentalement de la collectivité. L'exaltation qui accompagne le souci des autres est telle qu'elle va jusqu'à supprimer la crainte « d'exposer sa vie pour le service d'autrui ». L'individu moral accède à un certain héroïsme en faisant son devoir pour les autres. Est-ce parce qu'il a clairement conscience de devoir plus aux intérêts du groupe qu'à ses intérêts propres ? Ce n'est pas même nécessaire : l'attitude altruiste peut aussi résulter de l'habitude et n'être fondée que sur une pensée approximative de ce qu'elle doit être. Peu importe, puisqu'elle permet des conduites admirables.

Examinez une hypothèse absente du texte, mais qui lui est conforme.

D'où provient le plaisir ressenti lorsque l'individu fait du bien aux autres ? Descartes constate sa présence, mais reste muet sur son origine. Le plaisir serait la récompense de l'action bonne, et la multiplication des actions bonnes nous faciliterait l'accès à une vie heureuse car conforme aux projets divins. Si en revanche on veut séparer – ce qui n'est guère possible du point de vue cartésien – la morale de toute référence à Dieu, on peut considérer que le plaisir qu'apporte l'action bonne résulte de la conscience d'appartenir à l'humanité et de participer à sa réalisation. Mais on s'éloigne alors de Descartes pour aborder une thématique plutôt kantienne.

Nouvelle réflexion à propos d'un point sur lequel le texte ne dit rien, mais qui n'est pas négligeable.

C'est en se reconnaissant comme partie d'un tout que l'on peut s'engager dans la réalisation d'un bien commun, en renonçant à satisfaire immédiatement son intérêt personnel. Une telle interprétation de la morale ne manquera pas d'avoir une longue descendance, y compris dans le domaine de la politique, et notamment dans le *Contrat social* de Rousseau. Ce que Descartes ne peut imaginer, c'est que cette interprétation justifiera aussi les totalitarismes, appelant l'individu à se fondre dans la masse pour trouver son bonheur dans la réalisation prioritaire du bonheur collectif.

Dans la conclusion, l'allusion à cette descendance mène à souligner son ambiguïté.

La justice

Faire le point

L'essentiel

1 La justice : vertu ou organisation équitable ?

- Le mot « justice » désigne à la fois une **vertu individuelle** et l'organisation harmonieuse d'une **société**.
- **Platon** considère que ces deux sens coïncident : la justice est le principe qui attribue à chaque élément d'un ensemble la place qui lui revient en fonction de sa **nature**. De même que, dans l'**âme**, la raison doit commander au cœur et au ventre, dans la **cité**, les philosophes doivent commander aux soldats et aux artisans.

2 Justice et vengeance

- La justice concerne les relations avec les autres membres de la société. Elle est organisée par le **droit positif**, soit l'ensemble des lois formulées par une société.
- Le citoyen ne peut donc se « faire justice » lui-même : la vengeance n'est pas admise dès lors qu'elle conteste une loi sociale. Il appartient à la justice comme **institution** de se substituer au désir de vengeance.

3 Justice, droit et force

- **Rousseau** montre que **la force ne fait pas droit**. Un tel droit serait instable et changeant. C'est le **droit**, dans une société bien organisée, qui définit les conditions d'un usage légitime de la force.

CITATIONS

→ **Platon** : « La justice consiste à ne détenir que les biens qui nous appartiennent en propre et à n'exercer que notre propre fonction. »
La République, IVe siècle av. J.-C.

→ **Pascal** : « Plaisante justice qu'une rivière borne ! Vérité au-deçà des Pyrénées, erreur au-delà. »
Pensées, 1670

→ **Rousseau** : « S'il faut obéir par force, on n'a pas besoin d'obéir par devoir ; et si l'on n'est plus forcé d'obéir, on n'y est pas obligé. »
Du contrat social, 1762

→ **Pascal** : « La justice sans la force est impuissante, la force sans la justice est tyrannique. »
Pensées, 1670

LEXIQUE

- **équité :** sentiment du juste et de l'injuste appréciant un cas particulier relativement à la loi. Celle-ci ne peut tenir compte des circonstances, des intentions ou de la situation singulière d'un accusé.
- **justice distributive :** aspect de la justice cherchant à déterminer ce qui est dû à chacun selon ses mérites.
- **justice commutative :** aspect de la justice qui détermine ce qui est dû à chacun selon un strict principe d'équivalence ou d'interchangeabilité, pour favoriser l'égalité entre tous.
- **pouvoir judiciaire :** en tant qu'il contrôle le respect des lois et juge les infractions, il doit, selon Montesquieu, être indépendant des pouvoirs législatif et exécutif.

Schéma bilan

VERTU ET ORGANISATION DE LA SOCIÉTÉ

Comme vertu, la justice concerne l'**individu**.

+

Comme institution, la justice doit garantir l'**harmonie sociale**.

+

Platon

« *La justice est le principe qui attribue aux éléments la place qui leur revient en fonction de leur nature.* »

JUSTICE ET VENGEANCE

La justice est organisée par les lois du **droit positif**.

+

Le citoyen ne peut se faire justice **lui-même**.

+

La justice se substitue au désir de **vengeance**.

JUSTICE, DROIT ET FORCE

La justice a besoin de la **force**.

+

La force ne peut fonder un **droit durable**.

+

C'est le droit qui définit l'usage de la force comme une **sanction**.

En bref **Pour aborder les sujets portant sur ce chapitre, il faut savoir que :**

- la justice, dans une société, est organisée par un ensemble de lois. ☐
- la vengeance personnelle n'est pas la justice : cette dernière sanctionne une atteinte à la loi instituée et à la collectivité, alors que la vengeance implique une réaction singulière. ☐
- la force ne peut fonder le droit, mais ce dernier en définit l'usage légitime au service de la justice. ☐

J'ai tout coché ? Je passe le test page suivante

Contrôler ses connaissances

corrigés p. 201

QCM *Cocher les bonnes réponses.*

1. Le droit positif :

- ☐ **a.** est universel.
- ☐ **b.** vient de la nature.
- ☐ **c.** est relatif à une société.

2. Le droit du plus fort :

- ☐ **a.** est toujours légitime.
- ☐ **b.** serait instable.
- ☐ **c.** est une expression incohérente.
- ☐ **d.** est un droit parmi d'autres.

3. Le recours à la force :

- ☐ **a.** est toujours illégitime.
- ☐ **b.** est réservé à la justice instituée.
- ☐ **c.** est admis pour se venger.

4. La violence exercée par la justice instituée est justifiée :

- ☐ **a.** parce qu'elle interdit le défoulement de la violence privée et de la vengeance.
- ☐ **b.** parce qu'elle sanctionne crimes et délits.
- ☐ **c.** parce qu'elle rétablit l'autorité de la loi bafouée par le crime ou le délit.
- ☐ **d.** parce qu'elle s'exerce au nom de tous et ne favorise personne.

5. La justice distributive :

- ☐ **a.** est la justice indépendante des pouvoirs exécutif et législatif.
- ☐ **b.** détermine ce qui est dû à chacun selon ses mérites.
- ☐ **c.** détermine ce qui est dû à chacun selon un strict principe d'équivalence.
- ☐ **d.** est une « amélioration de ce qui est juste selon la loi ».

6. Qui a dit : « La justice sans la force est impuissante, la force sans la justice est tyrannique » ?

- ☐ **a.** Jean-Jacques Rousseau.
- ☐ **b.** Platon.
- ☐ **c.** Aristote.
- ☐ **d.** Blaise Pascal.

☐ Vrai ou Faux *Indiquer si les propositions sont vraies ou fausses.*

1. L'équité est « amélioration de ce qui est juste selon la loi ». V ☐ F ☐
2. Les pouvoirs législatif, exécutif et judiciaire doivent être séparés selon Montesquieu. V ☐ F ☐
3. Pour Platon, la justice dans l'âme et la justice dans la cité ne sont pas homologues. V ☐ F ☐
4. Le droit positif est l'ensemble des lois formulées par une société. V ☐ F ☐
5. Il existe un usage légitime de la force. V ☐ F ☐
6. Pour Rousseau, il existe un « droit du plus fort ». V ☐ F ☐

Citations *Relier chaque philosophe à sa citation.*

Montaigne

Pascal

Platon

Montesquieu

Rousseau

1. « Plaisante justice qu'une rivière borne ! Vérité au-deçà des Pyrénées, erreur au-delà. »
2. « La justice consiste à ne détenir que les biens qui nous appartiennent en propre et à n'exercer que notre propre fonction. »
3. « S'il faut obéir par force, on n'a pas besoin d'obéir par devoir ; et si l'on n'est plus forcé d'obéir, on n'y est plus obligé. »
4. « Pour qu'on ne puisse abuser du pouvoir, il faut que, par la disposition des choses, le pouvoir arrête le pouvoir. »
5. « Les lois se maintiennent en crédit non parce qu'elles sont justes, mais parce qu'elles sont lois. C'est le fondement mystique de leur autorité. »

Vers le sujet de BAC

Peut-on se faire justice soi-même ?

1 Expliciter la problématique.

2 Proposer un plan.

Sujet guidé

SUJET 3 D'après Pondichéry, septembre 2013

20 pts — 4 h

Explication de texte

Expliquer le texte suivant :

Que l'agresseur qui se met lui-même en état de guerre avec quelqu'un, et qui porte injustement atteinte aux droits d'autrui, ne puisse jamais acquérir, par une telle guerre injuste, aucun droit sur celui qu'il a vaincu, c'est ce dont tous conviendront aisément, à moins de penser que les voleurs et les pirates possèdent un droit à l'empire sur tous ceux dont leur force leur aura permis de se rendre maîtres, ou que les hommes sont liés par les promesses que la force illégitime leur a extorquées. Si un voleur fait irruption dans ma maison et si, me mettant le couteau sous la gorge, il me fait signer des actes par lesquels je lui transfère tous mes biens, cela lui donnera-t-il un titre valable ? Or, c'est précisément un titre de ce genre que le conquérant injuste tient de son épée lorsqu'il me force à me soumettre. L'injustice et le crime sont identiques, qu'ils soient commis par le détenteur d'une couronne ou par le dernier des paysans. Le titre du coupable et le nombre de ceux qui le suivent ne changent rien à la faute, sinon pour l'aggraver. La seule différence, c'est que les grands brigands punissent les petits pour les maintenir dans l'obéissance, tandis qu'eux-mêmes sont récompensés par les lauriers et les triomphes parce qu'ils sont trop puissants pour les faibles mains de la justice de ce monde, et que ce sont eux qui détiennent le pouvoir qui devrait châtier les coupables.

John Locke, *Second Traité du gouvernement civil*, 1690.

PAR ÉTAPES

COMPRENDRE LE SUJET

Plan du texte

- **Première phrase.** Une guerre injuste ne donne aucun droit au vainqueur sur le vaincu : tout le monde en est d'accord, à moins d'admettre que c'est la force qui fonde le droit.
- **Phrases 2 et 3.** Comparaison entre la situation collective de la guerre et la situation singulière du brigandage : la violence ne fonde aucune légitimité.

• **Phrases 4 et 5.** L'injustice est indépendante du statut de celui qui la commet.

• **Dernière phrase.** Les plus puissants pervertissent l'idée même de justice, puisqu'ils la rendent au lieu de la subir.

Analyse du texte

• Thèse soutenue par l'auteur : si, en droit, tout le monde est d'accord pour considérer que la force injuste ne peut fonder le droit, en fait, il en va autrement. Non seulement les « grands brigands » échappent à toute condamnation, mais ce sont eux qui condamnent les autres.

• Le texte présente des cas ne suscitant aucune discussion : tout le monde admet qu'une guerre injuste ou le brigandage ne peuvent être fondateurs du droit. Locke souligne qu'il n'y a pas à distinguer des degrés dans l'injustice commise : elle est la même. À ceci près qu'elle a des conséquences différentes : lorsqu'un puissant l'exerce, elle fonde son droit, puisque c'est lui seul qui pourra définir et exercer ce qu'il nommera la justice.

Mobiliser ses connaissances

• **Pascal** : « Ne pouvant faire que ce qui est juste fût fort, on a fait que ce qui est fort fût juste. »

• **Rousseau** : critique du « droit du plus fort » dans le *Contrat social*.

Les pièges à éviter

• Pas de cours sur le droit : hors-sujet.

• Ne confondez pas ce qui est ici formulé avec une critique de la guerre en général : il s'agit d'une guerre injuste.

• Ne sous-estimez pas la dernière phrase : tout le texte y bascule et passe en quelque sorte de l'idéal au réel historique.

À noter

Avant de résumer la pensée de l'auteur dans l'extrait proposé, on peut adopter, dans l'introduction d'un commentaire, son thème principal – ici, la distorsion entre le droit et le fait – comme une formulation générale, simple et en un sens évidente. Partant de ce point de vue, on passe alors au texte considéré comme son illustration, dont le commentaire précis pourra souligner ensuite tous les détails. La conclusion du devoir reprend la thématique, qui apparaît finalement renforcée par tout le commentaire.

ORGANISER SA COPIE

Le plan

I. La force peut-elle idéalement fonder le droit ?

II. Y a-t-il des degrés dans l'injustice ?

III. L'injustice règne dans un monde à l'envers

CORRIGÉ 3

Comprendre le corrigé

Les relations entre la justice (ou le droit) et la force apparaissent complexes dès que l'on commence à réfléchir à leur sujet. Même si l'on peut affirmer d'un point de vue théorique ou idéal qu'il n'existe pas de « droit du plus fort », force est de reconnaître qu'il est fréquent que le droit finisse par être du côté de la force.

> Annoncez l'opposition entre théorie et réalité qui structure le texte.

C'est bien ce que constate Locke dans cet extrait : en faisant appel au bon sens général, il commence par considérer qu'une « guerre injuste » ne donne jamais aucun droit au vainqueur sur le vaincu. Admettre le contraire serait en effet considérer que le droit est du côté des pirates et des voleurs, ou que des promesses obtenues sous la contrainte ont quelque valeur juridique. Ce qui est d'abord dénoncé comme un véritable monde à l'envers est pourtant présenté à la fin du texte comme la triste réalité : lorsqu'on abandonne la théorie pour examiner le réel, ne constate-t-on pas que la justice est exercée aux dépens des plus faibles par ceux qui revendiquent le droit de l'exercer grâce à leur puissance ?

À en croire Locke, il est évident qu'une guerre injuste ne fonde aucun droit du vainqueur sur le vaincu. « Tous en conviendront aisément » : il suffit de faire appel au sens commun, sans qu'il soit besoin de se lancer dans de longues élaborations théoriques. Il semble en effet raisonnable d'affirmer qu'un agresseur injuste ne peut par une victoire acquérir aucun droit véritable sur le vaincu. En d'autres termes la seule force est incapable de fonder le droit.

> On introduit cet adjectif, qui découle du « sens commun ».

Ne pas l'admettre serait affirmer que, puisque les voleurs et les pirates peuvent l'emporter par la force sur d'autres personnes, ils acquièrent du même coup tous les droits sur elles, ou encore que des contrats extorqués par une force illégitime sont légitimes et lient ceux auxquels on les a imposés.

Cette situation peut sembler trop lointaine ou abstraite au lecteur. Présentons-lui une situation qui le concernera de plus près : un voleur s'introduit chez lui et, sous la menace, extorque une donation. Celle-ci sera-t-elle valable ?

> Examen de la question « Une violence peut-elle fonder le droit ? ».
> La réponse négative d'abord donnée ci-dessus n'est pas « évidente »…

Locke suppose que l'on répond nécessairement par la négative. Et il est peu contestable qu'« en droit », l'acte signé parce qu'on avait le couteau sous la gorge n'a pas de valeur et n'est pas légitime. On peut cependant être tenté d'objecter que le voleur qui s'est emparé de mes biens de cette manière risque de s'en emparer durablement, aussi longtemps que je ne pourrai pas prouver que la donation m'a été extorquée par la force alors que je n'y consentais nullement : la menace ayant été faite sans témoin, ce sera sa parole contre la mienne et rien ne peut garantir que je l'emporterai.

N'hésitez pas à produire un argument que le texte ne propose pas.

Locke suggère que, dans de telles situations, il existe entre la force et le droit une véritable incompatibilité, mais il n'en précise pas la nature. Rousseau y revient dans le *Contrat social* lorsqu'il signale que la force est une puissance physique qui, comme telle, ne peut entraîner aucune « moralité ». La force (la guerre, l'épée) est du côté d'une nécessité à laquelle céder (c'est au mieux une preuve de prudence), alors que le droit est du côté de la justice, de la volonté ou du devoir, qui appartiennent à un univers étranger à celui de la violence.

La référence à Rousseau permet de préciser la nature de l'incompatibilité énoncée par Locke.

Loin de fonder un droit, la force produit « injustice » et « crime » lorsqu'elle s'exerce seule et sans frein. Il en irait autrement si elle était au service de la justice, mais elle est, dans les situations évoquées, au service de la guerre injuste et du vol. Comme l'écrit Pascal, « la force sans la justice est tyrannique », et c'est bien cette tyrannie que Locke ne peut admettre dans la première partie de son texte.

N'hésitez pas à citer d'autres auteurs pour appuyer un argument du texte.

Or, cette tyrannie est toujours la même, qu'elle soit due au « détenteur d'une couronne » ou au « dernier des paysans ». On pourrait imaginer que la tête couronnée risque d'être plus injuste que le paysan, dans la mesure où la première dispose d'un pouvoir dont le second est évidemment privé. Mais il n'en est rien : le crime ne peut être gradué car, dès qu'il y a de l'injustice, elle est tout entière présente. Peu importe qu'elle soit provoquée à l'aide d'une riche épée ou avec un modeste bâton : elle signale toujours la victoire de la seule force et l'inégalité infondée qui s'ensuit.

Le texte pose la question suivante : peut-il exister des degrés dans l'injustice ?

Toutefois, si l'injustice en tant que fait est toujours la même, la faute commise peut connaître des variations. C'est du point de vue moral que l'on peut hiérarchiser les acteurs, et que leur conduite apparaît plus ou moins grave. C'est alors que le « titre » du coupable et « le nombre de ceux qui le suivent » ne peuvent être que des circonstances aggravantes. Plus la force est importante, plus elle a de chances de l'emporter et d'imposer ce qu'elle veut au vaincu. Ce point de vue quantitatif intervient non dans l'appréciation de l'injustice effectuée, mais dans celle des acteurs : c'est alors que l'on a affaire à de « grands brigands », dans tous les sens de l'adjectif.

La définition des « grands brigands » implique un point de vue quantitatif concernant non l'injustice elle-même, mais celui qui l'accomplit.

Une fois établie l'existence de ces « grands brigands », on pourrait s'attendre à ce que Locke nous indique comment s'en débarrasser ou lutter contre l'injustice qu'ils imposent. Mais ce n'est pas dans cette direction qu'il poursuit sa réflexion.

Il pourrait cependant être tentant d'affirmer que, pour les empêcher de nuire, il n'y a pas d'autre voie que la violence, seule capable de renverser leur pouvoir en même temps que leur pseudo-droit. Toutefois, opposer une violence à une autre, n'est-ce pas entrer dans des luttes interminables ? Comme le dira encore Rousseau, « toute force qui surmonte la première succède à son droit », mais cela signifie aussi que le nouveau droit n'est pas mieux fondé que le premier. D'où le « galimatias » que déplore le *Contrat social* : on comprend que Locke ne tienne pas à s'y engager ici…

Il est possible d'introduire une hypothèse qui n'est pas dans le texte.

Pour leur part, les « grands brigands » continuent de recourir à la force en faisant obéir tout le monde et en s'autorisant à punir ceux qui sont sous leurs ordres, précisément pour les « maintenir dans l'obéissance ». S'il y a des « grands brigands », c'est qu'il en existe aussi des « petits », et ces derniers pourraient être tentés, par exemple en s'unissant, de prendre à leur tour le pouvoir. Il est donc nécessaire d'affirmer la puissance des « grands » en même temps que leur droit, qui s'exprime notamment comme « droit de punir ».

Plus cette punition est sévère, plus le pouvoir est confirmé, s'il est vrai, comme le rappelle par exemple Michel Serres, que, poussé à son extrémité, le pouvoir est toujours celui de donner la mort. Les « grands brigands » assurent l'étendue de leur pouvoir en punissant.

N'hésitez pas à actualiser le texte en introduisant une référence contemporaine.

Ils n'ont d'ailleurs rien à craindre de la justice de ce monde : ses moyens sont trop faibles pour les atteindre. En conséquence, c'est à eux que reviennent « les lauriers et les triomphes », alors qu'ils ne les méritent nullement. Non contents de s'imposer par la force, encore faut-il qu'ils en tirent l'exclusivité de la gloire : si celle-ci devait être partagée avec d'autres, elle serait affaiblie en même temps que leur pouvoir. Il ne suffit pas que « les lauriers et les triomphes » soient attribués par les autres, il est préférable pour les « grands brigands » de se les attribuer de leur propre chef et sans demander l'avis de quiconque.

C'est dans la dernière proposition du texte que Locke établit le plus clairement le pouvoir qu'ont les « grands brigands » d'instaurer un monde à l'envers : « ce sont eux qui détiennent le pouvoir qui devrait châtier les coupables ». Mais qui sont les premiers ou principaux coupables ? Eux-mêmes. En sorte qu'au lieu de craindre un châtiment, ils peuvent en distribuer.

On atteint enfin le sommet de la perversion, ou le monde à l'envers.

Le droit d'abord usurpé s'officialise dès lors au détriment des « petits » et devient de moins en moins contestable : établi par la force, il finit par user de la force pour se renforcer et se donner l'aspect d'un droit décidément légitime alors qu'il ne l'est toujours pas. Il n'y a pas de justice, mais seulement la nécessité d'obéir à la force.

Du « droit du plus fort », Rousseau dira, avant d'en contester la simple possibilité, qu'il est « pris ironiquement en apparence, et réellement établi en principe ». Locke montre les conséquences de ce principe, après avoir lui aussi fait comprendre que la force, quelle qu'en soit l'ampleur, ne peut être fondatrice d'un droit : tout ce qu'elle peut obtenir, c'est l'obéissance, mais en aucun cas elle ne peut produire un sentiment de devoir ou se transformer en justice. Cette incapacité aboutit, lorsqu'elle domine, à générer une sorte de monde à l'envers – relativement à ce qui devrait exister. Mais ce monde à l'envers est trop souvent le monde réel. Une fois ce constat opéré, il resterait à proposer une solution : si le monde est aussi injuste, comment en sortir ? Mais telle n'est évidemment pas l'ambition de cet extrait.

On esquisse un prolongement au texte en ouvrant une nouvelle question.

La nature

Faire le point

L'essentiel

1 La nature : principe de développement

• En grec, la *phusis* (du verbe *phuein* : « se développer », « croître ») évoque le **principe dirigeant le développement d'un être**. Tout homme peut ainsi être dit, par essence, « **animal raisonnable** ».

2 La nature : domaine à connaître

• À partir du XVIIe siècle (**Galilée, Descartes**), la nature est considérée comme réductible à un ensemble de **rapports mathématiquement connaissables**, à des lois.

• Sa connaissance prépare sa maîtrise et son exploitation – il s'agit, affirme déjà **Bacon**, de **savoir pour pouvoir** – et aboutit aux problèmes écologiques contemporains.

3 Nature et « naturel »

• L'homme se distingue de la nature et des autres êtres : dépourvu d'instinct, il invente ses conduites et ses règles. Son « **état de nature** » est remplacé par la **culture** et le **déterminisme de la nature** laisse place à la **liberté**.

• La référence au « **naturel** » peut devenir **normative** : elle prétend imposer une conduite comme la seule possible, puisque fondée « naturellement ».

CITATIONS

→ **Aristote** : Sont « par nature, les animaux et leurs parties, les plantes et les corps simples, comme terre, feu, eau, air. »
Physique, IVe siècle av. J.-C.

→ **Kant** : « La nature est l'existence des choses en tant que déterminées par des lois universelles. »
Prolégomènes à toute métaphysique future qui pourra se présenter comme science, 1783

→ **Sartre** : « Il n'y a pas de nature humaine, puisqu'il n'y a pas de Dieu pour la concevoir. L'homme est non seulement tel qu'il se conçoit, mais tel qu'il se veut, et comme il se conçoit après l'existence, comme il se veut après cet élan vers l'existence, l'homme n'est rien d'autre que ce qu'il se fait. »
L'existentialisme est un humanisme, 1946

LEXIQUE

• **écologie** : terme inventé en 1866 par Ernst Haeckel, « science des relations de l'organisme avec l'environnement, comprenant au sens large toutes les conditions de son existence ».

• **écosystème** : association d'espèces vivantes et d'un environnement physique en interaction permanente.

• **état de nature** : fiction théorique supposant un état antérieur, chez les hommes, à leur réunion en société.

• **nature naturante, nature naturée** : expressions par lesquelles Spinoza distingue Dieu (nature naturante), comme cause produisant l'ordre du monde, du réel (nature naturée), qui découle de son action créatrice.

Schéma bilan

PRINCIPE DE DÉVELOPPEMENT	DOMAINE À CONNAÎTRE	LE « NATUREL »
Phusis (« nature » en grec) = principe de **croissance** d'un être.	Depuis le XVIIe siècle, recherche des **lois** de la nature.	L'homme, dépourvu de « nature », doit **inventer sa culture**.
+	+	+
Ensemble des caractères définissant un être comme **conforme** à son espèce.	Cette connaissance des lois prépare l'**exploitation** de la nature.	Ce que l'on prétend « naturel » ignore l'**histoire culturelle**.
+	+	+
Cette « essence » naturelle néglige les **qualités particulières**.	L'association **savoir-pouvoir** aboutit aux **problèmes écologiques**.	Le « naturel » a trop souvent une portée **idéologique**.

En bref **Pour aborder les sujets portant sur ce chapitre, il faut savoir que :**

- la nature est d'abord conçue comme principe dirigeant la croissance d'un être. ☐
- son étude scientifique découvre des lois universelles déterminant tous ses phénomènes. ☐
- la notion de « nature humaine » est douteuse et les inventions culturelles sont variables. ☐
- le recours au « naturel », pour justifier une conduite ou un jugement, peut être idéologique. ☐

J'ai tout coché ? Je passe le test page suivante

Contrôler ses connaissances

corrigés p. 202

QCM

Cocher les bonnes réponses.

1. Le verbe grec *phuein* signifie :
- ☐ **a.** fuir.
- ☐ **b.** apparaître.
- ☐ **c.** croître.
- ☐ **d.** mourir.

2. La nature est vue comme un ensemble de relations ou lois mathématiquement formulables :
- ☐ **a.** au Moyen Âge.
- ☐ **b.** à partir de Platon.
- ☐ **c.** au XIXe siècle.
- ☐ **d.** à partir du XVIIe siècle.

3. Tout homme peut être dit par « essence » :
- ☐ **a.** animal sauvage.
- ☐ **b.** esprit pur.
- ☐ **c.** animal raisonnable.
- ☐ **d.** civilisé.

4. L'homme doit inventer ses conduites :
- ☐ **a.** parce qu'il est dépourvu d'instinct.
- ☐ **b.** parce qu'il est habité par le génie de l'invention.
- ☐ **c.** parce qu'il est toujours insatisfait.

5. L'« état de nature » :
- ☐ **a.** est une période historique dépassée.
- ☐ **b.** est une fiction théorique.
- ☐ **c.** correspond à la vie des sociétés « primitives ».
- ☐ **d.** équivaut à la vie sauvage.

6. Le terme « écologie » date de :
- ☐ **a.** 1924.
- ☐ **b.** 1758.
- ☐ **c.** 1866.
- ☐ **d.** 1966.

Bibliographie

Relier chaque auteur à son ouvrage.

Kant

Aristote

Sartre

- *L'existentialisme est un humanisme*
- *Physique*
- *Prolégomènes à toute métaphysique future qui pourra se présenter comme science*

Notions Relier chaque notion à sa définition.

	Science des relations de l'organisme avec l'environnement
Nature naturante	
	Dieu, cause produisant l'ordre du monde
Écosystème	
	Fiction théorique supposant un état antérieur, chez les hommes, à leur réunion en société
Nature naturée	
Écologie	Association d'espèces vivantes et d'un environnement physique en interaction permanente
État de nature	
	Réel, qui découle d'une action créatrice

Vers le sujet de BAC

DOC. Maurice Merleau-Ponty, *Phénoménologie de la perception*, 1945

L'usage qu'un homme fera de son corps est transcendant à l'égard de ce corps comme être simplement biologique. Il n'est pas plus naturel ou pas moins conventionnel de crier dans la colère ou d'embrasser dans l'amour que d'appeler table une table. Les sentiments et les conduites passionnelles sont inventés comme les mots. Même ceux qui, comme la paternité, paraissent inscrits dans le corps humain sont en réalité des institutions.

Il est impossible de superposer chez l'homme une première couche de comportements que l'on appellerait « naturels » et un monde culturel ou spirituel fabriqué. Tout est fabriqué et tout est naturel chez l'homme, comme on voudra dire, en ce sens qu'il n'est pas un mot, pas une conduite qui ne doive quelque chose à l'être simplement biologique, et qui en même temps ne se dérobe à la simplicité de la vie animale, ne détourne de leur sens les conduites vitales, par une sorte d'*échappement* et par un génie de l'équivoque qui pourraient servir à définir l'homme.

1 Préciser le sens de « transcendant ».

2 Pourquoi Merleau-Ponty commence-t-il par l'évocation du corps ?

3 Que révèle la comparaison entre les sentiments, les conduites passionnelles et les mots ?

4 Comment un mot ou une conduite doivent-ils quelque chose à l'être simplement biologique ?

Sujet guidé

SUJET 4 D'après France métropolitaine, 2015

20 pts 4 h

Dissertation

› **Respecter tout être vivant, est-ce un devoir moral ?**

PAR ÉTAPES

COMPRENDRE LE SUJET

Les mots-clés

- « **Tout être vivant** » : pas seulement l'homme, mais aussi les animaux et au-delà.
- « **Respecter** » : de quel « respect » peut-il s'agir ? Est-il comparable à celui porté à l'être humain ?

L'analyse de l'énoncé

- S'il y a un devoir de respect, est-il nécessairement moral ?
- Ce devoir de respect implique l'universalité des conduites ou la réciprocité : ces notions ont-elles du sens ici ?

Mobiliser ses connaissances

- **Questions d'actualité** : défense des « droits des animaux », problèmes écologiques…
- **Descartes** : on suggère de prendre, par hypothèse, le contre-pied de l'attitude cartésienne (les animaux-machines), et notamment de l'homme « comme maître et possesseur de la nature ».
- Faut-il défendre tous les « vivants » ? Il en existe des dangereux (les virus).

Les pièges à éviter

- Évitez le simple résumé de préoccupations écologiques actuelles.
- N'affirmez pas une idée (contre les expériences médicales utilisant des animaux) sans mentionner ce qui peut la contredire (ces expériences sont quand même utiles).
- Ne vous contentez pas d'emprunter vos exemples à un seul domaine : votre démonstration s'en trouverait restreinte.

ORGANISER SA COPIE

La problématique

- On prend de mieux en mieux conscience des excès de l'anthropocentrisme : l'homme, en considérant que tout est à son service, risque de détruire son environnement, les autres espèces, et finalement lui-même. Faut-il, par réaction, défendre toute forme de vie ? Et où commence la vie ?
- Le devoir moral peut-il impliquer une communauté qui ne soit pas humaine ? Son universalité (même si elle est théorique) s'accompagne de réciprocité. Or, le vivant non humain ne peut ressentir de respect à l'égard de l'homme.
- S'il y a donc des vivants non humains à respecter, c'est peut-être moins pour des raisons strictement morales que pour préserver l'avenir commun – et peut-être doit-on néanmoins observer une « hiérarchie » dans les vivants.

À noter

Un tel sujet dépend à l'évidence d'une certaine « actualité » : il n'aurait pu être posé il y a quarante ans. Dans ce cas, il est justifié que l'introduction de la copie fasse précisément allusion à l'actualité, telle qu'elle se formule dans les médias ou dans la mentalité actuelle. On peut ensuite énoncer les principales questions qu'articulera la copie, qui apparaissent comme autant de manières de justifier indirectement le sujet.

Le plan

I. L'anthropocentrisme prend conscience de ses excès

II. Qu'est-ce que respecter les êtres vivants ?

III. Ce respect peut-il être un devoir strictement moral ?

CORRIGÉ 4

Comprendre le corrigé

L'actualité nous rappelle avec une régularité alarmante à quel point le comportement humain est devenu dangereux pour les autres êtres vivants. Les campagnes contre la souffrance animale, les débats sur la nécessité de préserver l'environnement, les interrogations sur l'attitude à adopter à l'égard de toutes les formes de vie mettent en cause un anthropocentrisme qui, traditionnellement admis, se révèle progressivement de moins en moins soutenable.

Il s'agit de situer le respect de tout être vivant dans un contexte contemporain plus général.

Faut-il dès lors en venir à considérer que le respect de tous les vivants, dans leur diversité maximale, peut ou doit être reconnu comme un devoir moral ? Indépendamment de la bonne conscience qu'apporterait une réponse positive, la question doit être soigneusement examinée car, s'il n'est déjà pas évident que tout vivant mérite le respect, il ne l'est pas davantage que cet éventuel respect ait à voir avec une exigence authentiquement morale. D'une part en effet, il existe des organismes vivants évidemment nocifs, et la coexistence des espèces tient fréquemment de la lutte pour la survie et de la prédation. D'autre part, comment devrait-on respecter des êtres qui ne peuvent en aucun cas témoigner d'une semblable attitude ?

On annonce la double question à laquelle il conviendra de répondre.

Lorsqu'il écrit que le progrès des sciences et des techniques permettra à l'homme de se rendre comme « maître et possesseur de la nature », Descartes, tout en inaugurant une certaine « modernité », reprend philosophiquement ce qu'affirmait déjà la Bible. En effet, après la création du premier couple, Dieu lui dit : « Soyez féconds, multipliez-vous, remplissez la terre et soumettez-la ; dominez sur les poissons de la mer, sur les oiseaux du ciel et sur tout animal qui rampe sur la terre » (Genèse, I, 28).

Il est essentiel de rappeler l'importance du projet cartésien de maîtrise de la nature…

… ce qui permet de faire un lien entre Descartes et la Bible.

À partir de cette double justification – religieuse et philosophique –, la transformation et l'exploitation de la nature, le développement des techniques et du machinisme, l'industrialisation et le souci d'une production sans cesse croissante apparaissent comme légitimes et nécessaires, constituant un « progrès » global, conforme au « sens de l'histoire ».

N'oubliez pas de rattacher les performances techniques à leur arrière-fond idéologique.

Ce progrès, avant tout perceptible dans ses réalisations matérielles, implique que les autres espèces vivantes – Descartes les définissait comme des « animaux-machines » dénués de toute sensibilité, on se contente ultérieurement d'admettre qu'elles sont « inférieures » à l'humanité –, et au-delà la nature dans son ensemble, sont utilisables ou exploitables au profit de l'être humain.

Cependant, les avertissements se multiplient depuis quelques décennies : en exploitant la planète, l'homme ne risque-t-il pas de la détruire ? L'écologie formule un ensemble de problèmes dont la résolution ne va pas de soi : modification du climat, mise en danger et extinction d'espèces animales de plus en plus nombreuses, désertification, catastrophes climatiques de plus en plus fréquentes, etc.

Peut-on continuer à exploiter la nature comme si cela n'avait pas de conséquences ? N'hésitez pas à les énumérer pour situer le sujet dans son contexte.

Parallèlement se manifeste un souci de défendre les animaux : associations et partisans d'une alimentation végétarienne dénoncent les conditions de leur élevage, les souffrances qu'ils subissent dans les abattoirs et leur utilisation en laboratoire.

Au lieu de se concevoir – du moins dans la culture occidentale, mais elle tend à devenir universelle – comme une espèce totalement à part, l'être humain devrait désormais se comprendre comme appartenant à un milieu dont il dépend au même titre que les autres espèces, et de surcroît comme proche de certaines de ces espèces : son patrimoine génétique est voisin de celui de certains singes.

On rappelle que la question posée a du sens avant tout dans la culture occidentale. Cela sera traité plus en détail plus loin dans la copie.

Il serait donc urgent de mettre fin à l'exploitation systématique des ressources naturelles et des autres espèces. La question est non seulement de savoir comment on peut y parvenir, mais aussi d'imaginer par quelle attitude différente cette exploitation doit être remplacée.

On peut par exemple vouloir limiter les dépenses d'énergie. Déjà difficile dans le cadre d'un seul pays, une telle limitation ne peut se concevoir, au niveau international, que fondée sur des décisions prises au même niveau, dont l'application risque d'être aléatoire.

N'hésitez pas à souligner les difficultés réelles d'harmonisation des pratiques.

Il serait aussi nécessaire d'en finir avec l'extinction des espèces animales : elles disparaissent de plus en plus rapidement, en raison des activités humaines qui modifient leurs conditions d'existence (pollution de l'air, changement climatique, etc.). Comment, par exemple, protéger la faune sous-marine alors que les océans sont envahis de déchets ? Il conviendrait également de protéger la flore, puisque des espèces animales en dépendent étroitement.

Dans un tel contexte, imposer comme un devoir le respect de tous les êtres vivants constitue une solution plus « idéologique » qu'immédiatement pratique. Mais ne peut-on admettre que c'est aussi en modifiant nos conceptions relatives aux espèces vivantes et aux relations que nous avons avec elles que l'on finira par changer les comportements ?

Il est d'ailleurs notable que, en dehors de la culture occidentale, des cultures « traditionnelles » se montrent autrement attentives au maintien de leur environnement et à une juste mesure dans ce que l'on peut ravir à la nature – notamment par la chasse ou la pêche.

Reprise plus développée de la remarque sur le caractère d'abord occidental de la question.

Dans certaines conceptions du monde, la vie en elle-même est sacrée : il convient d'en protéger toutes les formes, et plus spécialement de ne pas produire de déséquilibres en s'autorisant à exploiter sans limites les ressources naturelles et les animaux. C'est bien parce que les espèces animales appartiennent au même univers que l'homme qu'il faut, avant de partir chasser, les prévenir de la nécessité où l'on se trouve d'en tuer quelques représentants pour survivre.

Mais attribuer à ce qui vit ce caractère sacré peut-il concerner tous les vivants sans exception ? Cela paraît aussitôt difficile si l'on songe à l'existence des virus : si leur vie est sacrée, c'est celle de l'homme qui ne l'est pas.

On renverse la perspective pour souligner la complexité du problème.

Il n'en reste pas moins que la réalité des souffrances animales est sans doute la raison la plus immédiate de modifier nos habitudes.

Première approche de la notion de respect : ne pas faire souffrir.

Certaines de ces souffrances semblent relativement faciles à supprimer, lorsqu'il y va des conditions d'élevage ou d'abattage des espèces destinées à la consommation : de meilleurs contrôles de ces conditions sont concevables.

Par contre, d'autres situations semblent mériter davantage de réflexion : les expérimentations menées sur des animaux peuvent être cruelles, mais ne permettent-elles pas d'améliorer les conditions de l'existence humaine ?

En réagissant ainsi, on implique que la vie humaine a davantage de valeur que la vie de tout autre animal. L'antispécisme nie radicalement cette prétendue « supériorité » : pour ses partisans, il convient de ne plus attenter à la vie des animaux, redéfinis comme espèces dotées de sensibilité – même pour se nourrir. Ce respect de tout animal, qui tend à l'assimiler à l'équivalent d'une personne, ne va pas sans poser quelques problèmes : n'implique-t-il pas pour l'homme une sorte de régression ou de vague retour à une « nature » (d'ailleurs

Mise en évidence d'un anthropocentrisme durable. D'où la réaction de l'antispécisme.

On interroge la notion même de « nature ».

historiquement modifiée par le travail de l'humanité) où peuvent régner l'accroissement incontrôlé de certaines espèces (sangliers ou lapins destructeurs de cultures) et des conflits entre espèces ?

Malgré les difficultés pratiques que l'on entrevoit, les changements d'attitude à l'égard des animaux peuvent être encouragés dans la mesure où ils apporteraient une satisfaction « morale » : si l'on admet que les animaux sont dotés de sensibilité, il est évident que mieux vaut ne pas les faire souffrir et cesser de les maltraiter, même si c'est dans l'intérêt proche ou lointain des hommes.

Il faut pourtant s'interroger sur ce que l'on considère comme « être vivant ». L'argument de la non-souffrance peut aussi être utilisé par des opposants à l'IVG, qui font valoir que la formation de terminaisons nerveuses à la fin de la période embryonnaire signale l'existence d'un être sensible et doit en conséquence entraîner l'interdiction de l'avortement. Laisser n'importe quelle grossesse aller jusqu'à son terme, n'est-ce pas en respecter le déroulement naturel ?

> On signale que la non-souffrance constitue un argument ambigu.

Cette allusion au « naturel » ou à la « nature » – qui peut d'ailleurs servir selon des points de vue très différents (n'est-il pas « naturel » que l'homme consomme de la chair animale, puisqu'il le fait depuis la préhistoire ?) – inclut-elle nécessairement une référence à la morale ?

On peut admettre que la désignation de la « nature des choses » ou de ses « lois éternelles » est beaucoup plus idéologique que morale : elle sert volontiers à contredire (ou à ignorer) l'histoire et ce qu'elle peut modifier dans l'existence des hommes et dans leurs mentalités, et sous-entend des choix de valeurs elles-mêmes affirmées comme « éternelles », en réalité hostiles à tout changement.

> Deuxième mise en cause de la notion de « nature », qui montre sa dimension idéologique.
>
> Cet aspect est davantage développé dans le sujet 12, p. 144.

Il reste par ailleurs difficile de considérer l'homme comme un être vivant exactement comme les autres. Car il se distingue des espèces dont il est le plus proche par sa capacité symbolique, son langage et son mode d'être historique.

> Comment admettre que l'homme n'est qu'un vivant parmi d'autres ?

Il est de plus le seul qui puisse se demander s'il doit respecter les autres êtres vivants ou se poser des questions à propos de la morale. Même en admettant par hypothèse que d'autres êtres vivants pourraient le faire, on peut ajouter que ce serait sans en être conscients.

L'idée d'un devoir moral n'a ainsi de sens que pour l'homme lui-même. Mais cela signifie-t-il qu'elle n'a également de sens qu'à l'égard de l'homme lui-même, ou peut-on en généraliser la portée à l'égard de tous les vivants ?

Dans sa version kantienne, le devoir est caractérisé par son universalité. Mais il ne concerne que des personnes, c'est-à-dire des êtres humains considérés comme fins, et jamais comme moyens.

Puisqu'il est question du « devoir moral », on se réfère à sa conception la plus stricte.

Respecter tous les vivants reviendrait ainsi à ne pas les traiter comme de simples moyens (à ne pas en consommer la chair, à ne pas les utiliser pour leur capacité à « travailler » à notre profit, etc.). Cela les transforme-t-il en l'équivalent de personnes dotées de droits ?

Cette question revient à se demander si l'on peut concevoir des êtres qui, sans être des moyens, ne soient pas non plus des fins. Que leur manque-t-il pour être des fins ? Sans doute la pratique de la réciprocité, impliquée par l'universalité du devoir. Nous pouvons ressentir la nécessité de respecter tous les êtres vivants, mais comment garantir qu'ils agissent de même à notre égard ? Cette question peut sembler inutile, tant il va de soi que certaines espèces sont dangereuses, non seulement pour d'autres espèces animales mais aussi pour nous.

Soulignez que le devoir implique la réciprocité, qui n'est concevable qu'entre personnes mais reste absente des relations entre l'homme et les autres êtres vivants.

Toutefois, le respect de tout être vivant ne relève peut-être pas de la morale pure, mais d'un intérêt à long terme (ou, si l'on préfère, d'une sorte de morale utilitariste).

Hans Jonas évoque ainsi un « principe responsabilité » qui devrait désormais se substituer à l'impératif catégorique de Kant : il conviendrait d'agir de telle manière que nos comportements ne puissent remettre en question la poursuite de la vie sur Terre. Nous sommes responsables non seulement par rapport à nos contemporains, mais au moins autant, sinon davantage encore, relativement à nos descendants.

Le recours à Jonas permet d'adopter un point de vue différent sur la question.

Ce qui devrait susciter le respect des vivants, c'est la possibilité de la poursuite de la vie.

C'est dans ce contexte que le respect des êtres vivants (mais peut-être pas de tous) trouve sa signification ou sa portée, aussi bien politique (au sens général de la possibilité d'une vie commune) que morale. Ce respect pourrait d'ailleurs s'accompagner de pratiques de régulation des espèces, tenant compte aussi bien des intérêts de l'homme que de celui des autres vivants.

Lorsqu'on évoque les droits des êtres vivants en général, on oublie peut-être un peu vite que l'existence de droits implique celle de devoirs. S'il est à l'honneur de l'homme de vouloir modifier son rapport avec les autres êtres vivants, cela ne peut aboutir à une réciprocité réelle : une charte interdisant la souffrance inutile des animaux ne peut être mise sur le même plan que la Déclaration des droits de l'homme. De plus, une telle charte, ou toute autre du même genre au profit des êtres vivants non humains, relèverait sans doute davantage de l'organisation politique (si possible mondiale) que d'une exigence authentiquement morale, qui n'a décidément de signification que dans l'univers de la réciprocité humaine.

Pour conclure, on relie la notion de droit à celle de devoir, orientant ainsi la question vers la politique plutôt que la morale.

La science

Faire le point

L'essentiel

1 La science est un mode de connaissance tardif

- Pour les Grecs, la science est un **savoir supérieur** et **théorique** : c'est chez **Aristote**, la « métaphysique » comme **science de l'être en tant qu'être.**
- Au sens moderne (depuis le XVIIe siècle), la connaissance scientifique, **objective** et **universelle**, recourt à la **mathématisation** de ses résultats et rassemble les lois concernant un domaine dans des **théories** successives.

2 Les différentes disciplines scientifiques

- Les **sciences formelles** (mathématiques et logique) pratiquent la **déduction pure** à partir d'axiomes.
- Les **sciences expérimentales** élaborent les **lois** relatives aux objets sur lesquels il est possible d'expérimenter.
- Les **sciences humaines** (histoire, psychologie…) étudient l'être humain dans ses **dimensions spécifiques**.

3 Science et pouvoir

- Les connaissances en biologie font craindre de multiples **manipulations du corps humain**. Plus globalement, le développement scientifique confirme la **puissance**, économique et politique, des pays qui l'encouragent.
- Attendant de la science des réponses à toutes ses inquiétudes, le « public » renonce à la **rationalité** et privilégie des **croyances** parareligieuses ou sectaires.

CITATIONS

→ **Comte :** « Dans l'état positif, l'esprit humain […] renonce à connaître les causes intimes des phénomènes pour s'attacher uniquement à découvrir, par l'usage bien combiné du raisonnement et de l'observation, leurs lois effectives. »
Cours de philosophie positive, 1830

→ **Bachelard :** « Accéder à la science, c'est spirituellement rajeunir, c'est accepter une mutation brusque qui doit contredire un passé. »
La Formation de l'esprit scientifique, 1938

→ **Jacob :** « Dans la démarche scientifique, c'est toujours la théorie qui a le premier mot. Les données expérimentales ne peuvent être acquises, elles ne prennent de signification qu'en fonction de cette théorie. »
Sexualité et diversité humaine, 1979

LEXIQUE

- **déterminisme :** principe de toute science expérimentale selon lequel « les mêmes causes produisent toujours les mêmes effets », ce qui nie l'intervention du hasard.
- **expérimentation :** dispositif qui permet de reconstituer en laboratoire un phénomène naturel dont on contrôle les variations pour vérifier une hypothèse.
- **induction :** démarche opérant, dans les sciences expérimentales, le passage des faits expérimentés (en nombre nécessairement restreint) à la loi (universelle).

Schéma bilan

MODE TARDIF DE CONNAISSANCE	LA OU LES SCIENCES ?	SCIENCE ET POUVOIR
Aristote « *La métaphysique est la science de l'être en tant qu'être.* »	Les **sciences formelles** développent les conséquences d'**axiomes**, sans objet empirique.	Le développement scientifique confirme la **puissance** des États qui l'encouragent.
+	+	+
Depuis le XVIIe siècle, connaissance **objective** et **universelle**.	Les **sciences expérimentales** élaborent les **lois** concernant les phénomènes empiriques.	Les connaissances peuvent modifier négativement l'**environnement** et peut-être l'**homme**.
+	+	+
Les lois, mathématisées, sont rassemblées dans des **théories**.	Les **sciences humaines** étudient l'être humain dans ses **dimensions spécifiques**.	Le public est souvent **déçu** par la lenteur des **avancées** de la science.

En bref **Pour aborder les sujets portant sur cette notion, il faut savoir que :**

- la philosophie, ou métaphysique, était pour les Grecs la science par excellence. ☐
- la science « moderne » ne se développe qu'à partir du XVIIe siècle. ☐
- il convient de distinguer, par leurs objets et leurs méthodes, les sciences formelles, les sciences expérimentales et les sciences humaines. ☐
- la science confère un pouvoir qui peut être mortifère. ☐
- la science déçoit ceux qui en attendent des réponses à toutes leurs interrogations. ☐

J'ai tout coché ? Je passe le test page suivante

Contrôler ses connaissances

corrigés p. 203

QCM *Cocher les bonnes réponses.*

1. La connaissance scientifique se veut :
- ❑ **a.** objective et nationale.
- ❑ **b.** subjective et universelle.
- ❑ **c.** objective et universelle.
- ❑ **d.** particulière et nationale.

2. Chez Aristote, la métaphysique est :
- ❑ **a.** la science des objets physiques.
- ❑ **b.** la science de l'être en tant qu'être.
- ❑ **c.** la science de la nature.
- ❑ **d.** un ensemble de métaphores concernant la nature.

3. La connaissance scientifique se construit expérimentalement :
- ❑ **a.** dans l'Antiquité.
- ❑ **b.** au XIXe siècle.
- ❑ **c.** au XVIIe siècle.
- ❑ **d.** au XVIIIe siècle.

4. On classe dans les sciences formelles :
- ❑ **a.** la biologie et la médecine.
- ❑ **b.** le droit et la jurisprudence.
- ❑ **c.** la physique et la biologie.
- ❑ **d.** les mathématiques et la logique.

5. Le principe du déterminisme affirme que :
- ❑ **a.** les mêmes causes produisent toujours les mêmes effets.
- ❑ **b.** le hasard fait parfois bien les choses.
- ❑ **c.** les comportements humains sont déterminés par des lois physiques.
- ❑ **d.** il y a des effets sans cause.

6. Une hypothèse constitue ou propose :
- ❑ **a.** une variante d'un phénomène observé.
- ❑ **b.** une proposition vraisemblable.
- ❑ **c.** une explication anticipée.
- ❑ **d.** un raisonnement inductif.

Vrai ou Faux *Indiquer si les propositions sont vraies ou fausses.*

1. La connaissance scientifique ne donne pas à ses lois une formulation mathématique. V ❑ F ❑
2. Les sciences humaines étudient l'être humain dans ses dimensions spécifiques. V ❑ F ❑
3. Le coût du développement scientifique est nécessairement constant. V ❑ F ❑
4. La puissance d'une nation est indépendante du développement scientifique qu'elle favorise. V ❑ F ❑
5. Selon François Jacob, les données expérimentales n'ont de signification qu'en fonction de la théorie qui les précède. V ❑ F ❑
6. Les obstacles épistémologiques les plus sérieux sont toujours d'origine sociale. V ❑ F ❑

Notions *Relier chaque philosophe à sa théorie.*

Aristote

Comte

Serres

Bachelard

1. état positif
2. obstacle épistémologique
3. domination de la science
4. métaphysique

Vers le sujet de BAC

DOC. Auguste Comte, *Cours de philosophie positive*, 1830

Dans l'état théologique, l'esprit humain dirigeant essentiellement ses recherches vers la nature intime des êtres, les causes premières et finales de tous les effets qui le frappent, en un mot vers les connaissances absolues, se représente les phénomènes comme produits par l'action directe et continue d'agents surnaturels plus ou moins nombreux, dont l'intervention arbitraire explique toutes les anomalies apparentes de l'univers.

Dans l'état métaphysique, qui n'est au fond qu'une simple modification générale du premier, les agents surnaturels sont remplacés par des forces abstraites, véritables entités (abstractions personnifiées) inhérentes aux divers êtres du monde, et conçues comme capables d'engendrer par elles-mêmes tous les phénomènes observés, dont l'explication consiste alors à assigner pour chacun l'entité correspondante.

1. Montrer, en se référant à la citation de Comte fournie dans « L'essentiel », en quoi ces deux états ne sont pas « positifs » ou scientifiques.
2. Préciser les notions de « causes premières et finales ».
3. En quoi les connaissances de ces causes sont-elles « absolues » ?
4. Expliciter le fait que les agents surnaturels sont « plus ou moins nombreux » : à quoi cela fait-il allusion ?
5. À quel état appartient une explication telle que « la nature a horreur du vide » ?

Sujet guidé

SUJET 5 D'après France métropolitaine, juin 2013

20 pts — 4 h

Explication de texte

Expliquer le texte suivant :

Qu'est-ce qu'un jugement vrai ? Nous appelons vraie l'affirmation qui concorde avec la réalité. Mais en quoi peut consister cette concordance ? Nous aimons à y voir quelque chose comme la ressemblance du portrait au modèle : l'affirmation vraie serait celle qui copierait la réalité. Réfléchissons-y cependant : nous verrons que c'est seulement dans des cas rares, exceptionnels, que cette définition du vrai trouve son application. Ce qui est réel, c'est tel ou tel fait déterminé s'accomplissant en tel ou tel point de l'espace et du temps, c'est du singulier, c'est du changeant. Au contraire, la plupart de nos affirmations sont générales et impliquent une certaine stabilité de leur objet. Prenons une vérité aussi voisine que possible de l'expérience, celle-ci par exemple : « La chaleur dilate les corps ». De quoi pourrait-elle bien être la copie ? Il est possible, en un certain sens, de copier la dilatation d'un corps déterminé à des moments déterminés, en la photographiant dans ses diverses phases. Même, par métaphore, je puis encore dire que l'affirmation « cette barre de fer se dilate » est la copie de ce qui se passe quand j'assiste à la dilatation de la barre de fer. Mais une vérité qui s'applique à tous les corps, sans concerner spécialement aucun de ceux que j'ai vus, ne copie rien, ne reproduit rien.

Henri Bergson, *La Pensée et le mouvant*, 1934.

PAR ÉTAPES

COMPRENDRE LE SUJET

Le plan du texte

- **Quatre premières phrases.** Repérage de la vérité comme concordance avec la réalité, ou copie de celle-ci.
- **Phrases 5 et 6.** Critique de ces définitions : le réel ne peut pas être copié parce qu'il est généralement singulier et changeant, la possibilité de copier n'est qu'exceptionnelle.
- **Phrases 7, 8 et 9.** Nos affirmations générales supposent un objet stable, et non changeant.
- **Fin du texte.** À partir d'un exemple simple, on constate qu'une formulation générale (= abstraite) n'est que métaphoriquement « copie » de ce que l'on observe. Une vérité concernant tous les cas ne peut rien copier.

L'analyse du texte

- **Thèse de l'auteur** : pour Bergson, la vérité qui s'énonce par des propositions générales ne peut pas copier le réel, puisque ce dernier est par définition mouvant.
- On retrouve dans cet extrait l'opposition bergsonienne entre la réalité en constante transformation et la version défectueuse que peut en donner l'intelligence.

Mobiliser ses connaissances

- La vérité scientifique est formulée par des lois qui sont par définition universelles et concernent *a priori* tous les cas semblables.
- Aristote affirme déjà qu'il n'y a de science que du général.
- C'est l'universel qui rend le « réel » intelligible.
- On rencontre chez Nietzsche une critique des concepts (toujours généraux) dont on peut rapprocher Bergson.

Les pièges à éviter

- Ne pas « rameuter » ce que l'on peut connaître des thèses de Bergson sur l'élan vital, la mémoire ou la morale… Ce serait évidemment hors sujet.
- Ne tenir compte du raisonnement expérimental qui permet d'aboutir à une loi qu'en fin de copie, en prenant quelque distance avec Bergson qui prend ici « expérience » dans une acception empirique.

À noter

Lorsqu'un texte à expliquer peut sembler, comme cet extrait, assez facile à comprendre, on en profite pour en expliciter tous les aspects, et pour ensuite, éventuellement, objecter que la thèse de l'auteur néglige certains aspects positifs de ce qu'il critique.

CORRIGÉ 5

Comprendre le corrigé

Il n'est guère original de vouloir la vérité ou de la chercher. La science s'y consacre, et nous admettons volontiers que ses lois nous procurent certaines vérités. Mais comment définir ces dernières et qu'en attendre ?

Une conception classique considère que les vérités « concordent » avec la réalité. Bergson assimile cette concordance à la ressemblance qui peut exister entre un modèle et son portrait, pour montrer qu'une telle concordance entre vérité et réalité est impossible. Si l'on considère qu'est réel ce qui se manifeste en telles circonstances avec telles qualités, on insiste sur la singularité et la variabilité de ce réel. Dès lors, une proposition universelle, qui néglige par définition ce qui relève de la singularité, ne peut coïncider avec ce réel. Or les lois scientifiques sont bien universelles. Quelle est alors la réalité qu'elles peuvent concerner ?

> On signale dans l'introduction que le réel tel que le définit Bergson ne peut être pris en charge par les lois scientifiques.

La définition proposée par Bergson au début de ce texte n'est pas spécialement originale. Sans être philosophe de profession, on admet volontiers qu'une affirmation est vraie si elle concorde avec la réalité. Et de son côté, l'historien de la philosophie est tout prêt, dans un tel contexte, à faire allusion à Thomas d'Aquin pour rappeler que la vérité est bien adéquation entre une chose et sa représentation, conception que l'on retrouve jusque chez des logiciens comme Tarski : un énoncé est vrai lorsqu'il correspond à la réalité qu'il désigne. Par exemple, l'énoncé « La neige est blanche » est vrai si et seulement si la neige est effectivement blanche, ce qui suppose qu'il y ait une entente ou un accord entre les interlocuteurs sur la définition préalable de la neige ou de la blancheur.

> On situe Bergson dans une tradition philosophique.

> On peut fournir un exemple étranger au texte pour préciser dans quel cas la vérité peut être définie par l'adéquation à l'expérience sensible.

Pour Bergson, la concordance entre l'énoncé et le réel peut être comparée à la ressemblance qui existe (du moins dans la figuration qui se veut réaliste) entre un modèle et son portrait. Si le peintre n'a pas suffisamment respecté cette ressemblance, on peut refuser son portrait comme étant « faux » ou trompeur. De même, une proposition qui ne copierait pas la réalité sera refusée comme fausse.

> Il n'est pas nécessaire de reprendre la comparaison (le portrait) sans la développer davantage, mais en signalant au passage qu'elle suppose une conception un peu étriquée de la figuration en peinture.

Si la vérité consiste de la sorte à « copier » le réel, on voit que l'accumulation de propositions vraies finirait par composer une doublure du réel, totalement à sa ressemblance.

Est-il toutefois si facile de copier le réel ? Et nos affirmations, quand nous les admettons comme vraies, sont-elles de nature à effectuer de telles copies ?

En réfléchissant (puisque Bergson nous y invite), nous pouvons aisément constater que cette conception de la vérité n'est elle-même vérifiée ou applicable que dans des cas rares ou exceptionnels. Et cela vient de la différence existant entre les qualités du réel et celles de nos propositions. Le premier est toujours singulier, alors que les secondes sont générales, sinon universelles.

Opposition globale entre le « réel » pour Bergson et nos propositions générales.

Ce que Bergson nomme « réel » – et qui rejoint sans doute une opinion assez commune – correspond en effet à ce que nous percevons : c'est un « fait déterminé », apparaissant « en tel ou tel point de l'espace et du temps », « singulier » et « changeant ». Est ainsi soulignée la singularité du fait réel, pour ne pas dire son unicité, en même temps que son instabilité : un fait perçu se modifie sous notre regard, et cette transformation le rend encore plus singulier.

Le « réel » de Bergson est ce que l'on perçoit : toujours singulier et instable.

En revanche, nos propositions vraies sont « générales » : elles concernent une pluralité, sinon une infinité de faits semblables ; elles supposent d'autre part que l'objet qu'elles considèrent est bien « stable » : il peut être strictement défini et ne risque pas de se modifier.

Si l'on essaie de préciser les « cas rares, exceptionnels » qui peuvent confirmer la définition du vrai comme copie, on peut supposer que leur singularité peut être prise en charge par des propositions qui ne seront pas générales (et encore moins universelles).

On n'hésite pas à préciser un peu le texte pour souligner que le réel est toujours divers.

Dans l'exemple fourni par Tarski, la proposition « La neige est blanche » ne fait que mettre en valeur un prédicat inclus dans la définition du sujet, et elle est presque tautologique. Dans ce cas, elle reste vraie lorsque le réel la confirme ; mais si ce réel (tel qu'il se propose à un autre moment) ne la confirme pas (parce que la neige a été salie),

Retour sur l'exemple antérieur de Tarski : la vérité comme « copie » implique la variation des propositions elles-mêmes.

elle devient fausse, et doit être remplacée par « La neige est sale ». C'est ainsi le réel qui modèle la formulation pour que soit confirmée la copie.

Mais on peut aussi rencontrer des cas où le prédicat est plus aisément applicable parce que le sujet ne change pas (du moins pas trop vite). Si je dis « Jean est blond » et si Jean est effectivement blond, ma proposition est vraie, mais elle n'est pas générale puisqu'elle ne concerne qu'un individu singulier. Tout au plus risque-t-elle de devenir fausse si Jean devient chauve. De telles « exceptions », qui viennent confirmer tant bien que mal la définition de la vérité comme copie, nous livrent sans doute des vérités, mais dont l'intérêt scientifique est inexistant. Lorsqu'il est question de vérité scientifique, la copie devient apparemment impossible : c'est ce qu'illustre l'exemple fourni dans le texte.

> Autre exemple de vérité-copie : liée à un objet singulier, elle n'a pas d'intérêt scientifique.

La loi citée est simple : « La chaleur dilate les corps ». Comment ou de quoi peut-elle être la copie ? La réponse critique de Bergson consiste en deux objections.

Il va d'abord jusqu'à admettre que l'on peut « en un certain sens » copier « la dilatation d'un corps déterminé en des moments déterminés » : il suffirait de photographier des moments successifs de cette dilatation. Chaque cliché montrerait un état du corps, et l'on pourrait constater sa dilatation progressive. Toutefois, ce qui serait ainsi photographié ne pourrait être la totalité que désigne l'expression « les corps », ce ne serait qu'un « corps déterminé ». D'où la seconde objection.

Puisque le « corps déterminé » est une barre de fer, on admettra que la proposition « cette barre de fer se dilate » est métaphoriquement la copie de ce qui se passe quand je vois la barre de fer se dilater. Mais cette proposition n'est pas la même que celle qui affirme que « la chaleur dilate les corps » : la première concerne un phénomène particulier auquel je peux assister, la seconde est universelle et ne concerne « spécialement » aucun des corps que j'ai pu voir (ou que je verrai jamais) dans mon expérience.

> Bergson va développer deux objections à la notion de copie :
>
> (1) on peut photographier les états successifs d'un corps, mais ce dernier reste particulier (« déterminé ») ;
>
> (2) différence entre ce qu'enseigne l'expérience sensible (« cette barre de fer se dilate ») et la vérité universelle (« la chaleur dilate les corps »).

Une conclusion semble s'imposer après l'analyse de l'exemple : la vérité générale ou universelle

« ne copie rien, ne reproduit rien ». Il est en effet impossible de copier simultanément tous les corps, ou, plus modestement, d'en faire l'expérience. On ne peut saisir du réel que des singularités, et ce n'est donc pas en s'appuyant sur ce que l'on saisit du réel que l'on peut formuler des propositions universelles.

On formule la question implicite : s'il n'y a pas copie, d'où provient la vérité ?

Celles-ci ne sont pas des copies ou des imitations. Elles ne peuvent dès lors que dépendre de l'activité de l'esprit. De même que tout concept résulte d'une abstraction opérée à partir de divers objets sensibles, c'est l'intelligence qui *épure* le réel pour n'y considérer que ce qu'il présente d'universalisable. Faute de quoi l'expérience scientifique serait impossible, de même que la formulation de lois. Dans le raisonnement expérimental, c'est par induction que l'on admet que le cas sur lequel on expérimente est représentatif (malgré ce qui pourrait apparaître comme sa singularité) de tous les cas semblables : il propose en lui-même un fonctionnement universel.

Réponse (qui n'est pas non plus dans le texte) : d'une activité de l'esprit, et de l'induction liée à l'expérimentation.

C'est pourquoi ce que Bergson nomme ici « réel », qui correspond à peu près à ce que la mentalité commune nomme de la même façon, n'a pas grand-chose en commun avec ce que les vérités de la science livrent comme tel. Parce qu'il n'y a de science que du général, comme l'affirmait déjà Aristote – bien que ce fût en prenant le mot « science » dans un sens qui ne coïncide pas avec son acception actuelle –, les singularités y sont par principe abandonnées ou effacées, et le discours scientifique ne s'intéresse qu'aux catégories ou aux classes d'objets, n'en retenant que ce qu'ils ont en commun.

On souligne que le « réel » de Bergson n'a pas grand-chose à voir avec ce que prennent en charge les vérités scientifiques (elles ne concernent que des concepts abstraits).

C'est précisément ce que Bergson reproche simultanément aux concepts et aux vérités scientifiques : le réel y est oublié au profit d'abstractions intellectuelles qui s'en éloignent.

Si le réel se trouve de la sorte abandonné ou occulté par les vérités universelles, l'image que ces dernières nous en donnent a néanmoins un avantage : elle répond aux exigences de notre action.

Il est évident que l'universalité d'un concept a les mêmes avantages : si, pour désigner chaque singularité du réel, nous devions utiliser un mot

On entreprend de souligner les avantages d'une connaissance universelle :

(1) elle facilite notre action ;

(2) on retrouve un avantage semblable dans le concept, dont Bergson se méfie aussi, puisqu'il éloigne du « réel ».

particulier, notre vocabulaire serait immédiatement impossible à connaître en entier et à mémoriser. Nous deviendrions incapables de parler, même dans une situation banale, parce qu'il nous faudrait recourir inlassablement à des termes ne correspondant qu'aux circonstances singulières. Le concept nous éloigne peut-être du réel, mais il nous permet de l'évoquer, même si c'est en le déformant.

Avec les vérités universelles, nous sommes dans une position comparable : savoir que « la chaleur dilate les corps » ne tient pas compte des singularités de tel corps ou de telle barre de fer (sa couleur, sa longueur, etc.), mais nous permet de prévoir ce qui va se passer si nous l'exposons à la chaleur. Dans cette opération, il n'importe pas que ce soit tel ou tel corps, à telle heure et à tel endroit, qui se trouve exposé : seul compte le fait que le corps va être dilaté comme n'importe quel autre.

Rappel utile : la loi permet de prévoir un phénomène.

Ainsi, ce n'est pas le réel comme divers qui donne naissance à la vérité universelle, mais c'est bien plutôt cette dernière qui nous informe sur le réel, sans toutefois tenir compte de sa diversité.

Dans cette optique, que la vérité « copie » quelque chose ou non est sans doute moins important que le pouvoir qu'elle apporte à l'esprit : d'une réalité chaotique et désordonnée, qui a sans doute ses charmes qualitatifs mais risque d'être impossible à maîtriser, elle fait une réalité intelligible par les lois et leur universalité. Ce réel intelligible correspond-il à un réel en soi ?

C'est donc bien l'universel (loi ou concept), deuxième avantage, qui rend le réel intelligible. Mais de quel réel s'agit-il ? Sans être celui que l'on perçoit, est-il le réel « en soi » ?

Rien n'est moins sûr : nous savons bien que l'appellation « barre de fer » ne correspond qu'à un certain niveau d'appréhension du réel, et que ce dernier peut être interprété autrement qu'en termes de matière et de forme. Et si les vérités de la science nous livraient le réel tel qu'il est, il y a longtemps que la science serait achevée.

La critique proposée par Bergson de la vérité-imitation peut rappeler, au moins partiellement, celle menée par Nietzsche contre l'universalité des concepts et les falsifications d'une science substituant à l'effervescence de la réalité les illusions de l'identité et des lois. Dans les deux cas, c'est au nom du « réel » que l'on déplore les égarements de

On opère un rapprochement entre Nietzsche et Bergson, fondé sur leur critique de l'intelligence abstraite.

l'intelligence. On doit néanmoins reconnaître que l'universel facilite l'action et la communication.

Pour ce qui est du réel, indépendamment des constructions « vraies » que nous en livre la science, nous pouvons toujours nous satisfaire de ce que nous en croyons percevoir, pourvu que nous sachions aussi que nous en est ainsi exposée une version très superficielle.

Le travail

Faire le point

L'essentiel

1 Le travail est une nécessité pour l'humanité

- Le travail a d'abord été jugé **indigne** de l'homme : chez les Grecs, seuls travaillent les esclaves, qui équivalent à des « outils animés » **(Aristote)**, et selon la tradition chrétienne, c'est après son **expulsion du paradis** qu'Adam doit « gagner son pain à la sueur de son front ».
- Le travail est **nécessaire** parce que la nature ne peut combler les besoins des humains, qui doivent **la transformer** pour survivre. Le travail humain se différencie dès lors de l'activité animale.

2 Le travail ne cesse d'évoluer historiquement

- La division du travail apparaît initialement **avantageuse** puisqu'elle facilite la production. Mais dans la société industrielle, le sens du travail est **inversé** : l'ouvrier ne définit aucun aspect de son travail.
- Pour **Nietzsche**, la **survalorisation** du travail, qui étouffe le désir individuel, assure la tranquillité sociale.

3 Le travail définit l'humanité

- Satisfaisant des besoins primaires, le travail en suscite d'autres. L'être humain **se modifie parallèlement** : il acquiert selon **Hegel** sa **liberté authentique** en retrouvant dans le réel la preuve de son efficacité. C'est ainsi son **histoire** qui est liée à l'existence du travail.

CITATIONS

→ **Platon** : Des biens « seront de meilleure qualité et produits plus facilement si chacun ne s'occupe que d'une chose selon ses dispositions naturelles. »
La République, IVe siècle av. J.-C.

→ **Marx** : « Le travail est extérieur à l'ouvrier, c'est-à-dire qu'il n'appartient pas à son être. »
Ébauche d'une critique de l'économie politique, 1844

→ **Nietzsche** : « Une société où l'on travaille sans cesse durement jouira d'une plus grande sécurité : et c'est la sécurité que l'on adore maintenant comme divinité suprême. »
Aurore, 1881

→ **Hegel** : Par le travail, « le soi fait de ses déterminations la forme des choses et [...] dans son ouvrage, il a l'intuition de lui-même comme réalité objectale. »
Propédeutique philosophique, 1811

LEXIQUE

- **aliénation :** au sens philosophique, fait d'être sous la dépendance d'autrui ou passage de l'indépendance naturelle à la liberté civile. Dans la tradition marxiste, caractérise la situation du prolétaire.
- **loisir :** temps libéré du travail. Jusqu'au Moyen Âge, on le confond avec l'oisiveté, consacrée à l'enrichissement intellectuel.
- **lutte des classes :** elle traverse, pour Marx, l'histoire de toute société en opposant les propriétaires des moyens de production et les travailleurs.

Schéma bilan

UNE NÉCESSITÉ

L'esclave antique, qui travaille, est un « **outil animé** » et **non pas un homme**.

+

Le travail répond au besoin d'obtenir de la nature de quoi **survivre**.

+

Le travail humain se différencie de l'**activité animale**.

UNE ÉVOLUTION HISTORIQUE

La **division** du travail facilite la **production**.

+

L'**organisation** du travail en modifie la portée : le travail **industriel** devient **aliénant**.

+

Nietzsche

« Le travail étouffe le désir individuel et assure la tranquillité sociale. »

DÉFINITION DE L'HUMANITÉ

Satisfaisant certains **besoins**, le travail en suscite d'autres.

+

Hegel

« Le travailleur trouve dans ce qu'il produit la preuve de son efficacité. »

+

Le travail, en modifiant l'**humanité**, génère son **histoire**.

En bref **Pour aborder les sujets portant sur cette notion, il faut savoir que :**

- le travail est nécessaire pour obtenir de la nature de quoi satisfaire les besoins de l'humanité. ☐
- la qualité et le sens du travail dépendent de son organisation sociale. ☐
- dans la société industrielle (et peut-être au-delà), le travail est « aliéné » : il échappe au travailleur et ne peut le satisfaire. ☐
- le travail modifie simultanément la nature et l'humanité elle-même, à la définition de laquelle il participe en la différenciant de l'animalité. ☐

J'ai tout coché ? Je passe le test page suivante

Contrôler ses connaissances

corrigés p. 204

QCM *Cocher les bonnes réponses.*

1. Pour l'humanité, le travail est :
- ☐ **a.** une punition selon certains.
- ☐ **b.** une activité plaisante.
- ☐ **c.** une nécessité.
- ☐ **d.** une manière de se mettre en valeur.

2. Selon Aristote, les esclaves sont :
- ☐ **a.** des hommes comme les autres.
- ☐ **b.** des outils animés.
- ☐ **c.** des prisonniers malchanceux.

3. La division du travail est avantageuse car :
- ☐ **a.** elle garantit des loisirs.
- ☐ **b.** elle laisse chacun organiser son travail comme il le souhaite.
- ☐ **c.** elle facilite la production.
- ☐ **d.** elle instruit chaque travailleur.

4. Dans la société industrielle, le sens originel du travail est :
- ☐ **a.** respecté.
- ☐ **b.** renforcé.
- ☐ **c.** oublié.
- ☐ **d.** inversé.
- ☐ **e.** retrouvé.

5. Le travail modifie :
- ☐ **a.** la nature seule.
- ☐ **b.** l'homme.
- ☐ **c.** la nature et l'homme.

6. La lutte des classes désigne :
- ☐ **a.** une réalité présente dans l'histoire de toute société.
- ☐ **b.** un conflit aisément résolu.
- ☐ **c.** l'opposition entre les propriétaires des moyens de production et les travailleurs.
- ☐ **d.** une conception caduque de la société.

☐ Vrai ou Faux *Indiquer si les propositions sont vraies ou fausses.*

1. Le loisir favorise par principe la liberté individuelle. V ☐ F ☐
2. L'aliénation peut désigner un phénomène positif. V ☐ F ☐
3. Platon ne pouvait comprendre, dans la société de son époque, les avantages de la division du travail. V ☐ F ☐
4. Par le travail, l'homme se différencie de l'animalité. V ☐ F ☐

Citations *Relier chaque philosophe à sa citation.*

Marx

Nietzsche

Platon

Hegel

1. « Dans son travail, l'ouvrier ne s'affirme pas, mais se nie. »

2. « C'est la sécurité que l'on adore maintenant comme divinité suprême. »

3. Par le travail, « [le soi] a l'intuition de lui-même comme réalité objectale. »

4. Le travail sera plus efficace « si chacun ne s'occupe que d'une chose selon ses dispositions naturelles. »

Vers le sujet de BAC

Que gagne-t-on en travaillant ?

1 Expliciter la problématique.

2 Proposer un plan.

Sujet guidé

SUJET 6 D'après France métropolitaine, juin 2016

20 pts — 4 h

Dissertation

Travailler moins, est-ce vivre mieux ?

PAR ÉTAPES

COMPRENDRE LE SUJET

Les mots-clés

- « **Travailler moins** », et non ne pas travailler du tout : pourquoi une certaine quantité de travail semble-t-elle toujours nécessaire ?
- « **Vivre mieux** » : qu'est-ce qu'une vie « meilleure » ? Est-elle plus intense ? Plus agréable ? Plus libre ?

L'analyse de l'énoncé

La question suppose une opposition entre le travail et la qualité de la vie. Historiquement, il y a une diminution du temps de travail, mais son absence totale rend dans certains cas (chômage) la vie plus difficile.

Mobiliser ses connaissances

- **Hegel** : c'est le travail qui permet d'accéder à la liberté.
- **Marx** : le domaine de la liberté commence là où cesse le travail déterminé par la nécessité.
- **Nietzsche** : le travail soustrait de la vie une énergie considérable. Il y a une claire opposition entre travail et vie intense.

Les pièges à éviter

- Inutile de reprendre en détail l'histoire du travail : risque de hors-sujet.
- Ne répétez pas *in extenso* les analyses de Marx sur l'aliénation du travail : n'en conservez que ce qui est nécessaire au traitement de la question.
- Veillez à ne pas méconnaître l'importance du travail dans la définition de la vie humaine et de la liberté.

À noter

Puisque « vivre mieux » n'est pas facile à définir et semble dépendre des choix de chacun, on en réserve l'analyse à la troisième partie de la copie. Il est alors possible d'introduire une différence dans la façon d'occuper le temps « libéré » par un travail moins long : le « loisir » obtenu peut en effet être consacré soit à se satisfaire dans la consommation qu'offre la société, soit à un « enrichissement » personnel ou à un développement de relations plus profondes avec ses proches. On distingue de la sorte deux conceptions de l'existence qui, toutes les deux, revendiquent le fait de « vivre mieux » : il devient difficile, sinon impossible, de savoir qui vit « le mieux ».

ORGANISER SA COPIE

La problématique

Le travail tel qu'il s'effectue quotidiennement est souvent critiqué comme responsable de l'aliénation et d'une vie privée de qualité. On peut donc supposer qu'en travaillant moins, on gagnerait une vie « meilleure » – le sens de cet adjectif devant être précisé. Sans doute ne s'agit-il pas de ne plus travailler du tout (quel pourrait-être le sens d'une vie sans travail ? Quelle liberté y serait possible ?), mais encore faut-il préciser dans quelles conditions (matérielles, économiques) une diminution du travail peut garantir une amélioration de la vie.

Le plan

I. Comment ignorer les aspects négatifs du travail ?

II. Comment envisager une réduction du travail ?

III. Que peut être une vie « meilleure » ?

CORRIGÉ 6

L'homme travaille pour satisfaire des besoins que la nature seule ne comble pas : il lui faut produire de quoi manger, se loger, se vêtir, etc. Comme la satisfaction des besoins primaires suscite des besoins plus complexes, il semble qu'échapper au travail devienne impossible, alors même qu'il implique trop souvent une vie (individuelle ou collective) sans plaisir, pénible, et à laquelle on peut rêver d'échapper.

Si l'on admet de la sorte que le travail contraignant et une vie méritant son nom sont incompatibles, il semble que la diminution du travail pourrait entraîner une vie plus appréciable. Mais les choses sont-elles si simples ? Historiquement, le travail a eu tendance à diminuer, mais on ne doit pas oublier qu'il permet à l'être humain de conquérir une certaine liberté : son absence complète ne semble pas bénéfique. Le réduire suppose, pour que la vie soit améliorée, que soit possible autrement l'accès à ce qu'il procure et que l'on vive en connaissant une diminution des contraintes.

Comprendre le corrigé

On précise sans attendre la nécessité du travail pour la survie.

On avertit sans attendre qu'une diminution excessive du travail semble avoir des conséquences négatives.

Par son étymologie, le mot « travail » implique la souffrance : il a pour origine *tripalium*, qui désigne un instrument auquel on attachait les chevaux pour les ferrer ou les esclaves pour les punir. Sans aller jusqu'à se juger quotidiennement « torturés », les travailleurs ont fréquemment le sentiment que leur temps de travail n'est pas agréable. Non seulement les heures d'usine ou de bureau sont pénibles, mais le temps de déplacement qui les entoure n'est pas agréable non plus.

> Ce rappel de l'étymologie est utile pour introduire la réflexion sur la pénibilité du travail.

> Dans un premier temps, on souligne les aspects négatifs du travail.

On a ainsi fréquemment l'impression que le temps du travail est du temps « perdu », au sens où l'on ne peut en profiter selon sa volonté. Dans la plupart des situations, on subit le travail comme une obligation parce qu'il faut « gagner sa vie », mais bien rarement comme l'occasion de satisfactions.

> On s'appuie sur des constats ordinaires, ceux que partage l'opinion commune.

On consent à travailler parce qu'on ne peut pas faire autrement, c'est-à-dire qu'on n'attend du travail qu'un salaire permettant d'obtenir ce qu'il faut pour vivre plus ou moins bien. Dans ce contexte, vivre signifie se nourrir, se loger, avoir accès aux biens de consommation nécessaires. Si l'on obtient une promotion, on pourra vivre « mieux », au sens où l'on pourra dépenser davantage. Dans la société contemporaine, il ne s'agit plus de garantir sa survie en produisant ce que la nature ne nous fournit pas, mais de s'intégrer dans une société marchande et de participer à la circulation générale des marchandises.

> On précise la nature de cette amélioration qui est particulière et ne correspond pas au sens de l'expression dans le sujet.

Il est ainsi devenu possible d'oublier que le travail humain est nécessaire en raison du déséquilibre initial entre ce que la nature propose et ce dont l'homme a besoin ; sa nécessité semble due à l'obligation d'obtenir un salaire, mais il ne s'agit là que d'une nécessité « seconde » ou tardive.

> Il est important de signaler que la nécessité de travailler a pu historiquement varier.

Considérant ce qu'est devenu le travail dans la société de son temps, Marx montre à quel point le travailleur en est dépossédé et ne peut en conséquence que souffrir : dans un travail qui lui est devenu extérieur, l'ouvrier « se nie ». « Il est lui quand il ne travaille pas et, quand il travaille, il n'est pas lui. » Sa vie n'est plus authentiquement humaine et il n'a de spontanéité « que dans ses fonctions animales ». Dans un tel contexte, on ne peut que vivre « mal » ou avoir une vie « au rabais ».

> La négation de l'humanité par le travail, telle qu'évoquée par Marx, est une référence obligatoire, qui a l'avantage de justifier la question posée.

Nietzsche aboutit à des conclusions équivalentes en constatant que le travail consomme une quantité de force nerveuse qu'il soustrait à la méditation, à la rêverie, aux sentiments, soit à tout ce qui fait la valeur de l'existence. Tel qu'il est organisé, le travail n'aboutit qu'à garantir la sécurité et le bon ordre de la société : l'individu y perd toute dignité et toute joie de vivre.

> Cette seconde référence philosophique justifie à son tour la question, et a l'avantage de le faire d'un point de vue différent.

Antérieurement à ces analyses, certains théoriciens considéraient déjà la pénibilité du travail et tentaient de concevoir une organisation sociale qui puisse en libérer les individus. Dès le XVIe siècle, Thomas More affirme qu'en répartissant le travail entre tous les hommes, on pourrait le limiter à six heures quotidiennes, durée suffisante pour « procurer les ressources nécessaires aux besoins et aux agréments de l'existence ».

> On souligne que le projet de réduire le travail n'est pas nouveau.

> La référence à More, bien placée, peut être utile et efficace.

On voit qu'il ne saurait être question de ne pas travailler du tout. Mais on peut aussi souligner que pour More, la réduction du temps de travail implique que tous les hommes travaillent.

L'homme qui ne travaille pas a historiquement changé de statut. Dans l'Antiquité, il est l'homme libre, qui se consacre au loisir, par opposition aux esclaves, qui travaillent pour les citoyens. Au Moyen Âge, le noble ne travaille pas non plus : les serfs le font pour lui. Dans la société contemporaine, à l'exception de rares « rentiers », il est le chômeur, privé de travail, en quelque sorte condamné à un « loisir » forcé qui n'a rien d'agréable.

> On souligne que l'absence de travail n'est pas nécessairement une solution pour vivre mieux aujourd'hui.

Ne pas travailler du tout est devenu synonyme d'une vie moins « bonne » que celle du travailleur, quoi que ce dernier puisse penser de la sienne. Que peut dès lors signifier travailler « moins », et de quelle ampleur peut être ce « moins » ?

La durée moyenne du travail n'est plus celle que subissaient les esclaves athéniens, les serfs du Moyen Âge ou les ouvriers au temps de Marx : lors des dernières décennies du XIXe siècle, on en fixe la réglementation en lui donnant des limites, puis en la faisant progressivement diminuer. Ce mouvement se poursuit au XXe siècle, qui connaît une amélioration incontestable de la vie du travailleur. On peut rappeler les avancées du Front populaire dans ce domaine, notamment avec la mise au point des « congés payés », qui officialisent un droit au repos

> On souligne que le temps consacré au travail a bien diminué.

pour tous afin de donner au travailleur la possibilité de disposer comme il l'entend de ce temps qui n'appartient pas à l'univers du travail.

L'adoption d'une limitation légale du temps de travail hebdomadaire va dans la même direction tout en essayant de mieux répartir le travail et d'éviter le chômage. Elle est encouragée par le développement de l'automatisation et de la robotisation, qui délivrent des tâches les plus répétitives et les moins intéressantes. Reste à savoir si le temps ainsi gagné sur celui réservé au travail élabore une vie « meilleure ».

Travailler moins concerne la quantité de travail effectué et le temps qui lui est consacré. Comment le temps devenu « libre » peut-il aider à vivre « mieux » ? Le « mieux » relève d'une approche qualitative, d'un univers de valeurs, apparemment hétérogène au quantitatif.

> Il s'agit d'interroger la notion de « mieux vivre ».

La transition du quantitatif au qualitatif est toutefois concevable d'un point de vue hégélien. Pour Hegel, l'une des formules de la dialectique enseigne que, au-delà d'un certain seuil, l'accumulation quantitative aboutit à un changement qualitatif. Cela peut s'illustrer par un exemple simple : ce qui est plaisant parce qu'un peu sucré devient écœurant si la quantité de sucre est excessive.

> Quantitatif et qualitatif ne sont pas nécessairement aussi opposés qu'on l'admet ordinairement.

Dans cette optique, celui qui travaille moins bénéficie de davantage de temps pour se reposer et reprendre des forces, mais aussi pour se livrer à des activités de loisirs ou profiter de ses amis et de sa famille : sa vie est « améliorée » dans la mesure où il l'organise davantage à son goût et où ses préférences et ses sentiments y trouvent plus de satisfaction. Complémentairement, il n'est pas impossible que son travail, parce qu'il dure moins longtemps, lui paraisse plus aisément supportable et de meilleure qualité.

> Suite à cette précision, on énumère les avantages apparents d'un moindre temps de travail.

La réduction légale de la durée du travail semble avoir pour effet principal une plus grande satisfaction des travailleurs durant leur temps libre – même s'il n'est pas démontré qu'ils apprécient complémentairement davantage leur travail lui-même. Mais une telle satisfaction n'est possible que s'il existe bien les moyens (concrets, financiers) de profiter du temps libre comme on l'entend.

On peut alors différencier deux grandes sortes de « mieux vivre », selon que les personnes privilégient ce que l'on nommera l'univers d'une consommation croissante (qui suppose des moyens également croissants – ce qui paraît peu compatible avec un travail allégé) ou préfèrent développer les relations affectives et des activités de loisirs peu onéreuses, en les considérant comme plus satisfaisantes que la frénésie dans la consommation.

On distingue deux sortes de « mieux vivre », d'un point de vue qualitatif.

Travailler est une négation de l'ordre naturel, comme l'affirme Georges Bataille qui définit l'humanité comme telle. Hegel rappelle dans sa dialectique du maître et de l'esclave que c'est le moyen d'accéder à la liberté la plus authentique. Mais le travail dépend d'une organisation socio-historique qui échappe en majeure partie à l'individu. Ce dernier peut sans doute choisir de travailler plus ou moins, mais seulement dans certaines limites et à condition de satisfaire ses besoins (le choix de devenir sans-abri reste rare). Par contre, c'est à lui qu'il revient de concevoir ce que peut être une amélioration de sa vie, c'est-à-dire de choisir un « mieux vivre » qui le satisfasse le plus possible : déléguer un tel choix à autrui serait aussi une forme d'aliénation.

On rappelle que l'organisation du travail ne dépend pas de choix strictement individuels.

Si le « mieux » relève ainsi d'un choix individuel, il n'est pas évident qu'il suffise de travailler moins pour y accéder de tous les points de vue.

De deux personnes bénéficiant de la même réduction de travail, l'une choisira des satisfactions toutes intérieures, l'autre préférera effectuer les dépenses « somptuaires » qui lui sont accessibles. Le premier, un peu spinoziste, accusera son voisin de futilité, le second lui renverra un reproche d'avarice ou de niaiserie. L'un se veut sage, l'autre se veut moderne. Puisqu'il n'est pas question de savoir qui vit « le mieux », peut-être doit-on admettre qu'il appartient à chacun d'apprécier « mieux » la vie qu'il peut mener en travaillant moins, puisque c'est lui qui donne sens à la vie où il travaille.

En rappelant que le temps libéré par un moindre travail peut être occupé de façons contraires, on montre que l'appréciation de la vie menée dépend du seul individu.

Le bonheur

Faire le point

L'essentiel

1 Bonheur et chance

- Tout homme souhaite son propre bonheur, quelle que soit la **définition** qu'il en donne.
- Ne peut se dire « heureux » qu'un être conscient de la façon dont sa situation peut combler ses attentes.

2 Bonheur et vertu

- Pour certains philosophes antiques, le bonheur peut être atteint en pratiquant la **vertu**. Pour les **épicuriens**, la vertu consiste à ne satisfaire que les **désirs naturels et nécessaires**. Pour les **stoïciens**, elle est un acquiescement à l'**ordre rationnel du monde**.
- Selon **Kant**, ces conceptions faussent la **morale** en la considérant comme un **moyen** pour atteindre le bonheur, qui serait la véritable **fin**. Le bonheur espéré, limité à l'existence terrestre, lui semble de plus **insuffisant**.

3 Bonheur et société

- **Rousseau** prévient que la confusion entre l'**être** et le **paraître** condamne l'individu à s'aliéner dans ses possessions. Il préfigure les critiques de la société de consommation.
- Si l'on admet avec **Freud** que toute société **refoule** les désirs les plus profonds, un bonheur complet devient **utopique**.

CITATIONS

→ **Pascal :** « Tous les hommes recherchent d'être heureux. » *Pensées*, 1670

→ **Épicure :** « Nous disons que le plaisir est le commencement et la fin de la vie heureuse. » *Lettre à Ménécée*, IIIe siècle av. J.-C.

→ **Kant :** « La morale n'est pas à proprement parler la doctrine qui nous enseigne comment nous devons nous *rendre* heureux, mais comment nous devons nous rendre *dignes* du bonheur. » *Critique de la raison pratique*, 1788

→ **Saint-Just :** « Le bonheur est une idée neuve en Europe. » *Rapport à la Convention nationale*, 1794

→ **Freud :** « Le bonheur n'est pas une valeur culturelle. » *Malaise dans la civilisation*, 1930

LEXIQUE

- **ataraxie :** tranquillité de l'âme (« absence de trouble ») obtenue en distinguant les différentes catégories de désirs (naturels et nécessaires, naturels non nécessaires, ni naturels ni nécessaires).
- **eudémonisme :** toute doctrine morale considérant que le bonheur, assimilable au souverain bien, est le but de toute action ou de la vie.
- **hédonisme :** doctrine affirmant que le plaisir est le principe de la vie morale.
- **plaisir :** état qui résulte chez un sujet de la conscience de la satisfaction d'un désir.

Schéma bilan

BONHEUR ET CHANCE

Le bonheur désigne ce qui arrive de **positif** à un individu.

+

Ce qui arrive est-il un plaisir **fugitif** ou un bien **durable** ?

+

Dans tous les cas, seul un être doté de **conscience** peut s'affirmer heureux.

BONHEUR ET VERTU

La **pratique de la vertu** procurerait le bonheur.

+

Thèse admise dans l'**Antiquité** (épicuriens et stoïciens).

+

Faire ainsi de la **morale** un **moyen** pour atteindre une **fin**, c'est la trahir (Kant).

BONHEUR ET SOCIÉTÉ

Depuis les Lumières, le bonheur devrait être **accessible à tous**.

+

> **Rousseau**
> *La confusion entre l'être et le paraître condamne à s'aliéner dans les possessions.*

+

Dans la société de consommation, le bonheur promis est souvent **illusoire**.

En bref — **Pour aborder les sujets portant sur cette notion, il faut savoir que :**

- le bonheur, étymologiquement, est dû à la « chance » et il n'est pas évident que l'on puisse l'obtenir volontairement. ☐
- dans l'Antiquité, on a pu considérer qu'on gagne le bonheur en pratiquant la vertu. ☐
- Kant refuse que le bonheur constitue le but de la vie morale. ☐
- l'accumulation des biens, au lieu de garantir le bonheur, risque d'aliéner l'individu. ☐

J'ai tout coché ? Je passe le test page suivante

Contrôler ses connaissances

corrigés p. 205

QCM *Cocher les bonnes réponses.*

1. Le mot « bonheur » indique que :

- ☐ **a.** quelque chose vient récompenser une conduite.
- ☐ **b.** ce qui arrive à un individu est dû à la chance ou au hasard.
- ☐ **c.** un animal peut en profiter.

2. L'eudémonisme caractérise toute doctrine :

- ☐ **a.** considérant l'existence de démons.
- ☐ **b.** affirmant que le plaisir est le but de l'existence.
- ☐ **c.** faisant du bonheur l'équivalent du souverain bien.

3. Pour les épicuriens :

- ☐ **a.** n'importe quel désir est à satisfaire.
- ☐ **b.** certains désirs sont à rejeter.
- ☐ **c.** tous les désirs sont dangereux.
- ☐ **d.** on doit satisfaire les désirs « naturels et nécessaires ».

4. « Le bonheur n'est pas une valeur culturelle. » Cette phrase de Freud affirme que :

- ☐ **a.** le bonheur est une fausse valeur.
- ☐ **b.** le bonheur comme satisfaction de tous les désirs ne peut être atteint dans aucune culture.
- ☐ **c.** le bonheur est une valeur naturelle.

5. Selon Kant, le bonheur :

- ☐ **a.** résulte de la pratique de la vertu.
- ☐ **b.** est à la portée de tout le monde.
- ☐ **c.** doit être pensé comme illimité.
- ☐ **d.** ne peut concerner que la vie posthume de l'âme.

6. Le bonheur est espéré pour de plus en plus de monde :

- ☐ **a.** dès le Moyen Âge.
- ☐ **b.** à partir du XIXe siècle.
- ☐ **c.** depuis le XVIIIe siècle.
- ☐ **d.** grâce à la consommation.

Vrai ou Faux *Indiquer si les propositions sont vraies ou fausses.*

1. Le bonheur est étymologiquement associé à la notion de plaisir. V ☐ F ☐
2. L'ataraxie désigne la tranquillité de l'âme. V ☐ F ☐
3. Bien manger est un désir naturel et nécessaire pour les épicuriens. V ☐ F ☐
4. Les théories de Freud sur le bonheur peuvent être qualifiées d'hédonistes. V ☐ F ☐
5. Épicure a dit : « Nous disons que la morale est le commencement et la fin de la vie heureuse. » V ☐ F ☐

Théories

Relier chaque philosophe à sa théorie.

Les stoïciens

Freud

Rousseau

Pascal

Kant

Épicure

1. Le plaisir est le principe de la vie morale.
2. La morale nous enseigne comment nous devons nous rendre dignes du bonheur.
3. Un bonheur complet est utopique.
4. La vertu est l'acquiescement à l'ordre rationnel du monde.
5. L'aliénation de l'individu est liée à la confusion entre l'être et le paraître.
6. « Tous les hommes recherchent d'être heureux. »

Vers le sujet de BAC

DOC. **Kant, *Fondements de la métaphysique des mœurs*, 1785**

Malgré le désir qu'a tout homme d'arriver à être heureux, personne ne peut jamais dire en termes précis et cohérents ce que véritablement il désire et il veut. La raison en est que tous les éléments qui font partie du concept du bonheur sont dans leur ensemble empiriques, c'est-à-dire qu'ils doivent être empruntés à l'expérience, et que cependant pour l'idée du bonheur un tout absolu, un maximum de bien-être dans mon état présent et dans toute ma condition future, est nécessaire. Or il est impossible qu'un être fini, si perspicace et en même temps si puissant qu'on le suppose, se fasse un concept déterminé de ce qu'il veut ici véritablement. Veut-il la richesse ? Que de soucis, que d'envies, que de pièges ne peut-il par là attirer sur sa tête ! […] Veut-il une longue vie ? Qui lui répond que ce ne serait pas une longue souffrance ? Veut-il du moins la santé ? Que de fois l'indisposition du corps a détourné d'excès où aurait fait tomber une santé parfaite, etc. !

1 Cet extrait énumère une série de contradictions. Les relever.

2 Pourquoi Kant souligne-t-il que pour l'idée du bonheur, « un maximum de bien-être dans mon état présent et dans toute ma condition future est nécessaire » ?

MÉTHODE
SUJETS PAS À PAS
SUJETS COMME À L'EXAMEN

Sujet guidé

SUJET 7 D'après Amérique du Nord, mai 2019

20 pts · 4 h

Explication de texte

Expliquer le texte suivant :

Ce qu'on appelle bonheur au sens strict résulte de la satisfaction plutôt soudaine de besoins accumulés et n'est possible, par nature, que comme phénomène épisodique. Toute prolongation d'une situation convoitée par le principe de plaisir donne seulement un sentiment de tiède contentement ; nous sommes ainsi faits que nous ne pouvons jouir intensément que du contraste, et très peu d'un état. De ce fait, nos possibilités de bonheur sont déjà limitées par notre constitution. Il y a beaucoup moins de difficultés à faire l'expérience du malheur. La souffrance menace de trois côtés : de notre propre corps, destiné à la déchéance et à la décomposition, et qui même ne saurait se passer de la douleur et de l'angoisse comme signaux d'alarme ; du monde extérieur, capable de se déchaîner contre nous avec des forces énormes, implacables et destructrices ; et enfin des relations avec d'autres êtres humains. La souffrance provenant de cette dernière source, nous l'éprouvons peut-être plus douloureusement que toute autre ; nous avons tendance à y voir une sorte de surcroît sans nécessité, bien qu'elle ne soit sans doute pas moins fatalement inévitable que les souffrances d'autres origines.

Il n'est pas surprenant que, sous la pression de ces possibilités de souffrance, les hommes aient coutume d'en rabattre sur leur revendication de bonheur.

Sigmund Freud, *Malaise dans la civilisation*, 1930.

PAR ÉTAPES

COMPRENDRE LE SUJET

Le plan du texte

- **Phrases 1, 2 et 3.** Définition du bonheur, par nature épisodique : nous ne jouissons pleinement que du contraste entre bonheur et souffrance, et non d'un état durable.
- **Phrases 4 et 5.** L'expérience de la souffrance est d'autant plus fréquente qu'elle peut provenir du corps propre, de la nature ou des autres.

• **Fin du texte.** La souffrance due aux autres semble la plus douloureuse, à la fois mal fondée et inévitable. En conséquence, nous nous satisfaisons d'un bonheur modeste.

L'analyse du texte

• **Thèse de Freud** : notre capacité à être heureux rencontre de tels obstacles que nous ne pouvons revendiquer un bonheur absolu ou « parfait ».

• Après avoir formulé ce qu'il entend par bonheur, Freud souligne sa nécessaire brièveté, due au fait qu'il n'est possible que « par contraste ». Or, les occasions de souffrance sont si nombreuses – en raison de leurs trois sources – que le bonheur est forcément rare et qu'il serait peu raisonnable de le considérer comme un but à atteindre absolument.

À noter

Puisque Freud, dans cet extrait, insiste sur l'importance des souffrances provoquées par les relations avec les autres humains, on ne se privera pas, dans la copie, d'en développer un exemple classique (comme le complexe d'Œdipe) et d'en souligner le caractère obligatoire, puisque les êtres humains vivent en société, parmi d'autres humains. Les mentions d'un exemple et du caractère social de l'homme ne sont pas dans le texte, mais en constituent des prolongements justifiés.

Mobiliser ses connaissances

• « **Principe de plaisir** » : il vise l'apaisement d'un besoin par une satisfaction immédiate. Selon Freud, ce principe régit avant tout l'inconscient, le principe de réalité (qui tient compte des obstacles du réel et diffère la satisfaction) gérant le système préconscient/conscient.

• **Plaisir** et **bonheur** sont classiquement distincts : le premier est lié à la satisfaction d'un besoin, le second impliquerait davantage un équilibre durable, sinon une plénitude.

• Les « **relations avec d'autres êtres humains** » ne sont pas nécessairement conscientes. On peut rappeler leur inscription durable dans l'inconscient et leurs effets.

Les pièges à éviter

• N'énumérez pas les différentes conceptions possibles du bonheur : ce serait hors sujet.

• Le rappel des théories freudiennes dans leur ensemble serait également hors sujet.

• Ne passez pas trop vite sur ce qui différencie les trois causes possibles de souffrance.

ORGANISER SA COPIE

Le plan

I. Pourquoi nos possibilités de bonheur sont-elles limitées ?

II. Quelles sont les sources du malheur éventuel ?

III. La sagesse n'est-elle pas de renoncer à l'espoir d'un bonheur total ?

CORRIGÉ 7

Comprendre le corrigé

Le bonheur, individuel ou collectif, se définit de diverses manières, mais il est utile de réfléchir à son propos au niveau de l'individu. En le concevant comme résultant de la satisfaction de besoins, et en le liant ainsi au principe de plaisir, Freud souligne qu'il ne peut être que momentané. Cette absence de durée est également due à la multiplicité des causes du malheur, parmi lesquelles les relations avec les autres humains semblent les plus notables.

Puisque l'homme ne peut vivre que dans un milieu familial et social, les relations qu'il entretient nécessairement avec d'autres personnes le condamnent-elles à devoir minorer sa prétention au bonheur ?

Si le bonheur résulte d'une satisfaction soudaine, le sujet n'en est pas responsable : le bonheur advient en même temps que l'objet qui le satisfait, et il en est le bénéficiaire.

> On déduit de la première affirmation de Freud quelques conséquences directes.

Freud considère que la satisfaction concerne des besoins accumulés, ce qui introduit un point de vue quantitatif, et sous-entend que les besoins ou désirs s'accumulent ainsi sans que le sujet le veuille ou le sache clairement : le processus paraît inconscient. La satisfaction ressentie signale un soulagement, une baisse de tension.

Le bonheur constitue ainsi une rééquilibration de l'individu davantage qu'une situation en elle-même positive, la rééquilibration étant le rétablissement d'une position simplement équilibrée (ni positive ni négative).

> N'hésitez pas à bien préciser la signification de la « rééquilibration ».

Mais pourquoi le bonheur ainsi conçu ne peut-il être qu'épisodique ? L'apport d'une satisfaction aux besoins a pu être considéré par certains philosophes – notamment Épicure – comme un plaisir. Freud ne semble pas respecter la différence classique entre plaisir et bonheur, car de son point de vue, le bonheur est lié, en-deçà de tel ou tel plaisir, au principe de plaisir lui-même.

> Il est intéressant de noter que Freud ne respecte pas cette différence traditionnelle, mais sans insister longuement.

C'est en effet ce principe qui cherche des satisfactions immédiates pour l'inconscient. Et c'est pour cette raison que le bonheur ne peut durer.

Que pourrait en effet nous apporter une satisfaction prolongée ? Uniquement un « tiède contentement ». Or, le « contentement » n'est pas du même ordre que la « satisfaction » : cette dernière implique une plénitude qui vient combler, alors qu'on peut être content à peu de frais ou se contenter « de peu ». En outre, la tiédeur est peu compatible avec le bonheur que l'on peut ressentir, qui apparaît comme doté d'une sorte de relief relativement à la vie habituelle. Une situation convoitée par le principe de plaisir, si elle se prolongeait, définirait un « état ». Or, souligne Freud, nous ne jouissons intensément (nous ne sommes donc authentiquement heureux) que du « contraste », et non d'un « état ».

On souligne la différence entre « tiédeur » et intensité du bonheur éventuel.

Ce qui contraste avec le bonheur, c'est évidemment le malheur. Pour que nous ressentions du bonheur, il faut donc que soit aussi ressentie une opposition à un malheur possible. L'« état », situation durable ou installée, manque de relief et ne contredit pas suffisamment l'existence ordinaire.

S'il en va ainsi, c'est notre « constitution » (la façon dont nous accueillons la satisfaction et le besoin du contraste) qui limite nos possibilités de bonheur, en faisant de celui-ci une situation d'« exception », extraordinaire.

Cela confirme que nous ne sommes pas responsables du bonheur, comme indiqué au début.

Le fait que l'accès au bonheur est « limité » par notre constitution (avant tout celle de notre appareil psychique) et qu'il ne peut être ressenti que par contraste a une conséquence directe : le « malheur » est nécessairement fréquent.

Par opposition au bonheur, le malheur peut être défini comme la non-satisfaction de besoins : il se manifeste dans des situations qui contredisent nos besoins ou nos désirs, ou qui en interdisent la satisfaction (sinon prioritairement l'expression).

Proposez une définition simple du malheur, qui contredit clairement celle du bonheur.

Dès lors, nous sommes menacés de malheur ou de souffrance en de nombreuses situations, que Freud synthétise en « trois côtés ».

La souffrance peut évidemment provenir de notre corps, destiné à la déchéance (vieillissement) et à la décomposition (après la mort). Si l'homme oublie de telles échéances, elles lui sont rappelées par la douleur physique avec ses variantes (de l'écorchure supportable à la maladie sérieuse) et, plus gravement, par l'angoisse du « devoir mourir ».

Le monde extérieur, ou la nature, peut se « déchaîner contre nous avec des forces énormes » entraînant catastrophes naturelles, cyclones, tremblements de terre, etc. – tous phénomènes où Kant voyait des exemples du sublime « dynamique » et que Freud ne considère ici que comme causes de malheur.

Cette allusion ajoute à l'extrait de Freud une résonance imprévue. De telles ouvertures sur d'autres points de vue sont bienvenues, pourvu qu'elles soient brèves.

Toutefois, ce sont les souffrances provenant des autres personnes qui sont les plus graves.

Elles ne concernent pas directement le corps, bien qu'elles puissent parfois provoquer des maladies somatiques, et ne nous font pas non plus courir de danger immédiat à la façon des catastrophes naturelles, mais elles participent du quotidien, où se nouent et se vivent sans cesse les relations avec les autres individus. De la famille à la société, elles viennent contredire les désirs fondamentaux du sujet et en interdire la satisfaction, interdisant du même coup l'accès au bonheur possible.

L'exemple le plus simple de ces relations douloureuses est fourni par l'élaboration du complexe d'Œdipe, auquel personne n'échappe si l'on en croit Freud, du moins dans les sociétés occidentales. Si l'on considère le désir de possession que ressent, inconsciemment bien sûr, un jeune garçon pour sa mère, et la manière dont ce désir doit être refoulé en raison de la présence d'une figure paternelle qui en interdit la satisfaction, on admet qu'un tel refoulement (et son oubli ultérieur) satisfait la prohibition de l'inceste, soit la règle fondatrice de l'organisation sociale, et constitue une sorte de « seconde naissance » (après la naissance biologique, la naissance sociale). Mais on comprend aussi que, si le refoulement ne s'accomplit pas correctement, les conséquences peuvent entraîner certains déséquilibres durables qui risquent de perturber ensuite jusqu'à la vie de l'adulte.

Un exemple classique, s'il est bien maîtrisé, est toujours avantageux.

Les relations avec les autres peuvent se produire de manière plus ou moins acceptable et s'inscrire comme telles dans l'inconscient : c'est alors le passé qui provoque un malaise du sujet, dont ce dernier ignore les causes puisqu'elles n'accèdent pas à sa conscience.

Après avoir fourni un bon exemple, on peut généraliser.

Lorsque la souffrance provient ainsi des autres, elle peut être éprouvée de façon particulièrement douloureuse.

Une souffrance corporelle nous impose sa réalité et son évolution : on ne peut lui échapper. Le malheur venant de la nature déploie une énergie contre laquelle on demeure impuissant. Dans les deux cas, la raison de souffrir a sa propre nécessité contre laquelle on ne peut rien faire.

> N'hésitez pas à bien expliciter le texte à propos des implications des trois sources de la souffrance.

Par contre, ce qui provient des autres et des relations avec eux, actuelles ou anciennes, ne paraît pas doté d'une nécessité comparable. Tout se passe comme s'il y avait dans cette souffrance sociale une part d'arbitraire ou de superflu.

Il n'en reste pas moins qu'il semble aussi impossible d'éviter ces souffrances « superflues » que les autres. En effet, l'organisation des relations entre les hommes ne dépend pas de la volonté de chacun – qu'il s'agisse de la famille ou de la société globale. Le sujet est introduit dans un ensemble de règles qui lui préexistent et qu'il ne peut changer à lui seul. C'est donc à chacun qu'il revient d'admettre ces règles, de les intérioriser et de vivre en conséquence – même si c'est au prix de quelque souffrance.

> Il vous appartient de bien développer ce qui n'est que rapidement affirmé dans le texte.

De plus, nous ne maîtrisons jamais totalement nos relations avec autrui, et pas davantage leur éventuelle signification (aussi bien pour la conscience que pour l'inconscient) : rien ne garantit *a priori* que ce que je ressens dans mon rapport avec mon voisin soit ressenti de son côté de la même façon. Il y a de part et d'autre co-présence de ce qui équivaut à un sens manifeste (qui est perçu ou compris consciemment) et un sens latent (qui est perçu et inscrit dans l'inconscient, et qui peut être très différent).

> En rappelant que les relations avec autrui ne sont jamais totalement maîtrisées, alors que l'être humain ne peut s'en passer, on confère à la souffrance sociale une nécessité aussi forte qu'aux souffrances provenant du corps ou de la nature, même si elle peut paraître superflue.

Pour éviter la souffrance provenant des autres, il ne saurait enfin être question de n'entretenir aucune relation avec eux : il n'y a d'être authentiquement humain qu'en société, même s'il doit parfois en souffrir.

Pour Freud, l'idée d'un bonheur « absolu » ou « parfait » n'est qu'une illusion. Mieux vaut, si l'on entend vivre « normalement », y renoncer. Car les sources de souffrance sont trop diverses, et aussi trop efficaces, pour que nous ne soyons pas contraints d'« en rabattre » sur notre soif de bonheur. Une telle « leçon » peut paraître assez peu enthousiasmante, mais elle n'est que la sanction de la lucidité.

L'État

Faire le point

L'essentiel

1 Définition

- L'État résulte d'une **évolution historique**. Sa formation est liée à l'affirmation d'un **pouvoir institutionnel**. Il est l'ensemble des institutions organisant les différents aspects de la vie collective dans une société.

2 L'État injuste

- Si l'on admet avec **Hobbes** que l'homme est **naturellement mauvais**, la paix civile ne peut exister que si le pouvoir est confié à un **État tyrannique**, contraignant ses sujets à respecter les lois.
- **Marx** reproche à l'État moderne de ne représenter que les intérêts de la **classe dominante**. Le « marxisme » ultérieur (Lénine) programme un « **dépérissement** » de l'État, devenu superflu.
- De leur côté, les **anarchistes** revendiquent, face au pouvoir étatique, les **droits inaliénables de l'individu**.

3 L'État bénéfique

- Selon **Rousseau**, le contrat social aboutit à un État représentant la **volonté générale** des citoyens. L'État apparaît ainsi soucieux du **bien de tous**.
- Pour **Hegel**, le « plus haut devoir » de chacun est d'en être membre, car l'État réalise **l'Idée morale objective**. Le XVIIIe siècle, et notamment **Kant**, rêve d'un **État mondial** assurant la concorde universelle.

CITATIONS

→ **Hobbes :** L'État « dispose de tant de puissance et de force assemblées en lui que, par la terreur qu'elles inspirent, il peut conformer la volonté de tous en vue de la paix à l'intérieur et de l'entraide face aux ennemis de l'étranger. »
Léviathan, 1651

→ **Stirner :** « Liberté politique veut dire, l'État est libre, liberté religieuse que la religion est libre, liberté de conscience que la conscience est libre, et pas du tout que je suis libre de l'État, de la religion, de la conscience. »
L'Unique et sa propriété, 1844

→ **Rousseau :** « Chacun de nous met en commun sa personne et toute sa puissance sous la suprême direction de la volonté générale ; et nous recevons en corps chaque membre comme partie indivisible du tout. »
Du contrat social, 1762

LEXIQUE

- **anarchie :** absence de gouvernement ou d'État. La doctrine anarchiste rejette toute forme d'autorité et privilégie les associations volontaires d'individus.
- **souverain :** instance détenant en droit le pouvoir.
- **totalitarisme :** régime politique où les personnes sont soumises à un pouvoir qui contrôle tout.
- **volonté générale :** volonté du corps politique uniquement soucieux de l'intérêt commun, tel qu'il est constitué par le contrat social.

Schéma bilan

UNE FORMATION HISTORIQUE	L'ÉTAT INJUSTE	L'ÉTAT BÉNÉFIQUE
L'État est **ignoré** des sociétés « **primitives** » et de l'**Antiquité**.	**Hobbes** « *L'État doit être tyrannique pour soumettre ses sujets, sans droits.* »	**Rousseau** « *L'État représente la volonté générale de tous les citoyens.* »
+	+	+
L'État implique un **pouvoir institutionnel** indépendant de son représentant.	**Marx** « *L'État est le représentant des seuls intérêts de la classe dominante.* »	**Hegel** « *L'État réalise l'Idée morale objective.* »
+	+	+
L'État est l'ensemble des institutions **organisant la vie collective** d'une société.	Selon les **anarchistes**, l'État est insupportable pour l'**individu** et ses singularités.	Espoir de généraliser les bienfaits de l'État par une **concorde universelle**.

En bref **Pour aborder les sujets portant sur cette notion, il faut savoir que :**

- l'État n'a pas toujours existé. ☐
- l'État se préoccupe du bien commun et organise la vie sociale en l'ayant pour fin. ☐
- ce souci du bien commun peut aboutir à justifier la tyrannie (Hobbes). ☐
- l'État est critiqué par les marxistes et les anarchistes. ☐
- les relations entre États devraient pouvoir s'harmoniser pour aboutir à une paix universelle (Kant). ☐

J'ai tout coché ? Je passe le test page suivante

Contrôler ses connaissances

corrigés p. 206

QCM *Cocher les bonnes réponses.*

1. Selon Hobbes, l'homme est :

- ❑ **a.** naturellement bon.
- ❑ **b.** ni bon ni mauvais à l'état naturel.
- ❑ **c.** naturellement mauvais.

2. On doit le concept de totalitarisme à :

- ❑ **a.** Feuerbach.
- ❑ **b.** Arendt.
- ❑ **c.** Lénine.
- ❑ **d.** Rousseau.

3. Selon Rousseau, la volonté générale :

- ❑ **a.** est constituée par l'addition de toutes les volontés individuelles.
- ❑ **b.** se soucie uniquement du bien commun.
- ❑ **c.** intervient pour imposer le règlement des conflits entre individus.

4. La doctrine anarchiste :

- ❑ **a.** envisage le dépérissement de l'État.
- ❑ **b.** privilégie les associations volontaires d'individus.
- ❑ **c.** refuse toute organisation de la société.

5. La formule « L'homme est un loup pour l'homme » est attribuée à :

- ❑ **a.** Marx.
- ❑ **b.** Stirner.
- ❑ **c.** Rousseau.
- ❑ **d.** Hobbes.

6. Selon Stirner, le plus important est de :

- ❑ **a.** obéir à toute autorité constituée.
- ❑ **b.** obéir au seul État.
- ❑ **c.** être un bon citoyen respectueux des lois.
- ❑ **d.** privilégier la liberté singulière de l'individu.

❑ Vrai ou Faux *Indiquer si les propositions sont vraies ou fausses.*

1. Marx jugeait admirable la Déclaration des droits de l'homme. V ❑ F ❑
2. Pour Hegel, l'État réalise l'Idée morale objective. V ❑ F ❑
3. L'État a toujours existé tel que nous le connaissons. V ❑ F ❑
4. L'État se soucie en priorité de la défense des intérêts de chacun. V ❑ F ❑
5. Hobbes justifie la tyrannie parce qu'elle impose la paix sociale. V ❑ F ❑

Notions *Relier chaque philosophe à sa notion.*

Arendt

Lénine

Kant

Hegel

Rousseau

1. Dépérissement de l'État
2. Volonté générale
3. Idée morale objective
4. Société des Nations
5. Totalitarisme

Vers le sujet de BAC

Serions-nous plus libres sans l'État ?

■ Proposer un plan.

Sujet guidé

SUJET 8 D'après France métropolitaine, juin 2013 20 pts 4 h

Dissertation

› **Que devons-nous à l'État ?**

PAR ÉTAPES

COMPRENDRE LE SUJET

Les mots-clés

• « **Devons-nous** » fait directement allusion à ce que peuvent être les devoirs de l'individu ou du citoyen relativement à l'État.

L'analyse de l'énoncé

• Ces devoirs dépendent-ils de la nature même de l'État ? A-t-on les mêmes devoirs dans une tyrannie ou un État totalitaire que dans une démocratie ?

Mobiliser ses connaissances

• **Hobbes** (*Léviathan*) : les sujets ne peuvent qu'obéir, ils n'ont ni droits ni liberté. L'État lui-même ne s'engage à rien d'autre qu'à imposer la paix civile.

• **Weber** : tout État (y compris démocratique) détient par définition le monopole de la violence légitime (armée, police), et le citoyen a le devoir d'obéir à la loi.

• **Rousseau** (*Du contrat social*) : la loi émane de la volonté générale, et non d'une puissance extérieure. Aider à sa formulation devient un devoir pour les citoyens.

Les pièges à éviter

• Ne confondez pas ce dont nous sommes redevables à l'État (nos droits) et ce que nous lui devons (nos devoirs). Le sujet porte uniquement sur les devoirs.

• N'énumérez pas toutes les théories possibles de l'État pour examiner à chaque fois ce qu'y seraient les devoirs à son égard : il faut construire une réflexion claire et générale.

ORGANISER SA COPIE

La problématique

- On évoque plus volontiers les droits de l'homme et du citoyen que ses devoirs. Pourtant, certains États n'exigent que des devoirs sans accorder de droits. Tyranniques (ou totalitaires), on les dénonce aisément pour leur préférer la démocratie.
- La démocratie accorde des droits, mais elle impose aussi des devoirs que les citoyens doivent observer pour maintenir sa possibilité. De plus, n'existe-t-il pas un devoir d'obéissance à ce qui la fonde et à ses règles de fonctionnement ?
- Les devoirs à l'égard de tout État sont-ils concevables indépendamment d'un devoir initial d'obéissance ?

Le plan

I. Dans la tyrannie, les sujets n'ont que des devoirs

II. La démocratie instaure la réciprocité des droits et des devoirs

III. Les devoirs témoignent d'un assentiment initial au pouvoir

À noter

Il existe des États où les « citoyens » n'ont que des devoirs, et aucun droit. On peut donc commencer par analyser de telles situations pour montrer qu'elles sont excessives, que ce soit dans leur version classique (Hobbes) ou dans leur version « moderne » (totalitarismes). Il est alors aisé de rappeler que devoirs et droits doivent être relativement équilibrés, si on adopte un point de vue plus « démocratique ». Finalement, l'analyse des devoirs des membres d'un corps politique aboutit à mettre en valeur ce qui fonde l'État lui-même : l'obéissance choisie comme l'autre face du choix d'y vivre.

MÉTHODE
SUJETS PAS À PAS
SUJETS COMME À L'EXAMEN

CORRIGÉ 8

Comprendre le corrigé

Nous sommes généralement plus prêts à réclamer ce que nous doit l'État dans lequel nous vivons – la sécurité, une protection sociale, l'organisation d'un système de santé, etc. – qu'à prendre conscience de ce que nous lui devons en échange, de tels devoirs suscitant le plus souvent méfiance ou réticence.

> On commence par souligner la fréquence d'une situation qui justifie la question.

On admet pourtant qu'il doit y avoir réciprocité des droits et des devoirs pour que l'État fonctionne correctement, mais aussi pour que ses « sujets » y vivent convenablement. Que pourrait être un État dont les membres ne rempliraient aucun devoir le concernant ? Que deviendrait-il si, par exemple, l'ensemble des citoyens s'abstenait de participer à un vote ? Sans doute serait-il condamné à disparaître assez vite. On voit que l'État ne peut exister qu'à la condition d'être en quelque sorte « soutenu » par la participation de ses membres ; mais cela ne signifie pas nécessairement qu'une telle participation soit sans contrepartie, comme c'est le cas dans les États tyranniques.

Même si cela contrarie la mentalité moderne assez volontiers démocratique, un certain nombre d'auteurs classiques ont pu exalter l'État sous sa forme la plus tyrannique. Hobbes est dans ce domaine exemplaire lorsqu'il conçoit, dans le *Léviathan* (1651), que le seul moyen d'échapper à la guerre de tous contre tous, qui résulte de la nature initiale de l'homme, réside dans l'instauration d'un pouvoir absolu ou tyrannique, capable d'imposer la paix civile. C'est en renonçant à leur droit à la violence privée que les hommes accèdent à la société en même temps qu'à une situation de soumission totale au pouvoir, qui seul peut désormais exercer la violence. L'État peut dès lors exiger tous les devoirs possibles de ses sujets, qui n'ont que le droit de lui obéir.

On évoque tout d'abord la situation dans laquelle le « citoyen » doit tout à l'État.

La thèse de Hobbes implique que l'homme n'est pas naturellement sociable. La violence lui est au contraire naturelle, toujours prête à s'exercer contre les autres : elle instaure un univers de conflits multiples (« L'homme est un loup pour l'homme ») qui, s'il n'est pas empêché de se développer, risque de mettre fin à l'humanité elle-même. C'est donc pour assurer sa propre survie que l'humanité doit renoncer à tous ses droits initiaux et s'imposer un devoir d'obéissance absolue à l'État. La tyrannie se justifie parce qu'elle seule est capable d'aboutir à une transformation de l'homme, nécessaire pour qu'il échappe à la guerre de tous contre tous et accède à la paix civile ainsi qu'à la civilisation.

On rappelle que la tyrannie est justifiable à partir de certaines hypothèses.

Si les États totalitaires, dans leurs variantes (nazisme, stalinisme, etc.), ne reconnaissent guère de droits à leurs sujets dont ils exigent une obéissance aveugle, c'est aussi parce qu'ils conçoivent que les hommes dont ils ont la charge ne sont pas – ou pas encore – comme ils devraient être. En effet, l'« homme communiste » est un homme du futur, et l'apparition du pur Aryen déployant toutes ses capacités implique l'existence d'un Reich de mille ans. Les sujets soumis au pouvoir totalitaire sont initialement défectueux et doivent en conséquence

On commence par évoquer la ressemblance entre tyrannie et totalitarisme.

être profondément transformés afin de devenir conformes au modèle qu'entend imposer le régime.

Ce qui les rend initialement peu acceptables, c'est une sorte de perversion due à l'organisation sociale antérieure : sans doute ne s'agit-il pas, comme chez Hobbes, de les extraire d'un état naturel malsain, mais échapper à la mentalité « bourgeoise » ou au « cosmopolitisme » et à l'influence « juive » n'est pas forcément plus facile ! Dans de telles conditions, l'obéissance exigée des sujets ne peut évidemment que leur être bénéfique, et plus elle s'impose dans tous les aspects de l'existence, plus la transformation espérée des hommes sera profonde.

On détaille ensuite la différence entre tyrannie et totalitarisme.

Aucun État ne peut durer si ses lois ne sont pas respectées : de ce point de vue, la différence entre démocratie et totalitarisme n'est pas grande, puisque nous sommes aussi les sujets de la première dès lors que nous sommes « assujettis » à ses lois. Toute désobéissance y est sanctionnée par des institutions (la police et la justice) qui peuvent recourir à la force pour assurer le « maintien de l'ordre » nécessaire au bon fonctionnement de l'État.

L'État – quel qu'il soit – exige l'obéissance à ses lois.

Toutefois, on peut différencier ce devoir général d'obéissance tel qu'il existe dans l'État démocratique de celui qui est imposé dans l'État totalitaire. En effet, dans la démocratie, il ne va pas sans contrepartie : l'État reconnaît aux citoyens un certain nombre de droits, alors qu'ils n'en ont aucun dans la tyrannie.

On souligne ce qui distingue la démocratie de la tyrannie ou du totalitarisme.

De plus, la loi qu'il s'agit de respecter n'est pas imposée par un pouvoir supérieur aux citoyens : dans la théorie de la démocratie, telle que Rousseau la formule dans son *Contrat social*, c'est bien l'ensemble des citoyens qui compose le « souverain » et qui a le pouvoir de légiférer. La célèbre formule selon laquelle « la véritable liberté est l'obéissance à la loi qu'on s'est prescrite » établit le lien entre cette capacité à légiférer qui appartient à tous et l'instauration de la liberté authentiquement politique.

On annonce une autre différence entre les deux types politiques, concernant l'origine ou la nature de la loi à laquelle on doit obéir.

En respectant la loi de l'État, les citoyens ne respectent en fait que la loi dont ils sont eux-mêmes responsables : ils confirment de la sorte leur appartenance au corps politique et leur volonté de voir celui-ci perdurer en même temps que ses expressions.

On insiste sur la relation qui existe entre la formulation de la loi par l'ensemble des citoyens et leur liberté politique.

On peut faire le même constat si l'on examine un peu en détail ce que nous pouvons devoir à l'État. Il s'agit toujours de devoirs qui existent dans des secteurs organisés par la loi, en sorte que chacun peut être compris comme une conséquence ou une application du principe général qui oblige à respecter la loi.

Nous devons ainsi financer l'État (en particulier par les impôts), puisqu'il ne peut fonctionner sans argent. Nous devons assurer nos devoirs civiques (vote aux élections, participation éventuelle à la défense), qui sont aussi des moyens soutenant l'existence même de l'État. De telles obligations à l'égard de l'État sont à chaque fois, dans une démocratie (et même si elle n'est pas parfaite), des obligations à l'égard de l'ensemble des citoyens, et donc de nous-mêmes qui en faisons partie. Les devoirs du citoyen sont aussi des devoirs envers lui-même, en tant qu'il se définit comme membre d'un État.

On donne quelques exemples de devoirs envers l'État, sans prétendre en fournir une liste complète : tous ont la même signification et la même portée.

Sans doute n'est-on pas absolument obligés de se définir comme membres d'un État : pour les théoriciens de l'anarchie, c'est au contraire en refusant l'État (parmi d'autres instances d'oppression, comme l'Église ou la société en tant que telle) que l'on conserve quelque chance de se définir en conformité avec ce que l'on doit être. Un tel refus fait bien entendu disparaître les devoirs qui seraient dus à l'État, puisqu'il n'y a rien d'autre à respecter que ce que Max Stirner nomme « l'Unique », c'est-à-dire la singularité individuelle.

On évoque la contestation possible de l'existence de l'État.

On n'hésite pas à citer l'un des fondateurs de l'anarchisme.

Quoi que l'on puisse penser de l'anarchie et de ses chances de succès, sa négation des devoirs envers l'État a au moins l'avantage de mettre en pleine lumière la réalité d'un assentiment initial au pouvoir de l'État qui conditionne son existence : les citoyens d'une démocratie respectent leurs devoirs parce qu'ils ont, même implicitement, décidé de soutenir l'existence de leur État, en admettant qu'il leur propose et leur permet une vie collective supportable et sans doute préférable à une autre.

On décèle ce qu'implique le refus de l'État, comme l'envers d'un assentiment à l'État, à ses exigences et à ses avantages.

C'est une décision de ce genre et de cette importance que désigne le « contrat social » chez Rousseau, contrat par lequel les hommes renoncent à leur indépendance initiale pour s'unir dans un corps politique et accéder simultanément à la

On explicite les conditions et les conséquences du « contrat social » qui fonde la société politique.

sécurité, à l'égalité et à la liberté réelle. Une telle décision collective est au fondement de l'organisation sociale et transforme les hommes en citoyens, qui se trouvent immédiatement dotés de droits (à la sécurité, à la propriété) et de devoirs (d'entraide, d'obéissance à la loi, de respect de l'égalité...). Et c'est parce que « l'ordre social est un droit sacré qui sert de base à tous les autres » qu'il détermine aussi les devoirs qui seront dus à l'État.

On précise que, devenus citoyens, les hommes ont aussitôt des droits, mais aussi des devoirs, notamment envers l'État.

On voit que, dans la mesure où l'ordre social doit être respecté à tout prix, l'existence du corps politique ne peut plus être mise en cause ni connaître de crise : c'est de là que proviennent l'obligation d'obéir aux lois et l'ensemble des devoirs qui suivent pour le citoyen.

Le citoyen qui n'effectue pas son devoir y sera contraint par la force : l'État est reconnu comme ayant le « monopole de la violence légitime ». Et cette reconnaissance semble être une conséquence du contrat social : c'est parce que les individus, devenant citoyens, renoncent à leur indépendance qu'ils renoncent aussi à exercer une violence privée, et délèguent à l'État toute violence et toute décision concernant son usage.

On souligne finalement la relation entre l'État et la violence « légitime ».

Toutefois, on peut aussi considérer que, dans la mesure où l'État (démocratique) ne formule pas d'autres lois que celles qui correspondent à la « volonté générale » et donc à l'intérêt commun, le monopole accordé à l'État pour ce qui concerne la violence est simultanément attribué à l'ensemble des citoyens, dont on sait que le contrat leur permet de retrouver en version « supérieure » ce à quoi ils renoncent.

On considère que la violence « légitime » appartient autant à l'ensemble des citoyens qu'à l'État qui les représente.

Une réflexion sur ce que nous devons à l'État semble aboutir à cerner ce qui fonde et justifie l'État lui-même, du moins tel qu'on le conçoit démocratiquement. Nous avons à son égard un devoir fondamental d'obéissance, qui est la conséquence de notre choix d'y vivre : qui désobéit aux lois est exclu du corps politique et de l'État. La violence (réelle ou symbolique) qui intervient pour punir est à la fois celle de l'État et celle de ses membres en tant qu'ils choisissent implicitement son maintien : s'il existait un citoyen parfait, il s'interdirait lui-même de bafouer quelque loi que ce soit parce qu'il serait capable de concevoir d'avance sa propre punition.

Le langage

Faire le point

L'essentiel

1 Le langage est spécifique à l'être humain

- **Descartes** l'affirme : l'animal ne peut parler comme nous parce qu'il n'a pas de **raison** et ne pense pas.
- Les linguistes le confirment : le langage est un **système de communication** impliquant des unités isolables et des règles stables pour les combiner. Cet aspect **combinatoire** ne se manifeste que chez l'homme.

2 Les mots et les choses

- Le signe linguistique est **arbitraire** : il n'existe aucune ressemblance entre le **signifiant** et le **signifié**. C'est ce que prouve la **pluralité** des langues.
- Chaque langue opère une première **mise en ordre du monde** : nous repérons ce que nous pouvons nommer.

3 Langage et pouvoir

- **Hegel** nie l'existence d'un **ineffable**, qui échapperait aux mots : sans langage, la pensée est imprécise et floue.
- D'où l'importance accordée à la **maîtrise du langage** : plus le vocabulaire est riche, plus on explicite sa pensée. Cela peut mener à des excès : le **sophiste**, selon **Platon**, se soucie de persuader l'auditeur et non du vrai ; le **démagogue** sait flatter pour confirmer son pouvoir.

CITATIONS

→ **Descartes :** « On voit que les pies et les perroquets peuvent proférer des paroles ainsi que nous, et toutefois ne peuvent parler ainsi que nous, c'est-à-dire en témoignant qu'ils pensent ce qu'ils disent. » *Discours de la méthode*, 1637

→ **de Saussure :** « Le signe linguistique est arbitraire. Ainsi l'idée de "sœur" n'est liée par aucun rapport intérieur avec la suite de sons *s-ö-r* qui lui sert de signifiant : il pourrait être aussi bien représenté par n'importe quelle autre. » *Cours de linguistique générale*, 1916

→ **Hegel :** « L'inexprimable est, en vérité, seulement quelque chose de trouble, en fermentation, qui n'acquiert de la clarté que lorsqu'il peut accéder à la parole. » *Encyclopédie des sciences philosophiques*, 1817

LEXIQUE

- **langue :** « ensemble des habitudes linguistiques transmises par la société » (Ferdinand de Saussure).
- **monème :** unité d'articulation, dotée d'une forme sonore et d'un sens.
- **phonème :** unité minimale d'articulation, dénuée de signification.
- **signifiant/signifié :** en linguistique, le signifiant désigne la forme phonique ou « image acoustique » du mot ou signe. Le signifié en désigne l'autre versant, ce que l'on nomme traditionnellement le concept.

Schéma bilan

SPÉCIFIQUE À L'ÊTRE HUMAIN

Descartes
« *L'animal, dénué de raison, ne peut parler ainsi que nous.* »

\+

Le langage humain se caractérise par la **double articulation**.

\+

Le langage est un **système combinatoire** qui n'existe que chez l'homme.

LES MOTS ET LES CHOSES

Il n'y a pas de ressemblance entre le **mot** (signifiant) et ce qu'il **désigne** (signifié).

\+

La **pluralité** des langues confirme cet arbitraire du signe.

\+

Nous repérons ce que nous pouvons **nommer** dans l'environnement.

LANGAGE ET POUVOIR

Hegel
« *La pensée véritable s'élabore avec les mots.* »
→ Il n'y a pas d'**ineffable**.

\+

Un langage riche confirme une **supériorité sociale**.

\+

La maîtrise du langage présente des dangers (**sophistes, démagogues**).

En bref Pour aborder les sujets portant sur cette notion, il faut savoir que :

- au sens strict, le langage est propre à l'être humain. ☐
- le langage se caractérise par le phénomène de double articulation. ☐
- le rapport entre signifiant et signifié est arbitraire. ☐
- chaque langue propose à ses locuteurs un premier découpage du monde. ☐
- la maîtrise du langage confère un certain pouvoir. ☐

J'ai tout coché ? Je passe le test page suivante

Contrôler ses connaissances

corrigés p. 206

QCM *Cocher les bonnes réponses.*

1. Pour les linguistes, le langage :
- ☐ **a.** est présent chez toutes les espèces animales.
- ☐ **b.** est un système de communication.
- ☐ **c.** n'existe que chez l'homme.
- ☐ **d.** se caractérise par la double articulation.

2. Le mot, ou signe linguistique, est :
- ☐ **a.** analogue à ce qu'il désigne.
- ☐ **b.** arbitraire.
- ☐ **c.** fondé sur la ressemblance entre les sons et les choses.
- ☐ **d.** porteur d'une connaissance sur ce qu'il désigne.

3. Le signifiant désigne :
- ☐ **a.** tout signe évoquant un objet.
- ☐ **b.** ce qui justifie une métaphore.
- ☐ **c.** l'« image acoustique » d'un mot.

4. On nomme « monème » :
- ☐ **a.** une unité d'articulation possédant à la fois une forme sonore et un sens.
- ☐ **b.** un être unique.
- ☐ **c.** la description d'un défilé.
- ☐ **d.** une syllabe.

5. Les sophistes, selon Platon :
- ☐ **a.** savent bien parler.
- ☐ **b.** ne cherchent qu'à persuader leurs auditeurs.
- ☐ **c.** se soucient de dire la vérité.
- ☐ **d.** peuvent mentir.

6. Selon Hegel :
- ☐ **a.** la pensée est antérieure au langage.
- ☐ **b.** l'ineffable ne peut être de la pensée.
- ☐ **c.** il est nécessaire de donner forme à la pensée grâce au langage.
- ☐ **d.** l'ineffable correspond à la pensée la plus profonde.

❑ Vrai ou Faux *Indiquer si les propositions sont vraies ou fausses.*

1. La langue dépend de l'individu qui parle. V ❑ F ❑
2. Tout phonème est doté d'une signification minimale. V ❑ F ❑
3. La relation entre signifiant et signifié peut être métaphorique. V ❑ F ❑
4. On repère les phonèmes d'un mot en comptant ses lettres. V ❑ F ❑
5. Descartes considère que certaines espèces animales parlent comme nous. V ❑ F ❑

Notions

Relier chaque notion à sa définition.

	• Système de communication caractérisé par la double articulation
Monème •	
	• Unité minimale d'articulation, dénuée de signification
Phonème •	
Signifié •	• Forme phonique ou « image acoustique » du mot ou signe
Signifiant •	
	• Unité d'articulation, dotée d'une forme sonore et d'un sens
Langage •	
	• Synonyme de concept

Vers le sujet de BAC

DOC. **Henri Bergson, *Essai sur les données immédiates de la* conscience, 1889**

Chacun de nous a sa manière d'aimer et de haïr, et cet amour, cette haine, reflètent sa personnalité tout entière. Cependant le langage désigne ces états par les mêmes mots chez tous les hommes ; aussi n'a-t-il pu fixer que l'aspect objectif et impersonnel de l'amour, de la haine, et des mille sentiments qui agitent l'âme. Nous jugeons du talent d'un romancier à la puissance avec laquelle il tire du domaine public, où le langage les avait ainsi fait descendre, des sentiments et des idées auxquels il essaie de rendre, par une multiplicité de détails qui se juxtaposent, leur primitive et vivante individualité. Mais de même qu'on pourra intercaler indéfiniment des points entre deux positions d'un mobile sans jamais combler l'espace parcouru, ainsi, par cela seul que nous parlons, par cela seul que nous associons des idées les unes aux autres et que ces idées se juxtaposent au lieu de se pénétrer, nous échouons à traduire entièrement ce que notre âme ressent : la pensée demeure incommensurable avec le langage.

1 Expliciter ce que Bergson nomme « l'aspect objectif et impersonnel » des sentiments.

2 Le talent du romancier parvient-il à restaurer l'individualité des sentiments et des idées ? Pourquoi ?

Sujet guidé

SUJET 9 D'après France métropolitaine, juin 2013 20 pts 4 h

Dissertation

Le langage n'est-il qu'un outil ?

PAR ÉTAPES

COMPRENDRE LE SUJET

Les mots-clés

- « **Outil** » : objet élaboré pour prolonger la main, et destiné à obtenir un résultat.
- « **Ne ... que** » implique que le langage n'est pas réductible à un outil.

L'analyse de l'énoncé

- Le langage a une dimension ustensilaire : il sert quotidiennement à communiquer – c'est sa fonction la plus commune.
- Mais le langage a d'autres fonctions, il n'est pas réductible à un « outil » : on peut mettre en valeur sa dimension esthétique et la façon dont il élabore une vision du monde.

Mobiliser ses connaissances

- L'outil peut être maîtrisé : est-il possible de maîtriser totalement le langage ?
- **Freud** : le double sens d'un lapsus échappe au locuteur, qui ne peut en général contrôler tous les effets possibles de ce qu'il dit chez un auditeur particulier.
- **Barthes** : différence entre « écrivain » (le langage est travaillé comme un matériau) et « écrivant » (le langage est utilisé comme instrument).

Les pièges à éviter

- Ne prenez pas le mot « outil » dans un sens trop étroit (la question devient sans intérêt) : on le considère comme synonyme de « moyen de communication ».
- Inutile d'énumérer toutes les fonctions du langage : soyez plus synthétique dans votre approche.

ORGANISER SA COPIE

La problématique

- Qu'attend-on du langage dans l'usage quotidien ? Qu'il transmette ce que l'on a l'intention de dire. Dans ces conditions, le langage n'a guère d'autre valeur que son utilité, il est assimilable à un outil mis à notre disposition pour que nous puissions en user en fonction de nos besoins.
- Mais cet outil est-il totalement maîtrisable ? Outre que notre connaissance du langage n'est jamais exhaustive, nous sommes en général incapables de contrôler toutes les significations possibles de ce que nous pouvons dire.
- Même sans les pratiquer, on sait qu'il existe d'autres façons de recourir au langage qu'à des fins de simple communication : la littérature donne l'exemple permanent d'une relation non utilitaire aux mots, qu'elle considère plutôt comme un matériau à travailler.

Le plan

I. Le langage est un outil pour communiquer

II. Mais sa maîtrise n'est jamais parfaite

III. Le langage peut surtout être une fin en lui-même

À noter

Lorsque le sujet est proposé avec une formule restrictive (« ne… que »), la question attend le plus souvent une réponse négative. Mais on ne doit pas formuler celle-ci directement. Il est au contraire nécessaire d'analyser l'aspect suggéré comme insuffisant (ici, le langage est en effet, même si c'est métaphoriquement, « un outil »), et ce n'est que dans un second temps que l'on peut ajouter à cet aspect d'autres dimensions, également présentes dans le terme analysé. Il peut ensuite être nécessaire ou utile de hiérarchiser ces différents aspects.

CORRIGÉ 9

Comprendre le corrigé

Quotidiennement, mes relations avec d'autres hommes nécessitent le recours au langage à des fins de simple communication : j'échange des informations ou des formules de politesse, je reçois ou je donne des ordres, je demande de l'aide ou j'en apporte, etc. Dans ces contextes ordinaires, le langage vaut par sa capacité à être un intermédiaire efficace, il est réductible à une sorte d'« outil » doté d'une finalité : il permet de communiquer.

> Partez d'un constat : dans le quotidien, le langage est assimilable à un « outil ».

Il est pourtant des circonstances où cet « outil » semble doté d'un fonctionnement qui échappe quelque peu au contrôle de son utilisateur. Ainsi, le lapsus communique, mais autre chose que ce qui était prévu. Par ailleurs, il suffit de lire une page de Proust ou de Flaubert, ou un poème de Baudelaire ou de Ponge, pour constater que

> Annoncez les grandes lignes de la copie.

la communication n'y est plus prioritaire : tout se passe dans cet usage « poétique » de la langue, comme si le langage devenait indifférent aux significations qu'il peut véhiculer pour mettre en avant sa propre consistance ou ses propres formes.

Par définition, les outils facilitent une tâche et se caractérisent par leur efficacité. On constate d'ailleurs que, dans l'évolution de l'outillage telle que l'a étudiée André Leroi-Gourhan, le progrès va dans le sens d'une plus grande force ou d'une plus grande précision, c'est-à-dire d'un gain d'efficacité ou d'économie de l'énergie naturelle. Le meilleur outil est de ce point de vue celui qui me permet d'obtenir le plus vite possible et avec le moins de fatigue possible le résultat désiré. Ainsi, l'univers des outils participe à l'organisation d'un monde pour l'homme.

> On recourt à une bonne référence pour illustrer ce que l'on dit.

> On formule la définition de ce que peut être un bon outil.

Il est d'ailleurs notable que l'emploi d'outils implique fréquemment une collaboration et l'intervention du langage lui-même, ne serait-ce que pour accorder les gestes et les actions lors d'un travail effectué en commun. Communiquer, c'est répondre à la nécessité de partager des informations et des façons d'être : le langage serait alors l'outil qui permet d'utiliser ou de maîtriser les autres outils.

> Comme l'outil, le langage suscite la collaboration. Déduisez-en une nouvelle définition de la communication.

De ce point de vue, l'intervention du langage est permanente dans l'existence, de « Passe-moi le sel » à « Bonne nuit », en passant par « Attention à l'engrenage ! ». Il est clair que le recours au langage est nécessaire à la vie en commun dans tous ses aspects : le langage peut être assimilé à un outil en l'absence duquel les communications feraient problème ; s'il est vrai que les mots « symbolisent » les choses, on voit qu'il est plus simple d'articuler des mots que de manipuler des choses.

> Donnez quelques exemples de langage « ustensilaire ».

C'est d'ailleurs le rapport aux choses qui différencie le langage du simple outil et interdit qu'on les assimile intégralement l'un à l'autre. En effet, l'outil établit une relation entre l'homme et les choses, alors que le langage intervient toujours entre des hommes et n'a avec les choses qu'une relation indirecte. Sans doute est-il vrai que, si je donne un ordre, je peux faire modifier l'ordre des choses, mais mon langage n'intervient en rien directement sur celles-ci : il fait agir un autre homme et c'est lui qui intervient sur les choses.

> Relevez une première différence entre l'outil et le langage : le premier lie l'homme aux choses, le second est à l'œuvre entre les hommes.

On voit ainsi que ce n'est que métaphoriquement qu'il est possible de qualifier le langage d'« outil ».

Commencez à restreindre la possibilité de définir le langage comme un outil, ce qui prépare le relevé des écarts entre outil et langage.

De plus, l'utilisation d'un outil implique, de manière générale, qu'on en contrôle bien le fonctionnement. Si je me tape sur les doigts avec un marteau, c'est ma maladresse qu'il convient d'accuser, et non une intention perverse du marteau. Parce qu'il est élaboré pour telle ou telle fin, l'outil n'est que relativement peu disponible pour des usages différents : je peux sans doute empêcher la fermeture d'une porte avec un tournevis, mais c'est en quelque sorte en dégrader l'usage en l'absence d'une simple cale de bois, et il est clair que l'efficacité du tournevis s'affirme plus fortement lorsque je l'utilise pour visser que comme cale.

La conception de l'outil répond à une fin assez précise, alors que le langage semble disponible pour des usages mal contrôlés.

Il est au contraire des situations – qui n'ont rien d'exceptionnel – dans lesquelles le langage se révèle apte à communiquer autre chose que ce qui était prévu : il apparaît difficile à contrôler.

Le projet même d'un contrôle exhaustif de tous ses aspects semble d'ailleurs irréalisable dès qu'on le formule : comment puis-je, par exemple, espérer connaître tous les mots de ma langue maternelle (pour ne rien dire des autres langues) ?

La situation la plus banale dans laquelle ce qui est communiqué par le langage échappe à l'intention de celui qui parle est sans doute le lapsus. Tout se passe comme si le fonctionnement prévu de l'outil que serait le langage échappait au contrôle de son utilisateur, ou plutôt comme si ce fonctionnement était à sa manière plus riche de conséquences que prévu. L'outil-langage est alors « déréglé » : il n'obéit plus à mon projet. Alors que je m'apprêtais à « ouvrir une séance », je la déclare « fermée », formulant en apparence le contraire de ce que je voulais : au lieu de m'obéir, la communication s'établit autrement. Car le lapsus n'est pas une rupture de la communication, il est plutôt une communication d'une autre nature, parce qu'établie à un autre niveau – notamment de l'appareil psychique, si l'on admet avec Freud que c'est l'inconscient qui y trouve l'occasion de mettre une information en circulation. Peut-on considérer comme un outil ordinaire ce qui me joue ainsi des tours ?

Exemple crucial d'une communication qui n'est pas celle qu'on espérait : le lapsus communique en échappant à la volonté.

La question mérite d'autant plus d'être posée que le langage n'en finit pas d'avoir des effets sur l'inconscient – et pas seulement celui du locuteur. C'est aussi chez le récepteur d'un message que les choses peuvent se complexifier, rien ne pouvant *a priori* garantir que des formules prononcées n'acquièrent pas pour lui des significations non prévues. Un mot apparemment anodin peut acquérir des résonances insoupçonnées, aussi bien chez un enfant que chez un adulte, qui auront des conséquences sur sa conduite. Une phrase dite sans intention particulière peut être reçue comme une menace ou comme un encouragement.

Faites valoir que le langage peut avoir, chez le locuteur comme chez l'auditeur, des effets inattendus.

On pourrait rappeler que l'homme se forme grâce à ses outils, et que, puisque le langage participe à la formation d'un sujet, il est bien un outil, mais on admettra qu'il s'agit alors d'un outil très particulier puisque, contrairement aux outils ordinaires, c'est lorsqu'il échappe à notre maîtrise qu'il est le plus efficace.

Assimiler le langage à un outil, c'est impliquer qu'il ne sert qu'à transmettre des contenus déjà constitués. Boileau a ainsi pu soutenir que « ce qui se conçoit bien s'énonce clairement » ; mais le rapport entre langage et pensée est plus subtil. S'il est vrai que, dans la communication banale, l'intention précède l'expression (je pense ce que je veux dire avant de le formuler), c'est le langage qui autorise la formation de la pensée et sa réalisation. Ainsi que le rappelle Hegel, il n'y a qu'illusion de pensée en l'absence de formulation linguistique, ce qui se vérifie aussi bien lors de l'apprentissage d'une langue par l'enfant que par l'acquisition de vocabulaire spécialisé qui permettent la dénomination de choses jusqu'alors peu perceptibles.

On conteste sérieusement une conception « classique ».

L'allusion à Hegel, même brève, est utile pour indiquer le rôle formateur du langage.

Lorsque l'on vérifie que chaque langue élabore une vision du monde en fonction du vocabulaire qu'elle met à disposition, on confirme que le langage, loin d'être condamné à ne véhiculer qu'un contenu préétabli, intervient pleinement dans l'élaboration de ce contenu.

Évoquez la multiplicité des langues pour confirmer que le langage élabore les contenus au lieu de simplement les transmettre.

C'est aussi ce que montre la manière dont un sentiment peut sembler varier en fonction de l'expression qui le prend en charge. Tout changement dans la formulation induit une intensité différente de ce qui est vécu ou ressenti.

Argument supplémentaire : c'est leur formulation qui « façonne » les sentiments.

Loin de résulter de la simple addition d'un contenu et d'une formulation, la tonalité d'un message est due à l'alliance très étroite du « fond » et de la « forme » : les idées, comme les sentiments, n'ont pas de portée indépendamment des mots qui permettent de les affirmer.

Il n'en reste pas moins que, dans l'usage quotidien du langage, c'est la fonction de communication qui reste prioritaire : ce qui importe, c'est que le message soit compris. Il peut même ne pas être recommandé de trop travailler la forme : si je commande un rôti de bœuf en alexandrins à mon boucher, ne risque-t-il pas d'être un peu dérouté ?

Usez d'un exemple improbable pour confirmer que la forme n'intervient pas dans la communication quotidienne.

En revanche, la littérature se distingue de cet usage quotidien en mettant au premier plan le « signifiant », c'est-à-dire la forme, même si ce doit être au détriment du « signifié », c'est-à-dire le contenu. Ce privilège accordé à l'aspect formel peut mener à un certain hermétisme, même si ce dernier est plus fréquent en poésie (Mallarmé) qu'en prose. En définissant l'écrivain comme celui qui considère le langage comme un matériau à travailler (par opposition à l'« écrivant », qui n'use du langage que de manière utilitaire), Roland Barthes ne fait que souligner la priorité ainsi reconnue à l'aspect formel du langage qui, dès lors, ne peut plus être comparé à un outil puisqu'il est cette fois ce sur quoi porterait un éventuel outil.

Trouvez finalement dans la littérature l'inverse du langage-outil, en mobilisant du vocabulaire de linguistique.

Considérer le langage comme un simple outil revient à s'en faire une conception à la fois étroite et très insuffisante : on se condamne à négliger son rôle dans la constitution de la pensée elle-même, aussi bien que ses potentialités littéraires (sa fonction esthétique ou poétique, qui n'est sans doute que l'une de ses fonctions, mais qui peut éventuellement l'emporter sur les autres). Sans doute une telle conception peut-elle suffire lorsqu'il s'agit de ne rendre compte que de la communication la plus banale, mais elle est inopérante dès que l'on s'intéresse à des formes plus élaborées. Si cet « outil » suffisait en toute occasion, les philosophes ne seraient pas amenés à mettre au point des termes nouveaux ou des usages inédits de termes classiques pour diffuser les concepts qu'ils élaborent.

Vous pouvez, en conclusion, résumer les acquis de vos analyses. Mais c'est mieux si vous y ajoutez – comme ici avec le langage des philosophes – un argument supplémentaire.

La raison

Faire le point

L'essentiel

1 Raison et connaissance

- Dès **Platon**, la raison est affirmée comme **faculté supérieure** de connaître. **Aristote** en précise les **principes** et en définit la **logique**.
- La tradition philosophique valorise ses capacités pour chercher la **vérité** dans le monde (**Descartes**, **Kant**) ou dans l'histoire (**Hegel**), même si les **empiristes** (**Locke**) préfèrent reconnaître l'**expérience** comme fondement de la connaissance.

2 Raison et morale

- La raison est la faculté de **bien juger** opposée à la folie, à la bêtise ou aux passions.
- Elle exerce son jugement d'un point de vue **moral** sur les actions menées : c'est son versant « **pratique** », capable selon **Kant** de postuler la liberté, l'immortalité de l'âme et l'existence de Dieu.

3 La raison plurielle

- D'abord considérée comme **universelle** et **statique**, la raison est désormais reconnue comme **plurielle** et **dynamique**. Dans ses analyses, **Bachelard** souligne que l'évolution de la connaissance scientifique va de pair avec un élargissement de ce qui est considéré comme rationnel.
- La raison devient ainsi l'ensemble des **règles** qui, dans une culture donnée, assurent l'intercommunication.

CITATIONS

→ **Descartes :** « La puissance de bien juger, et distinguer le vrai d'avec le faux, qui est proprement ce qu'on nomme le bon sens ou la raison, est naturellement égale en tous les hommes. »
Discours de la méthode, 1637

→ **Hegel :** « L'immense contenu de l'histoire universelle est rationnel et doit être rationnel. »
La Raison dans l'histoire, 1822-1828

→ **Locke :** « D'où [l'esprit] puise-t-il ce qui fait le matériau de la raison et de la connaissance ? Je répondrai d'un seul mot : de l'*expérience* ; en elle, toute notre connaissance se fonde et trouve en dernière instance sa source. »
Essai sur l'entendement humain, 1689

LEXIQUE

- ***a priori*** : désigne les éléments nécessaires à la connaissance, indépendants de toute expérience.
- ***a posteriori*** : qualifie ce qui peut se déduire d'une expérience sensible.
- **empirisme** : doctrine philosophique admettant que l'expérience fournit aussi bien les principes que les contenus de la connaissance. S'oppose au rationalisme.
- **rationalisme** : doctrine qui affirme, comme fondement de la connaissance, l'existence de principes *a priori*.
- **syllogisme** : raisonnement qui déduit une conclusion nécessaire de deux prémisses.

Schéma bilan

RAISON ET CONNAISSANCE

Dès Platon, la raison est reconnue comme **faculté supérieure** de connaissance.

+

Aristote en définit les **principes** et la **logique** classique.

+

Les **rationalistes (Descartes, Kant)** valorisent ses capacités.

Les **empiristes (Locke, Hume)** lui préfèrent l'expérience.

RAISON ET MORALE

Faculté de **bien juger**, notamment du **bien** et du **mal**.

+

« **Kant**

La raison pratique formule des postulats sur des idées inconnaissables. »

+

Ces postulats (Dieu, la liberté, l'âme immortelle) garantissent la cohérence de la **moralité**.

UNE RAISON PLURIELLE

La raison a longtemps été admise comme **statique** et **universelle**.

+

Il existe différentes formes de rationalité selon les **cultures**.

+

« **Bachelard**

L'évolution de la connaissance scientifique détermine un élargissement du rationnel. »

En bref **Pour aborder les sujets portant sur cette notion, il faut savoir que :**

- la raison concerne à la fois la connaissance et la morale. ☐
- rationalistes et empiristes divergent quant à l'importance à accorder à la raison dans la connaissance. ☐
- pour Hegel, la raison se réalise dans l'Histoire universelle. ☐
- longtemps conçue comme universelle selon son « modèle » européen, on préfère désormais qualifier la raison de plurielle. ☐

J'ai tout coché ? Je passe le test page suivante

Contrôler ses connaissances

corrigés p. 207

QCM *Cocher les bonnes réponses.*

1. Le syllogisme :
- ☐ **a.** enrichit la connaissance.
- ☐ **b.** établit une conclusion discutable.
- ☐ **c.** est un exercice formel qui n'apprend rien de nouveau.
- ☐ **d.** se compose d'un nombre variable de propositions.

2. Est *a priori* :
- ☐ **a.** ce qui participe d'un préjugé.
- ☐ **b.** ce qui est prioritaire dans l'ordre du savoir.
- ☐ **c.** ce qui est indépendant de toute expérience.
- ☐ **d.** ce qui dépend d'une expérience.

3. La raison prouve son efficacité :
- ☐ **a.** uniquement dans l'élaboration de la connaissance.
- ☐ **b.** éventuellement du point de vue moral.
- ☐ **c.** aussi bien dans la connaissance que dans la morale.

4. Pour les philosophes empiristes :
- ☐ **a.** l'expérience est le but de la connaissance.
- ☐ **b.** toutes les expériences sensibles sont trompeuses.
- ☐ **c.** l'expérience est le fondement de la connaissance.

5. On peut opposer la raison :
- ☐ **a.** à la folie.
- ☐ **b.** aux mathématiques.
- ☐ **c.** aux passions.

6. La conception de la raison est devenue plurielle :
- ☐ **a.** pour des raisons politiques.
- ☐ **b.** en raison des apports de l'ethnologie.
- ☐ **c.** parce que la conception classique ne correspondait plus à ses usages quotidiens.
- ☐ **d.** en considérant l'évolution des connaissances scientifiques.

☐ Vrai ou Faux *Indiquer si les propositions sont vraies ou fausses.*

1. Selon Descartes, la raison est réservée à une élite. V ☐ F ☐
2. Pour Hegel, c'est dans l'histoire que la raison se déploie et se réalise. V ☐ F ☐
3. La philosophie de Kant est représentative du rationalisme absolu. V ☐ F ☐
4. Pascal admet que la raison peut tout connaître. V ☐ F ☐
5. Aristote établit la théorie du syllogisme. V ☐ F ☐

Notions *Relier chaque philosophe à la doctrine à laquelle il se rattache.*

Locke

Platon

Descartes

Kant

Hume

1 Rationalisme absolu

2 Rationalisme relatif

3 Empirisme

Vers le sujet de BAC

DOC. **David Hume, *Enquête sur l'entendement humain*, 1748**

Après un seul cas ou une seule expérience, où nous avons observé qu'un événement particulier s'ensuivait d'un autre, nous ne sommes pas autorisés à former une règle générale, ou à prédire ce qui adviendra en de pareils cas ; étant à bon droit tenu pour une impardonnable témérité de juger du cours entier de la nature d'après une seule expérience, si précise ou si certaine qu'elle soit. Mais lorsqu'une espèce particulière d'événement a toujours été, dans tous les cas, jointe à une autre, nous ne nous faisons plus dorénavant aucun scrupule de prédire l'un d'après l'apparition de l'autre, et d'employer le raisonnement qui nous peut seul assurer d'une chose quelconque de fait ou d'existence. Nous appelons alors l'un des objets *cause*, l'autre *effet*. Nous supposons qu'il y a quelque connexion entre eux, quelque force dans l'un, par où il produit infailliblement l'autre, et opère avec la plus grande certitude et la plus forte nécessité.

1 Quelle est la relation dont Hume critique ici l'affirmation ?

2 En quoi cet extrait est-il révélateur de l'empirisme de l'auteur ?

3 On dit souvent que l'empirisme mène à un certain scepticisme. Quelles expressions suggèrent ce dernier dans cet extrait ?

Sujet guidé

SUJET 10 D'après France métropolitaine, juin 2012

20 pts · 4 h

Dissertation

› **Toute croyance est-elle contraire à la raison ?**

PAR ÉTAPES

COMPRENDRE LE SUJET

Les mots-clés

- La **croyance** comme adhésion à une proposition ou à un fait mal fondé ; la **raison** comme recherche des causes et des fondements, justification et démonstration.

L'analyse de l'énoncé

- La question implique une contradiction entre deux concepts ou attitudes.
- Cette contradiction ne serait toutefois pas systématique.
- De quelles croyances peut-il alors être question ?

Mobiliser ses connaissances

- Opposition entre *logos* (raison, discours) et *muthos* (mythe) dès les débuts de la philosophie, qui privilégie le premier. Platon emprunte à des mythes antérieurs, mais en n'en conservant que ce qui lui semble rationalisable.
- **Comte :** l'état « positif » suppose que l'on cesse de croire à la dimension spirituelle des phénomènes.
- Peut-on rationaliser la croyance religieuse ?
- **Nietzsche :** admettre que la raison peut trouver la vérité, n'est-ce pas une croyance ?

Les pièges à éviter

- N'oubliez pas que le rationalisme absolu peut trouver ses limites, et être critiqué.
- Ne confondez pas **rationnel** et **raisonnable**.
- Ne vous en tenez pas à une conception statique de la raison.

ORGANISER SA COPIE

La problématique

Puisque la philosophie veut être rationnelle, lui faut-il éliminer toute croyance comme contraire à la raison elle-même ? Cette dernière peut être mise en échec dans certains domaines : ne doit-elle pas alors laisser place à des croyances raisonnables ? Ne faudrait-il pas en venir à considérer que l'attribution de pouvoirs absolus à la raison pourrait être une croyance ?

Le plan

I. Certaines croyances sont contraires à la raison.

II. La raison n'a-t-elle pas quelques défauts ?

III. Une croyance raisonnable est-elle possible ?

À noter

Lorsque la question posée oppose deux attitudes, il est utile de se demander si cette opposition peut être dépassée. Ici, on peut faire valoir que les philosophes ne se sont pas privés de vouloir rationaliser la croyance religieuse en élaborant des « preuves » de Dieu. L'échec de ces dernières suggère que la raison ne peut tout prendre en charge : il sera ensuite facile de suggérer qu'affirmer le contraire n'est qu'une croyance.

CORRIGÉ 10

Comprendre le corrigé

S'il semble que les démarches rationnelles doivent, pour s'établir, éliminer certaines croyances, il apparaît aussi que la raison elle-même doit reconnaître ses propres limites – ce qui laisse de la place pour des croyances d'une autre nature, en un sens raisonnables et non irrationnelles. D'autre part, comment garantir que l'usage de la raison, notamment dans l'élaboration de la connaissance, ne repose pas lui-même sur une croyance ? On devrait ainsi admettre que certaines croyances, loin d'être simplement contraires à la raison, peuvent en réalité venir la compléter à leur manière.

> On annonce sans attendre la différence entre rationnel et raisonnable.

Dès ses débuts, la philosophie s'établit en privilégiant ce qui se nomme *logos* (la raison comme équilibre et calcul) et en contestant la valeur de vérité du *muthos* (« discours ou parole mythique ») qui régnait antérieurement : Platon accomplit un « parricide » à l'égard de Parménide, l'un des présocratiques qu'Aristote qualifiera de « balbutiants » dans la mesure où leurs écrits paraissent ne pas respecter les principes de la « logique », qui n'est que l'autre nom des exigences rationnelles.

> Il existe des croyances en effet contraires à la raison.

> Puisqu'il est fait allusion à la philosophie grecque, on s'appuie sur Platon et Aristote.

Le *muthos* invite à la croyance, son origine est peu situable, il se transmet à travers les enseignements des « inspirés » (par une divinité) que sont, selon Platon, les devins, les prêtes ou les poètes. À l'inverse, c'est l'homme qui s'affirme responsable du logos, et qui le définit comme possibilité de dialogue (parole échangée en quête de vérité).

Explicitation des relations entre mythe et croyance.

Lorsque Platon fait des emprunts aux mythes (l'androgyne, Prométhée, etc.), c'est pour les commenter et en *extraire* un noyau de sens : de la croyance antérieure, on ne conserve que ce qui est réductible par et à la raison.

Platon, lorsqu'il emprunte aux mythes antérieurs, n'en conserve que la signification.

Selon Auguste Comte, le passage à l'activité rationnelle sous son aspect scientifique nécessite en revanche une rupture plus prononcée relativement aux moments de l'esprit qui l'ont précédée. L'état positif doit prendre la relève des états *religieux* et *métaphysique*, ce qui suppose une double conversion de l'esprit : d'un côté, il s'agit désormais de ne plus attribuer aux phénomènes une origine spirituelle, et donc d'opérer une objectivation générale du monde ; de l'autre, il convient de renoncer à trouver les causes premières pour examiner uniquement les causes proches, celles qui pourront être intégrées dans des lois.

- Après la philosophie, on rappelle que la science cherche semblablement à éliminer la simple adhésion aux croyances.
- Une confirmation classique : différence entre état positif et états antérieurs selon Comte.

Pour un épistémologue comme Gaston Bachelard, c'est toujours en se débarrassant de ses croyances premières que l'esprit peut espérer accéder à une approche scientifique.

Confirmation de Comte par un auteur plus récent.

Ce qui est à l'évidence contraire à la raison dans la croyance générale, c'est que cette dernière vit d'une adhésion sans examen, sans aucun recul critique, alors qu'il appartient à la raison d'apprécier, de juger et donc de douter. La version hyperbolique du doute que Descartes met en œuvre est exemplaire, comme le souligne Husserl, de la démarche philosophique.

Mais, le *Discours de la méthode* étant aussi destiné à « trouver la vérité dans les sciences », elle est également exemplaire d'une démarche scientifique puisque c'est la même raison qui de part et d'autre est à l'œuvre.

Pour mettre en valeur l'opposition entre croyance et raison, on rappelle l'importance du doute cartésien, qui s'applique à la fois en philosophie et dans les sciences.

De ce double point de vue, la croyance est à ranger du côté du préjugé : elle fait obstacle à la raison et à la connaissance au lieu de les favoriser, elle est

En conséquence, réduction de la croyance au préjugé.

aveugle alors que la raison serait, non seulement *claire*, mais *éclairante*.

Cette opposition traditionnelle est sans doute trop simple. Il faudrait d'abord rappeler que la raison n'est pas toujours semblable à elle-même, et qu'en conséquence, l'irrationnel change au cours de l'histoire.

> L'opposition précédente doit être dépassée, car la raison évolue, comme l'a notamment montré Bachelard.

Bachelard a bien montré, dans sa *Philosophie du non*, que les concepts rationnels se modifient en fonction de leurs propres découvertes, c'est-à-dire de l'évolution du savoir scientifique lui-même.

Pour Newton, la physique d'Einstein aurait paru aberrante, mais la réciproque n'est pas vraie : pour Einstein, la physique de Newton reste « vraie » à une certaine échelle. Ce qui, en revanche, ne serait pas rationnel aujourd'hui, ce serait de continuer à admettre, ou à croire, que le système newtonien suffit pour tout expliquer. L'histoire des sciences enseigne ainsi que ce qui, à un moment donné, est admis comme seule vérité possible, doit ensuite être apprécié comme une vérité relative, limitée à un certain domaine d'expérience. Or, lorsque la raison s'est habituée à certains systèmes, il ne lui est pas toujours facile, comme le montre la résistance rencontrée par les géométries non euclidiennes, d'accepter des systèmes différents : des « vérités » risquent alors de se transformer en croyances, parce que la nécessité de les transformer est mal admise.

> Exemple (étudié par Bachelard) : une vérité rationnellement établie, d'abord admise comme absolue, doit ensuite, en fonction de l'évolution des théories rationnelles, être reconnue comme « relative ».

Indépendamment de ses variations historiques, la raison bénéficie d'un préjugé favorable : elle serait ce qui fait la valeur ou la grandeur de l'humain. On peut évidemment s'interroger sur l'origine de ce préjugé (ou de cette croyance). On fait alors allusion aux qualités de la raison et aux avantages qu'elle apporte : c'est bien elle qui produit la connaissance la plus sûre, mais aussi l'équilibre dans les conduites ; son universalité semble promettre la possibilité d'un accord et d'une harmonie entre les hommes. Son règne signifierait la disparition de la violence, la recherche de solutions justes et – pourquoi pas ? – la paix universelle. Que celle-ci ne soit qu'un espoir sans cesse démenti suffit pour indiquer que la raison n'est pas la seule à diriger les hommes et les sociétés, qui vivent aussi de rêves, de passions, et pourquoi pas de croyances – notamment de celle au pouvoir de la raison…

> Pourquoi la raison est-elle perçue favorablement ?
> La raison a des qualités incontestables, et son règne promet une vie meilleure ; mais l'humain n'obéit pas qu'à la raison.

En prétendant imposer la *mesure* en tout, la raison ne produirait-elle pas un affaiblissement de l'existence ? Tel est bien l'avis de Nietzsche, qui lui préfère des valeurs plus exubérantes, répondant mieux aux exigences de la vie et de la création.

> Une référence à Nietzsche relance le paragraphe précédent.

Mais la critique de Nietzsche est plus profonde, puisqu'il décèle, au fondement même de tout savoir rationnel, une présupposition qui est bien une croyance : nous avons en nous les moyens de connaître et de trouver la vérité. Proposition indémontrable, ou dont la seule démonstration est pragmatique, lorsque le savoir met en valeur ses applications, qui ne peuvent constituer une preuve absolue. Un tel soupçon réactive à sa manière la critique de la causalité par Hume : ce n'est pas parce que notre savoir rationnel semble correspondre à la façon dont les choses se passent que nous pouvons être sûrs d'avoir trouvé une vérité.

> La confiance faite à la raison pour élaborer la vérité est-elle autre chose qu'une croyance ?

La critique nietzschéenne prend brutalement acte de l'échec du rationalisme absolu. Pour ce dernier, toute croyance est irrationnelle et ne peut être que rejetée en tant que telle : son contenu ne sera admis, dans un second temps, qu'après avoir été transposé dans les termes de la raison. Ainsi en va-t-il en particulier de la croyance religieuse : la tradition rationaliste a cru pouvoir la réduire en élaborant des preuves rationnelles de l'existence de Dieu.

> Troisième temps de la réflexion : une croyance peut-elle être raisonnable ?

> Le rationalisme absolu ne veut conserver des croyances que ce qui peut être rationalisé (cf. ci-dessus Platon).

Mais ces « preuves », qu'elles soient *a priori* (l'argument ontologique de Descartes) ou *a posteriori* (les cinq voies vers Dieu que saint Thomas déduit de la métaphysique d'Aristote), ont toutes été contestées, par Hume, puis par Kant. Hume en déduit, dans ses *Dialogues sur la religion naturelle*, qu'il convient de séparer définitivement la croyance religieuse de la philosophie, puisque, dès que la raison entreprend d'évoquer Dieu, elle contredit ses propres conditions d'exercice.

> Exemple crucial : les philosophes ont voulu rationaliser la croyance religieuse en élaborant des « preuves » de l'existence de Dieu, dont la logique n'est qu'apparente.

La solution kantienne est moins brutale. En considérant que la raison ne peut connaître que l'univers des phénomènes, Kant admet que relève bien de la croyance tout ce qui excède ce dernier, soit la métaphysique et ses idées principales : l'immortalité de l'âme, l'existence de la liberté et celle de Dieu.

> Solution kantienne : indémontrable rationnellement, l'existence de Dieu doit être postulée (au sens qu'a un postulat mathématique : indémontrable, mais nécessaire).

Mais ces croyances, même si elles ne peuvent toujours pas être démontrées rationnellement, sont dans une certaine mesure « raisonnables » dès lors qu'elles apparaissent comme *fondant* la morale et garantissant sa parfaite cohérence. L'expression kantienne concernant les « postulats de la raison pratique » signale à la fois l'impossibilité de la preuve (par exemple de Dieu) et la nécessité, pour la raison elle-même, de poser affirmativement des propositions qui apportent à la conduite humaine et à ce qui doit la guider un achèvement satisfaisant. C'est alors la raison qui, consciente de ses limites, doit justifier certaines croyances.

La croyance religieuse est alors « raisonnable », c'est-à-dire justifiée, comme les autres idées métaphysiques, parce qu'elle fonde la cohérence de la morale.

Il ne s'agit cependant pas, pour la raison, de justifier n'importe quelle croyance, dans la mesure où certaines lui restent bien contraires. Ce sont celles qui mènent au fanatisme, aux conflits et à l'intolérance, c'est-à-dire celles qui ne supportent pas d'être si peu que ce soit discutées.

Ne peuvent apparaître raisonnables les croyances aboutissant à des fanatismes, celles qui s'affirment sans discussion possible.

Lorsque la croyance, réellement *aveugle* sur sa propre nature, se transforme en tyrannie intellectuelle ou prétend imposer un comportement uniforme, la raison ne peut que la contester et la combattre avec ses moyens : examen critique, comparaison entre les opinions, recherche éventuelle d'une solution « scientifique ». Tout le problème peut alors venir de ce que la croyance est du côté de l'urgence alors que l'exercice de la raison demande du temps et de la patience, ou du fait que la prudence de la raison et sa capacité à n'avancer que des propositions démontrées peuvent se trouver débordées par des croyances qui ne se soucient ni de la cohérence de ce qu'elles affirment ni de ce qui pourrait justifier leur prétention à posséder la vérité.

La raison s'y oppose, mais son exercice est plus lent que l'affirmation de la croyance, qui répond sans attendre à une urgence.

S'il est possible de concevoir des croyances « raisonnables », il n'en reste pas moins que se multiplient les croyances contraires à la raison. Non seulement parce que la raison a des limites qui laisseraient s'affirmer d'autres attitudes de l'esprit, mais surtout parce que ce dernier est trop souvent pressé de posséder des certitudes : sans doute peut-on croire à l'existence des petits hommes verts de Mars sans mettre en danger l'existence de son voisin… jusqu'au jour où le croyant ne supporte plus que son voisin n'admette pas leur existence…

Ce qui fait la force des croyances les pires, c'est que l'esprit est avide de certitudes immédiates, alors que le travail rationnel implique des médiations souvent longues.

La technique

Faire le point

L'essentiel

1 Technique et humanité

- La technique est un **savoir-faire transmissible**. Présente dans toutes les sociétés, elle **précède la science** et caractérise l'être humain, comme le travail ou le langage.
- L'**outil**, qui prolonge le corps, est l'intermédiaire entre l'homme et la nature. Sa **maîtrise** prépare celle de la nature, favorisée par la machine et le machinisme.

2 Technique et science

- On a longtemps opposé la « pureté » de la **théorie** et du **savoir scientifique** à la technique, finalisée mais néanmoins conçue comme **moteur du progrès**.
- En réalité, technique et science sont **interdépendantes**. Cette imbrication est telle que l'on évoque l'existence d'une **activité technoscientifique**.

3 L'autonomie du milieu technoscientifique

- Nous sommes environnés d'objets techniques dont nous ignorons le fonctionnement, et en devenons **dépendants**. Les techniques modifient les relations des hommes entre eux aussi bien qu'avec les choses.
- La technoscience élabore un **univers autonome** qui diffuse ses propres « **valeurs** ».

CITATIONS

→ **Aristote :** C'est « à l'être capable d'acquérir le plus grand nombre de techniques que la nature a donné l'outil de loin le plus utile, la main. »
Les Parties des animaux, IVe siècle av. J.-C.

→ **Bergson :** « L'intelligence [...] est la faculté de fabriquer des objets artificiels, en particulier des outils à faire des outils, et d'en varier indéfiniment la fabrication. »
L'Évolution créatrice, 1907

→ **Axelos :** « Ni les visées, ni les méthodes, ni les contenus de l'activité technoscientifique [...] ne sont neutres : ils véhiculent une orientation, des "parti pris" initiaux, des intérêts, des idéologies. »
Pour une éthique problématique, 1972

LEXIQUE

- ***homo faber*** : (« homme fabricateur ») chez Bergson, antériorité de l'homme qui fabrique sur l'homme qui pense.
- **machine :** ensemble de mécanismes articulés de façon à produire un effet déterminé.
- **machinisme :** installation systématique, dans la production industrielle, de machines utilisant des énergies autres que la force humaine ou animale (vapeur, électricité, nucléaire).
- **outil :** objet artificiel qui accroît le pouvoir du corps humain sur le monde extérieur. Il est conçu pour augmenter l'efficacité des gestes en habileté, en force de percussion ou en précision.

Schéma bilan

TECHNIQUE ET HUMANITÉ

La technique est un **savoir-faire transmissible**.

+

La technique précède historiquement la **science**.

+

L'**outil** est un intermédiaire entre le **corps** et la **nature**.

TECHNIQUE ET SCIENCE

Classiquement, la science est « **pure** » et la technique est moins **noble**.

+

Les deux sont moteurs de **progrès** et **interdépendantes**.

+

La science actuelle demande des **techniques** de plus en plus **complexes**, et le **savoir** a des retombées **techniques**.

L'UNIVERS TECHNO-SCIENTIFIQUE

Nous **ignorons** le fonctionnement de la plupart des objets techniques que nous utilisons.

+

Les techniques modifient les **relations** entre les **hommes** et avec le **monde**.

+

Autonomie de plus en plus prononcée d'un **univers technoscientifique** qui diffuse ses « **valeurs** ».

En bref **Pour aborder les sujets portant sur cette notion, il faut savoir que :**

- la technique a précédé la science. ☐
- leur union a été durablement reconnue comme un moteur essentiel du progrès. ☐
- depuis le XXe siècle, leur imbrication invite à considérer l'existence d'un système ou univers technoscientifique. ☐
- ce dernier gagne en autonomie et sa puissance pose de nombreux problèmes. ☐

J'ai tout coché ? Je passe le test page suivante

MÉTHODE
SUJETS PAS À PAS
SUJETS COMME À L'EXAMEN

Contrôler ses connaissances

corrigés p. 208

QCM *Cocher les bonnes réponses.*

1. La technique :
- ☐ **a.** apparaît en même temps que la science.
- ☐ **b.** est postérieure à la science, qui y trouve ses applications.
- ☐ **c.** est antérieure à la science.

2. La technique :
- ☐ **a.** se manifeste uniquement dans la culture européenne.
- ☐ **b.** est plus avancée dans la culture occidentale qu'ailleurs.
- ☐ **c.** se manifeste partout.

3. L'outil :
- ☐ **a.** augmente le pouvoir du corps humain sur la nature.
- ☐ **b.** perfectionne l'efficacité et la précision des gestes.
- ☐ **c.** est l'intermédiaire entre le corps humain et la nature.

4. L'objet technique :
- ☐ **a.** est autotélique.
- ☐ **b.** est finalisé.
- ☐ **c.** est nécessairement beau.

5. La connaissance scientifique :
- ☐ **a.** évolue indépendamment des progrès techniques.
- ☐ **b.** nécessite des techniques de plus en plus élaborées.
- ☐ **c.** a des conséquences techniques.

6. La technoscience désigne :
- ☐ **a.** la science de la technique.
- ☐ **b.** les interrelations entre science et technique.
- ☐ **c.** la théorie de l'invention technique.

Vrai ou Faux *Indiquer si les propositions sont vraies ou fausses.*

1. Le projet cartésien de devenir « comme maître et possesseur de la nature » était voué à l'échec dès le départ. V ☐ F ☐
2. Le machinisme désigne l'introduction systématique, dans la production industrielle, de machines utilisant une énergie autre que la force humaine ou animale. V ☐ F ☐
3. L'activité technoscientifique est, par définition, neutre. V ☐ F ☐
4. Toute machine est favorable à l'existence humaine. V ☐ F ☐
5. L'univers technoscientifique diffuse des valeurs particulières. V ☐ F ☐
6. La connaissance scientifique participe aux progrès de l'armement. V ☐ F ☐

Citations

Relier chaque philosophe à sa citation.

Bergson

Ellul

Aristote

1. « L'outil de loin le plus utile [est] la main. »
2. « Bien souvent c'est une simple modification technique qui va permettre le progrès scientifique. »
3. « L'intelligence [...] est la faculté de fabriquer des outils artificiels.

Vers le sujet de BAC

DOC. **Hannah Arendt, *La Condition de l'homme moderne*, 1958**

La différence décisive entre les outils et les machines trouve peut-être sa meilleure illustration dans la discussion apparemment sans fin sur le point de savoir si l'homme doit « s'adapter » à la machine ou la machine s'adapter à la « nature » de l'homme. [...] Pareille discussion ne peut être que stérile : si la condition humaine consiste en ce que l'homme est un être conditionné pour qui toute chose, donnée ou fabriquée, devient immédiatement condition de notre existence ultérieure, l'homme s'est « adapté » à un milieu de machines dès le moment où il les a inventées. Elles sont certainement devenues une condition de notre existence aussi inaliénable que les outils aux époques précédentes. L'intérêt de la discussion à notre point de vue tient donc plutôt au fait que cette question d'adaptation puisse même se poser. On ne s'était jamais demandé si l'homme s'était adapté ou avait besoin de s'adapter aux outils dont il se servait : autant vouloir l'adapter à ses mains. Le cas des machines est tout différent. Tandis que les outils d'artisanat, à toutes les phases du processus de l'œuvre, restent les serviteurs de la main, les machines exigent que le travailleur les serve et qu'il adapte le rythme naturel de son corps à leur mouvement mécanique. Cela ne veut pas dire que les hommes, en tant que tels, s'adaptent ou s'asservissent à leurs machines ; mais cela signifie bien que, pendant toute la durée du travail à la machine, le processus mécanique remplace le rythme du corps humain. L'outil le plus raffiné reste au service de la main qu'il ne peut ni guider ni remplacer.

La machine la plus primitive guide le travail corporel et éventuellement le remplace tout à fait.

1 Identifier la thèse de l'auteur.

2 Proposer le plan du texte.

Sujet guidé

SUJET 11 D'après Centres étrangers, juin 2015

20 pts — 4 h

Dissertation

> **Le bonheur de l'humanité pourrait-il venir du progrès technique ?**

PAR ÉTAPES

COMPRENDRE LE SUJET

Les mots-clés

- Différenciez le **progrès technique** de la seule technique en elle-même.
- Il s'agit du **bonheur de l'humanité** dans son ensemble, et non de celui de l'individu ou d'une partie de l'humanité.
- « **Pourrait** » implique un doute sur l'obtention du bonheur en question.

L'analyse de l'énoncé

Pour esquisser une réponse positive, il faudrait vérifier que le progrès technique n'apporte que des bienfaits et qu'il est également à l'œuvre dans toute l'humanité.

Mobiliser ses connaissances

- Le **projet cartésien** d'une maîtrise de la nature ne garantit sans doute pas le bonheur.
- Que peut être le « bonheur de l'humanité » ? On l'assimile à un mieux vivre, à une existence mieux protégée (des maladies, des guerres) et plus sereine.
- Il y a des **techniques militaires**.
- **Michel Serres** évoque l'existence d'un triangle (science, technique, politique) qui fonde la « thanatocratie ».

Les pièges à éviter

- N'oubliez pas qu'il convient de passer en revue les arguments contraires à votre position, que votre réponse soit positive ou négative.
- Prenez le mot « technique » au sens large : ensemble des techniques disponibles, des plus simples aux plus complexes (technosciences).

ORGANISER SA COPIE

La problématique

- Les effets positifs du progrès technique sont indéniables : il facilite l'existence et le travail.
- Mais il a un versant plus négatif : le progrès des techniques de destruction. Et la technoscience modifie non seulement le milieu où vit l'homme, mais également l'homme lui-même.
- De plus, le progrès technique est inégalement réparti dans les sociétés : il peut être critiqué dans celles qui en subissent les effets négatifs, mais désiré dans celles qui en manquent.

À noter
Il peut être efficace de situer un ou plusieurs termes de la question dans un contexte afin de mieux cerner le problème posé. Ici, la notion de « progrès technique » paraît renvoyer à la seule technique, mais celle-ci est de plus en plus comprise comme intégrée dans la « technoscience ».

Le plan

I. Le progrès technique ne rend-il pas l'existence plus facile ?

II. Mais ce progrès n'a-t-il pas aussi des conséquences négatives ?

III. Comment l'orienter dans le sens d'un bonheur universel ?

CORRIGÉ 11

Comprendre le corrigé

Nous bénéficions chaque jour d'un progrès technique qui nous semble positif car favorable à notre bien-être : nous produisons plus facilement ce dont nous avons besoin, nous nous déplaçons plus vite, nous communiquons mieux, etc.

Ces avantages suffisent-ils pour que l'on puisse considérer que le progrès technique produit le bonheur de l'humanité ? Les choses ne sont évidemment pas aussi simples : outre que la technique est aujourd'hui inégalement répartie dans l'humanité, ses effets peuvent aussi bien être négatifs. Après tout, il y a également un progrès technique dans le domaine de l'armement… Et l'on sait que le progrès technique, à force de prétendre « maîtriser » la nature, risque de finir par la détruire, ce qui aurait des conséquences fâcheuses pour l'humanité elle-même. Il apparaît alors que le progrès technique n'est pas à lui seul capable d'assurer le bonheur recherché.

> Annoncez les moments successifs de votre réflexion à la fin de l'introduction.

Si l'on compare une société aux techniques élémentaires (chasse, cueillette) et une société techniquement avancée, on constate que la seconde vit mieux (d'un point de vue matériel) que l'autre.

> On remarque que la technique facilite l'existence.

D'après Claude Lévi-Strauss, l'agriculture, l'élevage et la métallurgie sont les plus importantes révolutions connues par l'humanité, ayant rendu plus facile la production des biens nécessaires à la vie.

Le progrès technique semble de nature à investir tous les aspects de l'existence. Il se confirme quotidiennement dans tous les domaines : déplacements, confort, santé, nutrition, éducation, etc.

Il entraîne d'ailleurs une certaine « libération » du travailleur : la dépense d'énergie physique est relayée par la machine. Ainsi, le travailleur est libéré des aspects les plus mécaniques du travail. Sa tâche consiste de plus en plus à contrôler la production par les machines, au lieu d'intervenir physiquement ou manuellement avec ses outils.

On particularise l'analyse en s'intéressant au travailleur (qui sera évidemment concerné si le bonheur est au bout du progrès).

Cette production plus facile est également plus importante : le temps de travail peut diminuer pour dégager du loisir et du temps libre.

Notre univers quotidien est envahi de machines et d'appareils de plus en plus perfectionnés : les machines à laver ont participé à une certaine libération des femmes au XXe siècle ; de fixe, le téléphone est devenu mobile ; les automobiles pourront bientôt se passer de conducteur, etc.

Faites allusion à des objets et techniques d'aujourd'hui, pourvu que vous sachiez en analyser la présence.

La disparition de tous ces instruments semble inconcevable : comment nous priverions-nous de trains, d'avions, d'automobiles, d'ordinateurs ? Leur absence paraîtrait entraîner une régression difficilement supportable.

Nous ignorons en général comment tout cela fonctionne, mais ce qui compte est que « ça marche », parce que ce fonctionnement est garant d'efficacité. Les techniques de pointe nous sont ainsi devenues en quelque sorte consubstantielles, notre corps est quotidiennement enrichi de « prothèses » techniques qui transforment l'existence en nous suggérant que cette dernière s'améliore de plus en plus.

Toutefois, les nouvelles techniques, dans le travail, ne vont pas sans ambiguïté. Dès le XIXe siècle, les mouvements luddites chez les ouvriers contestent l'introduction de machines plus perfectionnées : ils y devinent un moyen d'augmenter la plus-value, et donc leur exploitation.

Plus récemment, l'automatisation a supprimé de nombreux postes de travail : elle peut entraîner du chômage. Les robots risquent de faire des ateliers et usines des lieux où la présence humaine sera de plus en plus rare.

Soulignez les conséquences négatives des avancées techniques.

Il en va de même avec le développement de l'informatique : le personnel nouvellement qualifié qu'elle demande ne compense sans doute pas le nombre d'emplois tertiaires qu'elle supprime.

La technique nous libère de la nature et nous en éloigne de plus en plus : elle participe à l'élaboration d'un univers qui renonce aux anciennes questions ou croyances. Ce qu'Auguste Comte qualifiait d'état « positif » ou « scientifique » est en fait un état technoscientifique.

On cite Auguste Comte pour préciser que le monde actuel est technoscientifique plutôt que scientifique.

Le pouvoir conféré par le progrès technique n'en finit pas de confirmer la supériorité de l'homme sur les autres espèces et sur les autres règnes. Le progrès technique est aussi le progrès du pouvoir de l'homme sur le monde.

Les transformations déterminées par le progrès technique concernent le milieu naturel : la recherche de sources d'énergie bouleverse les écosystèmes, détruit la faune et la flore. Il en va de même de la construction de routes à grande circulation, qui détruisent la végétation, ou de la recherche de métaux précieux ou « rares », qui peuvent modifier le relief d'une contrée. Ainsi se multiplient les problèmes écologiques qui constituent, au-delà de la disparition de centaines d'espèces, de la montée des océans et des changements du climat, une mise en danger extrême de l'humanité elle-même.

Évoquez les problèmes écologiques du monde actuel, mais n'en faites pas le principal sujet de votre copie.

Mais le progrès technique bouleverse également le milieu urbain : dès le XIXe siècle, on construit des faubourgs pour qu'y habite la « classe laborieuse », auxquels succèdent les cités-dortoirs et les banlieues à problèmes. L'habitat privé acquiert, avec le travail à distance qu'autorise désormais l'informatique, de nouvelles fonctions : il devient aussi l'espace du travail. Pour finir, n'est-ce pas l'homme lui-même qui change ?

L'homme contemporain a des prothèses techniques de plus en plus nombreuses, dont il ne peut plus se passer.

Le recours à ces techniques modifie les relations avec les autres, avec les choses, avec l'environnement, et détermine des conceptions nouvelles de la temporalité et de l'espace.

> Soulignez le fait que les techniques modifient les conceptions traditionnelles.

De plus, l'homme vit sous la menace d'armements de plus en plus perfectionnés : aux armes « classiques » s'ajoutent désormais des drones militaires qui permettent d'intervenir à distance. Le monde humain devient un monde de terreur latente et de surveillance généralisée.

« Devenir maître et possesseur de la nature » : la formule de Descartes est devenue beaucoup plus qu'un programme, elle correspond à une histoire à peu près achevée. La nature est en effet domestiquée, au point d'être parfois détruite. Ce qui paraissait initialement optimiste révèle dès lors un envers autrement sombre.

> Cette dernière partie pose la question suivante : comment contrôler la technique pour éviter les catastrophes ?

Mais n'y a-t-il pas également domestication de l'homme ? En ce sens qu'il se voit contraint d'obéir à des normes qu'il ne définit plus lui-même, mais qui sont définies par l'appareillage technique : on se heurte à de nouvelles versions de l'« aliénation », selon lesquelles l'individu est de moins en moins en lui-même, mais de plus en plus dans ses prolongements techniques.

Classiquement, on pourrait penser que le progrès technique obéit aux besoins de l'homme. Lorsqu'il analyse l'évolution des premiers outils, André Leroi-Gourhan montre qu'ils sont de plus en plus conformes aux gestes de la main et de plus en plus efficaces. Mais la technoscience contemporaine implique de tels enjeux que son développement balaie toute objection.

En quelques décennies, un instrument comme l'ordinateur s'est considérablement perfectionné. Sous l'effet de quelle volonté ? Est-ce avec l'intention louable de mettre un maximum de connaissances à la portée de chacun ? Il semble que ce soit avant tout pour des raisons économiques, parce que le progrès qu'il symbolise ouvre un marché mondial qu'il convient d'investir. La technique, peut-on dire en s'inspirant des analyses de Michel Serres, est « libre », c'est-à-dire « à prendre » : elle est soumise aux ambitions de ceux qui sont capables de s'en emparer.

> On pose cette question implicite : le progrès technique est-il devenu autonome, et donc peu contrôlable ?

> Cette allusion à Michel Serres, outre qu'elle introduit un point de vue contemporain, annonce un paragraphe résumant une de ses analyses.

Selon Michel Serres, le pouvoir moderne, qui est essentiellement celui de donner la mort, est fondé sur l'alliance d'une raison théorique (le savoir scientifique), d'une raison praticienne (les techniques modernes) et d'une raison prévisionnelle (ou politique). On voit que le progrès technique tient son rôle dans cette triade mais aussi que le bonheur est loin d'être garanti pour qui que ce soit.

On peut mettre en parallèle le dynamisme de la production des biens et celui de la techno-science : toute avancée possible dans la production finit par s'imposer (indépendamment de la volonté des acteurs : c'est une forme de ce que Marx nommait « réification ») ; de même, les progrès techniques rendus possibles par une avancée de la connaissance finissent par avoir lieu.

Ainsi, les retombées des avancées de la connaissance en génétique sont multiples, des clones aux bébés-éprouvette et aux organismes génétiquement modifiés.

Développez un exemple explicitant clairement l'argument.

Parce que les scientifiques eux-mêmes ont beaucoup de mal à contrôler ce qui peut être déduit de leurs recherches, on constitue des comités d'éthique qui ont pour tâche de juger de ce qui est admissible ou non, dans l'intérêt du plus grand nombre. Mais le pouvoir de ces comités semble impuissant dès qu'entrent en jeu des pouvoirs économiques ou militaires.

Le progrès technique existe incontestablement, mais il commence à poser des problèmes dont les solutions semblent difficiles à trouver. Croire qu'il pourrait assurer le « bonheur de l'humanité » relèverait aujourd'hui d'un optimisme assez naïf ou signifierait qu'on croit en sa réorientation possible pour le seul bien de tous. Une telle réorientation se heurte cependant à deux obstacles : d'une part, il n'est pas évident qu'elle soit possible ; d'autre part, elle supposerait que l'humanité accède partout aux mêmes techniques, ce qui est loin d'être le cas, et n'est peut-être guère souhaitable puisqu'un tel accès impliquerait une humanité totalement uniforme, d'où aurait disparu toute diversité entre les cultures.

La vérité

Faire le point

L'essentiel

1 Vérité et langage

- La vérité relève de la façon dont l'esprit rend compte de sa **relation avec les choses** : elle concerne non pas ces dernières, mais les **jugements**.
- **Thomas d'Aquin** définit la vérité comme **adéquation entre l'esprit et la réalité**.
- **Descartes** préfère caractériser la vérité par l'**évidence**, mais il existe des **évidences trompeuses**.

2 Vérité formelle, vérité matérielle

- Pour dire vrai, il faut **respecter les règles de la logique**. Lorsqu'un discours n'évoque rien du monde sensible, l'obéissance à ces règles garantit sa **vérité formelle**.
- Lorsque les jugements portent sur la « réalité », les termes utilisés doivent correspondre à ce qui est observé : on se préoccupe de la **vérité empirique** ou **matérielle**.

3 La vérité en devenir

- Selon **Hegel**, la vérité s'élabore historiquement, chaque **système philosophique** n'en constituant qu'une **étape**.
- Le même constat peut être fait à propos de la science : **aucune vérité n'y est initialement présente**.
- La vérité est une **valeur** parce que **sa quête paraît interminable**.

CITATIONS

→ **Spinoza :** « Qui a une idée vraie sait en même temps qu'elle est vraie et ne peut douter de la vérité de sa connaissance. » *Éthique*, 1677

→ **Pascal :** « Nous connaissons la vérité non seulement par la raison mais encore par le cœur. » *Pensées*, 1670

→ **Kant :** « Les critères formels universels de la vérité ne sont rien d'autre que les caractères logiques de l'accord de la connaissance avec [...] les lois universelles de l'entendement et de la raison. » *Logique*, 1800

→ **Bachelard :** « Un vrai sur fond d'erreur, telle est la forme de la pensée scientifique. » *Le Rationalisme appliqué*, 1949

LEXIQUE

- **certitude :** état d'esprit de qui tient un jugement pour vrai et croit donc détenir une vérité. Ce peut être aussi bien une attitude subjective renvoyant à la croyance qu'une conviction fondée.
- **erreur :** état d'esprit de qui juge vrai ce qui est faux.
- **évidence :** chose qui s'impose avec certitude.
- **opinion :** jugement subjectif mal fondé.
- **préjugé :** jugement hâtif, prématuré, antérieur à une réflexion rationnelle. Reçu de l'entourage, il autorise celui qui l'adopte à ne pas en assumer la responsabilité.

Schéma bilan

VÉRITÉ, RÉALITÉ ET LANGAGE

La vérité concerne non les choses, mais **ce qu'on en dit**.

+

« **Thomas d'Aquin**
La vérité est l'adéquation entre l'esprit et la réalité (supposée connaissable). »

+

« **Descartes**
La vérité se caractérise par l'évidence (qui peut être trompeuse). »

VÉRITÉ FORMELLE, VÉRITÉ MATÉRIELLE

Pour dire vrai, il faut respecter la **logique**.

+

Lorsque le discours est **sans référence empirique**, sa vérité est **formelle** (mathématiques).

+

Lorsque le discours a des **références empiriques**, sa vérité **matérielle** suppose une correspondance entre ses termes et ce qui est observé.

VÉRITÉ EN DEVENIR

« **Hegel**
La vérité en philosophie s'élabore dialectiquement à travers la succession des systèmes. »

+

Dans les sciences, la vérité n'est jamais donnée : elle se **construit** à travers les **théories** successives.

+

La vérité, dans la pensée comme dans la connaissance, est l'objet d'une **quête sans fin**.

En bref **Pour aborder les sujets portant sur cette notion, il faut savoir que :**

- la vérité ne doit pas être confondue avec la réalité : elle concerne le jugement, non les choses. ☐
- on distingue la vérité formelle (strictement logique et « vide ») et la vérité matérielle ou empirique (qui cherche à rendre compte des phénomènes). ☐
- la vérité n'est pas un donné initial : elle s'élabore à travers les systèmes ou les théories qui se succèdent et se corrigent, aussi bien en philosophie qu'en science. ☐

☑ **J'ai tout coché ?** **Je passe le test page suivante**

Contrôler ses connaissances

corrigés p. 209

QCM *Cocher les bonnes réponses.*

1. Une erreur :

- ☐ **a.** peut être volontaire.
- ☐ **b.** est l'équivalent exact d'un mensonge.
- ☐ **c.** est involontaire.
- ☐ **d.** est souvent impossible à corriger.

2. La vérité formelle :

- ☐ **a.** ne concerne que l'aspect logique des propositions et discours.
- ☐ **b.** est la seule que l'on attend des raisonnements mathématiques.
- ☐ **c.** doit correspondre aux phénomènes observés.

3. La vérité scientifique :

- ☐ **a.** est définitive.
- ☐ **b.** peut être corrigée.
- ☐ **c.** s'élabore historiquement.
- ☐ **d.** n'existe pas.

4. Pour Descartes, le critère de la vérité est :

- ☐ **a.** la perception.
- ☐ **b.** strictement logique.
- ☐ **c.** l'évidence intellectuelle.
- ☐ **d.** la mathématisation.

5. La vérité est une valeur :

- ☐ **a.** illusoire.
- ☐ **b.** à rechercher et à construire.
- ☐ **c.** fausse.
- ☐ **d.** subjective.

6. Le préjugé :

- ☐ **a.** correspond à un jugement prématuré.
- ☐ **b.** est strictement individuel.
- ☐ **c.** témoigne d'une absence de réflexion.
- ☐ **d.** implique la responsabilité de celui qui l'adopte.

Vrai ou Faux *Indiquer si les propositions sont vraies ou fausses.*

1. La vérité est une qualité des choses elles-mêmes : il y a bien de l'or « vrai » et de l'or « faux ». V ☐ F ☐
2. Selon Thomas d'Aquin, la vérité est une copie de la réalité par l'esprit. V ☐ F ☐
3. Selon Descartes, les notions et propositions premières sont évidentes. V ☐ F ☐
4. Dans un domaine scientifique, une erreur finit toujours par être corrigée. V ☐ F ☐
5. Vérité et réalité sont une seule et même chose. V ☐ F ☐

Citations *Relier chaque philosophe à sa citation.*

Hegel

Spinoza

Bachelard

Pascal

1. « Nous connaissons la vérité non seulement par la raison mais encore par le cœur. »
2. « Qui a une idée vraie sait en même temps qu'elle est vraie. »
3. « La philosophie d'aujourd'hui […] est le résultat de tout ce qui l'a précédée. »
4. « Un vrai sur fond d'erreur, telle est la forme de la pensée scientifique. »

Vers le sujet de BAC

Peut-on éliminer les préjugés ?

1 Proposer une problématique.

2 Esquisser un plan en proposant les titres des parties et des sous-parties.

Sujet guidé

SUJET 12 D'après France métropolitaine, juin 2018 — 20 pts — 4 h

Dissertation

Toute vérité est-elle définitive ?

PAR ÉTAPES

COMPRENDRE LE SUJET

Les mots-clés

- « **Toute** » : n'importe quelle. La question concerne toutes les vérités.
- « **Définitive** » : c'est-à-dire acquise une fois pour toutes, et destinée à ne pas être modifiée.

L'analyse de l'énoncé

- La question posée est un peu déroutante, puisqu'on admet aisément que **la vérité change**, notamment dans les sciences. Dès lors, la vérité « définitive » semble une exception ou une « évidence » prétendue.
- La question se justifie si l'on pense au désir de rencontrer des vérités stables, plus « rassurantes » : les vérités « révélées » de la religion, les dogmes ou la « nature des choses ».

Mobiliser ses connaissances

- **Bachelard** a montré qu'il existe une évolution de l'esprit scientifique, des concepts et des lois, ainsi que de la raison elle-même.
- Conflit récurrent entre **vérité « révélée »** et **vérité scientifique** (rationnelle) : le créationnisme n'admet toujours pas la théorie de l'évolution.
- La référence à une « nature des choses » est idéologique (**Barthes**) : elle méconnaît l'histoire.

Les pièges à éviter

- Évitez la confusion (on peut la critiquer au passage) entre vérité et réalité.
- Ne vous en tenez pas aux seules sciences : la question serait vite résolue, mais cela restreint le sujet.
- Ne vous contentez pas d'opposer vérités « changeantes » et « définitives » : expliquez aussi pourquoi les secondes sont désirées.

ORGANISER SA COPIE

La problématique

- L'esprit humain est en quête de connaissance et de vérités, qu'il voudrait définitives et stables. Mais la science ne livre que des vérités qui sont au contraire construites et modifiées dans l'histoire. Se proposent comme vérités définitives les dogmes religieux (en effet incontestables par définition, au point de se révéler éventuellement dangereux) ou les allusions à une « nature des choses » : ces deux « solutions » suppriment toute possibilité de débat sur quelque vérité que ce soit.
- On peut alors se demander si ce besoin de vérités définitives aboutit à de simples erreurs ou s'il témoigne d'une illusion plus durable.

À noter

Puisque la question paraît aller à l'encontre de ce qui est admis par la pensée rationnelle, on peut commencer par souligner ce qu'affirme cette dernière pour ensuite mettre en lumière les caractères de ce qui est avancé comme vérité « définitive ». Pour ne pas en rester à une simple opposition entre les deux attitudes, il reste à comprendre ce qui justifie la recherche de vérités « définitives » et l'adhésion qu'elles provoquent.

Le plan

I. Les vérités scientifiques sont historiques

II. Les vérités « révélées » ne s'affirment-elles pas définitives ?

III. L'idéologie de la « nature des choses »

CORRIGÉ 12

Comprendre le corrigé

Si l'homme est en quête de vérités, c'est peut-être parce qu'elles le rassurent en établissant des repères. Un monde mis en ordre par des vérités stables et durables est plus rassurant qu'un monde soumis à des lois se modifiant périodiquement. Mais l'idée de vérité définitive est-elle défendable ? Ce qui passe pour telle peut-il seulement être une vérité, ou ne serait-ce pas plutôt une croyance ? L'espoir de la certitude absolue peut-il mener à autre chose qu'à des positions idéologiques ?

> On justifie la question en montrant son fondement psychologique ou anthropologique.

L'histoire des sciences montre que les vérités construites par l'esprit humain changent, ne serait-ce qu'en fonction de l'avancée des techniques – à l'exception des « vérités » mathématiques. À l'inverse, la religion affirme l'éternité de ses vérités « révélées » à l'homme, et non élaborées par son esprit. C'est encore sans intervention de la raison que s'imposent des « évidences » partagées, concernant une « nature » ou un « ordre des

> On annonce un traitement particulier des vérités mathématiques.

choses » qui serait épargné par le changement. La conception et le développement des vérités rationnelles peuvent-ils venir à bout de telles illusions ?

La vérité a durablement été confondue avec la réalité du monde, et a pu paraître en conséquence aussi durable que ce monde lui-même. Même s'il est soumis à de nombreux changements, le monde semble stable pour un esprit préscientifique.

> Il est utile de commencer par dénoncer cette confusion.

La pensée « primitive », nourrie par les mythes fondant l'organisation du monde, adhère à des vérités formulées une fois pour toutes, qui organisent l'existence commune de façon durable et en interdisent à peu près toute modification.

> Un exemple emprunté à l'ethnologie peut être efficace, par opposition au paragraphe qui suit.

Ce n'est qu'avec le développement de la logique que l'on distingue la « réalité » et la vérité. La première existe et se constate, elle caractérise ce qui est présent, qui n'est pas qualifiable en termes de vrai ou faux. Par contre, chaque jugement formulé relève de la vérité ou de l'erreur et demande à être empiriquement vérifié : la vérité n'est plus dans les choses, elle qualifie les jugements que l'esprit formule à propos du « réel ».

> Inutile, pour traiter la question, de disserter sur la notion de réalité (risque de hors-sujet).

En ses débuts, la « science » elle-même a pu connaître l'illusion d'une vérité définitive. Pour Aristote, la vérité dépend d'un dévoilement des choses par elles-mêmes. Elle témoigne d'une organisation définitive du réel : ainsi, le « haut » et le « bas » désignent des emplacements invariables.

Le projet de découvrir une vérité absolue a été durable. Après sa mise au point, la mécanique de Newton semble devoir être admise une fois pour toutes et échapper à toute correction. Ce n'est que progressivement, en fonction de l'histoire des sciences, que s'impose le principe d'une instabilité des vérités même les mieux construites.

> On donne un exemple simple, mais suffisant.

S'il est un domaine où la vérité a pu longtemps sembler « définitive », c'est par excellence celui des mathématiques. Descartes est persuadé que la géométrie doit progresser et il y travaille. Il n'en affirme pas moins que l'égalité de la somme des angles d'un triangle à « deux droits » est inscrite définitivement dans la « nature » du triangle tel que l'a défini Euclide, et s'impose de la même façon que la présence d'une vallée à côté d'une montagne : elle ne peut donc changer et lui paraît définitivement fixée.

> En faisant état d'une illusion de Descartes, mathématicien, on souligne combien cette illusion a été partagée.

Cette prétendue « nature » du triangle change pourtant dans les géométries non-euclidiennes. La géometrie d'Euclide ne devient pas « fausse » pour autant, mais ses théorèmes ne sont valides qu'à l'intérieur du système qui est le sien.

Ce qui était vérité « absolue » apparaît désormais comme vérité « relative » à une axiomatique.

On souligne pourquoi la démarche scientifique ne peut satisfaire la demande du public exigeant des réponses immédiates.

Les propositions mathématiques sont par définition « formelles », c'est-à-dire sans référence empirique et strictement rationnelles. Pour reconnaître que plusieurs systèmes sont valides, il faut donc reconnaître que peuvent exister plusieurs formes de rationalité ou que la raison évolue. Comme l'a souligné Gaston Bachelard dans sa *Philosophie du non*, toute vérité scientifique est appelée à changer (à la mécanique classique de Newton vient s'ajouter la mécanique relativiste d'Einstein).

Donnez un exemple résumant le texte de Bachelard.

Ce que l'on admet ainsi dans les domaines scientifiques est-il reconnu partout ?

Pour un croyant, les vérités de sa religion sont définitives, car elles proviennent de Dieu. Elles ont donc une valeur absolue et incontestable : il s'agit de dogmes qui ne peuvent être ni discutés ni modifiés.

Premier cas de vérité définitive : le dogme religieux.

Le fidèle ne peut situer cette vérité « révélée » sur le même plan que les vérités scientifiques : si la première reçoit sa perfection de son créateur, les autres confirment plutôt l'imperfection ou les limites de la raison humaine, condamnée à remettre sans cesse en chantier ses vérités.

Certains esprits ont toutefois pensé que la cohabitation était possible entre vérité révélée et vérités scientifiques. Galilée admet ainsi que les données de la science fournissent des raisons supplémentaires d'admirer la création divine. Averroès considère, dans son *Traité décisif*, la possibilité d'unir harmonieusement raison et croyance dans la mesure où toutes deux aboutissent dans la pratique à des résultats convergents.

Tentative d'harmonisation des deux sortes de vérité.

Les créationnistes sont moins subtils : prenant à la lettre les textes saints, ils s'appuient sur la variabilité des vérités scientifiques pour contester les théories de l'évolution, à leurs yeux de simples hypothèses incomplètement vérifiées. Les thèses du créationnisme peuvent séduire, car le public est pressé et demande des solutions à la fois rapides et durables.

Échec contemporain des tentatives d'harmonisation.

On indique les raisons de cet échec.

L'élaboration des vérités scientifiques est lente, multipliant les essais, les hypothèses inutiles, les expériences ratées, les théories corrigées, etc. Elle ne peut répondre aux questions les plus angoissantes. Freud souligne que lorsqu'il s'agit de calmer de telles inquiétudes, la religion est toujours plus efficace que la science.

> On évoque rapidement les conséquences de l'échec.

En conséquence peuvent se multiplier, parallèlement aux avancées « trop lentes » de la science, des pseudosciences ou des croyances sans doute irrationnelles, mais capables de combler une attente diffuse dans des termes qui ne peuvent être mis en doute.

Sans référence à quoi que ce soit de religieux, il n'est pas rare qu'intervienne, dans une conversation ou un débat, une allusion à la « nature des choses ». En désignant implicitement un état durable et intangible du « réel », l'expression prétend aussi bien expliquer que justifier.

> On passe à l'examen d'une vérité définitive non religieuse.

On peut ainsi rendre compte d'à peu près n'importe quoi, et on ne s'en prive pas : qu'il s'agisse d'une injustice sociale, d'un vice ou d'un crime crapuleux, le réel semble l'imposer de telle façon qu'il paraît inconcevable d'y échapper, et on ne peut qu'en reconnaître le pouvoir. Une telle « nature » participe aussi bien de la réalité que de la vérité que l'on attribue à son efficacité, et l'on confond à nouveau les deux notions.

> Le recours à la « nature des choses » peut intervenir à tout propos.

La formule peut d'ailleurs se spécialiser pour désigner une « nature humaine » qu'il ne saurait être question de modifier. Ce qui prétend n'être qu'un constat (« C'est comme ça et ça ne peut pas être autrement ») équivaut à la formulation d'une vérité intemporelle (« Ça a toujours été et ça sera toujours comme ça »).

> On évoque un cas particulier : la « nature humaine ».

De telles formules, affirmant l'intangibilité de la « nature des choses » aussi bien que « de l'homme », sont, comme l'a montré Roland Barthes dans un article des *Mythologies*, remarquablement idéologiques. Elles se présentent comme des « évidences » contre lesquelles on ne saurait objecter quoi que ce soit, et ignorent tout simplement, sinon l'existence, du moins l'efficacité de l'histoire (de la production économique, de la société et de ses transformations, ou des sciences et de leurs vérités toujours momentanées).

> N'hésitez pas à développer fortement l'opposition entre « nature des choses » et histoire.

Évoquer la « nature » comme le fond stable de ce que l'on considère, c'est admettre que les transformations historiques comptent peu ou sont illusoires parce que superficielles, et que seul importe ce qui est durable ou définitivement reconnu. L'évocation de la « nature humaine » implique qu'il existe une histoire de l'humanité, mais aussi que celle-ci n'a pu changer l'être humain dans sa pensée, sa morale ou ses comportements significatifs. On veut bien admettre qu'ont changé l'habitat, l'habillement ou la nourriture, mais on soutient qu'il s'agit là de phénomènes qui n'affectent pas le « fond » de l'homme.

Précisez l'opposition lorsqu'on évoque la « nature humaine ».

L'histoire, utilisée d'une certaine façon, peut d'ailleurs justifier la permanence : vous déplorez qu'il y ait aujourd'hui du racisme dans la société, mais n'y en a-t-il pas toujours eu ? Ainsi le passé sert-il de justification ou d'excuse aux défauts du présent, il encourage leur continuation.

Montrez qu'on peut aussi utiliser l'histoire au profit de la permanence.

Lorsqu'on corrige ce qui avait été pris pour une vérité, on révèle une erreur. Par contre, déconstruire une idéologie inflige une défaite, parce que sont en jeu les valeurs auxquelles adhère un individu.

Les vérités scientifiques concernent le monde tel que le conçoivent, le reconstruisent et l'interrogent les sciences : ce n'est pas le monde quotidien, et il ne touche à nos choix de vie que de très loin.

L'idéologie peut au contraire nous constituer, nous livrant une vision du monde où peuvent s'insérer des représentations scientifiques, même au prix de quelques accommodements. Elle est sans doute illusoire, mais elle a l'avantage de répondre à certains de nos désirs les plus profonds.

Soulignez que l'idéologie peut concerner l'intimité de l'individu, ce qui fait aussi sa force.

Même sans se réclamer de Hegel, on peut savoir que l'histoire nous façonne, et reconnaître que les vérités ne peuvent d'un point de vue scientifique ou rationnel, être considérées comme définitives. Une vérité définitive ne peut être qu'un objet de nostalgie, ou la formulation d'un désir de confort intellectuel et de vie stable. Mais c'est précisément en fonction d'un tel désir que l'on en rencontre des exemples, dans le dogme religieux ou dans l'illusion idéologique : dans les deux cas, elle manifeste davantage la demande d'une quiétude qu'une certitude fondée en raison.

La conscience

Faire le point

L'essentiel

1 La conscience comme certitude

- La conscience est la connaissance directe qu'un individu peut avoir de ses **pensées** et de ses **actes**. Le **sujet**, par ce retour sur lui-même, est aussi conscient de soi.
- **Descartes** trouve dans la formule « Je pense, donc je suis » la première vérité indubitable. La conscience peut alors fonder la connaissance de ce que je suis.

2 Illusions de la conscience

- Cependant, **Spinoza** récuse cette connaissance de soi : la conscience connaît les désirs ou sentiments, mais non leurs causes. Elle est donc **illusoire**.
- Au XIXe siècle, elle est philosophiquement critiquée :
  - **Comte** montre que l'introspection ne peut l'analyser ;
  - **Marx** n'y voit qu'une distorsion trompeuse de la conscience de classe ;
  - **Nietzsche** l'accuse de fausser l'intériorité ;
  - **Freud** réduit son importance dans l'appareil psychique.

3 Conscience et intentionnalité

- Après de telles attaques, **Husserl** propose une nouvelle conception de la conscience : « Toute conscience est conscience de », c'est-à-dire sortie d'elle-même et visée vers, ce qu'il nomme **intentionnalité**.

CITATIONS

→ **Descartes :** « Cette proposition : *Je suis, j'existe* est nécessairement vraie, toutes les fois que je la prononce ou que je la conçois en mon esprit. »
Méditations métaphysiques, 1641

→ **Kant :** « Posséder le Je dans sa représentation : ce pouvoir élève l'homme infiniment au-dessus de tous les autres êtres vivants sur la Terre. Par là, il est une personne. »
Anthropologie du point de vue pragmatique, 1798

→ **Marx :** « Ce n'est pas la conscience des hommes qui détermine leur existence, c'est au contraire leur existence sociale qui détermine leur conscience. »
Critique de l'économie politique, 1859

LEXIQUE

- ***cogito* :** premier terme de la formule *Cogito, ergo sum* (« Je pense, donc je suis »), par lequel on désigne l'affirmation cartésienne de la pensée comme première vérité, mettant fin au doute hyperbolique.
- **« connais-toi toi-même » :** inscription au fronton du temple de Delphes et devise attribuée à Socrate. C'est une invitation à souligner ce qui fait la condition de l'homme et combien il doit se soucier de morale et de sagesse.
- **introspection :** observation de la conscience par elle-même, pour se connaître ou pour connaître la conscience humaine en général.
- **subjectif :** se rapportant à l'état de conscience d'un sujet.

Schéma bilan

CERTITUDE DE LA CONSCIENCE

Connaissance immédiate qu'un sujet peut avoir de ses **pensées** et de ses **actes**.

+

Le **sujet** conscient se **différencie** de ce qui l'entoure.

+

« **Descartes**
La conscience est substance pensante. »

ILLUSIONS DE LA CONSCIENCE

« **Spinoza**
La conscience peut connaître les phénomènes mentaux, mais non leurs causes. »

+

La conscience est philosophiquement **critiquée** par Comte, Marx et Nietzsche.

+

Freud réduit la conscience au dixième de l'**appareil psychique**.

CONSCIENCE ET INTENTIONNALITÉ

« **Husserl**
Toute conscience est conscience de quelque chose.
→ Relation avec l'extérieur. »

+

L'**intentionnalité** est la visée de la conscience **vers autre chose** qu'elle-même.

+

La conscience est ainsi donatrice de **sens**.

En bref Pour aborder les sujets portant sur cette notion, il faut savoir que :

- la conscience concerne la connaissance qu'un sujet peut avoir de lui-même. ☐
- affirmée par Descartes comme première vérité fondant l'espoir de connaître, la conscience a été critiquée selon de multiples points de vue, de Spinoza à Freud. ☐
- la phénoménologie de Husserl la comprend non comme affirmation de soi, mais comme intentionnalité ouverte sur l'extérieur. ☐

J'ai tout coché ? Je passe le test page suivante

Contrôler ses connaissances

corrigés p. 210

QCM *Cocher les bonnes réponses.*

1. La conscience :

- ☐ **a.** nous livre une connaissance complète de ce que nous ressentons.
- ☐ **b.** n'a jamais prétendu à la connaissance de soi.
- ☐ **c.** est, selon Spinoza, illusoire.
- ☐ **d.** est critiquée par Nietzsche.

2. Selon Hume, la conscience :

- ☐ **a.** est permanente.
- ☐ **b.** s'interrompt en l'absence de perception.
- ☐ **c.** n'a rien à voir avec la perception.

3. L'introspection est critiquée par Comte car :

- ☐ **a.** elle est incapable d'examiner quoi que ce soit.
- ☐ **b.** elle ralentit ce qu'elle prétend observer.
- ☐ **c.** elle n'est fiable qu'une fois sur deux pour savoir ce que l'on est.
- ☐ **d.** elle ne peut généraliser ses observations.

4. La devise de Socrate était :

- ☐ **a.** Connaissez-vous les uns par les autres.
- ☐ **b.** Que chacun trouve en lui l'humaine condition.
- ☐ **c.** Connais-toi toi-même.
- ☐ **d.** Connais ton voisin comme toi-même.

5. Selon Nietzsche, le langage :

- ☐ **a.** respecte la singularité.
- ☐ **b.** banalise tout puisqu'il est commun à tout le monde.
- ☐ **c.** intervient dans la conscience.
- ☐ **d.** est un mensonge systématique.

6. L'intentionnalité de Husserl :

- ☐ **a.** est l'héritière de la conception cartésienne de la conscience.
- ☐ **b.** refuse l'assimilation de la conscience à une substance pensante.
- ☐ **c.** souligne la clôture de la conscience sur elle-même.
- ☐ **d.** nie toute relation de la conscience avec le monde.

Vrai ou Faux *Indiquer si les propositions sont vraies ou fausses.*

1. Comte considère que l'introspection est une attitude scientifiquement intéressante. V ☐ F ☐
2. Selon Descartes, douter de tout invite à douter aussi de l'existence de la conscience. V ☐ F ☐
3. Freud fait de la conscience le centre de l'appareil psychique. V ☐ F ☐
4. Nietzsche admet que conscience et singularité sont compatibles. V ☐ F ☐
5. Le *cogito* cartésien ouvre la possibilité de se connaître. V ☐ F ☐

Citations

Relier chaque philosophe à sa citation.

Marx

Kant

Descartes

Socrate

1. « Ce n'est pas la conscience des hommes qui détermine leur existence, c'est leur existence sociale qui détermine leur conscience. »
2. « Cette proposition : *Je suis, j'existe* est nécessairement vraie. »
3. Grâce au Je, l'homme s'élève « infiniment au-dessus de tous les autres êtres vivants ».
4. « Connais-toi toi-même. »

Vers le sujet de BAC

DOC. Henri Bergson, « La conscience et la vie » (1911), dans *L'Énergie spirituelle*, 1919

Qu'arrive-t-il quand une de nos actions cesse d'être spontanée pour devenir automatique ? La conscience s'en retire. Dans l'apprentissage d'un exercice, par exemple, nous commençons par être conscients de chacun des mouvements que nous exécutons, parce qu'il vient de nous, parce qu'il résulte d'une décision et implique un choix ; puis, à mesure que ces mouvements s'enchaînent davantage entre eux et se déterminent plus mécaniquement les uns les autres, nous dispensant ainsi de nous décider et de choisir, la conscience que nous en avons diminue et disparaît. Quels sont, d'autre part, les moments où notre conscience atteint le plus de vivacité ? Ne sont-ce pas les moments de crise intérieure, où nous hésitons entre deux ou plusieurs partis à prendre, où nous sentons que notre avenir sera ce que nous l'aurons fait ?

1. Que désigne ici l'« action spontanée » ?
2. Pourquoi la conscience est-elle, selon Bergson, présente lorsqu'il y a décision et choix ?
3. Pourquoi la conscience disparaît-elle lorsqu'un apprentissage est achevé ?
4. Que révèlent les moments de crise intérieure sur la nature et la fonction de la conscience ?

Sujet guidé

SUJET 13 D'après Liban, mai 2019

20 pts — 4 h

Dissertation

› **Peut-on parvenir à une complète conscience de soi ?**

PAR ÉTAPES

COMPRENDRE LE SUJET

Les mots-clés

- « **Parvenir** » : signale que la conscience de soi éventuellement complète n'est pas immédiatement donnée, mais implique une recherche, un certain travail.
- « **Complète conscience de soi** » : pleine et entière, mais aussi définitive ?

L'analyse de l'énoncé

- La question implique que l'on rencontre des obstacles pour parvenir à une « complète conscience de soi ».
- Comment passer d'une « simple » conscience de soi à sa version « complète » ? Et est-ce possible ?

Mobiliser ses connaissances

- La conscience de soi concerne ce que l'on est : c'est grâce à elle que le sujet s'affirme. Mais ne subit-elle pas l'influence de la classe sociale du sujet ? (**Marx**)
- Si l'on admet avec **Bergson** que la conscience est liée aux besoins de l'action et qu'elle élimine ce qui n'est pas utile en ce sens, comment pourrait-elle être complète ?
- Objection majeure : **l'inconscient freudien**.

Les pièges à éviter

- Il est inutile, si l'on évoque la « conscience de classe », de livrer un résumé de tout le marxisme.
- Le *cogito* cartésien résiste au doute, mais il ne définit le sujet que comme « substance pensante », ce qui ne correspond ni à une singularité, ni à une conscience « complète ».
- Ne retenez de Freud que ce qui peut contrarier l'idée d'une conscience « complète » de soi.

ORGANISER SA COPIE

La problématique

- Le *cogito* affirme la coprésence de la pensée et d'un sujet pensant, mais ce dernier n'est que « substance » ou « âme » : une fois reconnu, il n'a pas besoin d'être exploré en détail. Dans la tradition ultérieure, la conscience de soi renvoie progressivement à un « soi » unique, à une singularité qui s'affirme en se distinguant de tout ce qui n'est pas elle et paraît apte à connaître ses pensées, son vécu, et ce qui la fait telle qu'elle se saisit.
- La connaissance de soi rencontre cependant de sérieux obstacles. Si ces derniers suffisent pour empêcher l'accès à une complète conscience de soi, le sujet est-il condamné à se méconnaître ?

Le plan

I. Qu'est-ce qu'avoir conscience ?

II. Quels obstacles peut rencontrer l'accès à la conscience complète de soi ?

III. Est-il possible d'annuler tous ces obstacles ?

À noter

Après avoir traité « classiquement » la question en énumérant certains auteurs qui émettent de sérieuses objections à la possibilité d'accéder à une conscience de soi « complète », il est intéressant de relancer la réflexion en donnant à « complète » le sens de « définitive ».
On peut alors s'interroger sur ce que signifierait une conscience incapable de se modifier et montrer que la conscience de soi « complète » est impossible, puisqu'elle ne pourrait se constituer qu'après la mort du sujet.

CORRIGÉ 13

Comprendre le corrigé

Il n'est pas rare que des parents demandent à leur enfant de ne pas se montrer « inconscient » dans sa conduite ou qu'il « prenne conscience » des conséquences de ses actes. On admet volontiers que l'adulte doit avoir conscience de ce qu'il fait et globalement de lui-même, c'est-à-dire de ce qu'il est, de ce qui l'a constitué tel qu'il peut se saisir par la pensée. Qu'elle soit spontanée ou réfléchie, la conscience de soi apparaît comme singularisant l'être humain : son existence équivaut à un devoir. Toutefois, la vie quotidienne montre que bien des aspects de l'existence (gestes devenus automatiques, fonctions physiologiques, oublis) lui échappent.

> On souligne la contradiction entre le devoir d'être conscient et le fait que la conscience laisse de côté certains aspects de l'existence d'un sujet.

Parvenir à une pleine conscience de soi sous-entend que rien ne s'oppose à sa plénitude. Mais plus encore que cette « inconscience » quotidienne, c'est l'inconscient au sens freudien qui lui fait barrage. Peut-on négliger ou contourner un tel obstacle ?

De l'enfant à l'adulte, c'est la conscience des conséquences éventuelles du comportement qui doit être pleinement efficace.

> Être conscient, c'est savoir ce que l'on fait.

Avoir conscience de ses actes, c'est prévoir ce que peuvent en être les conséquences. C'est ainsi contrôler ce que l'on est en train de faire, en assurer la « maîtrise » et se considérer comme responsable non seulement de son comportement, mais aussi de ce qui pourra en découler.

Une telle « prise de conscience » peut toutefois ralentir l'action entreprise : elle instaure une distance entre la pensée et les actes. Auguste Comte remarquait que là où la conscience entre en jeu, la spontanéité s'efface et l'action est différée.

> La référence à Comte souligne qu'une conscience « complète » n'est peut-être pas toujours souhaitable.

Le *cogito* cartésien permet d'affirmer la coexistence de la pensée et d'un sujet pensant. Penser se double ainsi d'un « savoir que l'on pense ».

> On peut évoquer le *cogito* et sa signification, sans qu'il soit nécessaire d'en retracer la genèse.

Mais les sentiments vécus s'accompagnent également de cette conscience : je sais que j'aime ou que je déteste. Je crois même savoir pourquoi : c'est parce que cette personne est aimable ou haïssable. Spinoza objecte que c'est au contraire parce que j'aime que je trouve aimable. Faut-il alors admettre que la conscience ne m'apporterait qu'une connaissance incomplète, ignorante des vraies causes d'un phénomène ?

> La référence à Spinoza permet d'introduire partiellement le caractère illusoire de la conscience selon Freud.

La conscience qui accompagne la pensée et les sentiments affirme l'existence d'un « sujet » pensant et ressentant, et suggère sa singularité : je me pense comme unique, différent de tout autre être.

> Troisième temps de la description : la conscience comme affirmation de la singularité.

De la sorte, la conscience de soi s'oppose aux choses extérieures, inertes et sans conscience, mais elle me distingue aussi des autres sujets.

De telles singularités s'affirmant chacune pour soi peuvent se faire concurrence et rivaliser dans la prétention au maintien d'une singularité intacte ou d'une supériorité reconnue par l'autre. Hegel déduit de cette situation sa dialectique du maître et de l'esclave : si l'on admet que la conscience complète de soi est synonyme d'accès à la liberté, c'est-à-dire à l'action sur le réel et à sa transformation, la rivalité entre les consciences se solde par un conflit au terme duquel celle de l'esclave, après avoir « perdu » pour préserver sa vie, finit, grâce à sa capacité de travailler, par l'emporter sur celle du maître.

> Sans adopter un point de vue strictement hégélien, on peut signaler qu'un tel traitement serait concevable.

Dans le quotidien, la conscience n'est pas présente en permanence : il vaut mieux, quand je conduis, que je ne sois pas en train d'analyser tout ce que je fais. Dans de telles situations, la non-conscience est une condition de la réussite.

La vie quotidienne peut très bien se passer de la conscience.

Nietzsche a souligné que d'un point de vue physiologique, la conscience est « superflue » : nous respirons, digérons, dormons, etc. sans que la conscience intervienne. Et il en va de même pour tous nos comportements fondés sur les habitudes acquises. À quoi vient s'ajouter le fait que nous ne prenons conscience de quoi que ce soit que grâce au langage, qui est par définition collectif et ne saurait rendre compte de la singularité individuelle : toute prise de conscience ne mène qu'à une vision grossière et commune de ce que nous vivons.

La référence à Nietzsche vient renforcer le paragraphe précédent.

Bergson admet que l'habitude intervient très fréquemment dans les actions et conduites. Il y a ainsi un « oubli » des phénomènes mentaux dans un premier temps nécessaires à la constitution de l'habitude, qui deviennent inutiles quand cette dernière est acquise. Ne reviennent dès lors en mémoire que les phénomènes qui sont utiles à l'action entreprise.

On se réfère de nouveau à un auteur pour confirmer ce que l'on avance, mais cette référence ne peut remplacer votre analyse.

Marx considère que les contenus de la conscience sont en réalité déterminés par l'appartenance de l'individu à une classe sociale.

Même en faisant de l'inconscient freudien l'obstacle principal, ne négligez pas les autres obstacles possibles.

Dès lors, élaborer une conscience de soi « complète » implique que le sujet prenne conscience de cette détermination de sa conscience par la classe à laquelle il appartient. Ce n'est qu'en accédant à une autre classe sociale qu'un individu pourra saisir comment sa conscience était antérieurement formée par la classe dont il vient. Ce n'est donc qu'en entrant dans la classe bourgeoise qu'un ancien prolétaire pourra s'apercevoir de la détermination qu'il a jusqu'alors subie : sa conscience est en conséquence plus « complète » qu'antérieurement.

Toutefois, la conscience « bourgeoise » qu'adopte alors l'ancien prolétaire est elle-même façonnée par les intérêts de classe : elle n'est pas plus juste qu'une autre, et sa vision du monde est aussi fausse que celle de la classe ouvrière. Pour Marx, il n'y a pas de conscience immédiatement « juste » ou lucide.

C'est Freud qui fournit l'argument le plus massif contre la possibilité de parvenir à une complète conscience de soi, avec l'affirmation d'un inconscient qui va bien au-delà des petits effacements quotidiens de la conscience et des limitations suggérées par la physiologie, le langage ou les habitudes. Ses théories mettent profondément en cause la conception classique de la conscience, et c'est pourquoi il importe d'examiner certains de leurs aspects.

> Après les escarmouches précédentes, on aborde l'obstacle majeur.

> Il n'est pas question de résumer l'ensemble des théories de Freud : ne conservez que ce qui concerne le sujet.

Selon Freud, la conscience n'est qu'une partie de l'appareil psychique, dont elle n'occupe d'ailleurs que dix pour cent, le reste étant dévolu à ce qu'il nomme le « préconscient » et à l'inconscient. Le « préconscient » recueille tous les éléments qui ont pu être conscients, ne le sont pas en permanence ou peuvent le redevenir. L'inconscient est conçu comme recueillant des éléments qui ne peuvent accéder tels quels à la conscience et se trouvent « refoulés » en raison de leur incompatibilité avec les exigences morales et sociales de cette dernière.

> En rappelant sans attendre cette proportion, vous suggérez que le pouvoir de la conscience est sans doute limité.

> Sans trop entrer dans les détails, n'omettez pas de caractériser l'inconscient.

Cet inconscient, constitué par tout ce qui s'y « inscrit » au cours de la biographie d'un sujet et notamment de l'histoire de ses relations avec les personnes de son entourage, influence l'individu sans qu'il s'en rende compte et détermine en majeure partie ses goûts, ses sentiments, ses préférences, etc. Ces déterminations échappent totalement à la conscience elle-même, qui ignore ainsi la source de ce qu'elle prend pour ses choix.

Ainsi, la conscience est condamnée à demeurer toujours incomplète : elle ne peut saisir les raisons profondes de tout ce qui constitue ce que Freud nomme « psychopathologie de la vie quotidienne » : lapsus, petits oublis, actes manqués qui semblent sans importance ni signification, mais grâce auxquels l'inconscient – de même que dans l'élaboration du rêve – met en circulation quelques « messages » sans que la conscience puisse en deviner la portée.

> Inutile de rappeler comment le rêve est élaboré, il suffit ici de signaler sa proximité avec les phénomènes cités.

Il peut arriver que l'activité de l'inconscient déséquilibre le sujet. Les théories freudiennes ont un versant thérapeutique et la cure analytique se propose de rétablir l'équilibre en aidant la personne à comprendre ce qui la rend malade.

En l'invitant à examiner sa propre histoire et ce qui a pu s'en inscrire mal dans son inconscient, la cure peut mettre à jour les causes du malaise, et aider à les réintégrer correctement. Accèdent ainsi à la conscience des éléments qui n'en faisaient pas antérieurement partie. Cela signifie-t-il qu'elle se trouve « complétée » ou du moins mieux à même de connaître le sujet lui-même ?

On pose la question suivante : la cure analytique fait-elle espérer que la conscience de soi augmente ?

Freud admettait que la cure devrait être en principe « interminable » : si elle s'achève, c'est d'abord pour des raisons pratiques.

Après une cure, la conscience reste en effet toujours ignorante d'éventuels nouveaux contenus de l'inconscient. Elle ne représente toujours qu'une part très modeste de l'appareil psychique et elle peut toujours se méprendre sur ce qui détermine les affects ou les comportements de l'individu.

On apporte la réponse : la cure ne modifie pas vraiment l'importance et le rôle de la conscience.

Même si on néglige Freud et ses conceptions, il semble difficile d'admettre la possibilité d'avoir une pleine et définitive conscience de soi.

L'histoire d'un sujet est en cours jusqu'à sa disparition. Ce qui le motive, c'est son avenir, son évolution, le fait pour reprendre un terme de l'existentialisme sartrien qu'il est avant tout en « projet ». Prétendre avoir une complète conscience de soi, ne serait-ce pas se considérer comme « achevé », définissable une fois pour toutes, et se condamner à ne plus évoluer ? En réalité, cette conscience « complète » de soi serait une illusion pire que les autres, puisqu'elle ignorerait le mouvement même de la biographie, cette façon qu'a un sujet de ne pas se figer sur ce qu'il a vécu pour se projeter vers autre chose, qui peut définir un autre lui-même.

Considération ultime sur l'impossibilité d'une conscience « complète » : la personne humaine se modifie dans le temps.

Une conscience de soi complète n'est certainement pas possible, ne serait-ce qu'en raison des nécessités de la vie quotidienne : personne n'a le temps de prendre conscience de tout ce qui peut le concerner. Faut-il le déplorer ? Rien n'est moins sûr : signifiant aussi conscience d'une existence devant s'achever, cette conscience permanente du devoir mourir risquerait tout simplement d'empêcher de vivre.

La conclusion avance un argument supplémentaire.

L'inconscient

Faire le point

L'essentiel

1 L'inconscient avant Freud

- On peut nommer inconscient ce qui échappe à la conscience : **Leibniz** évoque ainsi de petits « changements dans l'âme dont nous ne nous apercevons pas ».
- **Bergson** montre que l'**oubli** peut avoir un rôle positif, en excluant de la conscience ce qui serait inutile à l'action.
- **Nietzsche**, plus radicalement, critique le ***cogito*** et la prétention du sujet à contrôler ce qu'il pense ou ressent.

2 L'inconscient freudien

- L'inconscient théorisé par **Freud** est **positif** et **dynamique** ; il recueille **pulsions** et **désirs refoulés**. Ses représentations se dissimulent derrière des éléments du **préconscient**.
- L'interprétation des phénomènes normaux composant la « psychopathologie de la vie quotidienne » distingue un **sens manifeste** et un **sens latent**.

3 La « révolution freudienne »

- Freud considère que, après l'héliocentrisme et le darwinisme, la psychanalyse est la **troisième révolution dans la conception que l'homme peut avoir de lui-même.**
- Selon lui, la conscience ne représente qu'**un dixième de l'appareil psychique**.

CITATIONS

→ **Nietzsche :** « Une pensée ne vient que quand elle veut, et non lorsque c'est moi qui veux ; de sorte que c'est une *altération* des faits de prétendre que le sujet moi est la condition de l'attribut "je pense". »
Par-delà le bien et le mal, 1885

→ **Freud :** « Le psychique en toi ne coïncide pas avec ce dont tu es conscient ; ce sont deux choses différentes, que quelque chose se passe dans ton âme et que tu en sois par ailleurs informé. »
« Une difficulté de la psychanalyse », 1917

→ **Alain :** « La plus grave [des] erreurs est de croire que l'inconscient est un autre Moi […] une sorte de mauvais ange, diabolique conseiller. »
Éléments de philosophie, 1941

LEXIQUE

- **censure :** instance interdisant l'accès à la conscience des désirs soumis au refoulement.
- **libido :** dynamisme de la pulsion sexuelle, admise comme centrale dans l'inconscient.
- **préconscient :** système de l'appareil psychique, entre la conscience et l'inconscient, dont les représentations (souvenirs, langage) peuvent pénétrer dans la conscience, sans y être en permanence.
- **refoulement :** opération qui repousse hors de la conscience les représentations (images, pensées) liées à une pulsion, dont la satisfaction est incompatible avec les exigences morales.

Schéma bilan

AVANT FREUD

Leibniz nomme « **petites perceptions** » ce qui échappe à la conscience.

\+

Bergson
L'oubli est positif s'il favorise l'action.

\+

Nietzsche critique l'ambition du sujet à se contrôler.

SELON FREUD

L'inconscient est **positif** et **dynamique**.

\+

L'inconscient recueille ce que la **censure** de la conscience **refoule**.

\+

Les phénomènes psychiques peuvent présenter un **sens manifeste** et un **sens latent**.

« RÉVOLUTION FREUDIENNE »

Troisième **révolution** (après Copernic et Darwin) dans la **conception de l'homme**.

\+

Admettre que l'inconscient est **plus influent** que la conscience reste difficile.

\+

Nombreuses **critiques** des rationalistes **(Alain)** et des épistémologues (**Popper**).

En bref **Pour aborder les sujets portant sur cette notion, il faut savoir que :**

- certains philosophes ont reconnu, avant Freud, l'existence de phénomènes inconscients. ☐
- la « révolution psychanalytique » bouleverse la conception de la vie mentale et insiste sur la signification cachée de nombreux phénomènes quotidiens. ☐
- la psychanalyse présente une dimension thérapeutique, mais n'est pas une science. ☐

J'ai tout coché ? Je passe le test page suivante

Contrôler ses connaissances

corrigés p. 211

QCM *Cocher les bonnes réponses.*

1. Pour Nietzsche, le *cogito* est :

- ☐ **a.** un acquis philosophique de premier ordre.
- ☐ **b.** une illusion complète.
- ☐ **c.** un moment important dans l'histoire de chacun.

2. Selon Freud, la psychanalyse est la troisième révolution dans la conception de l'homme, après :

- ☐ **a.** Copernic et Newton.
- ☐ **b.** Lavoisier et Darwin.
- ☐ **c.** Copernic et Darwin.
- ☐ **d.** Buffon et Newton.

3. Dans les théories freudiennes, l'inconscient désigne :

- ☐ **a.** ce qui échappe à la conscience.
- ☐ **b.** ce qui est refoulé et donc interdit de conscience.
- ☐ **c.** un milieu dynamique.
- ☐ **d.** un ensemble de pulsions.

4. En psychanalyse, on admet que la conscience constitue :

- ☐ **a.** un quart de l'appareil psychique.
- ☐ **b.** la moitié de l'appareil psychique.
- ☐ **c.** un dixième de l'appareil psychique.

5. Selon Bergson, l'oubli :

- ☐ **a.** est un défaut du fonctionnement mental.
- ☐ **b.** est toujours négatif.
- ☐ **c.** a un rôle positif en excluant de la conscience ce qui est inutile à l'action.

6. Chez Freud, l'inconscient est :

- ☐ **a.** un élément strictement théorique.
- ☐ **b.** déduit de sa pratique médicale.
- ☐ **c.** un pur concept philosophique.

Vrai ou Faux *Indiquer si les propositions sont vraies ou fausses.*

1. La libido est une pulsion qui n'a pas plus d'importance que les autres. V ☐ F ☐
2. La censure est aussi rigoureuse durant le sommeil qu'à l'état de veille. V ☐ F ☐
3. Tout élément du préconscient peut devenir conscient, sans l'être en permanence. V ☐ F ☐
4. On a pu démontrer le caractère scientifique de la psychanalyse. V ☐ F ☐
5. La « psychopathologie de la vie quotidienne » ne concerne que les personnes malades. V ☐ F ☐

❑ Citations *Pour chaque philosophe, cocher la bonne citation.*

1. Freud :

a. « Le rêve est la réalisation d'une pulsion (déguisée). » ❑
b. « Le rêve est la réalisation (déguisée) d'un désir. » ❑
c. « Le rêve est la réalisation d'un désir (refoulé). » ❑
d. « Le rêve est la réalisation (déguisée) d'un désir (refoulé). » ❑

2. Alain :

a. « Il n'y a aucune pensée en nous, sauf par le Je. » ❑
b. « Il n'y a pas de pensées en nous, sauf par le Je. » ❑
c. « Il n'y a pas de pensées en nous, sauf par l'unique sujet, Je. » ❑
d. « Il n'y a point de pensées en nous, sauf par l'unique sujet, Je. » ❑

3. Nietzsche

a. « Une pensée me vient quand elle veut, et non quand je veux. » ❑
b. « Une pensée ne vient que quand elle veut, et non lorsque c'est moi qui veux. » ❑
c. « Une pensée me vient quand elle veut, et non lorsque c'est moi qui veux. » ❑

Vers le sujet de BAC

Peut-on s'excuser en disant « J'ai agi inconsciemment » ?

Rédiger une introduction.

Sujet guidé

SUJET 14 D'après France métropolitaine, juin 2018

20 pts — 4 h

Explication de texte

› **Expliquer le texte suivant :**

Souvent nous ne savons pas ce que nous souhaitons ou ce que nous craignons. Nous pouvons caresser un souhait pendant des années entières sans nous l'avouer, sans même en prendre clairement conscience ; c'est que l'intellect n'en doit rien savoir, c'est qu'une révélation nous semble dangereuse pour notre amour-propre, pour la bonne opinion que nous tenons à avoir de nous-mêmes ; mais quand ce souhait vient à se réaliser, notre propre joie nous apprend, non sans nous causer une certaine confusion, que nous appelions cet événement de tous nos vœux ; tel est le cas de la mort d'un proche parent dont nous héritons.

Et quant à ce que nous craignons, nous ne le savons souvent pas, parce que nous n'avons pas le courage d'en prendre clairement conscience. Souvent même nous nous trompons entièrement sur le motif véritable de notre action ou de notre abstention, jusqu'à ce qu'un hasard nous dévoile le mystère. Nous apprenons alors que nous nous étions mépris sur le motif véritable, que nous n'osions pas nous l'avouer, parce qu'il ne répondait nullement à la bonne opinion que nous avons de nous-mêmes. Ainsi, nous nous abstenons d'une certaine action, pour des raisons purement morales à notre avis ; mais après coup nous apprenons que la peur seule nous retenait, puisque, une fois tout danger disparu, nous commettons cette action.

Arthur Schopenhauer, *Le Monde comme volonté et comme représentation*, 1818.

PAR ÉTAPES

COMPRENDRE LE SUJET

Le plan du texte

• **Premier paragraphe.** Nous pouvons manquer de clairvoyance sur ce que nous souhaitons, qui ne se révèle à nous que par la joie qui nous envahit lorsque l'événement se produit. Exemple de la mort d'un proche dont nous héritons.

- **Second paragraphe.** Même constat à propos de situations contraires : nous n'avons pas le courage de prendre conscience de ce que nous craignons. Plus généralement, il est possible que le vrai motif de notre attitude nous reste caché. Il nous arrive ainsi de prendre pour des raisons morales ce qui n'était que de la peur.

L'analyse du texte

Schopenhauer analyse l'absence de lucidité qui peut nous caractériser dans des situations diverses : la conscience est brouillée par l'amour-propre ou admet un motif faux, qui en dissimule un autre. C'est la survenue de l'événement dans le réel qui nous révèle notre erreur d'appréciation sur ce qui nous détermine.

Mobiliser ses connaissances

- Bien que le terme n'apparaisse pas dans l'extrait, c'est le dialogue conflictuel entre la conscience et l'inconscient qui est suggéré par Schopenhauer.
- On peut recourir, mais sans excès, à des concepts d'origine freudienne : élément manifeste, élément latent, ambivalence, dynamisme de l'inconscient, refoulement.
- Importance de la morale dans la conscience : les vrais motifs qu'elle ignore sont beaucoup moins respectables.

À noter

Lorsqu'un extrait proposé en commentaire semble préfigurer une théorie connue, on ne doit en aucun cas profiter de cette dernière pour occulter l'éventuelle originalité de l'extrait par un résumé complet de la théorie.
Ici, il serait malvenu de ne prendre l'extrait de Schopenhauer que comme prétexte à réciter un résumé des théories freudiennes dans leur ensemble. Cela n'interdit nullement de se référer à Freud quand cela est justifié, mais ces allusions doivent être appelées par l'extrait lui-même, quand elles peuvent l'éclairer, et non être arbitrairement plaquées sur ce qu'écrit Schopenhauer.

Les pièges à éviter

- Puisqu'un exemple apparaît dans le premier paragraphe, il peut être utile d'en trouver un autre pour le second paragraphe.
- Inutile de réciter ce que vous pouvez savoir du déroulement d'une cure analytique : cela n'a rien à voir avec cet extrait.

ORGANISER SA COPIE

Le plan

I. Les véritables motifs de notre action peuvent-ils nous rester cachés ?

II. Qu'est-ce qui nous empêche d'être lucides ?

III. La morale n'existe-t-elle qu'en apparence ?

CORRIGÉ 14

Comprendre le corrigé

L'expérience peut être surprenante ou même douloureuse, mais elle est assez fréquente : alors que je crois être lié d'amitié avec quelqu'un, un événement inattendu m'oblige à constater que ce n'est pas du tout le cas. Je m'aperçois alors que, même si je ne le déteste pas, j'y suis au moins indifférent. Les sentiments que je ressens, même s'ils semblent sincères, peuvent être trompeurs et dissimuler des affects tout autres, sinon contraires.

> On prend comme point de départ une situation commune ou banale.

En analysant des situations de ce genre, Schopenhauer établit que « souvent nous ne savons pas ce que nous souhaitons ou ce que nous craignons ». C'est parce que nous ne pouvons « en prendre clairement conscience », ce qui facilite la dissimulation, le remplacement d'un sentiment inavoué par un autre et le maintien de la « bonne opinion » que nous avons de nous-mêmes. Le motif véritable de notre attitude est « refoulé » car il ne serait pas compatible avec cette « bonne opinion » ; il ne sera révélé que par un événement extérieur et qui ne dépendrait pas de nous.

> Généralisation de ce type de situation avec Schopenhauer.

Il est habituel d'affirmer que nous nous connaissons clairement et que nous savons ce qui se passe en nous. Dans n'importe quelle discussion avec quelqu'un, nous pouvons sans y penser mettre en avant nos goûts, nos désirs ou même nos défauts, ce qui suppose que nous nous connaissons bien. Nous serions de la sorte au courant des émotions ou des affections que nous ressentons : qui les ressent sinon nous-mêmes ?

> On insiste en premier lieu sur notre prétention à se connaître, pour la contredire immédiatement.

Puisque c'est en nous qu'elles surviennent, cela ne signifie-t-il pas que nous pouvons les repérer et savoir en quoi elles consistent, quelle est leur tonalité ou leur intensité ?

Il faut pourtant peu de choses pour que de telles assurances soient sérieusement fissurées ou s'effondrent : j'ai donné rendez-vous à quelqu'un que je considère comme un ami, il ne vient pas et je ressens une sorte de libération. Comment interpréter celle-ci sinon comme l'indice d'une absence d'amitié réelle et d'une erreur sur la réalité de mon sentiment ?

> On prend un exemple simple pour démentir la prétention à se connaître.

La première phrase de l'extrait n'a donc rien de très surprenant, l'expérience banale la confirme. Schopenhauer en donne deux illustrations différentes : l'une concerne un « souhait », l'autre une « crainte ». Un souhait peut exister en nous sans que nous le sachions, « sans même en prendre clairement conscience » – cette dernière expression s'appliquant également à une crainte. L'absence de prise de conscience n'est toutefois pas exactement semblable dans les deux cas : pour le souhait, c'est que nous ne pouvons nous l'avouer ; pour la crainte, c'est par manque de courage.

On annonce la différence entre les deux exemples fournis par l'auteur.

On précise ensuite cette différence.

Ces deux exemples aboutissent au même constat : nous croyons savoir ce qui nous anime, mais en réalité les motifs véritables de nos comportements nous restent dissimulés. Ainsi, nous ne pouvons nous avouer que nous souhaitons la mort d'un parent dont nous hériterons et ce n'est que lorsque cet événement se produit qu'il nous révèle notre véritable sentiment, même si celui-ci « nous cause une certaine confusion ». Se réjouir de la mort d'un parent ne va pas en effet sans une certaine gêne : comment est-il possible que nous ayons souhaité cette disparition ?

De même, là où nous pensions nous interdire telle conduite pour des raisons morales, il suffit que tout danger de punition disparaisse pour que nous nous autorisions la même conduite, en constatant que seule la peur d'une sanction nous l'interdisait. Je croyais m'interdire de voler par respect de la loi, mais si je suis assuré de ne pas être pris sur le fait, je me l'autorise aussitôt.

On illustre par un exemple simple la deuxième situation évoquée par le texte.

Si nous ne savons pas ce que nous souhaitons ou craignons, c'est parce que ces souhaits et ces craintes sont incompatibles avec notre conscience, et en priorité avec ce que nous privilégions comme notre image positive. La révélation de nos véritables désirs ou des vraies raisons de notre peur serait « dangereuse pour notre amour-propre ». Schopenhauer souligne ici que chacun tient à être satisfait de lui ou que la « bonne opinion » est inscrite dans l'image consciente qu'il a de lui-même. Cette « image » est également adressée aux autres : nous tenons à passer pour des gens comme il faut.

On formule les raisons de l'absence de lucidité établie dans la première partie.

C'est donc la « bonne opinion » que nous tenons à avoir de nous-mêmes qui interdit aux vrais souhaits et craintes d'apparaître dans la conscience. Cette dernière repousse ce qui pourrait ébranler ce à quoi elle tient, ce qui révélerait qu'il y a en nous des éléments non conformes à ce que nous voulons être. Il est évidemment plus « noble » d'aimer son parent que de souhaiter sa mort, de respecter la loi pour elle-même que de craindre une punition. S'avouer que l'on souhaite la mort d'un parent pour en hériter ou que l'on a simplement peur d'être puni paraît indigne de ce que nous prétendons être : la conscience refoule de telles « hontes » en dehors d'elle.

Autant dire avec Freud qu'elle les refoule dans l'inconscient : ce vocabulaire n'est pas celui de Schopenhauer, mais ce qu'il analyse le préfigure.

> On n'introduit les références éventuelles à Freud qu'en cours de commentaire, et sans répéter un cours complet sur la psychanalyse.

Dans de telles conditions, la conscience que j'ai de ce que je suis ne peut correspondre à mon être profond, puisque j'ignore les vrais motifs de mes conduites. Les contenus de la conscience risquent d'être faux et trompeurs : au lieu de me faire connaître ce que je suis, la conscience ne me donne à savoir que ce que j'aimerais être pour garder une image positive. Quant à ce qui ne peut y pénétrer en raison de la « censure » (Freud) qu'elle exerce sur les « vrais motifs », nous l'ignorons, dit Schopenhauer, « par manque de courage », c'est-à-dire parce que nous craignons de nous avouer à nous-mêmes que nous ne sommes pas si respectables que nous aimons le croire.

> Conséquence de ce qui précède : la conscience est trompeuse ou fausse.

Dans ce contexte, et puisque nous nous trompons souvent sur le vrai motif de notre conduite, quelle confiance peut-on accorder aux « bons » sentiments officiels auxquels nous adhérons consciemment ? L'affection et la morale ne seraient que les masques dissimulant le désir d'hériter (ou celui de la mort d'un parent) ou la peur.

> Si la conscience œuvre au service de mon apparence, que deviennent la morale et le sens du « bien » ?

L'individu serait ainsi à double face : l'une « présentable » et positive, l'autre beaucoup plus sombre et cachée. On peut aussi bien, en recourant cette fois encore au vocabulaire freudien, parler d'une face « manifeste » et d'une face « latente », même si l'on ne peut affirmer qu'il n'existerait pas d'autre rapport que de simples contradictions entre les deux.

Par deux fois dans le texte, Schopenhauer montre que la révélation du « latent » est due à un événement extérieur au sujet.

On souligne ce que peut être selon l'auteur l'action démystificatrice du réel, qui vient nous révéler nos vrais sentiments.

Le réel nous amène à repérer ce qui se passe en nous en bousculant la naïveté de la conscience et les apparences de la morale. Du même coup, c'est ce réel qui dénonce la conscience comme trompeuse et l'apparence de moralité comme une sorte de conformisme suscité par la conscience elle-même.

L'amour-propre et la bonne opinion que l'on a de soi nous apportent évidemment quelque satisfaction, autant dire une bonne conscience. Mais celle-ci est aussi tournée vers les autres : si je crois agir pour des raisons morales, c'est aussi parce que, dans ce cas, on aura de moi une opinion positive. Si je passe pour quelqu'un qui apprécie son parent, on me jugera conforme aux attentes de la société.

La conscience recueille et intériorise ce que l'environnement social demande et juge « normal » de la part des individus : il est « normal » d'aimer son parent, comme il est « normal » d'agir moralement.

L'analyse de Schopenhauer condamne-t-elle à considérer que la morale n'est qu'un conformisme ?

En contradiction avec cette « normalité », ce que refoule la conscience peut clairement n'être pas conforme aux attentes sociales : souhaiter la mort d'un parent pour en hériter serait sans doute assez mal vu car témoignant de sentiments indignes, alors que, même si ce n'est que par peur de la punition, s'abstenir d'une action mauvaise apparaît conforme à la morale admise.

Alain reproche à l'inconscient freudien d'être un « autre moi » qui me dirige sans que je le sache. On voit ici que ce reproche aurait déjà pu être adressé à Schopenhauer, qui décrit dans cet extrait l'incompatibilité entre l'image que la conscience donne d'un sujet (en priorité à lui-même) et la réalité de ses motivations inavouables, dissimulée par d'apparents « bons » sentiments. Les analyses opérées restent relativement simples par rapport à ce que décrira Freud, mais il est incontestable que Schopenhauer montre déjà à quel point les relations entre la conscience et les motivations réelles d'une conduite peuvent être conflictuelles, et comment la moralité inscrite dans la conscience renvoie à des exigences de normalité socialement définie.

En appliquant à Schopenhauer un reproche qu'Alain adressera à Freud, on souligne que Schopenhauer préfigure, au moins dans leurs grandes lignes, certains aspects de la théorie psychanalytique.

La liberté

Faire le point

L'essentiel

1 Liberté d'un sujet

- On admet qu'être libre, c'est **agir sans contrainte** – comme le citoyen antique, par opposition à l'esclave.
- Selon **Descartes**, la liberté est le **pouvoir de choisir entre deux options**, soit sans préférence, soit de façon éclairée.
- **Spinoza** objecte que la croyance à un tel « libre arbitre » repose sur l'**ignorance des causes qui nous déterminent**.

2 Liberté et société

- Selon **Rousseau**, c'est en aliénant son indépendance initiale que chacun accède à une authentique liberté, **civile** et garantie par la **loi**.
- **Kant** considère que la raison humaine est toujours **inconditionnée** et formule par elle-même la **loi morale** ; il affirme en conséquence que l'homme est libre par un postulat de la **raison pratique** : la liberté existe, mais n'est pas strictement démontrable.

3 Liberté et histoire

- La liberté se construit et **se développe dans l'histoire**, soit comme **réalisation de l'Esprit (Hegel)**, soit comme résultant de la **lutte des classes (Marx)**.
- L'**existentialisme sartrien** affirme que l'homme est **originellement libre** : ce qu'il choisit de faire le définit.

CITATIONS

→ **Spinoza :** « Cette liberté humaine que tous les hommes se vantent d'avoir [...] consiste en cela seul que les hommes sont conscients de leurs désirs et ignorants des causes qui les déterminent. C'est ainsi qu'un enfant croit désirer librement le lait. »
Lettre à Schuller, 1667

→ **Rousseau :** « La véritable liberté est l'obéissance à la loi qu'on s'est prescrite. »
Du contrat social, 1762

→ **Sartre :** « L'homme est condamné à être libre. Condamné, parce qu'il ne s'est pas créé lui-même, et par ailleurs cependant libre, parce qu'une fois jeté dans le monde, il est responsable de tout ce qu'il fait. »
L'existentialisme est un humanisme, 1946

LEXIQUE

- **choix :** privilège accordé à un objet, une valeur, une solution parmi d'autres possibles. Classiquement, le choix est un indice de la liberté humaine.
- **indépendance naturelle :** pour les théoriciens du contrat social, c'est la première forme de liberté dont dispose l'homme « de la nature ».
- **liberté d'indifférence :** choix effectué sans qu'aucune raison ou préférence le détermine.
- **libre arbitre :** capacité de choisir entre deux actions.

Schéma bilan

LIBERTÉ INDIVIDUELLE

Le citoyen antique est **libre**, pas l'esclave.

+

Descartes
La liberté est le pouvoir de choisir entre deux options.

+

Spinoza
L'affirmation d'un libre arbitre ignore les causes qui nous déterminent.

LIBERTÉ ET MORALITÉ

Rousseau
En aliénant l'indépendance naturelle, on accède à la liberté civile garantie par la loi.

+

Kant
La liberté existe, mais n'est pas démontrable ou connaissable.

+

Si la raison est inconditionnée, elle formule la **loi morale** à laquelle on a toujours la liberté de **désobéir**.

LIBERTÉ DANS L'HISTOIRE

Hegel
La liberté résulte d'une élaboration dialectique.

+

Marx
La liberté sera le résultat ultime de la lutte des classes.

+

Sartre
Si l'homme a la liberté de se choisir en tout, sa responsabilité est également totale.

En bref — **Pour aborder les sujets portant sur cette notion, il faut savoir que :**

- la liberté telle que l'éprouve un sujet signifie l'absence de contrainte extérieure et se réalise par des choix. ☐
- la liberté de l'un ne peut s'exercer aux dépens de celle des autres : il faut trouver un moyen politique de les harmoniser, en les rendant égales devant la loi. ☐
- la liberté peut être philosophiquement conçue soit comme se développant à travers l'histoire, soit comme immédiatement donnée à l'homme, pour lequel elle entraîne alors une responsabilité sans limite. ☐

J'ai tout coché ? **Je passe le test page suivante**

Contrôler ses connaissances

corrigés p. 212

QCM *Cocher les bonnes réponses.*

1. Selon Descartes, la liberté d'indifférence :

- ☐ **a.** est la seule liberté concevable.
- ☐ **b.** est le plus bas degré de la liberté.
- ☐ **c.** est la forme la plus positive de la liberté.
- ☐ **d.** est la liberté de l'enfant ignorant.

2. Selon Kant, la liberté :

- ☐ **a.** est démontrable.
- ☐ **b.** est d'une existence problématique.
- ☐ **c.** doit être postulée.
- ☐ **d.** est une hypothèse vraisemblable.

3. Dans l'Antiquité, le citoyen libre s'oppose :

- ☐ **a.** à l'artisan.
- ☐ **b.** au philosophe.
- ☐ **c.** à l'esclave.
- ☐ **d.** au sophiste.

4. Pour faire partie du corps politique, l'indépendance naturelle doit être :

- ☐ **a.** sacrifiée au profit de l'obéissance au pouvoir.
- ☐ **b.** préservée comme un bien précieux.
- ☐ **c.** aliénée pour qu'advienne un citoyen libre.

5. Selon Sartre, l'homme est :

- ☐ **a.** condamné à lutter pour sa liberté.
- ☐ **b.** déterminé pour être libre.
- ☐ **c.** condamné à être libre.

6. Selon Marx, la lutte des classes oppose, à travers l'histoire :

- ☐ **a.** propriétaires des moyens de production et paysans.
- ☐ **b.** citoyens libres et esclaves, noblesse et serfs, bourgeoisie et ouvriers.
- ☐ **c.** capitalistes et monarchistes.
- ☐ **d.** démocrates et partisans du totalitarisme.

☐ Vrai ou Faux *Indiquer si les propositions sont vraies ou fausses.*

1. Spinoza considère que la croyance au libre arbitre repose sur l'ignorance des causes qui nous déterminent. V ☐ F ☐
2. Selon Kant, la raison d'un sujet est toujours inconditionnée. V ☐ F ☐
3. Selon Sartre, la liberté de chacun s'accompagne d'une responsabilité totale. V ☐ F ☐
4. Hegel admet que la liberté est complètement développée dans l'Antiquité, chez les hommes qui ne sont pas esclaves. V ☐ F ☐

Bibliographie

Relier chaque philosophe à son ouvrage.

Hegel

Sartre

Rousseau

Kant

Spinoza

1. *Critique de la raison pratique*
2. *Leçons sur la philosophie de l'histoire*
3. *L'existentialisme est un humanisme*
4. *Lettre à Schuller*
5. *Du contrat social*

Vers le sujet de BAC

DOC. Épictète, *Entretiens*, I, XIX, IIe siècle

Qu'est-ce donc qui trouble et terrorise la plupart des hommes ? Le tyran et sa garde ? Et pourquoi ? Bien loin de là : il n'est pas possible qu'un être libre par nature soit troublé ou empêché par un autre que par lui-même ; ce sont ses propres opinions qui le troublent. Lorsqu'un tyran dit : « J'enchaînerai ta jambe », celui qui attache du prix à sa jambe dit : « Non, par pitié ! », mais celui à qui sa volonté est précieuse réplique : « Enchaîne-la, si tu trouves utile de le faire. – Tu ne t'en inquiètes pas ? – Je ne m'en inquiète pas. – Je vais te montrer que je suis le maître ! – Et comment ferais-tu ? Zeus m'a laissé libre. Crois-tu qu'il allait laisser réduire son propre fils en esclavage ? Tu es maître de ce cadavre qu'est mon corps, prends-le. – Alors, lorsque tu viens à moi, tu ne prends pas soin de moi ? – Non pas, mais de moi-même. Si tu veux me faire dire que je prends soin de toi, oui, comme je fais de ma cruche. »

1 Caractériser la liberté dont jouit le stoïcien, « être libre par nature ».

2 Justifier, en s'appuyant sur cet extrait, le jugement de Hegel reprochant à la liberté du stoïcien d'être « seulement le concept de la liberté, et non pas la liberté vivante elle-même ».

Sujet guidé

SUJET 15 D'après Centres étrangers, juin 2019

20 pts 4 h

Explication de texte

Expliquer le texte suivant :

Manifestement, la liberté ne caractérise pas toute forme de rapports humains ou toute espèce de communauté. Là où des hommes vivent ensemble mais ne forment pas un corps politique – par exemple, dans les sociétés tribales ou dans l'intimité du foyer – les facteurs réglant leurs actions et leur conduite ne sont pas la liberté, mais les nécessités de la vie et le souci de sa conservation. En outre, partout où le monde fait par l'homme ne devient pas scène pour l'action ou la parole – par exemple dans les communautés gouvernées de manière despotique qui exilent leurs sujets dans l'étroitesse du foyer et empêchent ainsi la naissance d'une vie publique – la liberté n'a pas de réalité dans le monde. Sans une vie publique politiquement garantie, il manque à la liberté l'espace du monde où faire son apparition. Certes, elle peut encore habiter le cœur des hommes comme désir, volonté, souhait ou aspiration ; mais le cœur humain, nous le savons tous, est un lieu très obscur, et tout ce qui se passe dans son obscurité ne peut être désigné comme un fait démontrable. La liberté comme fait démontrable et la politique coïncident et sont relatives l'une à l'autre comme deux côtés d'une même chose.

Hannah Arendt, « Qu'est-ce que la liberté ? », traduit par Agnès Faure et Patrick Lévy, dans *La Crise de la culture*, édition de Patrick Lévy,

PAR ÉTAPES

COMPRENDRE LE SUJET

Le plan du texte

- **Deux premières phrases**. Après une affirmation générale sur la nature de la liberté dont il sera question, l'auteur donne deux exemples de vie collective sans liberté.
- **Troisième phrase**. Arendt souligne que là où le monde de l'homme n'est pas une scène où peuvent se déployer « l'action ou la parole », par exemple dans les régimes despotiques, la liberté ne peut devenir réalité.

• **Fin du texte**. La liberté n'apparaît que là où existe une vie publique « politiquement garantie ». Faute de quoi elle n'est qu'un désir « dans le cœur des hommes », et non un fait démontrable. Il y a ainsi coïncidence entre la liberté réelle et la politique.

L'analyse du texte

• Thèse soutenue par l'auteur : la liberté n'est réelle que là où existe une politique qui garantit une vie publique.

• Arendt considère la liberté lorsqu'elle a sa réalité dans le monde. Quelles en sont les conditions ? Elle ne se manifeste pas dans tous les types de vie commune et ne peut apparaître dans les dictatures, car elle nécessite que puissent exister « l'action et la parole » dans l'espace public. En conséquence, seule une organisation politique soucieuse d'un tel espace coïncide avec la liberté comme « fait démontrable ».

Mobiliser ses connaissances

• Emprunts possibles à l'ethnologie pour confirmer que les sociétés « tribales » ignorent la liberté et que leurs actions sont réglées par les besoins vitaux.

• **Rousseau** : différence entre la liberté et l'indépendance initiale.

Les pièges à éviter

• Inutile d'énumérer toutes les conceptions possibles de la liberté : hors-sujet.

• Ne confondez pas ce qu'Arendt nomme ici « fait démontrable » et « fait scientifique ».

• Ne profitez pas de l'allusion aux régimes « despotiques » pour développer trop longuement les mentions possibles de régimes totalitaires.

À noter

Lorsqu'un texte est assez « facile » à comprendre dans son argumentation, on peut avoir intérêt à en commenter avec beaucoup d'attention certains termes de vocabulaire.
Ici, l'opposition entre « espace privé » et vie « publique », l'« exil » provoqué par les régimes despotiques dans l'« étroitesse du foyer », l'univers humain devenant « scène pour l'action ou la parole » sont des formules très éclairantes sur la pensée de l'auteur.

ORGANISER SA COPIE

Le plan

I. Pourquoi la liberté n'apparaît-elle pas dans toutes les communautés ?

II. Quelles sont les conditions de manifestation de la liberté réelle ?

III. Comment distinguer liberté réelle et liberté « rêvée » ?

CORRIGÉ 15

Comprendre le corrigé

Nos conditions de vie sont telles que la soif de liberté nous semble en quelque sorte « naturelle » chez l'être humain. Mais est-ce si sûr ? Hannah Arendt en doute – à propos notamment des « sociétés tribales » ou, plus généralement, des conditions de « l'intimité du foyer ». C'est qu'à ses yeux la liberté authentique ne peut apparaître que là où le monde humain devient « scène pour l'action ou la parole », c'est-à-dire lorsque la politique garantit une vie publique.

> On prend comme point de départ une pseudo évidence.

Alors que la politique semble souvent instaurer un univers où les citoyens finissent par être soumis à un pouvoir plus ou moins légitime, que suppose la coïncidence ici proposée entre politique et liberté ?

> On adopte comme premier point de la copie le point de départ du texte.

En affirmant que la liberté ne se manifeste pas dans toutes les communautés humaines, Arendt donne comme premier exemple les sociétés « tribales » : en les examinant, on constate que la répartition des tâches y est rigoureuse et que les membres de ces sociétés sont d'abord dans l'obligation de se soucier de ce qui est nécessaire à l'existence au sens le plus vital.

Sans doute existe-t-il dans ces sociétés une hiérarchie sociale : un chef de village ou de « tribu » peut organiser les opérations, et les autres lui obéissent. Il s'agit précisément d'une organisation assez rigide, « traditionnelle », et comme telle n'appelant pas la discussion. Lorsqu'un débat a lieu, il concerne moins une réorganisation éventuelle que le respect d'une coutume ou la mise au point d'un travail collectif. Dans de telles conditions, la notion de liberté ne peut exister : tout se trouve en quelque sorte « réglé d'avance », parce que soumis aux impératifs de la survie.

> On souligne la rigidité de l'organisation qui détermine les actions.

Même si le rapprochement entre sociétés « tribales » et « intimité du foyer » surprend d'abord, il se justifie par le fait que le « foyer » est en priorité occupé à se procurer également ce qui est nécessaire à son existence et à sa « conservation ». Le travail accompli par les membres qui en sont capables a pour but d'acquérir les biens que l'on consommera et les conditions d'une existence

> Second exemple fourni par le texte : le foyer, également attaché à l'acquisition de ce qui est nécessaire à la vie de ses membres.

la plus « confortable » possible, les parents fournissant à leurs enfants ce dont ils ont besoin.

La formule utilisée par Arendt souligne en quelque sorte ce qui constitue d'abord la « clôture » de la famille sur elle-même : son « intimité » évoque le souci premier des personnes proches.

On insiste sur cette formule pour lui donner un relief particulier.

Les relations à l'intérieur du « foyer » semblent exclusives d'autres relations possibles avec l'entourage.

Arendt confirme certaines considérations de Rousseau dans son *Discours sur l'origine et les fondements de l'inégalité parmi les hommes*, même si le point de vue adopté n'est pas exactement le même – Rousseau réfléchissant à une histoire hypothétique, alors qu'Arendt peut admettre l'existence contemporaine de sociétés « tribales ». Dans son *Discours*, Rousseau affirme en effet que l'homme est d'abord doté d'une indépendance naturelle, seulement limitée par ses possibilités physiques. Les premières sociétés se constituent lorsque la nature ne fournit plus ce qui est nécessaire à la survie : le regroupement des individus leur confère davantage de forces pour survivre en se répartissant les tâches. Dans ce contexte, la famille elle-même se fait « conventionnelle » dès lors que les enfants, devenus capables de survivre sans leurs parents, décident de continuer la vie commune. Familles et sociétés initiales sont encore loin de constituer un véritable corps politique : l'indépendance dont on y bénéficie est tout autre que la liberté.

On propose un rapprochement avec Rousseau pour suggérer que les propositions d'Arendt, bien qu'un peu surprenantes, ont des antécédents.

On note au passage que les points de vue des deux auteurs sont néanmoins différents.

On signale que la survie est aussi préoccupante pour Rousseau que pour Arendt dans les premiers regroupements.

Les sociétés despotiques sont le troisième cas de communautés empêchant que la liberté ait sa « réalité ». C'est une situation différente des deux autres dans la mesure où les conditions de la « survie » y sont assurées : c'est le gouvernement qui « exile » ses sujets dans « l'étroitesse du foyer ». Ce qui était « intimité » devient une « étroitesse » qui confirme un « exil » : une existence maintenue hors de ce que pourrait ou devrait être son espace. Les « despotes » ont été nombreux, notamment dans l'Antiquité ou dans l'histoire de la monarchie absolue, mais Arendt pense vraisemblablement en priorité aux gouvernements totalitaires qu'elle a analysés dix ans avant ce texte, soit le pouvoir nazi et le pouvoir stalinien. Sans doute les conditions de la survie n'y ont-elles pas été assurées pour tous,

Troisième exemple : le despotisme, soit un régime faussement « politique » qui interdit que la liberté réelle se manifeste.

Insistez sur la portée des termes employés.

Petit rappel historique, qu'il est inutile de longuement développer.

mais il reste incontestable que le pouvoir totalitaire, s'emparant de tous les esprits, les empêchait évidemment de parler ou d'agir selon ce qu'aurait pu être leur volonté propre. On admet communément qu'il s'agit de régimes « politiques », mais ce qualificatif est trompeur pour l'auteur, puisque non conforme à sa conception de la politique.

On souligne que la conception d'Arendt est plus exigeante que celle impliquée par le langage quotidien.

L'exil dans l'étroitesse du foyer interdit la naissance d'une vie publique. Le foyer est un espace « privé », qui s'oppose à celui de la vie « publique ». Là où le privé accentue les particularités, le public invite au commun.

Soulignez fortement ce qui oppose « privé » et « public ».

La société « tribale », le foyer et le despotisme sont bien entendu des versions du « monde fait par l'homme », mais il s'agit de mondes « mal faits » ou non faits pour la liberté, puisque le privé y domine et qu'ils empêchent la formation de la vie publique. Celle-ci se réalise lorsque le monde humain devient « scène pour l'action ou la parole ». Il s'agit non d'une scène authentiquement théâtrale, mais d'un espace ouvert pour que s'y déploient l'action et la parole où le commun se trouve à l'œuvre, c'est-à-dire un espace où se manifestent des possibles et des choix. Cette affirmation de la scène publique conditionne l'existence de la liberté.

On insiste sur l'idée qu'il n'y a pas de liberté possible sans vie publique.

Si la vie publique, qui implique l'existence d'un univers d'actions et de discours communs et partagés, est ainsi la condition radicale de la manifestation de la liberté, il est nécessaire que sa possibilité soit garantie. C'est précisément le rôle de la politique telle que l'entend Arendt : non l'existence d'un pouvoir s'exerçant sur les « citoyens », éventuellement par la violence, mais le pouvoir comme résultant d'une délibération à laquelle tous participent sur la « scène » attribuée à la parole. Il faut évidemment que ce pouvoir agisse, mais les lois de la politique ont pour but de le maintenir dans les limites qui doivent être les siennes.

Une fois établie la condition de la liberté, il est nécessaire de s'interroger sur ce qui peut garantir cette vie publique.

Si la liberté devient pour Arendt « démontrable », c'est précisément parce qu'elle doit se manifester dans la réalité quotidienne de tous : elle se constate lorsqu'elle est à l'œuvre dans la parole et l'action suscitées par la politique.

On sait que « démontrer » la liberté était pour Kant impossible car il s'agissait d'une idée métaphysique (on ne pouvait en conséquence qu'en « postuler » l'existence). Il s'agit chez Arendt, si l'on peut dire, d'une démonstration empirique ou d'une « monstration » plus que d'une démonstration classique. Mais l'important est que la liberté dispose de son espace de manifestation.

On souligne chez Arendt un certain « pragmatisme » qui s'éloigne du souci métaphysique.

Ne reste-t-il pas possible de distinguer de cette liberté politique une autre version, une liberté tout intérieure qui serait « désir, volonté, souhait ou aspiration » ? Ces termes, progressivement restrictifs, suggèrent déjà son impuissance. L'objection que lui fait Arendt consiste simplement à souligner qu'elle se trouverait dans le « cœur » de l'homme, qui est un lieu « très obscur », ce qui se tient dans cette obscurité ne pouvant être un « fait démontrable » au sens où l'est la liberté politique. Même si cette liberté « intérieure » existait, elle ne serait en quelque sorte qu'une consolation, un refuge qui ne pourrait compenser l'absence de la liberté réelle.

L'hypothèse d'une liberté « intérieure » est-elle intéressante ?

La redéfinition de la politique qu'effectue Arendt n'autorise pas seulement une critique des gouvernements ne respectant pas la liberté des « sujets », elle a pour premier avantage de montrer que politique et liberté sont en réalité indissociables. Si la première est incapable d'instaurer la liberté comme « fait démontrable », elle est privée de toute justification. Dès lors, et puisque l'une ne va pas sans l'autre et qu'elles sont « relatives l'une à l'autre comme deux côtés d'une même chose », chacune peut servir à estimer l'autre. Pour reprendre une comparaison classique, on peut affirmer que politique et liberté sont les « deux faces d'une même médaille » : si l'une est fausse, l'autre l'est également.

On souligne pour finir la complémentarité établie par le texte entre politique et liberté.

La politique redéfinie par Arendt est exigeante : elle suppose notamment que chacun y participe dans l'espace de la délibération, mais aussi dans l'action lorsqu'il le faut. Les démocraties actuelles en sont encore loin... Quant aux autres régimes, on devrait les considérer comme résolument étrangers à la politique, puisqu'ils n'instaurent aucune liberté.

La religion

Faire le point

L'essentiel

1 Des « preuves » philosophiques de Dieu ?

- **Aristote** élabore le premier argument affirmant l'existence d'un **principe divin**, conçu comme « premier moteur immobile » du monde.
- **Descartes** propose un **argument ontologique** : j'ai l'idée d'un être parfait ; il existe nécessairement et c'est Dieu.

2 Philosophie et croyance

- **Hume** établit que la raison fait fausse route dès qu'elle prétend démontrer l'existence de Dieu, qui est un **concept « unique en son genre »**.
- Pour **Kant**, prouver l'existence de Dieu impliquerait un **constat empirique** – évidemment impossible. On ne peut que la **postuler**.

3 L'expérience religieuse

- La foi admet des **vérités « révélées »** : les vrais croyants (**Pascal, Kierkegaard**) se passent de preuves.
- Les critiques philosophiques concernent la religion comme **institution**, mais non l'expérience individuelle.
- On peut admettre avec **Nietzsche** que l'attitude religieuse nie les pulsions de vie, avec **Marx** qu'elle ne témoigne que de la misère humaine ou avec **Freud** qu'elle participe d'une attitude névrotique.

CITATIONS

→ **Hume :** « Il n'y a rien d'étonnant à ce que l'humanité, placée dans une ignorance aussi absolue des causes […], reconnaisse immédiatement qu'elle dépend de puissances invisibles. »
Histoire naturelle des religions, 1757

→ **Pascal :** « C'est le cœur qui sent Dieu et non la raison. »
Pensées, 1670

→ **Nietzsche :** « La foi chrétienne est […] asservissement et dépréciation de soi-même, mutilation de soi-même. »
Par-delà le bien et le mal, 1886

→ **Marx :** « La religion est […] *l'opium* du peuple. »
Critique de la philosophie du droit de Hegel, 1843

LEXIQUE

- **profane :** par opposition au sacré, monde ordinaire du travail et de la culture.
- **religion :** « Système solidaire de croyances et de pratiques relatives à des choses sacrées, c'est-à-dire séparées, interdites, croyances et pratiques qui unissent en une même communauté morale, appelée Église, tous ceux qui y adhèrent. » (Durkheim).
- **religion naturelle** : au XVIIIe siècle, attitudes qui prétendent accéder à Dieu par le seul recours à la raison.
- **sacré :** par opposition au profane, ce qui est séparé du monde ordinaire.
- **vérités révélées :** vérités admises comme fondement de la foi, provenant de la révélation par Dieu de sa volonté.

Schéma bilan

« PREUVES » DE DIEU

Preuves *a posteriori* (partant du **monde**) VS preuves ***a priori*** (analyse de l'**idée de Dieu**).

\+

Aristote
*Dieu initie tous les mouvements dans le monde (*a posteriori*).*

\+

Descartes
*Un être parfait existe nécessairement (*a priori*).*

PHILOSOPHIE ET CROYANCE

Dieu est un **concept « unique en son genre »** → On ne peut **raisonner** à son propos.

\+

Hume
La philosophie qui essaie de prouver Dieu fait fausse route.

\+

Kant
Descartes établit la possibilité de Dieu, mais non son existence.

L'EXPÉRIENCE RELIGIEUSE

Dogmes et mystères admis par la foi récusent la **rationalité**.

\+

Le croyant se passe de **preuves**.

\+

L'**impuissance** des critiques philosophiques de la croyance **perdure**.

En bref **Pour aborder les sujets portant sur cette notion, il faut savoir que :**

- toutes les attitudes religieuses supposent une distinction entre monde profane et monde sacré. ☐
- les « preuves » de Dieu élaborées par les philosophes ont été contestées par d'autres philosophes. ☐
- l'expérience religieuse est spécifique et reste indifférente à toutes les critiques de la religion. ☐

J'ai tout coché ? Je passe le test page suivante

Contrôler ses connaissances

corrigés p. 213

QCM *Cocher les bonnes réponses.*

1. Aristote définit le principe divin comme :

- ☐ **a.** premier moteur mobile.
- ☐ **b.** premier mobile.
- ☐ **c.** premier moteur immobile.

2. L'argument ontologique de Descartes est :

- ☐ **a.** *a priori*.
- ☐ **b.** *a posteriori*.
- ☐ **c.** synthétique *a priori*.

3. Selon Hume, la raison :

- ☐ **a.** peut démontrer l'existence de Dieu.
- ☐ **b.** peut tout démontrer.
- ☐ **c.** s'égare en prétendant démontrer l'existence de Dieu.

4. Kant admet que l'argument ontologique :

- ☐ **a.** démontre que Dieu est probable.
- ☐ **b.** démontre l'existence de Dieu.
- ☐ **c.** démontre la possibilité de l'existence de Dieu.

5. Une vérité révélée :

- ☐ **a.** est découverte à la fin d'une recherche rationnelle.
- ☐ **b.** dépend de la révélation par Dieu de sa volonté.
- ☐ **c.** ne peut être contestée ou modifiée par la raison.

6. Le sacré est :

- ☐ **a.** séparé du monde ordinaire.
- ☐ **b.** présent dans toutes les circonstances de l'existence.

Vrai ou Faux *Indiquer si les propositions sont vraies ou fausses.*

1. Certaines religions font l'économie de la notion de « sacré ».	V ☐ F ☐
2. Selon Aristote, un « premier moteur immobile » est la source de toutes les transformations observables.	V ☐ F ☐
3. C'est pour assurer la cohérence de la morale que Kant démontre l'existence de Dieu.	V ☐ F ☐
4. Nietzsche approuve les religions qui nient les pulsions de vie.	V ☐ F ☐
5. L'argument ontologique démontre que Dieu est parfait.	V ☐ F ☐
6. Tout accès au sacré implique le respect de règles strictes.	V ☐ F ☐

Théories

Relier chaque philosophe à sa théorie.

Aristote… •	• considère que la philosophie ne devrait pas s'occuper de la croyance.
Descartes… •	• postule la possibilité de l'existence de Dieu.
Kant… •	• met au point l'argument ontologique, fondé sur l'idée d'un être parfait (Dieu) qu'il découvre dans sa pensée.
Marx… •	• affirme que Dieu est sensible au cœur et non à la raison.
Pascal… •	• élabore le premier argument *a posteriori* affirmant l'existence d'un principe divin.
Hume… •	• considère que la religion est l'esprit de situations dépourvues d'esprit.

Vers le sujet de BAC

DOC. **Sigmund Freud, *L'Avenir d'une illusion*, 1927**

L'impression terrifiante de la détresse infantile avait éveillé le besoin d'être protégé – protégé en étant aimé –, besoin auquel le père a satisfait ; la reconnaissance du fait que cette détresse dure toute la vie a fait que l'homme s'est cramponné à un père, à un père cette fois plus puissant. L'angoisse humaine en face des dangers de la vie s'apaise à la pensée du règne bienveillant de la Providence divine, l'institution d'un ordre moral de l'univers assure la réalisation des exigences de la justice, si souvent demeurées irréalisées dans les civilisations humaines, et la prolongation de l'existence terrestre par une vie future fournit les cadres de temps et de lieu où ces désirs se réaliseront. Des réponses aux questions que se pose la curiosité humaine touchant ces énigmes : la genèse de l'univers, le rapport entre le corporel et le spirituel, s'élaborent suivant les prémisses du système religieux. Et c'est un formidable allègement pour l'âme individuelle que de voir les conflits de l'enfance émanés du complexe paternel – conflits jamais entièrement résolus –, lui être pour ainsi dire enlevés et recevoir une solution acceptée de tous.

1 Proposer le plan détaillé du texte.

2 D'après cet extrait, l'illusion religieuse est-elle appelée à disparaître ?

Sujet guidé

SUJET 16 D'après Pondichéry, avril 2016

20 pts — 4 h

Dissertation

> **La religion n'est-elle qu'un fait de culture ?**

PAR ÉTAPES

COMPRENDRE LE SUJET

Les mots-clés

- « **Fait de culture** » : phénomène dû à l'existence de la culture humaine, en l'absence de laquelle il ne se manifesterait pas.
- Attention au « **ne...que** », qui semble suggérer une réponse négative (pourtant pas obligatoire).

L'analyse de l'énoncé

- Un « fait de culture » peut évoluer. Or, les religions connaissent des changements historiques, et dans tous leurs aspects.
- Toute religion implique la spiritualité : cette dernière ne peut-elle se développer que dans un cadre religieux (quel qu'il soit) ?

Mobiliser ses connaissances

- Dans la loi des trois états de **Comte**, l'état religieux n'est que le début de l'évolution de l'esprit dans ses tentatives d'explication du monde.
- Différentes formes de religion : animisme, polythéisme, monothéisme.
- L'athéisme est aussi une réalité.

Les pièges à éviter

- N'opposez pas la religion comme phénomène « daté » et son absence comme indice de modernité.
- N'oubliez pas que les cultures sont différentes : cela peut aboutir à des religions diverses, mais la question concerne la religion comme phénomène global.
- Ne faites pas d'emprunts aux critiques de la religion (Nietzsche, Marx...) ne concernant pas la question.

ORGANISER SA COPIE

La problématique

- Comme système de croyances, la religion semble être un phénomène universel. Elle appartient ainsi à la culture humaine, y compris dans son versant institutionnel. Cela signifie-t-il qu'elle peut se définir comme un « fait de culture » ? L'expression suggère à la fois un écart relativement à la « nature » et la possibilité d'une diversité des religions, en fonction de la diversité des cultures.
- Mais s'il y a partout des croyances, cela renvoie-t-il, par-delà leur diversité, à une « nature » de l'esprit humain, qui serait « forcément » préoccupé de transcendance ? Si la religion est en relation avec la spiritualité, cette dernière ne peut-elle être satisfaite que par une telle relation ? Demeure-t-elle vacante en l'absence de religion ?

À noter

L'énoncé du sujet ne doit pas inviter à ne considérer que « la » religion comme phénomène constant et universel. On doit au contraire se préoccuper de la diversité des religions – faute de quoi la question ne peut pas être examinée. Un fait « de culture », contrairement à un fait « de nature », peut prendre divers aspects, et c'est à partir d'un panorama de ces derniers que l'on peut s'interroger pour savoir s'il existe une universalité « naturelle » de la religion.

Le plan

I. La diversité des religions souligne-t-elle un besoin universel ?

II. Cette universalité renvoie-t-elle à une nature de l'esprit ?

III. N'y a-t-il pas une évolution des faits de culture ?

CORRIGÉ 16

Comprendre le corrigé

Il existe, au-delà des croyances particulières, ce que l'on peut nommer « la » religion. Sa variabilité révèle-t-elle qu'elle est un phénomène culturel parmi d'autres, ou son omniprésence renvoie-t-elle à un besoin essentiel de l'humain ?

En évoquant la religion, on néglige les variantes locales des croyances, rituels ou clergés. C'est pour souligner que partout où vivent des hommes se manifestent des croyances religieuses : on passe ainsi de règles d'ampleur limitée à l'équivalent d'une loi universelle. Un tel passage autorise-t-il à considérer que la religion est « naturelle » à l'homme ? Pour déjouer cette opposition entre « culture » et « nature », peut-être la solution consiste-t-elle à prendre un point de vue historique.

On introduit l'opposition entre fait « de culture » et fait « de nature », pour proposer de la déjouer finalement.

Entre les croyances des sociétés « primitives » et les religions telles qu'elles existent dans les sociétés plus « avancées », l'écart est immense. Si d'un côté on admet l'existence de très nombreux « esprits » qu'il convient de satisfaire, de l'autre on prie un dieu unique et tout-puissant dans un cadre strictement organisé et hiérarchisé. Plus la puissance du divin est affirmée, plus se fait sentir la nécessité d'une Église et d'un clergé qui aident à établir la relation entre le fidèle et son dieu.

On commence par souligner que la religion se réalise de manières différentes, ce qui mène ensuite à se demander si elle correspond à un besoin universel.

Cette diversité des croyances, des attitudes et des « clergés » est présentée par Auguste Comte selon un schéma historique concernant l'évolution de l'état qu'il qualifie de « théologique ».

Le recours à Auguste Comte peut être nécessaire, mais il doit aussi être rapide.

Cet état, qui désigne l'enfance de l'esprit dans ses efforts pour rendre compte des phénomènes qui l'entourent, passe par trois moments successifs. L'être humain imagine d'abord que tout ce qui existe possède un esprit sur lequel il peut tenter d'agir : c'est l'animisme, au cours duquel nature et surnaturel sont en quelque sorte confondus. Il considère ensuite des catégories d'objets et de phénomènes, et cherche ce qui peut les animer : le polythéisme conçoit chacune de ses divinités comme responsable d'un secteur du réel. Enfin, l'esprit en vient à penser un seul dieu, désormais tout-puissant, comme origine unique de tout. Cette évolution détermine des relations différentes entre le croyant et le divin.

Quelle que soit sa diversité dans ses manifestations historiques ou culturelles, la religion semble être présente dans toutes les cultures par l'opposition qui la fonde entre univers sacré et profane.

On souligne l'universalité de la religion, que caractérise ensuite l'opposition entre sacré et profane.

Le sacré n'est pas nécessairement synonyme de transcendance. Mais comme le souligne Georges Bataille, il est toujours simultanément attirant et terrifiant : l'univers sacré est un espace de démesure, d'excès, de violence. Aussi doit-on, pour y avoir accès, respecter des règles strictes, qui peuvent varier en fonction des contextes culturels et religieux, mais qui doivent être rigoureusement observées.

Une allusion à Bataille comme anthropologue ou analyste du fait religieux peut conférer à la copie une certaine originalité.

De son côté, le profane est l'univers ordinaire de l'homme, celui de la culture harmonieuse et du travail : il est plus paisible, mais il est du même coup insuffisant puisque lui fait défaut ce qu'il refoule.

C'est pourquoi il a besoin d'un contact périodique avec le sacré, contact dont le danger est affaibli grâce au respect des règles. Une vie strictement profane serait amoindrie ou incomplète – comme le serait, en termes nietzschéens, un esprit totalement apollinien privé de tout versant dionysiaque.

> Le recours à ce vocabulaire permet de rendre l'opposition plus marquée.

Constater qu'il y a de la religion dans toutes les cultures et depuis les débuts de l'humanité ne signifie pas cependant que tous les hommes adhèrent nécessairement à une religion.

> Question implicite, qui détermine le second temps de la copie : l'omniprésence apparente de la religion renvoie-t-elle à une « nature » de l'homme ou de l'esprit ?

S'il fut des périodes où ne pas croire paraissait culturellement et socialement impossible, et si aujourd'hui encore l'absence de croyance paraît incompréhensible pour les adeptes de certaines religions, l'athéisme est devenu une réalité. Même s'il est minoritaire, sa présence suffit pour considérer que ce ne saurait être « par nature » que l'esprit est religieux.

> On note la possibilité d'une objection à la présence universelle de la religion.

Les esprits adhérant à une religion objectent que la vie de l'esprit appelle une relation avec le divin : en son absence, que pourrait signifier la dimension spirituelle de la vie humaine ? L'objection mérite d'être prise au sérieux, ne serait-ce que dans la mesure où cette dimension participe de la particularité humaine.

> La vie spirituelle nécessite-t-elle la religion ?

Mais cette objection garde-t-elle son sens pour un esprit non religieux ? Elle suppose qu'une spiritualité ne peut qu'être incomplète en l'absence de religion ou que cette dernière, par la croyance, vient combler la vie spirituelle et lui confère sa pleine signification. Mais n'est-ce pas parce qu'on admet alors que le divin est esprit absolu, en quelque sorte réalisation maximale de toute spiritualité possible ? Dans cette optique, il devient légitime de considérer que spiritualité et religion sont pour ainsi dire synonymes. Mais encore faudrait-il pouvoir démontrer que toute religion se présente de la sorte comme sommet de spiritualité ; or, tel n'est pas le cas, et cela ne vaut que pour les monothéismes.

> Pour alimenter le débat, montrez que certaines objections proviennent de thèses d'origine religieuse.

Pour le polythéisme grec, cela n'aurait guère eu de sens, et pas davantage pour l'animisme des sociétés « primitives ». Il apparaît donc que cette assimilation entre vie spirituelle et religion ne se réalise que dans certaines formes de religion.

> On n'oublie pas en cours de route que les monothéismes ne sont pas les seules religions apparues dans l'histoire.

Si une telle assimilation était valide en toutes circonstances, on devrait en conclure que l'absence de religion équivaut à une négation ou à une disparition de la spiritualité. Cela ne saurait signifier l'éclipse de toute vie de l'esprit, puisque cette dernière existe bien chez le non-croyant, tant comme réflexion que comme multiplicité d'intérêts intellectuels en constant développement. Cela n'indiquerait que l'absence de visée spirituelle vers une « transcendance » divine. La spiritualité serait donc, si l'on peut dire, condamnée à ne s'exercer que dans l'immanence – celle des hommes, de leurs sociétés ou de leur histoire.

Question complémentaire : l'absence de religion est-elle une négation ou un appauvrissement du « spirituel » ?

L'histoire n'est-elle pas par excellence la dimension où se déploie l'esprit ? Sans être un farouche partisan de la philosophie hégélienne, on peut reconnaître que les diverses réalisations de l'esprit, dans une culture, connaissent des modifications historiques notables.

On propose une réflexion sur l'évolution des faits de culture.

De ce point de vue, l'opposition traditionnelle entre sociétés historiques et sociétés « anhistoriques » n'est pas tenable : même les sociétés « primitives » ont une histoire, simplement plus lente qu'ailleurs. Les mœurs, les coutumes, les habitudes sociales se modifient, de même que la littérature ou les arts et ce qu'en attend le public. Même ce qui pourrait sembler « naturel » change avec le temps : on a beau prétendre que les sentiments sont « éternels », on ne ressent plus l'amour comme les Athéniens de l'époque de Platon.

On souligne au passage que toutes les sociétés se modifient historiquement, selon différentes vitesses.

La religion n'échappe pas à des évolutions de ce genre. Les croyances « primitives » se sont transformées sous l'effet des contacts avec d'autres cultures (colonisation, mélanges syncrétiques avec d'autres religions « importées », ou substitution de ces dernières aux croyances et rituels d'origine). Les monothéismes les plus institués ont eux-mêmes connu des modifications et continuent d'en vivre. Si l'on considère le christianisme, il est clair qu'il a énormément changé depuis le Moyen Âge, non seulement en raison de l'évolution du contexte (il a perdu de son poids politique, il se trouve en concurrence avec d'autres religions, il n'est plus étroitement lié au pouvoir central, il n'est plus fondement obligatoire de la morale, etc.), mais aussi de manière interne : dans l'organisation de son

On souligne que la religion évolue comme les autres aspects d'une culture.

clergé ou de ses cérémonies, dans la diffusion de ses dogmes, par la rivalité de nature théologique entre ses différents courants ou entre des ordres religieux encourageant des attitudes différentes.

La religion, d'un point de vue historique, semble bien manifester ainsi les caractères que l'on rencontre dans tous les phénomènes culturels.

Il n'est dès lors pas surprenant qu'elle doive sa présence à une transmission d'une génération à la suivante. La religion n'apparaît en effet pas spontanément dans l'esprit de l'enfant : elle lui est enseignée par la famille ou l'institution.

Comme tout fait de culture, la religion fait partie d'un héritage.

Dans son *Émile*, Rousseau recommande de ne pas imposer la notion de Dieu à l'enfant trop hâtivement : ce n'est que pour répondre à ses interrogations, quand il commence à être préoccupé de l'origine de ce qui est, que l'on peut lui suggérer l'existence d'un être créateur.

Utilisez une référence que le lecteur peut ne pas avoir prévue.

Bien entendu, Rousseau réfléchit dans le cadre d'une société chrétienne ; mais dès que l'on sort de celle-ci, il va de soi que les suggestions peuvent être très différentes et que se maintiennent de la sorte des religions diverses. Il n'en reste pas moins qu'aucune d'entre elles ne s'impose naturellement à l'esprit. Ce n'est qu'après avoir été assimilée par un sujet et être devenue pour ce dernier un acte de foi véritable qu'elle peut lui sembler « normale » ou « obligatoire », et de la sorte paraître appartenir aux exigences « naturelles » de l'esprit.

Pour les croyants (quelle que soit leur religion), il semble évidemment choquant de concevoir la religion comme n'étant rien de plus qu'un fait de culture. C'est que la foi correspond à un vécu intime qui n'a rien de commun avec l'analyse extérieure du phénomène, qui lui paraît toujours trop froide ou sans compréhension. Il n'en reste pas moins que le fait religieux se double désormais d'une absence possible de religion. Une telle absence va même au-delà de la critique classique de l'institution, telle qu'elle a été menée par exemple par Marx : elle se contente d'ignorer la religion, tout en développant une vie spirituelle qui trouve son accomplissement dans l'histoire et l'action strictement humaines.

On différencie finalement la foi intime et la religion comme fait de culture.

Le temps

Faire le point

L'essentiel

1 Temps et changement

- Notre perception du temps est celle de son **écoulement**, symbolisé par une **flèche** qui, allant du passé vers le futur, souligne son **irréversibilité**.
- Tout est dès lors soumis, comme l'affirme **Héraclite**, au changement qui mène nécessairement à la **mort**.

2 Temps subjectif et temps mesuré

- Nous nous sentons **impuissants** face au temps ; tout au plus pouvons-nous, comme le déplore **Pascal**, privilégier l'avenir au détriment du présent. Mais nous **mesurons** aussi le temps grâce à nos **instruments**.
- **Bergson** critique cette mesure, parce qu'elle divise le temps au lieu d'en respecter la fluide continuité. Le temps de la science est **quantitatif** et **régulier**, alors que le temps vécu est **qualitatif** et **variable selon l'humeur**.

3 Diversité des temporalités

- La **mesure sociale** du temps qui passe change selon les cultures et l'histoire. Le temps n'est donc pas dans les choses, mais dans nos **relations avec elles**.
- **Kant** conçoit le temps comme une forme *a priori* de la **sensibilité**, qui organise toute expérience.

CITATIONS

→ **Héraclite :** « On ne se baigne jamais deux fois dans le même fleuve. »
Fragments, Ve siècle av. J.-C.

→ **Pascal :** « Le passé et le présent sont nos moyens ; le seul avenir est notre fin. Ainsi nous ne vivons jamais, mais nous espérons de vivre, et nous disposant toujours à être heureux, il est inévitable que nous ne le soyons jamais. »
Pensées, 1670

→ **Bergson :** « La *durée réelle* est ce que l'on a toujours appelé le *temps*, mais le temps perçu comme indivisible. »
« La perception du changement » (1911), dans *La Pensée et le mouvant*, 1934

LEXIQUE

- **éternité :** intemporalité, étrangère au devenir.
- **finitude :** caractère de l'homme se sachant mortel. En théologie, s'oppose à la transcendance et à la perfection infinie de Dieu.
- **projet :** ce qu'il est envisagé de faire, qui souligne l'inscription de l'homme dans la temporalité. Selon Sartre, le projet est la façon dont l'homme apporte du sens à sa situation.
- **temporalité :** caractère de ce qui est temporel, par opposition à l'éternité. Plus particulièrement, c'est chez Heidegger la marque de notre finitude et de notre cheminement vers la mort.

Schéma bilan

TEMPS ET CHANGEMENT

Le temps est perçu comme un **écoulement orienté**.

\+

Symbolisé par une **flèche**, le temps est **irréversible**.

\+

La **conscience** du temps est celle de la nécessité de la **mort finale**.

MESURE DU TEMPS

La **mesure** du temps implique une certaine **maîtrise**.

\+

Bergson
« *Opposition entre la mesure quantitative du temps et la fluidité de la durée.* »

\+

Le temps vécu est **qualitatif** et **varie** selon l'humeur.

TEMPORALITÉS MULTIPLES

Diversité historique et culturelle de la **mesure sociale** du temps.

\+

Kant
« *Le temps organise* a priori *toute expérience.* »

\+

Le temps n'est pas dans les **choses**, mais dans nos **relations** avec elles.

En bref Pour aborder les sujets portant sur cette notion, il faut savoir que :

- le temps est immédiatement perçu comme facteur de changement qui ne mène, pour l'homme, qu'à la mort. ☐
- le temps mesuré par nos instruments est différent des diverses façons dont nous pouvons le vivre. ☐
- les temporalités sont variables à travers l'histoire et les cultures, et dépendent de nos relations avec les choses. ☐

J'ai tout coché ? Je passe le test page suivante

Contrôler ses connaissances

corrigés p. 214

QCM *Cocher les bonnes réponses.*

1. La flèche symbolisant le passage du temps va :

- ☐ **a.** du passé vers le présent.
- ☐ **b.** du présent vers le futur.
- ☐ **c.** du passé vers le futur.

2. Pour l'homme, le changement mène nécessairement :

- ☐ **a.** à la mort.
- ☐ **b.** à l'état présent.
- ☐ **c.** à l'avenir.
- ☐ **d.** à un état inconnu.

3. Le temps de la science est :

- ☐ **a.** subjectif et quantitatif.
- ☐ **b.** régulier et quantitatif.
- ☐ **c.** régulier et qualitatif.
- ☐ **d.** régulier et mathématique.

4. Le temps est :

- ☐ **a.** irrégulier.
- ☐ **b.** irréversible.
- ☐ **c.** inconnaissable.
- ☐ **d.** intransitif.

5. Le temps vécu est :

- ☐ **a.** quantitatif.
- ☐ **b.** régulier.
- ☐ **c.** qualitatif.
- ☐ **d.** variable.

6. L'homme habite le temps :

- ☐ **a.** d'une seule façon.
- ☐ **b.** de multiples façons.
- ☐ **c.** de deux façons exclusives.

Vrai ou Faux *Indiquer si les propositions sont vraies ou fausses.*

1. Notre perception du temps est celle de sa stabilité. V ☐ F ☐
2. La mesure du temps est la même dans toutes les cultures, actuelles ou anciennes. V ☐ F ☐
3. Nous nous sentons impuissants face au temps. V ☐ F ☐
4. Bergson critique le temps mesuré par la science. V ☐ F ☐
5. Notre humeur fait varier le passage du temps. V ☐ F ☐
6. L'homme et le temps se constituent réciproquement. V ☐ F ☐
7. L'éternité n'est pas étrangère au devenir. V ☐ F ☐

Notions *Relier chaque philosophe à sa notion.*

Platon

Héraclite

Kant

Bergson

Pascal

1. Forme *a priori* de la sensibilité
2. Durée réelle
3. Changement universel
4. Image mobile de l'éternité
5. Nous espérons de vivre

Vers le sujet de BAC

DOC. **Henri Bergson, *L'Évolution créatrice*, 1907**

Quand la science positive parle du temps, c'est qu'elle se reporte au mouvement d'un certain mobile T sur sa trajectoire. Ce mouvement a été choisi par elle comme représentatif du temps, et il est uniforme par définition. Appelons T1, T2, T3… etc., des points qui divisent la trajectoire du mobile en parties égales depuis son origine T0. On dira qu'il s'est écoulé 1, 2, 3, … unités de temps quand le mobile sera aux points T1, T2, T3… de la ligne qu'il parcourt. Alors, considérer l'état de l'univers au bout d'un certain temps *t*, c'est examiner où il en sera quand le mobile T sera au point T*t* de sa trajectoire. Mais du *flux* même du temps, à plus forte raison de son effet sur la conscience, il n'est pas question ici ; car ce qui entre en ligne de compte, ce sont des points T1, T2, T3, … pris sur le flux, jamais le flux lui-même. On peut rétrécir autant qu'on voudra le temps considéré, c'est-à-dire décomposer à volonté l'intervalle entre deux divisions T_n et T_{n+1}, c'est toujours à des points, et à des points seulement, qu'on aura affaire.

1 Pourquoi T1, T2, T3… sont-ils des points divisant la trajectoire en parties égales ?

2 Pourquoi cette représentation du temps par le mouvement d'un mobile rate-t-elle nécessairement le flux du temps ?

MÉTHODE
SUJETS PAS À PAS
SUJETS COMME À L'EXAMEN

Sujet guidé

SUJET 17 D'après Amérique du Nord, mai 2018

20 pts — 4 h

Dissertation

> **Sommes-nous condamnés à subir le temps ?**

PAR ÉTAPES

COMPRENDRE LE SUJET

Les mots-clés

- « **Subir le temps** » : ne rien pouvoir faire contre son emprise, être sous sa domination. Cela va de pair avec l'idée de condamnation et semble faire de nous des victimes impuissantes.

L'analyse de l'énoncé

- Le temps nous impose son passage irréversible, perceptible aussi bien dans ce qui nous entoure qu'en nous-mêmes.
- Mais n'avons-nous aucun moyen de profiter du temps en le mettant à notre disposition ? La mémoire et l'histoire « fixent » le passé, le projet anticipe un avenir à réaliser.

Mobiliser ses connaissances

- **Platon** : la matière (le corps) est soumise au temps, qui la modifie sans cesse et lui laisse peu de valeur relativement à ce qui est éternel.
- **Kant** : tous les phénomènes s'inscrivent immédiatement dans le temps.
- **Hegel** (et **Marx**) : c'est l'histoire qui fonde la réalité.
- Tout projet anticipe l'avenir et prépare l'action.

Les pièges à éviter

- Ne multipliez pas les références « savantes » (Augustin, Bergson...) qui ne concerneraient pas le sujet.
- Quel que soit le parti que vous prenez, n'oubliez pas de mentionner les arguments du parti contraire.
- Évitez une copie prétendant équilibrer les arguments : elle laisserait le choix final au lecteur !

ORGANISER SA COPIE

La problématique

Toutes nos relations avec ce qui nous entoure impliquent l'intervention du temps, dont nous ne pouvons jamais faire abstraction. Cela signifie-t-il que nous sommes « condamnés » à subir le temps, comme une sorte de prison dont il nous serait impossible de nous extraire ? Incontestablement, le temps nous impose ses instances (passé, présent, futur) aussi bien que son irréversibilité. Faut-il en déduire que nous ne pouvons aucunement lui « échapper », ou ruser pour le mettre en quelque sorte à notre service ? L'omniprésence du temps gêne-t-elle notre action ou en est-elle la condition ?

Le plan

I. Le temps ne révèle-t-il pas notre finitude ?

II. Que serait notre existence sans conscience du temps ?

III. Nos relations avec le temps fondent l'action humaine

À noter

Lorsque la question posée semble appeler une réponse positive, on peut dans un premier temps formuler les arguments qui justifient une telle réponse, avant d'analyser plus subtilement ce qui est en jeu pour inverser la perspective et montrer qu'il est possible d'avoir un point de vue différent. Ici, on aboutit à faire du temps la condition même des actions humaines et de la culture, ce qui vérifie que nous sommes loin d'être seulement « condamnés à subir » le temps.

CORRIGÉ 17

Comprendre le corrigé

Le poète peut s'exclamer « Ô temps suspends ton vol ! », mais il suffit qu'on demande « Pendant combien de temps ? » pour comprendre qu'il est difficile d'échapper à ce temps. Doit-on en déduire que nous sommes « condamnés » à le subir, sans pouvoir agir sur le carcan qu'il nous impose ?

Irréversible, le temps est synonyme de dégradation : vivre dans le temps, c'est être mortel. Mais la conscience que nous avons de sa présence spécifie l'existence humaine, avec sa mémoire, son histoire et ses projets : cette conscience met à distance le flux temporel et peut élaborer des projets ou interpréter ce qui a eu lieu de différentes manières. L'action et l'inscription dans l'histoire ne peuvent exister que relativement à la temporalité, mais loin de simplement subir cette dernière, elles en font usage au profit de l'humanité.

On annonce dans l'introduction les trois temps de la réflexion : (1) le temps révèle notre finitude, mais (2) la conscience que nous en avons le met à distance et (3) fonde nos actions.

Lorsque Héraclite affirme qu'« on ne se baigne jamais deux fois dans le même fleuve », il souligne que toute chose change avec le temps.

En citant Héraclite et Platon, on suggère que l'idée de dégradation subie à cause du temps est classique.

Platon lui-même déduit de ce changement universel que le monde sensible ou matériel n'est pas fiable : soumis à d'incessantes modifications dans ses apparences, il ne peut susciter aucune connaissance sérieuse. Dès lors, seul le monde des Idées mérite d'être connu, précisément parce qu'il échappe à l'action corrosive du temps et bénéficie de l'éternité. Définir le temps comme « image mobile de l'éternité », c'est souligner sa double dégradation : comme image et comme « mobile », soit impermanente, soumise à un mouvement constant.

Il n'est pas nécessaire d'être platonicien pour admettre que l'homme lui-même est soumis à une transformation permanente qui se solde par sa dégradation.

L'universalité de la dégradation inclut nécessairement l'être humain.

Une vie humaine peut de surcroît être ponctuée d'incidents (maladies au cours desquelles l'existence prend une autre allure et obéit à d'autres normes) qui définissent autant de repères temporels dans son ensemble.

N'hésitez pas à évoquer des phénomènes aussi élémentaires que le vieillissement physique avant d'aborder des analyses plus complexes.

La durée que traverse l'individu est ainsi à la fois ce qui est nécessaire à son évolution « normale » et ce qui peut être scandé par des moments particulièrement significatifs.

Cette durée dont chaque existence dispose n'a pas d'autre issue que la mort : c'est le sort de tous les vivants. Puisque la vie a un début par la naissance et qu'ensuite elle s'effectue dans le temps, il est « logique » qu'elle ait aussi un terme. Mais l'homme se distingue des autres vivants par la conscience qu'il a de son devoir-mourir.

On souligne que la mort n'est pas seulement le terme de la dégradation : elle est constitutive de la conscience humaine dans sa spécificité.

Lorsqu'on caractérise l'être humain comme un être-pour-la-mort, on insiste sur le fait que pour lui, l'authenticité de l'existence implique que la possibilité de mourir soit inscrite dans sa conscience : envisager sa mort, ce n'est pas seulement savoir qu'elle surviendra un jour, c'est surtout réfléchir à sa propre disparition comme une possibilité permanente. La mort n'est pas un événement qui surviendrait de l'extérieur à la façon d'un accident, elle est ce qui compose la possibilité extrême de l'existence humaine et ce qui confirme l'intimité de sa relation avec le temps.

L'animal vit dans une sorte de « présent » peu extensible : sa mémoire est limitée et ce qui lui tient lieu de « projet » relève de ses « instincts ». Un homme sans conscience du temps serait pareillement incapable de retrouver un souvenir ou d'envisager son propre avenir.

Rappelez la différence entre le temps vécu par l'homme et celui de l'animal, sans trop vous appesantir sur cet aspect.

On aborde une question déduite de ce qui précède : que serait un homme sans conscience du temps ?

La conscience humaine se distingue, au contraire de l'animalité, par l'existence de souvenirs grâce auxquels elle peut restituer tout ou une partie de son passé, et par sa faculté d'anticiper, c'est-à-dire d'imaginer ce qu'elle pourra être plus tard.

Mais comment s'élabore une telle conscience du temps ? Est-ce par accumulation d'expériences issues du monde extérieur, où le temps serait alors inscrit ? Ou est-elle en nous antérieurement à toute saisie d'un phénomène ? Pour Kant, le temps ne peut être en soi ou dans les choses, car il faudrait alors admettre qu'il peut exister en l'absence de toute chose : il ne peut être que « la condition subjective sous laquelle peuvent trouver place en nous toutes les intuitions ». Il est ainsi une forme *a priori* du sens interne, qui nous présente les phénomènes selon les relations d'antériorité, de simultanéité ou de succession. Dans une telle conception, nous ne subissons pas le temps. On pourrait au contraire admettre que nous l'imposons au monde dès que nous le considérons.

Ce temps dont on a conscience, est-il dans les choses ou en nous ?

On suggère grâce à la conception kantienne que l'expression « subir le temps » est peut-être incorrecte...

Mais les relations temporelles ont beau correspondre à la « forme du sens interne », il n'en reste pas moins que ce sens interne peut précisément avoir l'impression que le temps lui impose par ailleurs des contraintes ou des limitations.

... mais on redonne à l'expression sa validité.

La mémoire ne peut-elle pas par exemple devenir encombrante, et la considération du passé stérilisante ? C'est ce qu'admet Nietzsche lorsqu'il déplore le poids du « roc : ce fut ». Ce que nous conservons du passé – même sans y appliquer d'efforts particuliers – pourrait, par ce que nous croyons devoir en déduire comme « leçons », bloquer nos initiatives par prudence et ainsi nous empêcher d'agir.

Exemple de contrainte : le passé est-il univoque ?

Les penseurs qui valorisent l'histoire (Hegel, Marx) admettent que c'est le passé (où s'accumulent d'anciens présents et futurs) qui détermine l'état actuel des choses (des hommes, de la société, de la connaissance, etc.).

Mais cette histoire n'est pas définitivement fixée (le récit historique n'est jamais clos ou achevé). Au contraire, elle peut être sans cesse interrogée, corrigée, relue en fonction des questions diverses que lui pose le présent, en sorte que le sens du passé reste disponible pour différentes interprétations et que le « roc » que désignait Nietzsche paraît sérieusement fissuré et fragile.

> On rappelle que la considération de l'histoire implique non une détermination simple du présent par le passé, mais la possibilité d'interrogations diverses du passé lui-même.

Le passé autorise la constitution de l'expérience acquise et prépare de la sorte à l'action. S'il est vrai que le temps qui passe peut être figuré par une flèche orientée du passé vers l'avenir, le présent n'y apparaît que comme la transition de l'un à l'autre, le moment fugace de bascule de l'un vers l'autre. Dans notre manière de vivre quotidiennement, le « présent » est peu repérable, il est en quelque sorte « partagé » entre ce qui a déjà eu lieu et ce qui va avoir lieu.

S'intéresser à ce qui peut advenir va entraîner l'élaboration d'un projet, c'est-à-dire d'une sortie du « présent » et d'une anticipation du futur. Un tel projet met en jeu l'imagination, mais cette dernière doit se nourrir de l'expérience acquise, s'appuyer sur le passé.

> Rappelez que c'est la considération de l'avenir qui suscite le projet…

> … et que le passé peut nourrir le projet.

Le projet se réalise par des comportements, des conduites, des actes qui demandent ou prennent du temps. Il peut arriver que l'on soit impatient : on voudrait supprimer le temps de la réalisation, faire l'économie de la durée nécessaire. C'est évidemment une erreur, car c'est au contraire le temps qui, assurant la liaison ou l'enchaînement d'un moment (d'un acte) au suivant, permet de parvenir au but désiré : loin de freiner notre action, le temps lui permet de se déployer et instaure le milieu où elle peut affirmer son efficacité.

> Rappelez que la réalisation d'un projet, c'est-à-dire le passage à l'action, suppose le temps.

Une formule un peu convenue affirme que le temps est le milieu de notre impuissance (dans la mesure où nous ne pouvons en modifier le flux), mais on pourrait aussi bien considérer qu'il constitue le cadre de nos possibilités d'agir. La réalisation de quoi que ce soit exige une certaine durée : on peut estimer qu'il s'agit là d'une contrainte. Mais que pourrait être un monde où l'intention coïnciderait sans aucun délai avec son résultat ? Ne serait-il pas condamné à une instabilité totale, et dès lors incompréhensible, en raison de la multiplicité contradictoire des intentions ?

> On s'autorise à donner un sens nouveau aux formules célèbres.

Mener à bien un projet fait du temps une sorte de complice : c'est en inscrivant des désirs, des comportements et des actions dans sa dimension que l'on confirme une présence agissante.

Il n'en est pas moins peu contestable que cette efficacité se heurte à la finitude de l'individu.

Pour défier la finitude et la mort, on a pu concevoir que seul le corps de l'homme est soumis au temps, tandis que son âme serait dotée d'une relative éternité. Cette solution, partagée par bon nombre de philosophes chrétiens, ne peut toutefois séduire que les esprits religieux.

Question finale : comment déjouer la finitude ?

Pour les autres, la lucidité peut mener à affirmer que l'existence humaine, incapable d'échapper au temps, est absurde ou dénuée de signification. C'est ce qu'affirme le Sartre existentialiste – mais ne peut-on objecter que le simple fait de l'évoquer après sa mort donne à sa pensée une durée qui outrepasse celle de sa biographie ?

Suggérez que le qualificatif « absurde » n'est pas justifié pour peu qu'on puisse, après la mort d'un individu, trouver du sens à ce qu'il a dit et en discuter.

Abondent dans la culture des œuvres survivant semblablement à leurs auteurs – qu'il s'agisse de théories, de textes, de connaissances précises, de découvertes, d'œuvres d'art, etc. *La Cène* n'est pas morte en même temps que De Vinci, pas plus que *La Femme de trente ans* avec Balzac. Sans doute ne peut-on leur reconnaître une éternité authentique – elles ont été formées à un moment donné et l'humanité elle-même est dotée d'une existence vraisemblablement limitée ; mais au moins doit-on leur accorder une capacité à concerner beaucoup plus que leurs « créateurs » et leurs contemporains, c'est-à-dire à bénéficier d'une durée excédant de très loin les bornes de l'existence individuelle et de sa temporalité finie.

Vous pouvez vous contenter de deux exemples.

Considérer que l'homme est condamné à subir le temps, c'est faire de ce dernier une sorte de puissance extérieure qui nous échappe. Mais la vie humaine est faite d'intentions, d'actions, d'œuvres relativement auxquelles le temps apparaît non seulement comme nécessaire, mais bien comme constitutif. On ne peut sans doute en déduire la possibilité d'échapper à toute durée, mais on peut au moins trouver quelque satisfaction à bénéficier de cultures où perdurent les traces sensibles et intellectuelles d'existences passées.

S'il est vrai que l'homme subit le temps, dans son existence et dans ses actes, il l'est aussi que ces derniers et ce qui en résulte peuvent être des occasions de laisser dans l'histoire des traces ou des œuvres durables.

CORRIGÉS **Contrôler ses connaissances**

L'art p. 26

QCM 1. c. – 2. a. – 3. b. – 4. c. – 5. a. – 6. b. – 7. b. – 8. a.

Citations

1. « Nous avons l'art afin de ne pas mourir de la vérité. » : Nietzsche.
2. « L'imitation ne peut produire que des chefs-d'œuvre de technique, jamais des œuvres d'art. » : Hegel.
3. « La peinture est-elle une imitation de l'apparence ou de la vérité ? » : Platon.
4. « Est beau ce qui plaît universellement sans concept. » : Kant.

Vers le sujet de bac

1. Pour Hegel, l'histoire de l'art est achevée car ses trois formules possibles, définies par l'adéquation ou l'inadéquation entre le contenu de l'œuvre et ses moyens d'exposition, ont été réalisées : à l'art symbolique (excès de l'aspect sensible sur le contenu) ont succédé l'art classique (équilibre entre les deux aspects) et l'art romantique (excès du contenu sur le sensible).
2. La représentation désigne la présence de la totalité de l'art dans la pensée et, dès lors, la possibilité d'en examiner la nature.
3. L'œuvre est pour Hegel la « manifestation sensible d'une idée ». Cette dernière correspond au « contenu », qui ne se présente à l'examen qu'à travers une dimension matérielle ou sensible.
4. C'est l'esthétique, ou appréhension philosophie de l'art.

Le devoir p. 36

QCM 1. b. – 2. b. – 3. c. – 4. b. – 5. a. – 6. a.

Vrai ou Faux

1. Faux. – 2. Faux. – 3. Faux. – 4. Vrai. – 5. Faux. – 6. Vrai.

Citations

1. « Agis uniquement d'après la maxime qui fait que tu puisses vouloir en même temps qu'elle devienne une loi universelle. » : Kant.

2. « Quand notre conscience parle, c'est la société qui parle en nous. » : Durkheim.
3. « Il faut toujours préférer les intérêts du tout, dont on est partie, à ceux de sa personne en particulier. » : Descartes.
4. « [...] il suffit que chacun remplisse son état et fasse son ouvrage. » : Épictète.

Vers le sujet de bac

1. **Problématique :**

- La réflexion contemporaine prend de plus en plus conscience des dangers que l'homme fait courir aux autres espèces, à leur environnement, et finalement à lui-même.
- Pour éviter de tels excès, faut-il respecter toute forme de vie, y compris les virus (fin des vaccinations, extension des épidémies) ? Mais où commence la vie (cf. les débats sur l'IVG) ?
- Est-il nécessaire, pour qu'apparaisse un devoir moral, d'avoir affaire à une communauté humaine ? Son universalité va de pair avec sa réciprocité : l'autre vivant ressent-il du respect à l'égard de l'être humain ?

2. **Plan possible :**

I. L'anthropocentrisme découvre ses limites et ses contradictions.

II. Qu'est-ce que respecter les êtres vivants ?

III. Ce respect peut-il être un devoir strictement moral ?

La justice p. 46

QCM 1. c – 2. b et c. – 3. b. – 4. a, b, c et d. – 5. b. – 6. d.

Vrai ou Faux

1. Vrai. – 2. Vrai. – 3. Faux. – 4. Vrai. – 5. Vrai : dans une société organisée, le droit définit les conditions d'un usage légitime de la force – 6. Faux.

Citations

1. « Plaisante justice qu'une rivière borne ! Vérité au-deçà des Pyrénées, erreur au-delà. » : Pascal.
2. « La justice consiste à ne détenir que les biens qui nous appartiennent en propre et à n'exercer que notre propre fonction. » : Platon.
3. « S'il faut obéir par force, on n'a pas besoin d'obéir par devoir ; et si l'on n'est plus forcé d'obéir, on n'y est plus obligé. » : Rousseau.
4. « Pour qu'on ne puisse abuser du pouvoir, il faut que, par la disposition des choses, le pouvoir arrête le pouvoir. » : Montesquieu.

5. « Les lois se maintiennent en crédit non parce qu'elles sont justes, mais parce qu'elles sont lois. C'est le fondement mystique de leur autorité. » : Montaigne.

Vers le sujet de bac

1. **Problématique :**

L'individu victime – ou proche de la victime – d'un crime peut ressentir un fort désir de vengeance. Parce qu'il est personnellement touché, sa réaction est d'abord affective et entend rendre le mal par le mal. Mais la justice qu'il prétend ou pense ainsi se rendre à lui-même relève-t-elle de l'affectivité subjective ou d'une rationalité commune ? Et au-delà de la victime, n'est-ce pas l'organisation sociale et ses lois qui sont agressées ?

2. **Plan possible :**

I. Pourquoi peut-on vouloir se faire justice ?

II. La victime est-elle seule atteinte par un délit ?

III. L'attente subjective doit laisser place à l'universalité du droit.

La nature p. 56

QCM 1. c. – 2. d. – 3. c. – 4. a. – 5. b. – 6. d.

Bibliographie

Aristote : *Physique.*

Kant : *Prolégomènes à toute métaphysique future qui pourra se présenter comme science.*

Sartre : *L'existentialisme est un humanisme.*

Notions

Nature naturante : Dieu, cause produisant l'ordre du monde.

Écosystème : association d'espèces vivantes et d'un environnement physique en interaction permanente.

Nature naturée : réel, qui découle d'une action créatrice.

Écologie : science des relations de l'organisme avec l'environnement.

État de nature : fiction théorique supposant un état antérieur, chez les hommes, à leur réunion en société.

Vers le sujet de bac

1. Transcendant : qui dépasse, va au-delà. Ici, l'usage du corps dépasse la définition première du corps comme être biologique.

2. Le texte commence par l'évocation du corps parce que ce dernier, dans sa réalité d'abord biologique, apparaît comme un « donné » indépendant de choix individuels aussi bien que d'influences sociales ou culturelles.

3. Cette comparaison révèle, puisque les mots sont « inventés » par une culture que caractérise une langue, que les sentiments et conduites passionnelles sont également définis ou influencés par la culture, et s'éloignent de leur « origine » biologique. Ainsi, la paternité (ou la maternité) est une possibilité inscrite originellement dans le corps, mais elle se transforme en une institution dès lors qu'elle se repère par ses devoirs et ses droits ; ces derniers sont d'ailleurs variables selon les cultures, le rôle du père (biologique) n'étant pas partout le même.

4. Un mot doit « quelque chose à l'être simplement biologique » dans la mesure où ce dernier en offre la possibilité (par la présence des organes de phonation). Semblablement, une conduite, même lorsqu'elle est culturellement définie, trouve son « origine » dans les possibilités du corps. (→ Voir le chapitre sur le langage)

La science p. 68

QCM 1. c. – 2. b. – 3. c. – 4. d. – 5. a. – 6. c.

Vrai ou Faux

1. Faux. – 2. Vrai. – 3. Faux. – 4. Faux. – 5. Vrai. – 6. Faux.

Notions

Aristote : la métaphysique.

Comte : l'état positif.

Serres : domination de la science.

Bachelard : l'obstacle épistémologique.

Vers le sujet de bac

1. Les deux états en question ne sont pas positifs puisqu'ils cherchent tous les deux des connaissances absolues sur la nature intime des êtres ou les causes premières et finales, alors que la connaissance positive est relative aux seules lois déterminant des phénomènes observables et renonce aux connaissances absolues.

2. Causes premières = origine (questions en « pourquoi ? ») ; causes finales = destination (questions en « pour quoi ? »).

3. Les connaissances de ces causes seraient « absolues » dans la mesure où elles apporteraient une connaissance exhaustive et définitive du monde : on saurait d'où il vient et vers quoi il se dirige.

4. Allusion est faite aux différentes formes de religion : animisme (un esprit anime chaque être du monde), polythéisme (plusieurs dieux organisent le réel, chacun ayant son domaine), monothéisme (un seul dieu créateur est responsable de tout ce qui est).
5. À l'état métaphysique, qui personnifie la nature en lui octroyant des sentiments.

Le travail p. 80

QCM 1. a et c. – 2. b – 3. c. – 4. c et d. – 5. c. – 6. a et c.

Vrai ou faux

1. Faux. – 2. Vrai. – 3. Faux. – 4. Vrai.

Citations

1. « Dans son travail, l'ouvrier ne s'affirme pas, mais se nie. » : Marx.
2. « C'est la sécurité que l'on adore maintenant comme divinité suprême. » : Nietzsche.
3. Par le travail, « [le soi] a l'intuition de lui-même comme réalité objectale. » : Hegel.
4. Le travail sera plus efficace « si chacun ne s'occupe que d'une chose selon ses dispositions naturelles. » : Platon.

Vers le sujet de bac

1. Problématique

La réponse paraît aujourd'hui aller de soi : on gagne un salaire, qui permet d'acquérir des biens et des produits nécessaires à la vie quotidienne. Il y a ainsi échange d'un temps de travail contre le salaire. Mais au-delà de cet échange, quel gain possible ?

2. Plan possible

I. Inversons le point de vue : que perd-on en ne travaillant pas ? Toujours un salaire, mais de surcroît la conscience d'être intégré dans la société en même temps que le sentiment d'être responsable évidemment de sa vie, mais plus profondément de sa définition comme « humain ».

II. Ce qu'apporte le travail, c'est ainsi la possibilité de s'auto-définir (comme être social) et de s'affirmer dans le monde, autrement dit d'être libre.

III. S'il reste vrai que c'est la société qui organise le travail, le travailleur ne dépend pas de son aide pour s'affirmer et se définir. Le gain véritable, même si l'on n'en a pas forcément ou toujours conscience, c'est la liberté, tant du point de vue anthropologique que du point de vue philosophique.

Le bonheur p. 90

QCM 1. b. – 2. c. – 3. d. – 4. b. – 5. c et d. – 6. c. et d.

Vrai ou faux

1. Faux : le bonheur est étymologiquement lié à la notion de chance. – 2. Vrai. – 3. Faux : seul manger est un désir naturel et nécessaire. – 4. Faux. – 5. Faux : Épicure affirme que c'est le plaisir est « le commencement et la fin de la vie heureuse. »

Théories

1. Le plaisir est le principe de la vie morale : Épicure.
2. La morale nous enseigne comment nous devons nous rendre dignes du bonheur : Kant.
3. Un bonheur complet est utopique : Freud.
4. La vertu est l'acquiescement à l'ordre rationnel du monde : les stoïciens.
5. L'aliénation de l'individu est liée à la confusion entre l'être et le paraître : Rousseau.
6. « Tous les hommes recherchent d'être heureux. » : Pascal.

Vers le sujet de bac

1. Il y a contradiction :
   - entre le désir de chacun d'être heureux et son incapacité à dire ce qu'il désire vraiment ;
   - entre le caractère empirique des éléments du concept de bonheur et le caractère « absolu » nécessaire à l'idée du bonheur ;
   - entre le caractère fini de l'homme et le concept de ce qu'il veut véritablement – ce que prouvent les trois exemples exhibant eux-mêmes une contradiction :
     – la richesse entraîne soucis et pièges ;
     – la longue vie peut être une longue souffrance ;
     – la santé peut mener à des excès.
2. L'idée du bonheur demande que ce dernier excède la seule condition présente. Or, étant incapable de dire ce que je désire maintenant, je le suis à plus forte raison concernant ma condition future, qui me reste en majeure partie inconnue. Il en résulte que l'idée du bonheur ne peut être sérieusement élaborée.

L'État p. 100

QCM 1. c. – 2. b. – 3. b. – 4. b. – 5. d. – 6. d.

Vrai ou Faux

1. Faux. – 2. Vrai. – 3. Faux. – 4. Faux. – 5. Vrai.

Notions

Lénine : dépérissement de l'État.

Arendt : totalitarisme.

Hegel : idée morale objective.

Kant : société des Nations.

Rousseau : volonté générale.

Vers le sujet de bac

Plan possible

I. L'État nous contraint.

A. L'État représente le pouvoir.

B. L'État punit.

C. L'État impose l'ordre.

II. Que peut être la liberté sans État ?

A. Chacun agit selon son « bon vouloir » ou son désir.

B. C'est la « loi de la jungle ».

C. C'est le « droit du plus fort ».

III. Justification de l'État.

A. L'État impose une « aliénation » qui est la même pour tous.

B. Les lois sont les mêmes pour tous.

C. L'État garantit la sécurité.

Le langage p. 110

QCM 1. b, c et d. – 2. b. – 3. c. – 4. a. – 5. a, b et d. – 6. b et c.

Vrai ou Faux

1. Faux. – 2. Faux. – 3. Faux. – 4. Faux. – 5. Faux.

Notions

Monème : unité d'articulation, dotée d'une forme sonore et d'un sens.

Phonème : unité minimale d'articulation, dénuée de signification.

Signifié : synonyme de concept.

Signifiant : forme phonique ou « image acoustique » du mot ou signe.

Langage : système de communication caractérisé par la double articulation.

Vers le sujet de bac

1. Les sentiments sont désignés chez tous les hommes par des mots qui sont nécessairement les mêmes (des mots « communs »). Les sentiments, appauvris, ne conservent ainsi qu'un aspect « objectif et impersonnel » puisque les mots communs ne peuvent traduire la subjectivité et la personnalité de chacun, neutralisées par la nécessité, pour les mots, d'offrir un sens « moyen ».

2. Dans un premier temps, le romancier, grâce à son talent, semble capable de restaurer l'individualité des sentiments et des idées puisque, selon Bergson, ce talent lui permet de les tirer du « domaine public » (commun, objectif et impersonnel) pour « essayer » (ce qui ne garantit pas la réussite) de leur rendre leur « primitive individualité ». Toutefois, le romancier ne dispose, par définition, que du langage – et ce dernier le contraint à « juxtaposer » une multiplicité de détails. Sans doute ces derniers redonnent-ils aux sentiments une relative singularité – mais leur juxtaposition trahit ce qui est initialement, dans l'intimité vécue immédiatement (sans la médiation par les mots), pénétration les uns dans les autres d'éléments affectifs ou intellectuels. D'où la comparaison spatiale de la dernière phrase et sa conclusion négative.

La raison p. 120

QCM 1. c. – 2. c. – 3. c. – 4. c. – 5. a et c. – 6. b et d.

Vrai ou Faux

1. Faux. – 2. Vrai. – 3. Faux. – 4. Faux. – 5. Vrai.

Théories

Descartes : rationalisme absolu.

Hume : empirisme.

Kant : rationalisme relatif.

Locke : empirisme.

Platon : rationalisme absolu.

Vers le sujet de bac

1. La relation mise en cause est celle de causalité, mal fondée puisque simplement due à la répétition (nécessairement limitée) d'une expérience sensible (à ne pas confondre avec l'expérience scientifique) : c'est l'habitude qui transforme une simple succession en relation de cause à effet.

2. On constate que seule intervient l'expérience sensible – qui suggère l'existence d'une catégorie comme la causalité : cette dernière n'est pas issue de la raison, qui ne joue ici aucun rôle dans l'explication des phénomènes.

3. Des expressions comme « nous ne nous faisons plus aucun scrupule de prédire » et « nous supposons » signalent que la causalité repérée est une relation qui peut être mise en doute : l'expérience ne peut enseigner sa nécessité. D'où, plus généralement, la contestation possible du déterminisme (revoir sa définition dans le chapitre sur la science) et, dès lors, le scepticisme à l'égard de la connaissance, qui se ramène à une sorte de croyance rassurante.

▶ La technique p. 130

QCM 1. c. – 2. c. – 3. a, b et c. – 4. b. – 5. b et c. – 6. b.

Vrai ou Faux

1. Faux. – 2. Vrai. – 3. Faux. – 4. Faux. – 5. Vrai. – 6. Vrai.

Citations

1. « L'outil de loin le plus utile [est] la main. » : Aristote.
2. « Bien souvent c'est une simple modification technique qui va permettre le progrès scientifique. » : Ellul.
3. « L'intelligence [...] est la faculté de fabriquer des outils artificiels. » : Bergson.

Vers le sujet de bac

1. **Thèse de l'auteur :**

- Le débat classique sur l'adaptation de l'homme à la machine n'a pas d'autre intérêt que de permettre de repérer la différence entre l'outil et la machine : l'outil est au service de la main qui le dirige, alors que la machine se fait en quelque sorte servir par le travailleur, puisqu'elle dirige son travail.

- L'outil reste un prolongement de la main. Le bouleversement introduit par la machine consiste en ce que le rythme du travail est désormais déterminé par un fonctionnement mécanique, qui dirige le travail corporel avant de le remplacer éventuellement. Il y a là deux modes différents du travail : c'est la différence entre l'« œuvre » de l'artisan et le « produit » de l'industrie.

2. Plan du texte :

- La première phrase annonce le thème abordé : la différence entre l'outil et la machine, illustrée par le débat sur la nécessité pour l'homme de s'adapter à la machine (ou le contraire).
- Phrases deux et trois : puisque l'homme est conditionné par tout ce qui l'entoure, la machine est devenue une condition de son existence – comme l'étaient antérieurement les outils.
- Phrases quatre et cinq : la question de l'adaptation, si fréquente à propos des machines, n'est jamais posée à propos des outils. Pourquoi ?
- Fin du texte : c'est parce que l'outil reste le serviteur de la main, alors que la machine guide le travail du corps et peut éventuellement le remplacer.

La vérité p. 140

QCM 1. c. – 2. a et b. – 3. b et c. – 4. c. – 5. b. – 6. a et c.

Vrai ou Faux

1. Faux. – 2. Faux. – 3. Vrai. – 4. Vrai. – 5. Faux.

Citations

1. « Nous connaissons la vérité non seulement par la raison mais encore par le cœur. » : Pascal.
2. « Qui a une idée vraie sait en même temps qu'elle est vraie. » : Spinoza.
3. « La philosophie d'aujourd'hui [...] est le résultat de tout ce qui l'a précédée. » : Hegel.
4. « Un vrai sur fond d'erreur, telle est la forme de la pensée scientifique. » : Bachelard.

Vers le sujet de bac

1. Problématique :

Pourquoi vouloir éliminer les préjugés ? Parce qu'ils nous éloignent de la vérité, mais aussi parce qu'ils séduisent suffisamment pour nous piéger. Quelle est cette séduction qui leur permet de se renouveler comme autant de défis à la vérité ?

2. Plan possible :

I. Avantages apparents du préjugé :
- rappel de sa définition ;
- il ne nécessite pas de réflexion et peut être adopté sans délai ;
- il supprime la responsabilité : reçu de l'entourage, il est répété.

II. La vérité exige un travail :

- n'étant pas immédiatement révélée, elle demande de la persévérance ;
- elle peut choquer le « bon sens » commun ;
- la science est davantage un chantier que la livraison de vérités sûres, d'où la déception possible d'un certain public.

III. Ce qui fait la force des préjugés :

- le quotidien exige souvent que soit donné un avis rapide ;
- adopter un préjugé c'est implicitement adhérer à un groupe social, ce qui peut rassurer ;
- renoncer à un préjugé dans un domaine demande de la réflexion, mais comment garantir qu'on échappera à un autre dans un domaine différent ?

La conscience p. 150

QCM 1. c et d. – 2. b. – 3. b et d. – 4. c. – 5. b et c. – 6. b.

Vrai ou Faux

1. Faux. – 2. Faux. – 3. Faux. – 4. Faux. – 5. Vrai.

Citations

1. « Ce n'est pas la conscience des hommes qui détermine leur existence, c'est leur existence sociale qui détermine leur conscience. » : Marx.
2. « Cette proposition : *Je suis, j'existe* est nécessairement vraie. » : Descartes.
3. Grâce au Je, l'homme s'élève « infiniment au-dessus de tous les autres êtres vivants. » : Kant.
4. « Connais-toi toi-même. » : Socrate.

Vers le sujet de bac

1. Opposée à l'action « automatique », l'action « spontanée » désigne celle qui engage le sujet et sa conscience, face à une situation non maîtrisée.

2. La conscience intervient lorsqu'il faut prendre une décision ou faire un choix car, dans l'apprentissage initial d'un exercice, chaque mouvement doit être contrôlé et pris en charge volontairement par la personne. La conscience est ici synonyme de vigilance et de sélection parmi les possibilités d'action (de geste, de pensée, etc.).

3. L'achèvement d'un apprentissage est confirmé lorsque les gestes à effectuer sont devenus automatiques et sont accomplis sans que l'on ait besoin d'y penser, c'est-à-dire de les diriger et de les contrôler. Cela signifie aussi qu'il n'y a plus de choix à faire entre différentes possibilités, puisque la solution s'impose « toute seule ». Dès lors, la conscience s'efface.

4. Une crise intérieure est un moment d'indécision sur la démarche à adopter (qui peut être morale, entre autres) : plusieurs possibilités s'offrent à l'individu. Dès lors, la conscience doit intervenir pour sélectionner et choisir, en marquant ses préférences pour telle ou telle forme d'avenir. La conscience sert donc essentiellement à éclairer ce qui doit être effectué, c'est-à-dire l'action.

L'inconscient p. 160

QCM 1. b. – 2. c. – 3. b, c et d. – 4. c. – 5. c. – 6. b.

Vrai ou faux

1. Faux. – 2. Faux. – 3. Vrai. – 4. Faux. – 5. Faux.

Citations

1. **d.** « Le rêve est la réalisation (déguisée) d'un désir (refoulé). » : Freud.
2. **d.** « Il n'y a point de pensées en nous, sauf par l'unique sujet, Je. » : Alain.
3. **b.** « Une pensée ne vient que quand elle veut, et non lorsque c'est moi qui veux. » : Nietzsche.

Vers le sujet de bac

- On ne cherche pas d'excuse quand on a bien agi. Si l'on cherche une excuse à sa conduite, c'est à l'évidence parce qu'on s'est comporté d'une manière qui semble – au sujet lui-même aussi bien qu'aux autres – plus ou moins répréhensible. On essaie alors, le plus souvent, de suggérer ou de persuader qu'« on ne l'a pas fait exprès », autrement dit, que la volonté propre n'est pas entrée en jeu et qu'on a en quelque sorte été entraîné malgré soi vers une mauvaise conduite. Dans ce contexte, prétendre avoir « agi inconsciemment » paraît faire allusion à ce qui peut soit avoir lieu indépendamment de la volonté, soit venir contrarier cette dernière et l'empêcher d'être efficace.
- Avant d'examiner si de telles références à une activité de l'inconscient – compris de façon large ou plus technique – peuvent excuser un comportement, il convient d'analyser en quoi l'acte volontaire implique la responsabilité d'un sujet. Mais on pourra ensuite, même si l'inconscient freudien semble dans un premier temps amoindrir, sinon annuler, cette responsabilité, faire valoir que, pour Freud lui-même, les pulsions n'ont pas à diriger la conduite : il importe au contraire de les maîtriser et de les contrôler. Selon sa formule : « Là où est le ça, le je doit advenir. »

La liberté p. 170

QCM 1. b. – 2. c. – 3. c. – 4. a et c. – 5. c. – 6. b.

Vrai ou Faux

1. Vrai. – 2. Vrai. – 3. Vrai. – 4. Faux.

Bibliographie

Hegel : *Leçons sur la philosophie de l'histoire.*

Kant : *Critique de la raison pratique.*

Rousseau : *Du contrat social.*

Sartre : *L'existentialisme est un humanisme.*

Spinoza : *Lettre à Schuller.*

Vers le sujet de bac

1. Le stoïcien est un « être libre par nature » car Zeus, l'ayant « laissé » libre, ne peut ensuite le laisser réduire en esclavage (même lorsqu'il est esclave affranchi comme Épictète lui-même !). Il ne tient aucun compte, parce que la situation extérieure ne dépend pas de sa volonté, d'un pouvoir éventuellement tyrannique, ni de ce que peut subir son corps, ici assimilé à un « cadavre ». Sa liberté est donc intérieure et spirituelle : elle consiste en une indifférence complète à ce sur quoi il ne peut rien, que l'on peut aussi résumer en une approbation au monde et à ses événements.

2. Ne pas « s'inquiéter » de ce que l'on peut faire subir à sa jambe ou à son corps-cadavre, c'est prendre soin d'un soi-même retiré du monde, libéré du tyran par sa seule volonté. Mais la liberté ainsi affirmée n'agit pas, c'est pourquoi elle n'est pas « vivante ». Cela ne signifie pas qu'elle serait « morte » : elle est seulement réalisée – au moment du stoïcisme – comme concept, très abstraite dans sa façon de s'abstenir de toute intervention sur le monde, et à ce titre assez inefficace, même si l'attitude qu'elle suppose a été approuvée et admirée par de nombreux philosophes ultérieurs.

La religion p. 180

QCM 1. c. – 2. a. – 3. c. – 4. c. – 5. b et c. – 6. a.

Vrai ou Faux

1. Faux. – 2. Vrai. – 3. Faux. – 4. Faux. – 5. Faux. – 6. Vrai.

Théories

Aristote élabore le premier argument *a posteriori* affirmant l'existence d'un principe divin.

Descartes met au point l'argument ontologique, fondé sur l'idée d'un être parfait (Dieu) qu'il découvre dans sa pensée.

Kant postule la possibilité de l'existence de Dieu.

Marx considère que la religion est l'esprit de situations dépourvues d'esprit.

Pascal affirme que Dieu est sensible au cœur et non à la raison.

Hume considère que la philosophie ne devrait pas s'occuper de la croyance.

Vers le sujet de bac

1. **Plan détaillé du texte :**

- Il existe dans l'enfance de chaque individu un besoin d'être à la fois protégé et aimé : c'est le père qui s'en charge.
- Cette détresse dure toute la vie : la figure du père reste nécessaire, d'où le besoin d'un père « plus puissant » (Dieu).
- La religion rassure sur trois points fondamentaux :
  – le règne « bienveillant » de la Providence divine apaise l'angoisse suscitée par les dangers de la vie ;
  – un univers soumis à un ordre moral garantit la réalisation de la justice ;
  – la conception d'une vie au-delà de l'existence terrestre propose les « cadres de temps et de lieu » où le désir de justice sera satisfait.
- Le système religieux propose des réponses aux énigmes. L'âme individuelle est « allégée » dès lors que ce qui la « travaille » depuis l'enfance trouve sa solution, et d'autant plus que c'est une solution « acceptée par tous », puisque la religion est très communément partagée.

2. L'illusion religieuse résulte de désirs remontant à l'enfance. Tant qu'existeront de tels désirs infantiles et qu'ils resteront inscrits dans l'histoire des sujets individuels, l'illusion se maintiendra nécessairement.

Le temps p. 190

QCM 1. c. – 2. a. – 3. b. – 4. b. – 5. c et d. – 6. b.

Vrai ou Faux

1. Faux. – 2. Faux. – 3. Vrai. – 4. Vrai. – 5. Vrai. – 6. Vrai. – 7. Faux.

Notions

Platon définit le temps comme « image mobile de l'éternité ».

La notion de changement universel se rattache à la pensée d'**Héraclite**.

Pour **Bergson**, la « durée réelle » est ce que l'on nomme le temps (perçu comme indivisible).

Selon **Pascal**, nous ne vivons pas, mais « nous espérons de vivre ».

Kant conçoit le temps comme une « forme *a priori* de la sensibilité ».

Vers le sujet de bac

1. Parce que le temps considéré par la « science positive » est mesuré relativement à l'espace où il est représenté ou transposé : les unités que l'on y repère doivent être toutes égales entre elles. Cela souligne que ce temps de la science est « régulier » et que le mouvement qui le représente est bien « uniforme par définition ».

2. Parce qu'elle invite ou oblige à ne considérer que les points successifs de la trajectoire du mobile, mais ignore le dynamisme qui permet de passer d'un point au suivant. En conséquence, l'effet du flux temporel « sur la conscience » est également méconnu, c'est-à-dire que le point de vue « objectif » de la science, généralement considéré comme une condition de la connaissance, apparaît à Bergson comme un véritable handicap, dès lors que la régularité de principe empêche l'accès aux variations subjectives du flux, et ne délivre qu'une connaissance faussée ou incomplète du temps. La fin de l'extrait souligne qu'il est inutile de décomposer l'intervalle entre deux divisions du temps : on n'aboutit en effet qu'à multiplier des points – donc à rater toujours le flux – et on ne sort pas d'une représentation spatiale.

Sujets comme à l'examen

SUJET COMPLET 1

D'après France métropolitaine, juin 2019 — 20 pts — 4h

Dissertation 1

Est-il possible d'échapper au temps ?

Dissertation 2

À quoi bon expliquer une œuvre d'art ?

Explication de texte

Expliquer le texte suivant :

Pour savoir ce qu'est une loi de la nature, il faut que nous ayons une connaissance de la nature, car ces lois sont exemptes d'erreur et ce sont seulement les représentations que nous en avons qui peuvent être fausses. La mesure de ces lois est en dehors de nous : notre connaissance n'y ajoute rien et ne les améliore pas. Il n'y a que la connaissance que nous en avons qui puisse s'accroître. La connaissance du droit est, par certains côtés, semblable à celle de la nature, mais, par d'autres côtés, elle ne l'est pas. Nous apprenons, en effet, à connaître les lois du droit telles qu'elles sont données. C'est plus ou moins de cette façon que le citoyen les connaît et le juriste qui étudie le droit positif[1] s'en tient, lui aussi, à ce qui est donné. Toutefois la différence consiste en ceci que, dans le cas des lois du droit, intervient l'esprit de réflexion et la diversité de ces lois suffit à nous rendre attentifs à ce fait que ces lois ne sont pas absolues. Les lois du droit sont quelque chose de posé, quelque chose qui provient de l'homme. La conviction intérieure peut entrer en conflit avec ces lois ou leur donner son adhésion. L'homme ne s'en tient pas à ce qui est donné dans l'existence, mais il affirme, au contraire, avoir en lui la mesure de ce qui est juste. Il peut sans doute être soumis à la nécessité et à la domination d'une autorité extérieure, mais il ne l'est pas comme dans le cas de la nécessité naturelle, car son intériorité lui dit toujours comment les choses doivent être, et c'est en lui-même qu'il trouve la confirmation ou la désapprobation de ce qui est en vigueur. Dans la nature, la vérité la plus haute est qu'il y a une loi ; cela ne vaut pas pour les lois du droit où il ne suffit pas qu'une loi existe pour être admise.

HEGEL, *Principes de la philosophie du droit*, 1820.

1. **Droit positif :** droit conventionnel, institué par les hommes.

CORRIGÉ SUJET COMPLET 1

Dissertation 1

Introduction

Centrage : Le temps fait à ce point partie de notre vie que nous n'éprouvons aucune difficulté à évoquer « hier » ou « demain », à faire appel à notre mémoire ou à élaborer des projets. On peut aussi bien dire que le temps nous traverse, ou que notre existence s'effectue grâce à lui. Si tout être vivant est dans une situation comparable, c'est pourtant la conscience que nous avons de la temporalité qui caractérise notre mode d'existence. Cette conscience n'est pas nécessairement enthousiasmante, puisqu'elle nous indique que nous devrons mourir. Dans de telles conditions, il est compréhensible que l'on puisse désirer échapper au temps – qui présente un double aspect : il nous donne à vivre, mais aussi nous condamne.

Nous vous proposons un corrigé sous forme de plan détaillé. Le jour de l'examen, vous devrez rédiger votre copie et les titres des parties ne devront pas apparaître.

Problématique : Mais comment échapper au temps ? L'éternité n'est qu'un rêve impossible à réaliser, puisque notre existence a un début. Consacrer l'existence à « créer » des œuvres durant après la disparition de leur auteur permet-il de sauver l'existence de l'absurdité ? Les œuvres elles-mêmes n'ont qu'une durée limitée, leur « éternité » est fictive. Reste à savoir si ce n'est pas en savourant le présent que le temps n'est plus une épreuve.

I. Pourquoi vouloir échapper au temps ?

A. Le temps n'est-il pas une dimension essentielle de notre existence ?

- C'est bien dans le temps que nous nous développons et grandissons : de l'enfance à la maturité et à la vieillesse.
- Psychologiquement, notre conscience s'oriente aussi bien vers le passé (par la mémoire) que vers le présent (par l'attention) ou l'avenir (par le projet).
- Kant conçoit le temps comme cadre a priori de la sensibilité : c'est dans le temps déjà là que s'effectuent toutes nos expériences sensibles.

L'astuce du prof

Si la référence à Kant est à peu près incontournable, il n'est pas nécessaire de lui accorder trop de place.

B. Mais n'impose-t-il pas un versant douloureux ?

- Le temps « qui passe » transforme les corps. Il demeure inscrit dans les cicatrices, les rides, les douleurs : c'est un « vécu » négatif.
- Vieillir, c'est devoir affronter la mort : l'homme est un « être pour la mort » (Heidegger, citant Nietzsche) et il ne peut lui échapper – d'où la tentation de considérer aussitôt qu'on ne peut davantage échapper au temps.
- La mémoire peut être douloureuse, on aimerait se débarrasser de certains souvenirs, personnels (biographiques) ou collectifs (historiques) ; c'est généralement impossible.

C. N'est-il pas la négation d'une « perfection » ?

- En définissant le temps comme « image mobile de l'éternité », Platon y signale une double dégradation : celle de l'image et celle du mouvement qui transforme toute chose. Au contraire, l'éternité (des Idées – cf. la théorie des Idées de Platon) est synonyme de perfection et de stabilité.
- Dans la pensée chrétienne (chez saint Augustin par exemple), la temporalité humaine a nécessairement moins de valeur que l'éternité appartenant à Dieu.
- L'être humain, parce que mortel, peut ressentir un désir d'éternité : si ce désir était comblé, n'échapperait-il pas au temps ?

II. Les œuvres nous permettent-elles d'échapper au temps ?

A. La vie mortelle est-elle privée de sens ?

- La mort peut signifier que ce qui fut antérieurement vécu l'a été « pour rien » et perd finalement tout intérêt.
- L'existence humaine, condamnée à disparaître, risque de paraître dénuée de sens : tout ce qu'elle a permis d'accomplir se trouve privé d'intérêt et tombe dans l'inessentiel ou l'absurde.
- Certaines créations ne méritent-elles pas cependant d'échapper au temps, c'est-à-dire de durer au-delà de la mort de leur inventeur ?

L'astuce du prof

Ce n'est pas parce qu'il est question d'absurde qu'il faut vous croire obligé de vous référer automatiquement à Sartre.

B. La culture ne se transmet-elle pas à travers les générations ?

- Les inventions scientifiques, les œuvres d'art, les chefs-d'œuvre « classiques » de la littérature, les monuments architecturaux n'échappent-ils pas au moment de leur création pour s'installer dans une longue durée ?
- Leurs inventeurs bénéficieraient ainsi d'un statut un peu exceptionnel : grâce à ce qu'ils laissent « derrière eux », leur souvenir s'inscrit dans l'histoire culturelle.
- Celle-ci se transmet, sinon sans fin, du moins à travers de nombreuses générations, et constituerait une sorte d'« éternité » pour ses acteurs majeurs.

C. Mais cette éternité est fictive, puisque limitée

- Si l'on prend le mot « éternité » au sérieux, on constate pourtant que les œuvres ne la garantissent pas : elles apparaissent à un moment de l'histoire.
- De plus, elles se transforment (ruines, vieillissement des tableaux, perte de textes…) et peuvent disparaître.
- Pour Hannah Arendt, la culture est précisément la constitution d'un monde non mortel créé par des mortels. On peut estimer, plus modestement, que ce monde est « moins mortel », même si le temps finit par avoir raison de ses œuvres.

Gagnez des points

Puisqu'il est question de culture, rien n'interdit de contester un peu la thèse d'Arendt.

III. Le présent a-t-il plus de prix qu'une éternité fictive ?

A. Le présent n'est-il que le point séparant l'avenir du passé ?

• On peut admettre, avec saint Augustin, que le temps dans son écoulement n'a guère de réalité : le passé n'est plus, l'avenir n'est pas encore, et le présent n'est que le passage de l'un à l'autre.

• On néglige ainsi ce que le présent peut malgré tout présenter comme « durée » spécifique.

• Pour Bergson par exemple, il suffit de considérer le flux temporel tel qu'il a lieu, non selon les horloges, mais dans la conscience, pour reconnaître au présent une « épaisseur » particulière.

B. Le présent n'est-il pas fréquemment « oublié » ?

• Selon Pascal le malheur des hommes vient de leur « divertissement » : par crainte de l'ennui, ils se préoccupent des plaisirs qui peuvent leur advenir au lieu de rester seuls pour penser.

• Les activités (notamment sociales) orientent la conscience vers le futur, et invitent ainsi à négliger le présent. Considérer exclusivement le futur (incertain) ou le passé (non modifiable) condamne à ne pas percevoir les apports possibles du présent.

• Ces apports n'impliquent pas une longue durée : le temps présent a néanmoins une réalité, qui est celle qu'on lui accorde lorsqu'on en savoure les effets.

C. Comment se rendre présent au présent ?

• On peut vivre l'instant présent en considérant le monde qui nous entoure et s'offre à nous à un moment : prendre conscience de sa réalité, c'est être présent aux choses qui le composent en même temps qu'à soi-même.

• Il est possible de goûter un contact sensible avec les choses : le présent est le temps qu'occupe la considération d'une peinture, aussi bien que celui où l'on savoure un fruit.

• Le *carpe diem* (« cueille le jour ») d'Horace n'est alors plus seulement une invitation au plaisir : il signale la plénitude possible d'un présent pacifié, harmonieux, où le temps n'est plus perçu comme ce qui passe et nous condamne, mais comme ce qui peut offrir une chance de plénitude.

Conclusion

Ce présent savouré peut ne pas durer : le passage temporel reprend alors ses droits, et l'on en connaît d'avance l'issue. Mais l'accès au présent a pu donner un sens, même fugitif, à l'existence, qui trouve dès lors sa positivité.

L'astuce du prof

En conclusion, énoncez les grandes étapes que vous avez suivies dans votre devoir et révélez le parti que vous choisissez.

Dissertation 2

Introduction

Centrage : La poésie de Mallarmé, la musique de Pierre Boulez ou les œuvres de Marcel Duchamp semblent souvent incompréhensibles à une partie du public. Les expliquer les rendrait peut-être plus accessibles, mais comment expliquer une œuvre d'art ? L'étymologie du verbe indique qu'il conviendrait de la « déplier », de la mettre en quelque sorte « à plat » pour en montrer la constitution et les intentions. Une telle mise à plat est-elle concevable sans que l'œuvre elle-même disparaisse, c'est-à-dire sans abandonner un point de vue authentiquement esthétique ? L'explication est du côté du rationnel, l'esthétique est tournée vers la sensibilité : peut-on assimiler sans perte l'une à l'autre ?

> Le plan est rappelé pour vous aider, mais il ne doit en aucun cas figurer sur votre copie. À vous de guider le correcteur par l'annonce du plan dans l'introduction, les phrases d'attaque des paragraphes et des transitions.

Problématique : Si l'œuvre d'art est dotée d'un mode d'existence spécifique, son explication ne peut s'effectuer de la même façon que celle d'un objet ordinaire. Comment mettre au point des approches explicatives qui respectent sa singularité ?

I. Expliquer, est-ce abandonner la visée esthétique ?

A. L'explication technique peut-elle suffire ?

Aucune œuvre d'art n'est réalisée sans un minimum de connaissances techniques. Le peintre connaît les couleurs, la texture de la pâte picturale, les effets à en attendre, les contrastes, les règles de la perspective (s'il en a besoin), le dessin, etc. Dans tous les arts interviennent nécessairement des techniques particulières.

> **L'astuce du prof**
> Commencez par l'approche la plus élémentaire.

Ces techniques sont à la disposition des artistes, bons, mauvais ou médiocres, sinon d'individus qui ne sont pas artistes du tout. Sans doute est-il possible d'analyser la touche de Van Gogh pour la différencier de celle de Monet et suggérer ainsi ce qui distingue leurs œuvres. Mais cela ne saurait suffire pour apprécier les deux « styles », qui résultent de processus autrement complexes que l'application de la pâte colorée sur la toile. La compétence technique donne de l'habileté, mais d'après Hegel, l'habileté (même dans l'imitation du donné) ne fait pas l'œuvre.

B. Qu'apporte l'explication biographique ?

Sainte-Beuve opère fréquemment des rapprochements entre « l'homme et l'œuvre » : le vécu et le caractère de l'auteur permettraient d'expliquer, au moins en partie, un texte littéraire. Il est peu contestable que les écrivains, mais aussi les peintres ou les musiciens, peuvent utiliser souvenirs et émotions ressenties dans leur existence. Mais cela n'est, au mieux, qu'un point de départ – même dans une autobiographie : l'écriture transforme ce matériau biographique. L'œuvre existe en raison d'un style, d'une cadence, d'une façon de dire ou de transposer en portées ou en tableaux ce qui a été vécu. Proust a vécu la majeure partie de ce que restitue sa *Recherche*, mais son œuvre ne raconte pas sa vie.

L'exploration de l'inconscient de l'artiste serait-elle plus efficace ? Dans *Un souvenir d'enfance de Léonard de Vinci*, Freud montre qu'un vautour dissimulé dans les plis de la robe de sainte Anne est lié aux rêves de Léonard enfant, mais il ajoute qu'analyser un artiste mort reste insatisfaisant. Il ne suffit pas de rêver d'un vautour pour devenir Léonard : l'explication demeure partielle.

C. L'artiste invente-t-il seul ?

On peut aussi bien faire intervenir la sociologie : l'artiste fait partie d'un groupe dont il véhicule et transcrit les valeurs. D'un point de vue marxiste, c'est la classe sociale qui détermine le contenu comme le style des œuvres : celle de l'artiste, mais aussi celle de ses amateurs. Ainsi, l'impressionnisme est « bourgeois » par nature, puisqu'il plait (même si ce n'est pas immédiatement) à la bourgeoisie. Une telle interprétation « explique » -t-elle un tableau de Sisley ou de Pissarro ? Il est à craindre qu'elle en oriente plutôt la vision, pour peu qu'on en soit informé avant d'être face aux œuvres : au lieu de déplier le sens, elle risque de le rétrécir.

II. D'où vient la singularité de l'œuvre d'art ?

A. Les explications extérieures à l'œuvre peuvent-elles en rendre compte ?

Les recours à la technique, à la biographie, à l'inconscient et à l'entourage social abordent l'œuvre d'art à sa périphérie : elles s'appuient sur des données qui ne font pas partie de l'œuvre elle-même, puisque si elles y interviennent, c'est après avoir été transformées au point d'y devenir peu reconnaissables.

Si l'on tente d'expliquer une œuvre d'art indépendamment de ces apports extérieurs, la respecte-t-on davantage ?

Encore convient-il dans ce cas de ne pas s'attarder, contrairement à ce que l'on fait si souvent, sur son « sujet » apparent – dont Kant affirmait qu'il est un « hors d'œuvre » qui ne fait qu'attirer l'attention. Ce sujet, quel qu'il soit, ne détermine pas l'importance de l'œuvre, puisqu'il peut être traité indifféremment dans une œuvre réussie ou dans une œuvre ratée.

B. Qu'est-ce que la finalité sans fin ?

Distinguer la réussite de l'échec, c'est admettre que l'on a affaire, d'un côté, à une véritable œuvre, de l'autre à une absence d'œuvre. Ce qui suppose que l'on puisse définir ce qu'est une œuvre d'art authentique.

Kant en donne une définition « classique », mais applicable à une majeure partie de l'histoire de l'art. Dans sa *Critique de la faculté de juger*, il considère que l'œuvre d'art nous donne l'impression d'une « finalité sans fin » ou « intrinsèque ». Alors que la finalité « normale » désigne l'usage d'un objet, la finalité « sans fin » indique que l'œuvre n'a pas d'utilité pratique, et que ses différents éléments sont unifiés en une totalité en quelque sorte autonome ou close sur elle-même. Expliquer une telle œuvre, en « déplier » les constituants, c'est alors rompre cette totalité, la défaire ou la décomposer, en espérant que l'on pourra, après un tel travail d'analyse, recoller le tout.

C. Comment rendre compte d'une unification du divers ?

Les éléments impliqués par la finalité intrinsèque peuvent en effet être distingués et énumérés. On analyserait par exemple une toile de Picasso en examinant successivement : le format, la composition, la manière dont les formes et figures occupent la surface, la couleur, le dessin, l'épaisseur des traits, les nuances chromatiques, etc. Mais ces éléments n'auront une portée explicative qu'à la condition d'être comparés à ce qui leur correspond, soit dans d'autres toiles de Picasso (antérieures ou postérieures), soit dans des œuvres d'autres peintres. L'explication d'une œuvre suppose qu'elle soit en effet située dans un contexte lui-même artistique : ce peut être la trajectoire d'un artiste ou l'histoire de son art.

III. Tout point de vue explicatif n'est-il pas daté ?

A. L'œuvre ancienne ne doit-elle pas être située dans son époque ?

Pour expliquer *La Divine comédie* ou *Hamlet*, on devrait analyser leur particularité relativement à la poésie italienne ou au théâtre anglais de leur moment. Le commentateur doit être également historien, mais ses connaissances sont elles-mêmes liées à son époque. Il en résulte que toute explication d'une œuvre varie nécessairement d'une époque à l'autre, en fonction des avancées de la connaissance de son contexte culturel, et des questions qui lui sont posées : on ne lit plus Racine comme au XVIIe siècle, ni Flaubert comme l'abordaient ses contemporains.

B. Reste-t-il de l'inexplicable ?

L'œuvre qui dure est en effet celle qui produit des significations différentes selon les moments où on l'aborde : elle continue à « vivre », tandis que meurt l'œuvre platement univoque. On peut de la sorte expliquer la survie des véritables œuvres d'art. Mais parvient-on totalement à justifier l'importance exceptionnelle que l'on attribue à certaines ?

On peut sans doute montrer comment Mozart a changé la musique, et pourquoi il continue à séduire ou à enthousiasmer ; mais il resterait à expliquer pourquoi il a pu de la sorte apparaître comme un « génie », très supérieur à ses contemporains (et à nombre de ses successeurs). On a alors l'impression que tout n'est pas explicable, et qu'il reste un noyau mystérieux dans la « création » : l'histoire d'un art serait ainsi ponctuée de créateurs dont les œuvres marqueraient des tournants, des moments de bouleversement.

Gagnez des points

En introduisant le « génie », on pose des limites à l'explication.

C. Qu'est-ce enfin qu'un « génie » ?

Kant soulignait précisément la singularité du génie : il est celui qui « prescrit ses règles à l'art », soit l'inventeur de nouvelles formes, qui rompent avec une tradition et inaugurent ainsi une autre époque ou une autre conception des œuvres (ce pourquoi elles peuvent « faire scandale » dans l'histoire de l'art moderne).

Le génie peut « faire école », même si ses continuateurs ne sont pas tout à fait à son niveau : tous les peintres cubistes ne sont pas de la même catégorie que le Picasso de 1907-1912. L'explication des œuvres qu'il inspire ferait appel à l'imitation de règles nouvelles, tandis que celle de ses œuvres se heurte finalement à l'énigme du processus même de l'invention.

Conclusion

Même si l'explication d'une œuvre ne peut pas être intégrale, elle est utile ou bénéfique lorsqu'elle en respecte la constitution et la dimension esthétique. Elle peut situer l'œuvre dans l'histoire de l'art et en montrer la singularité – de sorte qu'elle en souligne les significations possibles et la portée. Une œuvre ainsi « expliquée » acquiert d'autant plus de relief et peut satisfaire plus profondément les amateurs.

Explication de texte

Introduction

Centrage : La « loi » est un terme à usages multiples, qui concerne aussi bien la nature (loi de la chute des corps) que le rapport peu organisé entre individus (loi du plus fort) ou le droit formulé en société. Il est très vraisemblable que la signification du mot n'est pas constante, et n'implique pas les mêmes obligations. En comparant les lois de la nature à celles du droit institué, Hegel souligne notamment que les premières s'imposent à nous, alors que les secondes, même si elles nous proviennent en un premier temps d'une autorité reconnue, restent disponibles au jugement des individus : nous pouvons les apprécier à partir de ce que nous estimons juste ou injuste.

> Le plan est rappelé pour vous aider, mais il ne doit en aucun cas figurer sur votre copie. À vous de guider le correcteur par l'annonce du plan dans l'introduction, les phrases d'attaque des paragraphes et des transitions.

Problématique : Ce qui dans la nature relève du déterminisme ne trouve pas de correspondant exact dans le droit. Ce dernier est toujours « local » alors que les lois de la nature sont universelles, et il est institué par des hommes, se prêtant en conséquence à l'appréciation de ceux qui doivent lui obéir. N'est-ce pas pourquoi le droit varie aussi historiquement ?

I. Que révèle la connaissance des lois de la nature ?

A. Les lois que nous connaissons de la nature peuvent-elles changer ?

Dans la science, la loi formule une relation constante entre des phénomènes. Schématiquement, un phénomène A est la cause d'un phénomène B, qui est son effet. Cette relation, une fois repérée, est admise comme devant toujours se manifester.

> **L'astuce du prof**
> N'hésitez pas à rappeler les notions élémentaires qui caractérisent la loi de la nature (relation, déterminisme).

On pose en effet l'existence, dans la nature, d'un déterminisme selon lequel les mêmes causes déterminent toujours les mêmes effets : l'eau commence toujours à bouillir à cent degrés dans notre atmosphère. Ce déterminisme, en lui-même, est sans doute indémontrable, mais c'est le principe qui permet de rechercher les lois : si on ne l'admettait pas, on ne pourrait supposer l'existence dans la nature de régularités. En raison de ce principe, la loi de la nature n'a pas d'exception. Elle est, au sens strict, universelle.

B. Ces lois de la nature peuvent-elles être jugées ?

La nature est ce qu'elle est, et obéit à des lois qui ne sont ni bonnes, ni mauvaises, ni belles, ni laides, ni bénéfiques, ni maléfiques : elles sont, tout simplement, et nous ne pouvons que les accepter quand nous parvenons à les connaître.

Cela signifie que nous ne pouvons porter sur ces lois naturelles aucune appréciation. Ce qu'il nous est possible de juger, c'est la connaissance que nous en avons, ou, selon l'expression de Hegel, les « représentations que nous en avons » : elles peuvent, quant à elles, être fausses. Mais nos erreurs n'affectent en rien la nature ni ses lois, elles ne concernent que notre esprit ou notre connaissance, et c'est uniquement cette dernière qui augmente si nous corrigeons nos erreurs en découvrant les vraies lois d'un phénomène.

C. Quelle nécessité émane des lois de la nature ?

C'est parce que les lois auxquelles obéit la nature sont totalement indépendantes de notre esprit et existent même s'il ne les connaît pas que, lorsque nous parvenons à les découvrir, elles s'imposent à nous d'une manière absolue. Nous ne pouvons que les reconnaître, avec leur efficacité spécifique, et nous sommes incapables d'échapper à la nécessité qui est la leur. Si nous prétendons agir sur tel ou tel phénomène naturel, nous sommes obligés d'en connaître les lois – d'où la formule affirmant classiquement qu'on ne commande à la nature qu'en lui obéissant, qui souligne justement que nous ne pouvons orienter un phénomène qu'en faisant jouer la loi qui l'organise.

Gagnez des points

Soulignez que le déterminisme échappe au temps, pour préparer l'analyse de l'histoire du droit.

Cette nécessité des lois de la nature est à l'œuvre indépendamment de notre savoir – même lorsqu'on ignorait que l'eau bout à cent degrés, elle le faisait. Le déterminisme n'est pas seulement universel, il est aussi, pour ainsi, trans-historique : la nature ne change pas.

II. Les lois du droit ne semblent-elles pas d'abord aussi nécessaires que celles de la nature ?

A. La connaissance du droit ne vient-elle pas d'une autorité extérieure ?

Pour comparer les lois de la nature et celles du droit, Hegel souligne d'abord que ces dernières, lorsque nous les découvrons, semblent bien provenir d'une autorité extérieure.

Cette autorité est celle de l'État et de sa juridiction ou celle de l'histoire de notre société : nous recevons un ensemble de lois, d'interdictions et de promesses de sanctions apparaissant comme déjà constitué, qui s'impose à notre volonté, et relativement auquel on ne nous demande pas notre avis. Le citoyen n'a d'abord pas d'autre solution que d'obéir : si le droit exige qu'il paye des impôts, il les paiera. Quant au juriste, il doit d'abord apprendre l'ensemble des lois en usage, pour être ensuite capable de les appliquer. Dans les deux cas, on a affaire à un donné, qui doit être respecté.

B. L'autorité qui donne le droit est-elle absolue ?

> **Gagnez des points**
> Rien n'interdit de signaler des situations que Hegel n'envisage pas dans son texte.

Dans certaines circonstances, heureusement devenues plus rares qu'autrefois, le droit peut être imposé par l'État avec un caractère presque aussi contraignant que les lois de la nature. Lorsque le pouvoir lui-même est « absolu » – dans les monarchies de l'Antiquité ou dans les régimes totalitaires –, ce qui est imposé sous le nom de « droit » ne peut être mis en cause. Ce n'est que d'un point de vue étranger que l'on peut contester qu'il s'agisse même d'un véritable « droit », dès lors que les « citoyens » n'ont pris aucune part à sa mise en place et qu'ils ne peuvent qu'obéir de manière pour ainsi dire automatique. Mais ce n'est pas ainsi que les choses se passent en général, et Hegel peut donc affirmer que, « l'esprit de réflexion » intervient à propos du droit et de ses lois.

C. La diversité du droit ne contrarie-t-elle pas sa nécessité absolue ?

Il suffit en effet de constater que le droit peut varier – d'un pays ou d'une époque à l'autre – pour comprendre que ses lois ne peuvent être absolues. Elles sont au contraire relatives à un pays et à son régime politique aussi bien qu'à un moment historique. Intuitivement, on devine que les lois d'aujourd'hui, en France ou dans un pays « démocratique », ne sont pas les mêmes que celles du XVIIe siècle ou du Moyen Âge. Et l'on peut être aisément informé, dès l'époque de Hegel, du fait que le droit n'est pas le même dans toutes les régions du globe. Il apparaît ainsi que les lois de la nature et les lois du droit, même si elles semblent avoir quelques points communs, présentent des différences beaucoup plus marquées que leur première ressemblance.

III. Quelle différence existe-t-il entre lois de la nature et lois du droit ?

A. Le droit ne provient-il pas de l'homme ?

La première différence est due à l'origine même du droit, qui vient de l'homme sous la forme de lois et de conventions, et non de la nature. On en hérite, mais sans que ses lois soient dotées d'une nécessité comparable à celle des lois de la nature. Les lois du droit semblent dès lors incontestablement utiles à l'organisation de la vie collective, même si elles changent dès que l'on passe une frontière. Cette utilité n'est pourtant en rien comparable au déterminisme dans la nature.

B. Les lois du droit ne peuvent-elles être soumises au jugement ?

C'est pourquoi les lois du droit ne s'imposent pas de manière absolue, contrairement à celles de la nature.

Ce qui est donné « dans l'existence » (celle de l'homme, et non de la nature) peut être apprécié à partir de « la mesure de ce qui est juste » que l'homme a en lui. Même s'il est soumis à une forte autorité extérieure, cette autorité n'est pas absolue au sens où l'est la nécessité naturelle, et la pensée ou la réflexion individuelle, ce que Hegel nomme « l'intériorité » peut toujours dire « comment les choses doivent être ». C'est ainsi en lui-même que l'homme découvre la qualité des lois en vigueur, et se donne la capacité de les approuver ou non.

C. Quelles peuvent être les conséquences de ce jugement porté sur les lois ?

Si le droit était doté d'une nécessité absolue, il ne pourrait avoir d'histoire. C'est au contraire parce que les hommes peuvent désapprouver les lois en vigueur que le droit change. Ce qui était admissible à une époque semble impossible à l'époque suivante. Le Code de Hammurabi (texte juridique babylonien vers 1750 av. J.-C.) établissait un équilibre exact entre les fautes et les peines : si l'écroulement d'une maison mal conçue tue le fils du propriétaire, on tuera le fils de l'architecte ou du maçon. Le droit romain instaure au contraire une responsabilité individuelle : on sanctionne désormais la personne qui a commis le délit. Mais les sanctions elles-mêmes changent historiquement, en fonction de la conception que l'on a de la dignité de l'homme, ou de l'exemplarité des peines. Vient une époque où la condamnation à mort disparaît du droit – mais pas dans tous les pays – alors même qu'elle pouvait encore, deux siècles plus tôt, être le prétexte d'un « spectacle » collectivement apprécié.

Conclusion

C'est parce que le droit est une institution humaine que ses lois ne sont pas immuables. De la sorte, il est le reflet d'une mentalité collective, de ce qui semble ou non supportable à une société dont il a pour fonction d'assurer le maintien et l'équilibre. Dans la nature, la loi formule « la vérité la plus haute » et s'impose à tous les esprits sans pouvoir être jamais modifiée. Dans le droit au contraire, la loi n'est pas automatiquement admise : son existence peut être remise en cause et corrigée. Le fait qu'existe une loi ne signifie pas qu'elle est définitivement légitime.

Méthode
La conclusion de l'explication de texte doit faire le bilan de votre analyse.

SUJET COMPLET 2 D'après France métropolitaine, juin 2015 20 pts 4h

Dissertation 1

› **Une œuvre d'art a-t-elle toujours un sens ?**

Dissertation 2

› **La politique échappe-t-elle à l'exigence de la vérité ?**

Explication de texte

› **Expliquer le texte suivant :**

Comment peut-on prévoir un événement dépourvu de toute cause ou de tout indice qui explique qu'il se produira ? Les éclipses du soleil et de la lune sont annoncées avec beaucoup d'années d'anticipation par ceux qui étudient à l'aide de calculs les mouvements des astres. De fait, ils annoncent ce que la loi naturelle réalisera. Du mouvement invariable de la lune, ils déduisent à quel moment la lune, à l'opposé du soleil, entre dans l'ombre de la terre, qui est un cône de ténèbres, de telle sorte qu'elle s'obscurcit nécessairement. Ils savent aussi quand la même lune, en passant sous le soleil et en s'intercalant entre lui et la terre, cache la lumière du soleil à nos yeux, et dans quel signe chaque planète se trouvera à tout moment, quels seront le lever ou le coucher journaliers des différentes constellations. Tu vois quels sont les raisonnements effectués par ceux qui prédisent ces événements.

Ceux qui prédisent la découverte d'un trésor ou l'arrivée d'un héritage, sur quel indice se fondent-ils ? Ou bien, dans quelle loi naturelle se trouve-t-il que cela arrivera ? Et si ces faits et ceux du même genre sont soumis à pareille nécessité, quel est l'événement dont il faudra admettre qu'il arrive par accident ou par pur hasard ? En effet, rien n'est à ce point contraire à la régularité rationnelle que le hasard, au point que même un dieu ne possède pas à mes yeux le privilège de savoir ce qui se produira par hasard ou par accident. Car s'il le sait, l'événement arrivera certainement ; mais s'il se produit certainement, il n'y a plus de hasard ; or le hasard existe : par conséquent, il n'y a pas de prévision d'événements fortuits.

Cicéron, *De la divination*, Ier siècle av. J.-C.

Dissertation 1

Introduction

> Le plan est rappelé pour vous aider, mais il ne doit en aucun cas figurer sur votre copie. À vous de guider le correcteur par l'annonce du plan dans l'introduction, les phrases d'attaque des paragraphes et des transitions.

Centrage : Les œuvres d'art contemporaines – qu'il s'agisse de poèmes, de certains films ou d'œuvres plastiques – provoquent souvent une réaction de rejet chez une partie du public, pour lequel « ça ne veut rien dire ». Cette expression est significative, qui désigne une double absence, d'intention (« ça ne veut ») et de sens (« rien dire »), et qui est ainsi plus accusatrice que le simple « ça ne me dit rien ».

Problématique : On s'attend donc à ce qu'une œuvre ait un sens, provenant d'une *volonté*, qui ne peut être que celle de l'artiste, comme responsable initial de ce qui est proposé. Ce sens est en quelque sorte consubstantiel à l'œuvre d'art, qui ne pourrait exister sans lui : ce qui « ne veut rien dire » ne serait tout simplement pas de l'art. Mais est-il légitime de concevoir l'œuvre d'art comme apportant nécessairement un « sens » ? Et comment définir ce sens, si l'on n'assimile pas l'œuvre à un langage ?

I. Toute œuvre implique une intention

A. L'œuvre d'art comme manifestation de l'esprit

Dans ses *Leçons d'esthétique*, Hegel considère que l'œuvre d'art, à travers son histoire, peut se définir comme la manifestation sensible d'une *idée*, ce qui aboutit plus banalement à y distinguer une forme et un *contenu*. En l'absence de ce dernier, il n'y aurait pas d'œuvre.

Ce que Hegel repère ainsi comme idée correspond, chez l'artiste, plus qu'à une préconception de ce qu'il veut produire, à une simple *intention*, qui peut être extrêmement variée, puisque le partisan, en poésie, d'un « art pour l'art » ne peut avoir la même intention qu'un peintre hyperréaliste ou qu'un cinéaste spécialisé dans le fantastique. Mais l'intention est toujours à l'œuvre, c'est elle qui provoque le travail artistique.

Même des œuvres apparemment semblables peuvent correspondre à des intentions, et donc à des quêtes de sens très différentes. Les toiles monochromes produites au XXᵉ siècle répondent ainsi à des projets artistiques toujours singuliers, selon le moment, le contexte, le point de vue qui les détermine.

B. Une œuvre n'apparaît pas par hasard

> **Gagnez des points**
> Si vous citez des artistes, n'oubliez pas d'expliciter rapidement leur travail.

Dire que toute œuvre répond à une intention, c'est considérer qu'il n'est pas possible qu'une œuvre d'art soit due au seul hasard. Cependant, le hasard peut intervenir dans l'élaboration de l'œuvre : lorsque Tristan Tzara donne la « recette » pour écrire un poème dada (tirer au hasard des fragments de texte découpés préalablement dans un journal et les recopier) ou lorsque Hans Arp colle sur un support des « papiers déchirés » qu'il a d'abord jetés en l'air, c'est encore une intention artistique, même si elle est peu habituelle (il s'agit de tourner en dérision l'art ordinaire), qui fait intervenir le hasard comme un moyen parmi d'autres de produire de l'art. De la même façon, les compositions musicales de Xenakis ou de quelques autres musiciens contemporains recourent au hasard pour que soient choisis les fragments de partition à interpréter tel jour ou lors de tel concert.

Dans tous ces cas, qui peuvent d'abord sembler contester le rôle de l'artiste, on constate que sont bien maintenues des intentions de signifier quelque chose.

C. Même les artistes « bruts » indiquent un sens

Dans ce que Dubuffet a nommé « art brut », les œuvres sont d'autant plus déroutantes que, ignorantes de l'histoire et du commerce d'art, elles ont des aspects inhabituels.

> **L'astuce du prof**
> La référence à l'art brut apparaît ici judicieusement comme un élément de preuve *a fortiori*.

Qu'il s'agisse de Wölfli, d'Aloïse ou de Henry Darger, les dessins sont uniquement consacrés à fixer les rêves, les obsessions, les hantises de l'auteur : leur « style » n'est dû qu'à l'insistance de ce qui cherche ainsi à faire surface. Il en va de même avec les « écrits bruts » où les déformations verbales, les transgressions de la grammaire, les formules totalement inédites et incompréhensibles sont, pour celui qui a écrit, au service d'une intention de signifier, alors même qu'elles font évidemment obstacle à la circulation ou à la réception du « sens » par d'autres.

On peut s'interroger sur le destinataire de telles œuvres, qui ne sont parfois découvertes qu'après la mort de leur auteur, indifférent de son vivant à l'existence d'un éventuel public : même si le destinataire premier n'est autre que le créateur lui-même, l'œuvre a pour fonction de révéler son intimité et sa pensée.

II. Mais l'œuvre ne donne pas de message clair

A. Les impasses de l'art engagé

Évoquer le nécessaire *contenu* d'une œuvre ne doit pas inviter à comprendre celle-ci comme l'équivalent d'un discours : son sens ne peut être la récitation d'une certitude ou d'un dogme.

Il arrive pourtant que des artistes semblent avoir une idée précise de ce qu'ils *veulent dire* : leur intention est alors de mettre en circulation un message explicite. Il va de soi que de telles œuvres sont généralement réalisées avec les meilleures intentions du monde. Si l'on prend en exemple la poésie dite « de la Résistance » en France, ses auteurs cherchaient incontestablement à soutenir le moral des Français pendant l'Occupation, à inviter au combat, ou à chanter une liberté future. Mais on peut se demander si, au-delà de ces intentions, le sens véhiculé par les textes n'étouffe pas, par son évidence même, leur qualité poétique. C'est du moins ce que leur a vertement reproché Benjamin Péret, lorsqu'il a montré dans son *Déshonneur des poètes* que ces textes « engagés » n'étaient que de la propagande et trahissaient ainsi la poésie authentique.

Lorsque l'intention signifiante se fait insistante à ce point, l'œuvre ne subsiste, au mieux, que comme document, pour renseigner sur l'époque.

B. L'œuvre d'art peut-elle n'être qu'un document ?

Lire les poètes de la Résistance peut intéresser un historien, ou toute personne soucieuse de connaître la diversité des réactions de la population française à partir de 1940. Mais l'amateur de poésie n'y trouvera qu'un substitut de discours patriotique.

> **L'astuce du prof**
> Ici, on est assez éloigné de l'art authentique pour s'épargner de citer des noms propres.

Il en va ainsi lorsque les œuvres se mettent au service d'une signification préalable, comme c'est le cas dans les régimes totalitaires. La peinture *imposée* par le nazisme et le stalinisme obéit ainsi à des principes plus politiques qu'esthétiques : absence de recherches d'avant-garde, réalisme fidèle à la représentation de la fin du XIXe siècle, illustration de slogans, exaltation de héros positifs, etc.

Chaque toile discourt à destination des mères de famille, des soldats ou des agriculteurs. Mais leur prétendu réalisme recouvre des mensonges d'État : on applaudit en Russie des performances fictives de la production, on élabore en Allemagne les caractères d'une race aryenne fantasmée. Après la chute des régimes, ces « œuvres » ne subsistent qu'à titre de documentation sur les errements d'un art aussi officiel que la propagande qu'il illustre : leur excès de sens prédéterminé interdit leur appartenance durable à l'art.

C. Ne peut-on négliger le sujet ?

Lorsqu'un artiste accepte ainsi un sens prédéterminé, il met au premier plan de l'œuvre un *sujet*, défini comme exaltant ou moralisateur. Il accorde à ce sujet une importance telle qu'en son absence, il ne pourrait plus concevoir d'œuvre. Le sujet compte dans certaines catégories artistiques (le portrait, la description littéraire), mais cela ne signifie pas qu'il y occupe le premier plan.

À en croire Kant, le sujet d'une œuvre n'a en effet pas plus d'importance que le cadre dans lequel on présente un tableau : il attire l'attention sur l'œuvre, mais ne la constitue pas. La preuve très simple en est que la qualité du sujet n'a rien de commun avec celle de l'œuvre : on peut faire un mauvais portrait d'une très belle personne et, à l'inverse, un portrait très réussi d'une personne laide. La beauté ne peut donc être dans le message auquel on a parfois prétendu ramener le sens des œuvres ; elle est bien plutôt dans l'organisation formelle que l'on donne à une intention de signifier ou à un sens encore indécis.

III. Une œuvre a, non pas un seul, mais plusieurs sens possibles

A. Pourquoi l'art grec nous intéresse-t-il ?

Comment une œuvre dont le « sens » serait définitivement fixé pourrait-elle nous intéresser longtemps après sa mise au point ? C'est la question que se posait Marx à propos de l'art grec. Considérant que l'art, comme superstructure, est lié aux forces productives et aux formes sociales d'une époque, Marx s'étonne que l'art grec, ainsi déterminé par un certain type de société, semble échapper à cette dernière et continue à servir de référence ou de modèle, notamment au XIXe siècle. En effet, ce qu'il présente ne nous concerne plus : nous ne croyons plus aux dieux et héros antiques, et de surcroît, les œuvres ont été modifiées matériellement.

L'art grec n'est pas seul dans cette situation : la version picturale d'une « descente de croix » peut nous intéresser sans que nous partagions la foi chrétienne, et un poème dont nous ignorerions l'auteur et l'époque peut encore nous émouvoir s'il est doté de qualités authentiquement poétiques.

B. L'œuvre d'art existe par un travail sur les formes

Mais en quoi résident ces qualités artistiques – qu'elles soient poétiques, picturales, musicales, chorégraphiques, etc. ? La solution est suggérée, entre autres, par une précision de Roland Barthes distinguant l'*écrivant* de l'*écrivain* : si le premier soumet son langage à un message à transmettre, le second considère le langage comme un matériau qu'il doit travailler, comme un sculpteur travaille le marbre ou le plâtre. En généralisant une telle définition, on en vient à concevoir qu'une œuvre d'art vaut avant tout par sa forme, ou qu'elle n'existe qu'à la suite d'un travail formel d'élaboration. Cette élaboration concerne la « finalité intrinsèque » dont Kant faisait un critère de la *beauté* : si ce dernier terme est parfois contesté, on peut aussi bien admettre que la « finalité intrinsèque » caractérise l'œuvre d'art. On peut ainsi penser l'œuvre comme résultant d'une élaboration qui concerne son aspect, et non son contenu, et admettre que c'est ce travail sur la forme qui rend l'œuvre accueillante à des sens différents.

C. L'œuvre d'art comme « œuvre ouverte »

Le sens d'une œuvre dépend alors de la capacité qu'a son « consommateur » à profiter de la forme. Mais n'est-ce pas ce que peut faire chacun lorsqu'il lit un poème, et y trouve de quoi stimuler son imagination ou susciter ses émotions ? En sorte que le même poème fera naître chez différents lecteurs des sens variables. À plus forte raison si les lecteurs appartiennent à des moments divers : nous ne lisons plus Ronsard comme le faisaient ses contemporains, mais nous ne voyons pas davantage une toile de Vermeer comme les Hollandais de son temps, et nous n'écoutons pas une symphonie de Beethoven comme les auditeurs romantiques.

C'est bien à une telle diversification des réactions et des interprétations que répond la notion d'« œuvre ouverte » proposée par Umberto Eco : elle invite à concevoir l'œuvre d'art comme une sorte de matrice à significations multiples.

Conclusion

Si l'on attend d'une œuvre d'art qu'elle fournisse un message, on se fait sans doute une idée fausse ou une idée restrictive de l'art et de ses capacités. En affirmant que « ce sont les regardeurs qui font les tableaux », Marcel Duchamp ne rappelait pas seulement qu'un tableau n'existe que s'il est regardé, mais il suggérait aussi que, d'un « regardeur » à l'autre, sa signification peut changer. Telle est l'œuvre authentique : elle n'impose pas un sens, elle ouvre la possibilité, selon les réactions, les affects ou les dispositions de chacun, de sens inlassablement renouvelés.

Dissertation 2

Introduction

Centrage : L'actualité nous fournit volontiers des exemples de mensonges chez des hommes politiques, mais ces mensonges concernent souvent leur situation privée et ne sont alors pas spécifiques à leur fonction. Tel n'est pas le cas des mensonges déterminés par l'action politique elle-même, qui existent et sont peut-être plus nombreux qu'on le pense.

> Le plan est rappelé pour vous aider, mais il ne doit en aucun cas figurer sur votre copie. À vous de guider le correcteur par l'annonce du plan dans l'introduction, les phrases d'attaque des paragraphes et des transitions.

Problématique : On peut être troublé par ces mensonges politiques, qui semblent indiquer que la politique fait exception à une exigence commune de vérité, comme si le personnel politique devait bénéficier d'un statut à part. On doit pourtant remarquer que la politique entretient un certain rapport avec des connaissances spécialisées, et donc avec la vérité. Mais, d'un autre côté, il lui faut être efficace et réaliser ses fins, ce pourquoi sans doute elle est amenée à privilégier, quand elle le juge utile, des moyens qui supposent une relation plus relâchée avec la vérité.

I. La politique doit avoir un rapport avec la vérité

A. Elle implique des connaissances efficaces

Dès ses débuts, la réflexion philosophique sur la politique comme « art » de bien gouverner une communauté enseigne qu'elle est amenée à n'entretenir avec la vérité qu'une relation ambiguë. Lorsque Platon affirme dans sa *République* que le pouvoir doit être exercé par les philosophes, c'est parce que ces derniers sont les seuls, dans la cité, à connaître, après un long parcours, la nature du Bien. Ils en tireront les conséquences dans la direction des affaires, et vont donc fonder leur action sur une connaissance vraie.

> **Gagnez des points**
> Un tel début est intéressant dans la mesure où il montre déjà la complexité du problème.

Toutefois, ces mêmes philosophes n'hésiteront pas à truquer les mariages lorsque ces derniers concernent la classe inférieure. Sans doute est-ce parce que les membres de cette classe sont peu capables de comprendre par eux-mêmes en quoi consiste le bien commun, mais il n'en reste pas moins que les dirigeants se montrent alors peu respectueux de ce que peut être la vérité des situations.

B. Elle suppose la confiance des citoyens

Même si l'on n'admet plus que le personnel politique contemporain doit être initié à la notion du Bien platonicien, la communauté en attend qu'il possède des compétences spéciales lui permettant d'assurer le gouvernement, c'est-à-dire de maintenir la paix civile et de travailler dans la mesure du possible au bien commun. Ces compétences peuvent ne pas être acquises directement par les personnes exerçant le pouvoir (chef d'État, ministres), pourvu qu'elles soient aidées par des conseillers en économie, diplomatie, organisation militaire, etc. Le public attend ainsi que les hommes politiques, dans leur ensemble, possèdent bien les connaissances leur permettant de faire leur travail : c'est la condition minimale de la confiance qu'il peut leur accorder.

Cette confiance a d'ailleurs pour conséquence que le public est en droit d'attendre du monde politique qu'il lui dise la vérité, puisqu'il la connaît.

C. Elle ne devrait pas faire exception à l'interdit du mensonge

On imagine mal, *a priori*, que le personnel politique puisse bénéficier d'une situation exceptionnelle lui permettant de ne pas obéir à l'exigence de vérité. Outre qu'il est constitué d'individus comme les autres, on attend de sa part une transparence maximale – celle dont Rousseau fait déjà l'éloge dans *Le Contrat social* : aux citoyens, il convient de ne rien dissimuler – et cela concerne désormais aussi bien la situation personnelle des hommes politiques (fortune, santé, enrichissement, etc.) que la vérité de leur action. Si l'on admet qu'il ne peut y avoir d'exception au devoir, avant tout moral, de ne pas mentir – comme le fait Kant –, les politiques y sont soumis comme tout le monde. On ne manque d'ailleurs pas de les sanctionner dès qu'ils sont pris en flagrant délit de mensonge, qu'il s'agisse d'un mensonge fait dans leur intérêt individuel ou d'un mensonge effectué pour des raisons plus réellement politiques qui ne fait que modifier la nature de la sanction.

II. Mais elle peut néanmoins privilégier certains moyens pour atteindre ses buts

A. Il est parfois nécessaire de garder des secrets

Toutefois, la politique n'est pas la morale. Et c'est bien pourquoi elle se montre sans doute beaucoup moins rigoureuse à l'égard du devoir de dire la vérité. Kant a pu « rêver » de relations entre États établies sur le modèle de la loi morale, nous en sommes loin, et en attendant, l'action politique peut demander quelques accommodements avec la vérité.

Pour agir, la politique est parfois amenée à maintenir un certain secret sur ses pratiques, sur ses débats ou ses alliances. En cherchant à atteindre certains buts, il lui faut bien mettre en œuvre certains moyens, pas toujours avouables : s'il faut faire alliance avec un gouvernement étranger peu recommandable pour obtenir la paix dans une région du globe, on en passera par-là, mais sans le dire, et en espérant que ce gouvernement sera bientôt éliminé… Il existe des secrets d'État et ils sont sans doute nécessaires, non seulement pour rendre une action possible, mais aussi parce que le public pourrait ne pas saisir ce qui se trouve en jeu ou ne pas comprendre que la complexité de la situation entraîne en effet des conséquences immorales.

> **L'astuce du prof**
> Ne restez pas dans l'analyse abstraite et donnez des exemples d'action politique réelle.

B. Le personnel politique peut mentir

Si tout doit être fait pour maintenir la stabilité de la société et de l'État, il n'est sans doute pas possible d'exiger une transparence totale sur les motivations ou les méandres des actions. Dévoiler tous les agissements du pouvoir risquerait de le fragiliser et de mettre en cause sa capacité à diriger. Dans *Le Prince*, Machiavel n'hésite pas à considérer que le dirigeant peut aller jusqu'à trahir ses promesses – ce qui semble pourtant bien mal accueilli dans nos démocraties lorsqu'on constate qu'un candidat ne respecte pas ses engagements. Machiavel fait simplement valoir qu'entre le temps du discours et des promesses et le temps de l'action, la situation a pu évoluer, de telle façon que les nouvelles circonstances interdisent de tenir les promesses faites, et que vouloir les tenir malgré tout deviendrait dangereux ou suicidaire pour un dirigeant.

Reconnaître à l'homme politique le droit de dissimuler la vérité ou de s'en éloigner, c'est alors constater que l'action politique, outre sa complexité, se caractérise par le fait qu'elle doit s'inscrire dans une certaine histoire, dont elle est obligée de tenir compte. Les situations (économiques, sociales, politiques) changent, et les actes ne peuvent que tenir compte de ces changements, même s'il faut pour cela faire autre chose que ce qu'on avait dit, ou ne pas dire clairement ce qu'on est en train de faire.

C. Quelle vérité devrait être respectée ?

La vérité, même scientifique, n'est pas fixe ou définitivement établie, et la vérité politique ne l'est pas plus qu'une autre. Il est d'ailleurs possible qu'elle change selon la place que l'on occupe dans la société.

Selon Marx, les dirigeants, qui croient peut-être travailler pour un bien commun, ne travaillent en réalité que dans l'intérêt d'une classe sociale. Leur « vérité », celle de leurs valeurs, de leurs discours, de leurs analyses, de tout ce qui alimente leur position et fonde leur action, n'est qu'une idéologie, c'est-à-dire une sorte de mensonge collectif – dont ils peuvent ne pas même avoir conscience. Ainsi les rédacteurs de la *Déclaration des droits de l'homme et du citoyen* pouvaient-ils être sincères ; il n'en reste pas moins que leur texte n'établit que les droits d'un homme et d'un citoyen bourgeois, et non celui de l'homme en général. Dans cette optique, l'intention de dire la vérité ne garantit pas qu'on y parvienne.

Gagnez des points

Le rappel de Marx et de ses critiques permet de concevoir autrement la « vérité » et ce que l'on peut en attendre.

III. La vérité consiste alors à rendre des comptes

A. La politique est-elle efficace ?

Il n'en reste pas moins que les citoyens ne sauraient admettre de bon cœur que la politique soit le domaine d'un mensonge constant et systématique. Ce qu'ils attendent en fait de « vérité » de la part de la politique, c'est une façon de se prêter à une certaine vérification pratique ou concrète. Serait de la sorte *vraie* une action politique qui se montre efficace, et qui coïncide globalement avec le but qu'elle s'est fixé.

C'est dans ce sens que la politique est encore soumise à une exigence de vérité, mais on comprend qu'il ne s'agit plus d'une vérité abstraite ou conceptuelle : il s'agit tout au contraire d'une vérité *démontrée* par sa réalisation, par son inscription dans le *réel* ou le quotidien. Le public peut ainsi exiger des comptes de ses hommes politiques : s'il peut comprendre que tous les mobiles ne lui soient pas révélés et que l'action est parfois plus sinueuse qu'annoncée ou que prévue, il réclame un droit de regard sur ce qui est fait.

B. À quel prix la paix sociale est-elle maintenue ?

Cela signifie notamment que le public n'a pas à accepter n'importe quelle décision sous prétexte qu'elle vient du pouvoir et que ce dernier lui demande de l'admettre, même s'il ne peut lui en donner la justification : les citoyens doivent au contraire conserver un devoir de critique à l'égard du pouvoir. Cette critique concerne sans doute moins directement la vérité ou le mensonge que le juste ou l'injuste, le bien ou le mal, ou, dans un système représentatif, la conformité des décisions prises avec la volonté initiale des électeurs.

Le pouvoir ne peut avoir en effet tous les droits, sans les devoirs : lorsqu'on lui délègue un pouvoir de décision, la délégation s'accompagne du devoir d'en respecter l'intention. Si le personnel politique s'éloigne trop fortement de cette intention, il peut donc être sanctionné : on comprend que la sanction est provoquée par une rupture de promesse implicite, ou par le non-respect d'un contrat implicitement établi entre les citoyens et leurs représentants.

Gagnez des points

Énoncez franchement que la critique du pouvoir peut porter sur autre chose que la vérité ou le mensonge.

C. Les ruses ou les mensonges du pouvoir peuvent-ils se justifier ?

Si les citoyens réclamaient de leurs délégués une stricte et absolue vérité, aucun pouvoir ne serait durable, tant l'action dans le réel exige de détours et de ruses ou de mensonges. Mais ce qui importe finalement, c'est que le pouvoir puisse être en conformité, dans ses résultats, avec ce que l'on attendait de lui, à condition que les résultats soient acquis par des méthodes globalement acceptables et elles aussi conformes aux valeurs communes. Faute de quoi le fossé se creuse entre les citoyens et leur personnel politique. Ce qui, dans les cas satisfaisants, aboutit à un renouvellement du personnel. Mais ce qui peut, dans des situations autrement graves, aboutir à une domination violente exercée par le personnel politique sur le public. Cet abus de pouvoir ne pourrait-il être la version extrême du mensonge politique ?

Conclusion

Évoquer, à propos de la politique, une « exigence de vérité » a davantage de sens relativement à ce que les citoyens peuvent espérer de leur personnel politique et à la manière dont ils peuvent le contrôler que par rapport à un discours politique qui devrait en permanence être « vrai ». Puisque la politique n'est pas la morale, et même si l'on essaie en permanence de la moraliser au maximum, les exigences de son action obligent à concevoir des *arrangements* avec la vérité : certains sont supportables dès lors qu'ils n'impliquent pas de trahison des valeurs communes, d'autres deviendraient dangereux s'ils aboutissaient à une tromperie généralisée du public sur les intentions ou les fins du politique.

Explication de texte

Introduction

Centrage : La connaissance nous rassure, car elle nous permet de prévoir certains événements ultérieurs, pourvu que nous en connaissions les causes. En revanche, ce qui échappe au savoir peut inquiéter, puisque toujours susceptible de survenir par surprise ou par hasard. D'où la tentation de *prédire* malgré tout, et les diverses pratiques de divination.

Le plan est rappelé pour vous aider, mais il ne doit en aucun cas figurer sur votre copie. À vous de guider le correcteur par l'annonce du plan dans l'introduction, les phrases d'attaque des paragraphes et des transitions.

Problématique : Mais comment deviner un avenir dont on ignore ce qui peut le déterminer ? Certains faits sont sans doute *possibles*, mais il n'est pas rationnel de prétendre savoir quand ils auront lieu. Interroger les dieux à leur propos, selon Cicéron, ne nous aidera pas : lorsque le hasard intervient pleinement, même les dieux sont ignorants.

I. La connaissance d'une loi permet la prévision

A. Loi naturelle et causalité

Pour analyser ce qui est prévisible, Cicéron prend comme exemple la connaissance astronomique. En étudiant les mouvements des astres par des calculs, on peut prévoir les éclipses « avec beaucoup d'années d'anticipation ». La prévision est donc à longue durée lorsqu'elle s'appuie sur une connaissance rationnelle : elle ne porte pas seulement sur ce qui va immédiatement survenir, mais concerne des faits éventuellement lointains. Cela suppose qu'il y ait dans le domaine étudié une régularité fondamentale : c'est parce que le mouvement de la lune est « invariable » que l'on peut en déduire à quel moment la lune est obscurcie par l'ombre de la terre. Cette régularité est celle de la « loi naturelle », qui est constante et possède une efficacité qui est toujours la même.

B. Loi et déterminisme

Cela suppose, selon une formule classique, que « les mêmes causes entraînent toujours les mêmes effets », c'est-à-dire que soit reconnu un principe général de déterminisme qui, alors même qu'il est, au sens strict, invérifiable (on ne pourra jamais expérimenter la totalité des relations possibles entre causes et effets), est au fondement des lois de la nature. Contester ce déterminisme serait – notamment à l'époque de Cicéron – se condamner à ne pas même pouvoir envisager de lois.

Ce qu'énonce en effet le déterminisme, c'est la nécessité absolue qui unit la cause et l'effet, de telle façon qu'aucune exception ne peut être envisagée : à chaque fois que la lune s'intercale entre le soleil et la terre, il y a une éclipse de la lumière solaire et il ne peut en être autrement.

C. La raison se complaît dans la régularité

La connaissance ainsi établie et la prévision qu'elle permet sont également rationnelles. La raison a en effet une relation privilégiée avec la notion de loi, parce

Gagnez des points

N'hésitez pas à souligner fortement la validité des analyses du premier paragraphe.

qu'elle privilégie la régularité, au point que l'on peut considérer que le rôle fondamental de la raison humaine est précisément de formuler des lois. Il ne s'agit pas de transformer Cicéron en strict précurseur de Kant, ce qu'il n'est certainement pas. Il n'en reste pas moins que la première partie du texte insiste assez clairement sur la notion de « loi naturelle », et sur les raisonnements permettant aussi bien de la découvrir que d'en déduire utilement des prévisions, pour que l'on puisse affirmer que sa conception de la raison est déjà assez moderne.

II. Le probable ne peut être aussi rigoureusement connu

A. Valeur de l'indice

Si les lois naturelles organisent le monde céleste et physique, on ne les rencontre cependant pas dans tous les domaines, puisque certains événements relèvent, non d'une connaissance, mais de la simple et plus hasardeuse prédiction.

Ainsi, la découverte d'un trésor ou l'arrivée d'un héritage sont des phénomènes dépourvus de cause réelle. Tout au plus peut-on faire allusion, à leur propos, à des indices.

La distinction entre *cause* et *indice* ne doit pas être négligée : si la cause produit toujours le même effet (et permet donc de prévoir la manifestation de ce dernier), le rapport entre l'indice et le phénomène qu'on lui rattache est tout autre. Si l'indice ne produit pas l'événement, il peut au moins le précéder ou l'annoncer, mais sans en déterminer la venue. Aussi ce qu'on lui fait annoncer n'est-il au mieux que probable : si le ciel est encombré de nuages, il est probable qu'il va pleuvoir, mais ce n'est pas une certitude car il reste possible qu'un coup de vent chasse les nuages avant la pluie.

> **Gagnez des points**
> Explicitez les distinctions que n'opère pas vraiment le texte.

B. Une prévision encore rationnelle

On admettra donc que c'est plus par habitude empirique (du ciel nuageux et de la pluie) que par une véritable connaissance que l'on prévoit dans ce cas, même si une telle prévision n'apparaît pas comme stupide ou délirante et semble encore assez rationnelle. D'autant plus rationnelle en un sens qu'évoquer un événement probable ou possible, c'est prévoir sa réalisation aussi bien que sa non-réalisation : ce qui est possible n'est pas en contradiction avec les lois de l'expérience, et peut indifféremment être ou non. La raison ne sera donc surprise ni dans un cas ni dans le cas contraire.

C. La simple possibilité

De ce point de vue, la découverte d'un trésor reste simplement possible, tout comme l'arrivée d'un héritage. Mais aucune « loi naturelle » ne permet de savoir avec certitude si ou quand de tels événements vont avoir lieu. Il n'est pas invraisemblable qu'un trésor se trouve dans mon jardin (si je me réfère

> **L'astuce du prof**
> Le début du 2e paragraphe n'est pas très explicite : n'hésitez pas à accentuer les distinctions entre les cas examinés par Cicéron.

à l'histoire de la région et des générations qui m'ont précédé en ce lieu), et je peux toujours espérer le découvrir un jour, mais tant que je ne l'aurai pas trouvé, je resterai incapable de dire s'il existe ou non. Il est très possible que je reçoive un héritage (puisque, par exemple, de nombreux membres de ma famille sont âgés et que je suis leur seul héritier), mais rien ne garantit que je ne mourrai pas avant qu'il m'échoie.

III. Le caractère irrationnel du hasard

A. L'accident et le hasard

S'il fallait admettre que la découverte d'un trésor ou l'arrivée d'un héritage peuvent être prévues de façon aussi scientifique qu'une éclipse de lune, cela impliquerait qu'ils dépendent également d'une loi naturelle. Mais tel n'est pas le cas, puisque leur cause efficiente est introuvable.

On peut en conséquence admettre, puisqu'ils sont possibles, qu'ils se produisent « par accident », en comprenant dans l'expression leur absence de nécessité en même temps que leur possibilité : qu'ils aient lieu ou non ne change rien à l'ordre des choses (tout au plus cela change-t-il ma fortune). C'est que de tels événements ont un intérêt psychologique, et non pas cognitif : ils concernent un désir de richesse, mais non la régularité des phénomènes de la nature.

La phrase de Cicéron est d'ailleurs ambiguë : il n'est pas sûr qu'il les considère comme un cas vraiment différent des phénomènes dus au « pur hasard ».

B. Incapacité du dieu à prévoir l'aléatoire

La fin du texte confirme cette indistinction, lorsque Cicéron évoque « ce qui se produira par hasard ou par accident ». C'est pour souligner que, de son point de vue, « même un dieu » est incapable de savoir ce qui se produira de ces façons.

Gagnez des points

Esquissez une petite autocritique après avoir un peu forcé le sens du texte.

Faire allusion au hasard « pur », c'est désigner un événement rigoureusement imprévisible parce qu'il ne présente aucune nécessité. S'il était nécessaire, il dépendrait d'une loi naturelle et serait connaissable rationnellement, et ainsi prévisible. Un dieu sachant ce qui arrivera par hasard signifierait que le phénomène aléatoire « arrivera certainement » – ce qui est une négation du hasard.

Or, Cicéron considère que « le hasard existe ». C'est pour lui une certitude d'un autre ordre, déduite de notre incapacité à rendre rationnellement compte des événements « fortuits » ou aléatoires.

C. Vanité des pratiques divinatoires

Si du hasard il n'y a rien à connaître, la divination ne peut être une discipline sérieuse. En effet, dans les cas où les événements sont déterminés, elle est inutile puisqu'on les connaît rationnellement. Et dans les cas d'événements « fortuits », elle ne peut rien en connaître ou en prévoir, puisque même un dieu en est incapable : quelle que soit sa technique, un devin n'a aucune certitude à formuler sur l'avenir, qui reste alors indéterminé.

L'univers se révèle ainsi composé de deux aspects appelant des conduites différentes : le *cosmos* (dont le nom implique l'ordre et la régularité) peut être rationnellement connu puisqu'il est régi par des lois naturelles, mais le *monde des conduites humaines*, davantage soumis au hasard et à l'absence de régularité, ne peut être ni connu ni véritablement prévu. On serait ici tenté d'admettre que le stoïcisme de Cicéron fait une place à ce que l'on tient ordinairement pour la liberté – alors que celle-ci, pour les stoïciens, réside bien plutôt dans l'acquiescement à l'ordre des choses.

Il va cependant de soi que ce monde des conduites et des actions, des siècles plus tard, deviendra à son tour objet de connaissance avec la formation des sciences de l'homme, tandis que le hasard sera mathématiquement rationalisé (probabilités et théorie des catastrophes).

Conclusion

Même si elle est sous-entendue dans ce texte, la critique des prétendus arts divinatoires n'y est pas véritablement centrale. Cicéron s'y attache avant tout à distinguer soigneusement l'ordre du connaissable par la raison et la loi naturelle de l'ordre de ce qui dépend du hasard : ce dernier, pour l'époque, est rebelle à toute rationalisation et nous laisse incapables d'élaborer le moindre savoir à son propos. On n'en déduira pas qu'il soit nécessairement dangereux ou nocif, car rien ne l'indique dans le texte : tout au plus le hasard marque-t-il une limite à notre faculté de connaître le monde dans sa totalité.

SUJET COMPLET 3

20 pts — 4h

Dissertation 1 D'après Liban, mai 2018

> **Ne travaille-t-on que pour subvenir à ses besoins ?**

Dissertation 2 D'après France métropolitaine, juin 2020

> **Reconnaître ses devoirs, est-ce renoncer à sa liberté ?**

Explication de texte D'après France métropolitaine, juin 2017

> **Expliquer le texte suivant :**

À la limite, la vie, c'est ce qui est capable d'erreur. Et c'est peut-être à cette donnée ou plutôt à cette éventualité fondamentale qu'il faut demander compte du fait que la question de l'anomalie traverse de part en part toute la biologie. À elle aussi qu'il faut demander compte des mutations et des processus évolutifs qu'elle induit. À elle qu'il faut demander compte de cette mutation singulière, de cette « erreur héréditaire » qui fait que la vie a abouti avec l'homme à un vivant qui ne se trouve jamais tout à fait à sa place, à un vivant voué à « errer » et destiné finalement à l'« erreur ». Et si on admet que le concept, c'est la réponse que la vie elle-même donne à cet aléa, il faut convenir que l'erreur est à la racine de ce qui fait la pensée humaine et son histoire. L'opposition du vrai et du faux, les valeurs qu'on prête à l'un et à l'autre, les effets de pouvoir que les différentes sociétés et les différentes institutions lient à ce partage, tout cela même n'est peut-être que la réponse la plus tardive à cette possibilité d'erreur intrinsèque[1] à la vie. Si l'histoire des sciences est discontinue, c'est-à-dire si on ne peut l'analyser que comme une série de « corrections », comme une distribution nouvelle du vrai et du faux qui ne libère jamais enfin et pour toujours la vérité, c'est que, là encore, l'« erreur » constitue non pas l'oubli ou le retard d'une vérité, mais la dimension propre à la vie des hommes et au temps de l'espèce.

Foucault, *Dits et écrits* (1978)

1. **Intrinsèque :** qui provient de la vie elle-même.

CORRIGÉ SUJET COMPLET 3

Dissertation 1

Introduction

Centrage : Le travail, qui se manifeste comme une sorte d'obligation pour l'individu, apparaît fréquemment pénible (répétitif, fatiguant, monotone, sans intérêt), mais on le supporte en se disant qu'au moins, grâce au salaire qu'il fournit, il donne les moyens de subvenir aux besoins du quotidien. Il en est de même dans les organisations sociales où il n'y a pas de salaire : la chasse, la pêche, l'agriculture sont des travaux qui permettent de vivre, en obtenant de la nature ce qu'elle ne fournirait pas « spontanément ».

> Le plan est rappelé pour vous aider, mais il ne doit en aucun cas figurer sur votre copie. À vous de guider le correcteur par l'annonce du plan dans l'introduction, les phrases d'attaque des paragraphes et des transitions.

Problématique : Si le travail modifie ainsi la « nature », il participe à l'instauration d'un ordre culturel, et de multiples modifications qui font l'histoire d'une culture. Le travailleur se trouve dès lors intégré dans cette culture, et cette appartenance le qualifie comme « humain ». Une telle humanité serait-elle possible sans le travail ? Si l'on constate que l'activité de production en vient à la définir de façon radicale, on voit que la satisfaction des besoins, bien qu'importante à court terme, n'est pas l'aspect le plus sérieux du travail.

I. En satisfaisant des besoins, le travail n'en crée-t-il pas d'autres ?

A. La nature satisfait-elle les besoins de l'homme ?

- Le travail est nécessaire en raison de la disproportion existant entre les besoins des groupes humains et ce que propose leur environnement, insuffisant pour la nourriture, la protection, la défense contre les dangers, etc.
- Platon l'affirme déjà dans *La République*. Rousseau souligne *(Discours sur l'origine de l'inégalité)* que seul un homme isolé (quasi animal en fait) peut survivre sans travailler, puisque ses besoins limités seraient satisfaits par les ressources de son environnement.
- C'est ainsi la constitution des groupes d'hommes qui pose problème – d'où la mise au point de l'agriculture et de l'élevage (selon Lévi-Strauss, une des plus grandes révolutions de l'humanité).

> **L'astuce du prof**
> Soulignez que chez Rousseau, l'être sans travail n'est en réalité qu'un pré-humain (ni pensée, ni langage, etc.)

B. Quelle est l'origine de l'historicité humaine ?

- Le travail et ses productions introduisent une dimension nouvelle : celle de l'histoire (Rousseau : avant le travail « l'espèce était déjà vieille et l'homme restait toujours enfant », il n'y a aucune transformation significative).
- La satisfaction des premiers besoins entraîne l'apparition de besoins nouveaux, qui relancent la nécessité de travailler. Une fois qu'il a commencé, le travail ne peut plus être interrompu.

• Les nouveaux besoins de l'homme signalent une modification de son « être », il devient peu à peu autre et abandonne son état antérieur. Il se transforme ainsi lui-même par les actions entreprises dans et sur la nature.

C. Les besoins satisfaits sont-ils toujours de même nature ?

• L'histoire inclut l'ensemble des transformations de la société.

• Quelle que soit sa nature (agricole, industriel, intellectuel), le travail suscite, et éventuellement accélère, ces transformations, par ses productions (biens de consommation, idées, connaissances, ou même œuvres d'art si l'on se rappelle qu'elles demandent elles aussi un véritable travail).

• À long terme (aujourd'hui), apparition de besoins « artificiels », dont la satisfaction n'a rien de « vital » (elle devient symbolique).

> **Gagnez des points**
> Soulignez que le travail est nécessaire au développement de tous les aspects d'une culture, du plus simple au plus raffiné.

II. Quel sens présente l'absence de travail ?

A. Le travailleur n'est pas seulement « satisfait »

• Dans le contexte de sa société, l'individu au travail trouve un intérêt immédiat : le simple « troc » (dans les sociétés « premières ») ou le salaire (dans les sociétés plus « modernes ») permet d'obtenir ce qui assure la survie – ou même un peu plus.

• Mais le travailleur connaît simultanément d'autres apports de son travail, même s'ils ne lui semblent pas aussi fondamentaux : pendant qu'il travaille, il se trouve en contact avec d'autres travailleurs, et ces liens (qui peuvent être aussi bien d'entraide que de concurrence) lui font éprouver, même fugacement, son appartenance à l'humanité.

• De plus, le milieu du travail (équipe, atelier, usine, entreprise…) suscite des relations sociales diverses : camaraderie, amitié, éventuellement activités syndicales, etc.

B. De quoi est privé le chômeur ?

• Tout d'abord, à l'évidence, de son salaire.

• Privation immédiatement ressentie, puisqu'elle a pour conséquence des difficultés pour subvenir aux besoins nécessaires : il devient difficile de se nourrir, se loger, s'habiller, comme avant, et il faut calculer les dépenses à faire de la façon la plus rigoureuse.

• D'où la mise au point, dans les sociétés modernes, de systèmes d'aide pour les chômeurs, puisqu'ils ont, par définition, un « droit à la vie » : il s'agit de leur assurer un « minimum » vital, même s'il reste problématique. On peut remarquer que, dans les sociétés où le salaire n'a pas été institutionnalisé, l'entraide (familiale, dans le village) se substitue aisément à de telles aides.

C. Le malaise du chômeur ne provient-il que du manque de salaire ?

• L'individu privé de travail ressent un malaise plus général : lui font également défaut les relations qu'il avait avec les autres.

• Peut alors naître un sentiment, sinon d'être rejeté, du moins de ne plus rien « valoir », c'est-à-dire de ne plus faire réellement ou totalement partie de la société.

• L'absence de « valeur » que déplore l'individu sans travail révèle l'impression de subir une véritable déshumanisation. Ce qui confirme que la satisfaction des besoins n'est pas le seul intérêt du travail (s'il en allait ainsi, il serait une simple version de l'activité animale, qui subvient aux besoins de l'espèce).

Gagnez des points

Cette insistance sur l'appauvrissement social de l'homme sans travail prépare les références philosophiques de la 3e partie.

III. Qu'est-ce que l'humanisation ?

A. Le développement de la conscience

• Dans la « dialectique du maître et de l'esclave », Hegel montre que la conscience du travailleur (l'esclave) se transforme, et qu'elle seule accède finalement à la liberté authentique. Quelle est cette dernière ?

• À la fois l'affirmation de l'indépendance relativement à la conscience de l'autre (le maître) et la capacité à modifier le donné naturel. L'esclave finit en effet par se passer du maître pour se définir, car il perçoit son action dans la matière œuvrée, et découvre ainsi ses propres pouvoirs de faire.

• En contemplant le résultat de son travail, l'esclave peut se dire : c'est moi qui ai fait cela, et ce « moi » révèle une nouvelle façon d'être qui lui appartient.

B. Le refus de l'animalité

• Marx, matérialiste, veut faire « redescendre sur terre » la dialectique de Hegel. D'où le principe énoncé dans *L'Idéologie allemande* : « On peut définir l'homme par la conscience, par les sentiments et par tout ce que l'on voudra. Lui-même se définit dans la pratique à partir du moment où il produit ses propres moyens d'existence ».

• Le travail définit ainsi l'homme de manière radicale, et toutes les qualités qu'on lui attribue (conscience, sentiments, etc.) dépendent de lui.

• C'est ainsi que l'homme se sépare de l'animal (ce qu'esquissait déjà Rousseau) : travailler obéit à un projet ou à un plan (que l'animal ne formule pas : comparaison entre l'abeille et l'architecte) et développe dans l'être humain des « facultés qui y sommeillaient » : la pensée, les sentiments, etc., tant dans l'espèce que dans l'individu.

C. Le travail est-il uniquement bénéfique ?

• Cette approche philosophique du travail peut être contestée si l'on considère certaines de ses conséquences, et ses conditions historiques. Marx souligne ainsi que le travail tel qu'il est organisé dans la société « bourgeoise » est devenu déshumanisant ou « aliénant », puisque le travailleur n'en tire plus d'autre satisfaction qu'un salaire trop souvent insuffisant.

• Dès lors, le schéma économico-politique qu'il construit n'a pas d'autre but, en un sens, que de redonner au travail sa portée humanisante initiale.

• Il n'en reste pas moins que le travail contemporain suscite, par l'ampleur de ses productions, une société où l'obligation de consommer entraîne la nécessité de travailler pour satisfaire beaucoup plus que des besoins réels, en même temps que des inégalités très marquées entre pays « développés » (qui peuvent ou doivent consommer) et pays « en voie de développement » (qui ne peuvent que produire à bas prix).

Conclusion

Subvenir à ses besoins est évidemment une nécessité première, et on ne peut nier que le travail doit y pourvoir. Cependant, plus fondamentalement sans doute dès que la survie est assurée, le travail est aussi pour l'homme une pratique qui le définit par négation de l'animalité et du donné naturel – et qui intervient dès lors dans l'élaboration de la culture. Sa portée, ou sa signification apparente, dépend ensuite de l'organisation que lui donne une société à travers son histoire. Mais s'il révèle alors des aspects négatifs, ceux-ci ne peuvent totalement masquer, pour peu que l'on admette la possibilité de les corriger, l'importance qui est la sienne dans la manière dont l'humanité élabore sa propre définition.

Dissertation 2

Introduction

Centrage : Un devoir, quel qu'il soit, définit une conduite ou un comportement qui doit être effectué ou, à l'inverse, interdit. Il suppose que l'on obéisse à une règle dont l'origine semble variable : certains devoirs viennent de la société, d'autres de la religion ou de la morale, sinon de simples habitudes de la vie en commun. Dans tous les cas cependant, un devoir s'oppose à ce que demanderait la spontanéité ou le simple désir de satisfaction immédiate.

> Le plan est rappelé pour vous aider, mais il ne doit en aucun cas figurer sur votre copie. À vous de guider le correcteur par l'annonce du plan dans l'introduction, les phrases d'attaque des paragraphes et des transitions.

Problématique : S'il est vrai que le devoir apparaît comme exerçant une contrainte, que devient la liberté ? Cette dernière ne correspond-elle pas à la spontanéité et aux désirs à combler ? Encore faut-il que l'on en ait les moyens… et c'est là que se manifestent des conditions d'efficacité où interviennent précisément les devoirs à reconnaître.

I. Tout devoir apparaît contraignant

A. Réaliser tous ses désirs ignorerait tout devoir

• Obéir à tous ses désirs, c'est négliger toute règle, toute contrainte, mais aussi toute autre existence que la mienne.

• La satisfaction intégrale de mes désirs, sous prétexte d'être libre, ne peut qu'être en contradiction avec le besoin de satisfaction d'autrui.

> **Gagnez des points**
> Évoquez un philosophe que l'on ne s'attend pas nécessairement à rencontrer à propos d'une telle question.

• Dans une telle situation, il n'y a pas de vie collective possible. Pour que celle-ci apparaisse, il doit exister des règles de coexistence, qui font obstacle au désir individuel. (On peut penser à la « guerre de chacun contre chacun » de Hobbes.)

B. Le devoir existe pour contrarier ma volonté

• Si le respect des devoirs était immédiat chez chacun, il n'existerait plus aucun devoir au sens strict : rien ne devrait être fait puisque tout serait fait spontanément.

• Les devoirs s'imposent parce que ma volonté n'est pas immédiatement orientée vers ce qui doit (ou ne doit pas) être fait.

• Vivant en société, chacun sait qu'il doit en respecter les lois, qu'il doit se conduire le plus moralement possible, etc., même si cela peut sembler contrarier la « liberté » dont il aimerait bénéficier.

C. La contrainte ne peut-elle s'effacer ?

• Il est possible que certaines conduites, devenues habituelles, ne soient plus perçues comme des contraintes : c'est sans effort particulier que je ne vole pas mon voisin.

• Dans ce cas, la conscience du devoir n'apparaît plus et, au sens strict, il n'existe même plus de devoir. On est dans un conformisme banal, et la conduite n'a pas de valeur particulière.

• Pour que le devoir soit perçu, il est donc bien nécessaire qu'existe un conflit entre une règle et ce que demande le désir ou l'intérêt spontané.

Gagnez des points

Soulignez que la conduite n'a de valeur qu'à la condition que s'opposent deux instances : la règle et l'intérêt immédiat.

II. Reconnaître ses devoirs, c'est reconnaître des obligations

A. Comment distinguer « connaître » et « reconnaître » ?

• Connaître des devoirs, c'est savoir qu'ils existent, et qu'ils s'imposent à ma conscience pour déterminer mon comportement.

• Ils peuvent ainsi s'imposer de l'extérieur : les règles peuvent venir d'une coutume, d'une croyance religieuse, de l'État.

• Lorsqu'on reconnaît des devoirs, on fait davantage qu'en les connaissant simplement : on les adopte parce qu'on perçoit leur utilité ou nécessité.

B. La reconnaissance des devoirs est celle de leur légitimité

• Reconnaître que je dois m'arrêter au feu rouge peut encore être ressenti comme une gêne, mais la règle m'apparaît légitime car formulée dans l'intérêt de tous (y compris le mien).

• Ce qui est ainsi reconnu dans le devoir, c'est son bien-fondé – que ma raison, au-delà de mon intérêt singulier, peut approuver.

• On supporte dès lors les limitations imposées à la spontanéité par les lois sociales parce que celles-ci assurent le bon fonctionnement de la société.

C. L'absence de devoirs et d'obligations n'est que l'« indépendance naturelle »

• Une société ne peut exister sans lois. Seul serait étranger aux lois et à leurs obligations, si l'on en croit Rousseau, l'homme de la nature.

• Lui seul, en effet, parce qu'il reste à l'écart de tous les autres, bénéficie d'une « indépendance naturelle », c'est-à-dire du pouvoir de faire ce qu'il « veut », en fonction de son désir et de ses capacités physiques.

Gagnez des points

N'hésitez pas à donner une place importante à cette partie.

• Mais dès qu'il y a regroupement d'individus, il doit être tenu compte de la présence des autres : l'entraide (contre les dangers extérieurs), la collaboration (dans les premières formes du travail) supposent l'existence de règles, et la substitution d'une liberté « de convention » à l'indépendance initiale.

III. La liberté peut-elle être réelle sans obligations ?

A. La société politique organise la liberté

• Pour Rousseau, la liberté dans le corps politique est clairement plus importante que l'indépendance à laquelle fait renoncer le contrat social. Or, la société organisée politiquement nécessite la formulation de lois.

• Ces dernières doivent exprimer la « volonté générale » : c'est la condition pour que les devoirs légaux soient admis comme correspondant à l'intérêt de tous et donc de chacun.

• Dès lors, la liberté peut être définie comme l'obéissance aux lois qu'on s'est prescrites.

B. L'obligation morale est-elle compatible avec la liberté ?

• Les lois de la société peuvent concerner la conduite morale : sont-elles semblablement issues de la volonté générale ? Ou émanent-elles d'un groupe particulier ?

• L'interdiction de voler est constante, mais cette interdiction n'est-elle pas bafouée par des façons de voler (l'État ou les citoyens) particulièrement subtiles ?

• Quant aux lois formulées par une religion, leur moralité affirmée n'est pas incompatible avec le fanatisme – qui n'est guère accueillant à la liberté.

C. L'autonomie harmonise liberté et devoirs

• Pour Kant, les morales formulées par l'État ou la religion (ou l'enseignement, la société, etc.) se fondent sur l'« hétéronomie de la volonté » : les devoirs sont imposés de l'extérieur.

• À ces conceptions, il oppose l'autonomie de la volonté, qui désigne la capacité présente en chacun d'être son propre législateur – en même temps que législateur universel (on postule que la raison est la même chez tous les hommes).

L'astuce du prof

On aborde en fin de copie la conception kantienne de la moralité comme le modèle d'une véritable compatibilité entre devoirs et liberté.

• Ainsi, c'est du sujet que vient l'obligation à laquelle il se soumet, et cette obéissance est un indice de sa liberté (puisqu'il a toujours la possibilité de choisir la désobéissance à sa propre loi).

Conclusion

Si la liberté reste conçue comme la capacité de satisfaire tous ses désirs, elle rencontre des obstacles dont les devoirs ne sont pas forcément les plus notables, pour peu que l'on tienne compte des aptitudes d'abord physiques des sujets « libres ». Aussi est-il nécessaire de penser qu'un être vivant en société adopte les devoirs qu'il reconnaît comme légitimes car utiles à l'existence sociale, et qu'il y actualise une liberté qui se confirme pleinement dans son versant moral, lorsque l'obéissance est d'abord celle à sa propre raison.

Explication de texte

Introduction

Centrage : Caractériser la vie en général n'est pas chose facile. Bergson évoquait un « élan vital » pour en signaler le dynamisme, Michel Foucault préfère parler d'une vie « errante », et la considérer, « à la limite », comme « ce qui est capable d'erreur ». Mais si l'erreur fait partie de la vie elle-même, quel rôle tiendra-t-elle chez l'homme, qui est bien un vivant parmi d'autres ? Lui aussi serait « destiné » à l'erreur. C'est notamment ce qui apparaît si l'on est attentif au rôle que tient dans notre pensée et dans la société l'opposition du vrai et du faux. C'est ce que confirme l'histoire des sciences, occupée à opérer des corrections de ce qui est admis et des redistributions du vrai et du faux.

> Le plan est rappelé pour vous aider, mais il ne doit en aucun cas figurer sur votre copie. À vous de guider le correcteur par l'annonce du plan dans l'introduction, les phrases d'attaque des paragraphes et des transitions.

Problématique : Quel intérêt trouve-t-on à redéfinir non seulement la pensée, mais plus généralement la vie des hommes comme fondamentalement liée à l'erreur ?

I. Quelle est l'importance de l'erreur dans la vie ?

A. Comment caractériser la vie ?

L'erreur est généralement perçue de manière négative. Mais si l'on considère la vie en général, comme ce qui anime l'ensemble des vivants, ne faut-il pas admettre que sa définition la plus juste consiste à la caractériser comme « ce qui est capable d'erreur » ?

Une telle définition peut surprendre, y compris les biologistes, et peut-être est-elle en effet plus philosophique que biologique au sens strict. Pourtant, elle est amplement justifiable.

B. Que peut être la normalité des vivants ?

Dire que l'erreur appartient à la vie, c'est dire que les vivants en offrent de possibles exemples. Sans doute Foucault précise-t-il que c'est « à la limite » que la vie et l'erreur sont liées. Mais on doit pouvoir vérifier que la biologie est bien un domaine où les erreurs abondent. Et il en énumère les rubriques.

En premier lieu, la question de l'« anomalie » traverse toute la biologie. L'anomalie, c'est l'exception, l'irrégularité. Par exemple le phénomène de la superfétation que l'on ne rencontre que très rarement et qui ne semble donc pas répondre aux lois ordinaires de la reproduction. Mais l'anomalie, ce peut également être la maladie, en tant que situation interrompant momentanément le fonctionnement ordinaire de l'organisme.

> **Gagnez des points**
> Donnez un exemple illustrant Foucault (qui n'en donne aucun).

Plus généralement, c'est la possibilité de l'erreur qui rend compte des mutations, au terme desquelles l'information génétique se trouve modifiée, et éventuellement transmise héréditairement, participant dès lors à l'évolution des espèces.

C. Le vivant humain n'est-il pas destiné à l'« errance » ?

C'est au terme d'une longue évolution que l'humain se manifeste : il résulte d'une série d'« erreurs », et se trouve voué à « errer ». L'homme est sans lieu fixe ou définitif, parce qu'il est sans définition naturelle, et que l'hérédité ne détermine qu'une part de son comportement.

C'est comme animal « dénaturé » (Vercors) que le vivant humain se repère, et doit dès lors inventer ses modes de vie en raison de son indétermination initiale. Qu'une telle « invention » s'accompagne d'erreurs n'a rien d'étonnant.

II. Quelles sont les manifestations de l'erreur dans la pensée ?

A. Toute pensée oppose le vrai au faux

Que l'éventualité, mais aussi la réalité de l'erreur, traverse toute la pensée, c'est déjà ce qu'indique la différence établie dans toute pensée, et le plus tôt possible, entre le vrai et le faux.

Quelle que soit la logique reconnue dans une culture, on oppose partout ce qu'il est légitime d'affirmer et ce qui est inacceptable, ce que l'on peut dire et ce que l'on ne peut pas formuler. Un tel cadre de pensée prévoit l'erreur, et la récuse.

B. Vrai et faux pourraient-ils avoir la même valeur ?

Ce qui est ainsi refusé a nécessairement moins de valeur que son contraire. Vrai et faux équivalent à ce qui est désirable parce que positif et ce qui est à éviter parce que nocif. Ce qui témoigne d'une erreur renvoie à une faiblesse de la pensée, à une incapacité, à du « mal ».

> **Gagnez des points**
> Illustrez simplement, mais de manière suffisante, votre analyse.

À l'enfant qui commet des erreurs de calcul, on reproche son incapacité ou sa mauvaise volonté en arithmétique, ou le fait qu'il calcule « mal ».

On ne saurait mettre une pensée fausse sur le même plan que la pensée sure de sa démarche, dont la réussite s'indique par le repérage du « vrai » (ou d'un moins faux que le faux dénoncé).

C. Comment les pouvoirs tiennent-ils compte de l'opposition ?

Les hommes disent vrai ou faux : on pourra privilégier celui qui dit vrai sur l'autre.

La valeur du vrai favorise des pratiques sociales qui concernent l'émergence et la réalité du « sujet » humain : l'examen de conscience, la confession chrétienne (le péché est une erreur) ont pour but d'amener l'individu à « dire vrai » sur lui-même et à manifester ce qu'il « est », comme si le pouvoir avait besoin, pour bien commander, non seulement d'obéissance de la part des sujets, mais de l'aveu de leurs faiblesses.

III. L'erreur n'est-elle pas première dans l'histoire des sciences ?

A. Les sciences ne doivent-elles pas nier les suggestions erronées ?

C'est peut-être lorsqu'il est question de sciences que les « faiblesses de la pensée » paraissent les plus regrettables. Mais on ferait fausse route en croyant que ces faiblesses ne sont rien de plus que des ratages d'une vérité à notre disposition. C'est le contraire.

Selon Gaston Bachelard, une science ne s'établit qu'en récusant toutes les notions préconçues antérieures : perception immédiate, intuition naïve, besoin de généralisation rapide composent un contexte fertile en erreurs. L'alchimie n'est pas une version préparatoire de la chimie, qui n'existe qu'en la niant totalement.

B. L'histoire fait-elle autre chose que des « corrections » ?

L'histoire de chaque science propose une suite de lois et de théories qui se corrigent, en tout ou en partie. Ce qui paraissait absolument vrai ne le devient que partiellement, se trouve remplacé par d'autres formules à leur tour admises comme « vraies » avant d'être à leur tour contestées, etc.

> **L'astuce du prof**
> Citez à nouveau Bachelard, sans nécessairement rappeler les détails de sa démonstration.

Dans *La Philosophie du non*, Bachelard a montré que la raison évolue dialectiquement, en se niant en partie et en allant au-delà de ses acquis.

C. La vérité elle-même peut-elle être atteinte ?

De telles redistributions du vrai et du faux indiquent-elles que l'on finira par trouver la vérité ? Ce serait une nouvelle illusion – et il faudrait alors admettre qu'une discipline scientifique pourrait être achevée et n'avoir plus rien à chercher, ce qui semble impossible. On doit plutôt reconnaître que le savoir n'est qu'une suite d'approximations indépendantes d'une prétendue vérité à établir définitivement, et que c'est bien l'erreur qui constitue la dimension essentielle de la recherche.

Conclusion

Ce texte de Foucault vient nous rappeler que notre rapport à la vérité ne peut s'établir que sur un fond premier d'erreur. L'erreur dans la pensée, pour gênante ou fâcheuse qu'elle nous paraisse, n'est que la traduction d'une qualité qui semble infiniment plus positive : si l'homme « erre », c'est parce que, ne bénéficiant pas d'une définition *a priori*, il est libre.

SUJET COMPLET 4 — D'après France métropolitaine, juin 2021 — 20 pts — 4h

Dissertation 1

Discuter, est-ce renoncer à la violence ?

Dissertation 2

L'inconscient échappe-t-il à toute forme de connaissance ?

Dissertation 3

Sommes-nous responsables de l'avenir ?

Explication de texte

Expliquer le texte suivant :

Chaque peuple a sa morale qui est déterminée par les conditions dans lesquelles il vit. On ne peut donc lui en inculquer une autre, si élevée qu'elle soit, sans le désorganiser, et de tels troubles ne peuvent pas ne pas être douloureusement ressentis par les particuliers. Mais la morale de chaque société, prise en elle-même, ne comporte-t-elle pas un développement indéfini des vertus qu'elle recommande ?

Nullement. Agir moralement, c'est faire son devoir, et tout devoir est fini. Il est limité par les autres devoirs ; on ne peut se donner trop complètement à autrui sans s'abandonner soi-même ; on ne peut développer à l'excès sa personnalité sans tomber dans l'égoïsme. D'autre part, l'ensemble de nos devoirs est lui-même limité par les autres exigences de notre nature. S'il est nécessaire que certaines formes de la conduite soient soumises à cette réglementation impérative qui est caractéristique de la moralité, il en est d'autres, au contraire, qui y sont naturellement réfractaires et qui pourtant sont essentielles. La morale ne peut régenter outre mesure les fonctions industrielles, commerciales, etc., sans les paralyser, et cependant elles sont vitales ; ainsi, considérer la richesse comme immorale n'est pas une erreur moins funeste que de voir dans la richesse le bien par excellence. Il peut donc y avoir des excès de morale, dont la morale, d'ailleurs, est la première à souffrir ; car, comme elle a pour objet immédiat de régler notre vie temporelle, elle ne peut nous en détourner sans tarir elle-même la matière à laquelle elle s'applique.

DURKHEIM, *De la Division du travail social*, 1893.

CORRIGÉ SUJET COMPLET 4

Dissertation 1

Introduction

Le plan est rappelé pour vous aider, mais il ne doit en aucun cas figurer sur votre copie. À vous de guider le correcteur par l'annonce du plan dans l'introduction, les phrases d'attaque des paragraphes et des transitions.

Centrage : Il est rare que l'on admette une positivité de la violence. Pour la suspendre, la philosophie a classiquement privilégié le recours au langage, lorsqu'il peut être échangé entre deux personnes en désaccord aussi bien qu'au niveau collectif.

Problématique : En quoi le langage suspend-il la violence ? Celle-ci est une réponse physique immédiate, alors que le recours à la parole implique un recul relativement à la situation conflictuelle. La parole peut toutefois doubler l'acte violent, dès lors incapable de se constituer en discours. Ce dernier exige du temps, comme la discussion authentique, dont la meilleure version est le dialogue, échange en quête de la vérité. N'existe-t-il pas cependant des discussions violentes ? À quelles conditions la parole peut-elle devenir dangereuse et susciter la violence ?

I. La violence est une réponse immédiate

A. C'est une réponse physique qui confirme un conflit

- La violence est une réaction brutale face à un contradicteur ou à une situation conflictuelle. Immédiate, elle supprime toute réflexion avant de se déclencher.
- Elle ne fait que profiter d'une inégalité apparente des forces, soit individuelles, soit collectives.

Gagnez des points

Inutile d'énumérer toutes les formes concevables de violence, soyez synthétique.

B. Elle confond la force et le droit

- Si le violent l'emporte sur son adversaire, il prétend avoir imposé par la seule force son point de vue.
- Cela ne prouve aucunement que ce point de vue soit le meilleur ou le plus rationnel : il ne repose que sur la force, et n'est qu'arbitraire (comme la force elle-même) et non fondé.
- Imposé par la violence, ce point de vue n'est qu'en apparence et momentanément admis ou adopté par l'adversaire (qui se protège, préférant l'approuver plutôt que subir durablement la violence exercée à ses dépens).

C. Le conflit « réglé » par la violence peut toujours renaître

- Rousseau souligne dans son *Contrat social* que la violence « ne fait pas droit » : elle n'établit aucune légitimité, et risque toujours de ne « vaincre » que temporairement.
- En effet, la force de l'adversaire « vaincu » peut être augmentée par divers moyens, et il peut ainsi gagner à son tour par la violence (on peut penser, schématiquement, au déroulement de la Seconde Guerre mondiale : les forces

de l'armée allemande viennent d'abord à bout de la Pologne, de la Belgique, de la France, etc., mais sont ensuite défaites lorsque les Alliés – États-Unis, URSS, Angleterre – les surpassent).

L'astuce du prof

L'appel à Rousseau peut être accompagné d'exemples « modernes ».

• On entre ainsi dans un processus qui risque d'être, sinon réellement sans fin, du moins durable (*cf.* la vendetta) : la violence est incapable de régler réellement un conflit, elle ne peut que le faire périodiquement renaître.

II. La discussion diffère son résultat

A. Le recours au langage suspend la violence

• On ne peut simultanément parler et exercer sa propre violence ouverte : hurler « Je vais te tuer » est antérieur à l'acte qui n'est qu'annoncé, et ne peut s'effectuer en même temps que lui.

• Parler implique que l'on prenne de la distance par rapport à la situation, c'est-à-dire que l'on envisage celle-ci sur un plan « symbolique » (celui du langage, qui remplace le réel par son évocation).

• Plus on développe le discours, moins on recourt à la violence (aussi bien chez l'enfant, chez lequel le développement du langage remplace les réactions de colère brutale, que dans les rencontres diplomatiques).

B. Discuter, c'est admettre que la solution peut se faire attendre

• Lorsque des diplomates discutent pour suspendre le risque d'un conflit ou diminuer une tension entre États, ils prévoient que leur discussion peut être longue et l'acceptent comme sa condition de possibilité.

Gagnez des points

Soulignez que discuter implique une première forme d'entente.

• Si deux personnes d'avis opposés acceptent de discuter entre elles (au lieu de s'envoyer des coups de poing dans la figure), elles admettent l'une et l'autre qu'elles auront besoin d'un certain temps pour éventuellement trouver un accord.

• Le fait même d'entamer une discussion suppose ainsi un premier accord implicite : les deux partis acceptent à la fois de ne pas être violents et de n'aboutir qu'à moyen ou long terme à une solution.

C. En théorie, la fin de la discussion supprime le conflit

• Une discussion est correctement menée si les deux interlocuteurs sont sincères, prêts à échanger leurs arguments, et à en déduire les conséquences et une conclusion (qui donnera tort à l'un des deux, ou aura défini un terrain d'entente).

• Dans un tel cas, la violence est écartée (elle peut à nouveau menacer plus tard, sur un sujet différent ; il conviendra alors d'entamer une nouvelle discussion).

• Le conflit lui-même est supprimé, dans la mesure où les deux opinions rivales ont pu établir le tort ou les défauts de l'une, ou trouver un compromis.

III. Le dialogue n'existe plus lorsque les opinions se déploient solitairement

A. Le dialogue comme modèle d'une bonne discussion

• Le dialogue platonicien est exemplaire de ce que peut ou doit être, du point de vue philosophique, une discussion bien menée. Il suppose un va-et-vient du

« *logos* » (parole, mais aussi raison) dans l'espace qui sépare (ce qu'indique le préfixe « *dia* ») les deux interlocuteurs, qui est l'espace partagé, disponible pour la recherche de la vérité.

• Ce modèle classique montre que certains « ne jouent pas le jeu » : ils abandonnent en cours de route, rendus furieux par les subtilités et ruses que déploie Socrate.

• Dans de tels cas, le dialogue ne peut aboutir à une solution commune, mais Socrate n'est pas « vainqueur » : il peut au contraire regretter l'échec de la démarche.

B. Certaines discussions peuvent échouer

• Plus généralement, l'échec d'une discussion est toujours possible pour de multiples raisons (mauvaise foi, ruses, tromperies, mensonges).

• Cet échec signifie que la violence, qui était momentanément suspendue (différée) peut faire retour. Et qu'elle peut se manifester d'abord par des paroles elles-mêmes violentes.

> **L'astuce du prof**
> Soulignez qu'il y a aussi une violence verbale permet de ne pas s'en tenir à une version un peu niaise des effets du langage.

• Il existe en effet des paroles « qui peuvent tuer » – qu'elles soient proférées au cours d'une discussion « qui tourne mal » (injures, menaces – aboutissant éventuellement à une surenchère entre les deux parties), ou qu'elles correspondent à une volonté délibérée de promouvoir (par exemple dans un discours politique, *cf.* les discours de Hitler fanatisant ses auditeurs par leur mise en scène et leur dramaturgie) une violence ouverte.

C. Violence éventuelle de la parole solitaire

• Une forme contemporaine, devenue pratiquement permanente, de cette violence verbale se manifeste désormais par les réseaux sociaux, grâce à leur constante disponibilité : n'importe qui peut y venir accuser violemment une autre personne sous n'importe quel prétexte plus ou moins vraisemblable (mais qui se souciera d'en vérifier la validité ?), et l'anonymat qui protège les intervenants est évidemment une sorte d'invitation au déferlement des paroles les plus violentes possibles, auxquelles seront apportées des réponses prises au jeu de la surenchère.

• Menaces d'agression ou de mort peuvent ainsi être quotidiennement proférées sans aucune réserve, ou moins gravement il est vrai, attaques verbales et échanges d'injures qui seraient sans doute, au moins partiellement, réfrénées si leur auteur était connu et s'il parlait publiquement dans des conditions normales.

• De tels phénomènes, rendus possibles par l'absence d'interlocuteur réel, prouvent *a contrario* les aspects positifs de la discussion : face à l'autre, le discours que l'on tient est plus mesuré que dans l'espace électronique. Pour Lévinas, cette présence de l'autre et de son visage a déjà valeur de commandement moral, « Tu ne tueras pas », et supprime donc la tentation de la violence.

Conclusion

La violence collective ou politique n'a été approuvée que par Marx et Engels comme étant l'« accoucheuse » des vieilles sociétés, et nécessaire dans le processus révolutionnaire. Si en revanche on admet avec Clausewitz que la guerre est la « continuation de la politique par d'autres moyens », on voit que la politique, quant à elle, n'est pas la guerre : il lui appartient alors d'écarter la violence grâce au débat, à la discussion, au compromis - que ce soit au cours des débats d'une assemblée d'élus, lors d'élections ou à l'occasion d'une rencontre internationale de dirigeants. La démarche vaut également pour les relations entre individus : c'est en suspendant la violence que la paix sociale peut être établie et maintenue.

Dissertation 2

Introduction

Centrage : Toute personne espère bien se connaître. Mais lui est-il possible de prendre connaissance de tout ce qui la constitue ? Le fonctionnement organique nous échappe : ne devons-nous pas faire un effort pour le connaître ? Qu'en est-il du fonctionnement psychique ?

Problématique : Il semble difficile, sinon impossible de ramener le psychisme à la seule conscience : trop de phénomènes lui sont étrangers, et nous comprenons aisément que notre comportement peut être déterminé par notre « inconscient ». Pour connaître ce dernier, la psychanalyse se présente en insistant sur ses capacités thérapeutiques. Celles-ci suffisent-elles pour garantir que les théories de Freud constituent une connaissance véritable, ou scientifique ?

> Le plan est rappelé pour vous aider, mais il ne doit en aucun cas figurer sur votre copie. À vous de guider le correcteur par l'annonce du plan dans l'introduction, les phrases d'attaque des paragraphes et des transitions.

I. Conscience et connaissance sont-elles toujours complémentaires ?

A. Une connaissance peut-elle être consciente en permanence ?

- Le *cogito* cartésien est la connaissance immédiate du fait que je suis un être pensant, ayant la capacité de se saisir comme tel. Il ne concerne donc que la « conscience » et ce qui en participe.
- Une connaissance pratique, acquise par entraînement puis maintenue par habitude (je sais monter à bicyclette) ne revient à la conscience qu'en cas d'échec : une chute de bicyclette réveille ensuite mon attention consciente à mes mouvements. Où stagne mon savoir-faire entre-temps ?
- La connaissance que je prends de moi-même concerne en priorité ma conscience et ce qu'elle emmagasine. Il est possible d'avoir conscience du savoir que l'on a dans telle ou telle discipline, bien que ce savoir ne soit pas en totalité ni en permanence présent à ma conscience : où est-il stocké lorsque je n'en ai pas conscience ?

> **Gagnez des points**
> L'allusion à un philosophe classique est toujours bienvenue, quand elle est pertinente.

B. Comment connaître ce qui échappe à la conscience ?

• Le langage lui-même n'est pas conscient en permanence. Mais sa grammaire et son vocabulaire redeviennent disponibles dès que le besoin s'en fait sentir pour parler ou pour écrire. On retombe sur la même question : où le langage est-il « conservé » pour être ainsi toujours prêt à resservir ?

L'astuce du prof

Distinguez bien le préconscient de l'inconscient strict : on ne les « connaît » pas de la même façon.

• Dans de nombreux cas (on peut aussi évoquer la mémoire elle-même), des connaissances acquises peuvent demeurer « inconscientes » durant un certain temps, pour réapparaître périodiquement. Ces connaissances, pour Freud, composent le « préconscient », qui désigne précisément les éléments psychiques qui ne sont pas toujours conscients (s'ils l'étaient, ils seraient d'ailleurs encombrants : comment parler si la totalité du vocabulaire est présente et encombre la conscience), mais qui peuvent y revenir.

• Lorsqu'un savoir revient à la conscience alors qu'il était préservé en dehors d'elle, je le connais et le reconnais : certains aspects de l'« inconscient » peuvent donc être d'une certaine façon « connus ».

C. Que révèle la psychopathologie de la vie quotidienne ?

• Il arrive pourtant que le mot que j'aimerais utiliser soit « introuvable », ou qu'un souvenir m'échappe durablement. D'où viennent de tels blocages ?

• Freud analyse un certain nombre de situations comparables dans lesquelles la conscience se trouve impuissante : oublis de noms propres, lapsus qui font prononcer ou écrire un mot inattendu à la place d'un autre, erreurs d'interprétation dans la lecture d'un texte, maladresses, actes manqués, etc. Tous ces phénomènes constituent la « psychopathologie de la vie quotidienne » : ils sont donc fréquents mais un peu pathologiques, et leur source doit être cherchée dans l'inconscient « à proprement parler », qui révèle ainsi sa capacité à perturber le comportement en fonction de certains désirs. Si on n'en a pas ainsi une connaissance, au moins peut-on en effectuer un premier repérage.

• Mais c'est le rêve et son analyse qui offrent la « voie royale » vers l'inconscient. Car le rêve, même le plus absurde en apparence, recèle une signification, qui révèle certains « contenus » de l'inconscient.

II. La connaissance de l'inconscient passe-t-elle par le psychanalyste ?

A. C'est lui qui peut analyser les rêves

• Ce n'est qu'avec l'aide d'un professionnel de l'analyse que je peux commencer à retrouver dans mon passé proche ou lointain l'origine de certains éléments oniriques. Mais cela ne donne pas le sens du rêve.

Gagnez des points

N'hésitez pas à affirmer qu'une « connaissance » de l'inconscient passe d'abord par une personne extérieure au sujet.

• Il faut encore comprendre ce que désignent ces éléments, comment ils sont transformés et articulés entre eux –ce qui renvoie à la différence entre contenu manifeste et contenu latent, et au travail de déplacement et de condensation.

C'est là ce qui appartient à l'analyste, qui finit par suggérer une signification possible à son « patient », éventuellement choqué par ce qui lui est ainsi révélé.

B. Quel est le rôle du psychanalyste ?

• Il est d'abord celui qui écoute, et va prendre appui sur ce qu'il entend dans le discours du patient (et sur la lecture de Freud comme fondateur de sa discipline) pour faire état de pulsions, de désirs plus ou moins avouables présents dans l'inconscient de celui qui le consulte parce qu'il « se sent mal ».

• Le peu qu'il énonce doit permettre à ce dernier de retrouver son équilibre par intégration des facteurs pathogènes inconscients (censurés) dans sa conscience, et en comprenant qu'il n'y a pas là de quoi « se rendre malade ».

C. L'analyse est-elle interminable ?

• Les éléments pathogènes de l'inconscient renvoient le plus souvent à l'enfance et à des relations mal établies avec d'autres personnes.

• Mais la cure ne met pas fin à l'histoire individuelle au moment où elle a lieu : l'inconscient peut encore évoluer, transformer ses pulsions, et l'on ne peut jamais garantir que l'examen du passé soit accompli à fond.

• C'est pourquoi Freud considérait que la cure est en théorie « interminable », jamais assez poussée pour aller jusqu'à l'inconscient le plus profond ou le plus enfoui, et qu'on ne l'admettait « terminée » que pour des raisons pratiques, lorsque le patient se sentait « mieux ».

> **L'astuce du prof**
> Suggérez que la connaissance de l'inconscient ne peut jamais être complète.

III. Quelle connaissance en déduire ?

A. Une connaissance plus complète de soi-même

• Connaître, même partiellement, son inconscient, c'est être mis au courant de ce qui détermine en grande partie la psychopathologie de sa vie quotidienne : ses oublis, ses lapsus, etc., qui ont pour origine des fixations sur certains moments de sa biographie.

• C'est aussi mieux comprendre ses sentiments : je croyais apprécier telle personne, mes oublis et actes manqués révèlent une relation avec elle très différente.

• À la personne que je pensais consciemment être s'ajoute une autre « connaissance » – celle qui concerne ce qu'Alain (qui n'appréciait pas les théories freudiennes) nommait mon « autre moi ». En prenant positivement la formule, on peut admettre que l'exploration de mon inconscient m'amène à mieux saisir ce qui détermine mon comportement et mes affects.

B. Est-ce une connaissance utile ?

• Si l'on reconnaît l'efficacité de la cure analytique dans le traitement des névroses, cette connaissance est utile puisqu'elle permet à des personnes « malades » de retrouver un certain « équilibre ».

• Lorsque la cure est entreprise sans véritable pathologie, on lui a souvent reproché de ramener le sujet à une « moyenne », celle qu'attend la société. L'importance notamment attribuée au complexe d'Œdipe par Freud est symptomatique, selon

Gilles Deleuze et Félix Guattari (dans *L'anti-Œdipe*) d'un privilège accordé à la famille classique, et ignore la nature réelle du désir, susceptible d'avoir des objets très extérieurs à ce modèle.

• Le quotidien, si l'on y tenait compte de ce que l'on peut connaître de l'inconscient, deviendrait à peu près invivable : tout geste, toute relation, tout sentiment serait soupçonné de dissimuler une signification généralement sexuelle, et la vie sociale serait assez délicate…

C. Est-ce une connaissance scientifique ?

• Freud considérait que ses théories étaient bien scientifiques puisqu'elles étaient fondées sur l'observation et le traitement des malades, qu'en leur absence on ne pouvait expliquer bon nombre de phénomènes psychiques et que leur validité était « prouvée » par leur efficacité thérapeutique.

Gagnez des points

Prolongez la question en interrogeant la qualité de la connaissance possible de l'inconscient.

• Karl Popper a établi que la psychanalyse n'est au contraire pas une science puisqu'elle ne peut se prêter à l'épreuve de la falsifiabilité : il est impossible de proposer une expérience qui viendrait contredire ses conceptions.

• Il n'est donc pas étonnant que la théorie psychanalytique et la connaissance qu'elle apporte se trouvent contestées par des disciplines qui prétendent rendre compte de l'inconscient par d'autres accès et méthodes, ou qui en nient la réalité (psychiatrie médicamenteuse, neurosciences).

Conclusion

Après avoir été refusée par un certain rationalisme classique, la psychanalyse est désormais critiquée de divers côtés : philosophiquement, Ernst Bloch lui reproche de figer l'inconscient sur le passé et d'ignorer son autre dimension (le « pas encore conscient »), reposant ainsi sur une conception erronée de la temporalité. Du point de vue épistémologique, la connaissance qu'elle apporte de l'inconscient n'est sans doute pas scientifique, mais si elle aide des personnes à se sentir « mieux », on doit peut-être encore s'en contenter d'un point de vue pragmatique, en attendant que d'autres disciplines viennent nous éclairer davantage.

Dissertation 3

Introduction

Centrage : La responsabilité ne concerne que les êtres humains : dotés de conscience et capables de comprendre la relation possible entre leurs actes et leurs conséquences à plus ou moins long terme. On admet spontanément que l'on est responsable de ce que l'on a fait, c'est-à-dire du passé tel qu'il aboutit au présent. Mais sommes-nous complémentairement responsables de l'avenir ?

Le plan est rappelé pour vous aider, mais il ne doit en aucun cas figurer sur votre copie. À vous de guider le correcteur par l'annonce du plan dans l'introduction, les phrases d'attaque des paragraphes et des transitions.

Problématique : L'être humain vit dans une temporalité spécifique : son présent est façonné par ce qu'il a vécu, et ouvert sur l'avenir. La préoccupation de ce dernier produit de multiples projets, des choix, des engagements. Nous pouvons faire des reproches à ceux qui nous ont précédés, parce que nous les jugeons responsables d'avoir plus ou moins bien prévu le monde dans lequel nous vivons. Ne sommes-nous pas semblablement, sinon plus encore, responsables du monde que nous laisserons à nos successeurs ?

I. Nous sommes responsables de ce que nous avons fait

A. La responsabilité implique la conscience des conséquences de nos actes

• Un chien qui dérobe et dévore un poulet rôti n'établit une relation, d'ailleurs fugace, entre son comportement et la punition qui en est la conséquence que si cette punition est rapide. Si elle n'intervient qu'au bout d'une heure, le chien ne la « comprend » pas.

Gagnez des points
N'hésitez pas à partir d'analyses simples et progressives.

• Un enfant de 5 ou 6 ans commence à saisir que sa conduite a des conséquences, et qu'il en est qu'on peut lui reprocher parce qu'il en est responsable. Il peut d'ailleurs chercher à nier cette responsabilité (c'est un courant d'air qui a brisé le vase préféré de sa mère...).

• L'adulte abandonne la recherche d'excuses amoindrissant sa responsabilité, et ne la nie plus par le classique « ce n'est pas ma faute ».

B. On est aussi responsable d'actions anciennes

• Un meurtrier découvert après une longue enquête est entièrement responsable et en subit les conséquences : un procès et une condamnation.

• L'individu auquel on refuse un poste parce qu'il n'a pas les diplômes requis est responsable d'avoir négligé ses études pendant des années en espérant qu'il se débrouillerait toujours.

• Les excuses qu'il pourrait trouver (mauvaises fréquentations, milieu familial négligent) restent, d'un point de vue kantien, inopérantes, car sa raison n'a pas résisté à ses intérêts immédiats.

C. Est-on responsable aussi du passé collectif ?

• L'humain fait partie d'une société organisée autour de certaines valeurs, qui peuvent évoluer. Jean-Paul Sartre considère en conséquence qu'il doit prendre parti non seulement par rapport au présent collectif, mais aussi par rapport aux décisions et actes antérieurs de la société, faute de quoi il les approuve par son indifférence ou son mutisme.

• Ainsi, un jeune Allemand d'aujourd'hui doit prendre position en dénonçant sans ambiguïté le nazisme (il peut aussi, en raison même de sa liberté, l'approuver). De même, je dois critiquer la colonisation : si je ne le fais pas, j'adhère à la mentalité colonialiste.

Gagnez des points
Il est temps d'inverser la perspective, en passant du passé à l'avenir.

• Le passé « négatif » du groupe m'oblige ainsi à assumer une certaine responsabilité concernant des actes auxquels je n'ai pas participé ; il est alors concevable que l'on reproche aux générations antérieures d'avoir transmis un héritage peu acceptable.

II. L'homme vit pourtant de projets.

A. Le présent n'est qu'une transition entre passé et futur

• Ce que l'on qualifie de « présent » n'a pas d'épaisseur, est à la limite introuvable : Bergson soulignait justement qu'il suffit de prononcer le mot pour constater que ses deux syllabes se situent l'une après l'autre dans le futur puis dans le passé.

• Ce « présent » est occupé par des considérations sur l'avenir : on prépare un examen en fonction de ce que l'on pense faire après l'avoir réussi ; on choisit, lors d'élections, le candidat dont le programme correspond le mieux avec l'avenir de la ville, de la région, de la nation que l'on souhaite.

• C'est ainsi l'avenir qui détermine les choix, les préférences, les engagements et les actes du « présent ».

B. Les effets d'un mauvais choix peuvent être tardifs

• Une personne mûre peut se reprocher d'avoir été négligente dans ses études. Elle déplore ainsi d'avoir été « irresponsable », c'est-à-dire de n'avoir pas suffisamment compris qu'elle était bien responsable de son avenir.

• Lorsqu'une société est mal orientée, il faut des années pour qu'en apparaissent les conséquences. Les dirigeants politiques qui étaient « aux responsabilités » ont souvent disparu. On ne les accuse pas moins, après coup, d'avoir choisi les mauvaises orientations, de n'avoir pas prévu leurs conséquences néfastes.

L'astuce du prof
N'hésitez pas à mettre en parallèle l'individu et la société.

• À partir de ces critiques, on espère dessiner un avenir plus acceptable, parce qu'on a saisi la relation unissant la qualité de l'avenir possible aux choix qui l'orientent dès le « présent ».

C. Peut-on garantir la réussite d'un projet ?

• Le projet nous fait sortir de la situation actuelle en imaginant, le plus raisonnablement possible, ce que pourra être l'avenir. Il définit les actions qui peuvent réaliser l'avenir souhaité.

• Mais cet avenir est en quelque sorte un pari sur nos possibilités. Quelle que puisse être la complexité des déterminations envisagées pour qu'il se réalise, et le calcul des actes nécessaires à sa venue, il peut surgir un phénomène à moyen ou long terme imprévisible, qu'il s'agisse d'un accident nucléaire bouleversant la vie d'une population, d'un conflit brutal que rien ne laissait prévoir, ou d'un phénomène naturel comme un tsunami dévastant une région et son économie.

• La responsabilité des décideurs ne s'en trouve-t-elle pas allégée ? Un projet ou un plan, même le plus précis possible, organisant l'avenir peut prévoir beaucoup de choses, mais non ce qui paraît dû au hasard ou à des déterminismes impossibles à maîtriser. Dès lors, de quelle façon peut-on rester responsable de l'avenir ?

III. C'est l'histoire qui dessine la responsabilité

A. L'histoire enseigne l'urgence d'un nouveau devoir

• L'histoire des relations entre l'être humain et son milieu montre, selon Hans Jonas, que la destruction de la nature par les techniques est désormais telle que s'affirme le risque d'une « autodestruction collective ».

• Évoquer la fin possible de l'humanité ne peut être sans conséquences : l'humanité actuelle doit faire tout ce qui est en son pouvoir pour qu'elle ne se réalise pas. Il y a là un devoir incontestable, une sorte de nouvel « impératif catégorique » concernant, non les vivants actuels, mais bien ceux du futur.

Gagnez des points

Suggérez que la situation actuelle demande que le devoir kantien soit « révisé ».

• Le devoir tel qu'on le pensait classiquement sous-entendait une réciprocité, une égalité des droits et des devoirs entre des sujets libres et tous contemporains. Cette définition doit être élargie : le nouveau devoir concerne tous les vivants, mais aussi les équilibres naturels, au même titre que les êtres humains.

B. La responsabilité concerne bien un avenir global

• La destruction de la nature par la technique et le souci de la seule rentabilité économique s'est accélérée au XXe siècle et détermine une préoccupation de plus en plus partagée relative à l'écologie et à la survie de l'humanité.

• Le point commun à tous les mouvements ou partis écologistes, malgré leurs nombreux différends, peut se résumer en une phrase : « Quelle planète laisserons-nous à nos successeurs ? ». L'action humaine est désormais envisagée selon ses conséquences, non plus immédiates ou à moyen terme, mais perceptibles dans plusieurs générations.

• On doit dès lors admettre que la responsabilité de l'avenir universel est prioritaire sur toute autre forme de responsabilité, celle-ci ne conservant un sens et une portée qu'à la condition que soit d'abord admise et reconnue la première.

C. À qui échoit cette responsabilité de l'avenir ?

• Pour Hans Jonas, on n'évitera le désastre écologique que par une prise de conscience de la responsabilité de chacun envers l'humanité dans sa totalité future.

L'astuce du prof

Montrez que ce que propose Jonas se heurte à de sérieuses difficultés.

• On peut objecter que, dans la mesure où le développement des techniques est inégal dans les sociétés, il semble difficile que les membres des sociétés peu ou non dotées de techniques dévastatrices accèdent rapidement à une telle conscience.

• Les États ne semblent guère pressés d'aider à cette prise de conscience. Ils en sont d'ailleurs peut-être incapables, et si certains l'étaient, ils ne pourraient l'imposer, sinon par la force, à ceux qui seraient jugés « en retard ».

Conclusion

Affirmer la nécessité et l'urgence d'une responsabilité de l'avenir de l'humanité est une chose. Le problème est désormais de savoir comment cette responsabilité peut être reconnue par tous. Une conversion radicale des États est peu probable. Faut-il alors compter sur des mouvements rassemblant des citoyens lucides capables de leur imposer des choix bénéfiques ?

Explication de texte

Introduction

Centrage : Kant a conçu la nécessité d'une morale universelle, mais la conception sociologique de Durkheim rattache une morale à chaque peuple : elle est simplement déterminée par les conditions d'existence de ce dernier.

Problématique : Le texte tend à montrer que les divers éléments de chaque morale ne peuvent pas se généraliser : le devoir est limité par d'autres devoirs, la morale elle-même ne peut intervenir dans tous les domaines - en particulier économiques. Un tel relativisme ne va pas sans poser des questions, non abordées ici.

> Le plan est rappelé pour vous aider, mais il ne doit en aucun cas figurer sur votre copie. À vous de guider le correcteur par l'annonce du plan dans l'introduction, les phrases d'attaque des paragraphes et des transitions.

I. Pourquoi chaque peuple a-t-il sa morale, de surcroît stable ?

A. La morale est déterminée par les conditions de l'existence collective

- Durkheim s'oppose à l'universalisme kantien : il existe non seulement des morales différentes, mais chaque peuple a la sienne, que déterminent ses conditions de vie.
- Ce « matérialisme » prend le contre-pied de l'idéalisme supposé des morales universalistes.
- En le forçant un peu, on admettrait que chaque partie d'un peuple, ou « classe », peut avoir sa morale. *Cf.* Trotski, *Leur morale et la nôtre*, 1938 (la morale révolutionnaire opposée à la morale bourgeoise).

B. Cette morale est-elle modifiable ?

- La relation entre la morale et les conditions d'existence est si étroite qu'il est impossible d'introduire dans un peuple une morale autrement « élevée » (plus générale, fondée sur d'autres conceptions).
- Négation anticipée de ce qu'apporterait, selon Bergson (*Les deux sources de la morale et de la religion*, 1932) une morale « ouverte » dans une société « close ».
- Une telle introduction désorganiserait la vie du peuple.

> **L'astuce du prof**
> Une allusion au vocabulaire de Bergson est bienvenue, parce qu'elle éclaire le texte.

C. Quelles seraient les victimes d'un changement de morale ?

- La désorganisation en cause toucherait les personnes composant le peuple.
- Sous prétexte de « progrès » moral (passage à une conception plus « élevée »), les gens souffriraient, tout particulièrement du point de vue spirituel.

• La conception modifiée ne correspondrait plus au mode de vie, et il n'y a donc qu'un changement de ce dernier qui pourrait aboutir à une modification sereine de la morale.

II. Pourquoi le devoir est-il limité ?

A. Comment peut se développer une morale ?

• Puisqu'une modification extérieure est dangereuse, qu'attendre d'une modification interne de cette morale propre à chaque société ?

• Ne peut-on pas à ce propos avancer l'hypothèse d'un développement « indéfini » des vertus prônées par une morale, ce qui en constituerait une version plus élevée ?

> **Gagnez des points**
> Formulez une hypothèse qui n'est qu'implicite dans le texte.

• Un tel développement pourrait être compatible avec l'existence de la société : les particuliers n'auraient donc pas à en souffrir.

B. Qu'est-ce qu'agir moralement ?

• Pour répondre à cette hypothèse, Durkheim passe par une définition du comportement moral : agir moralement, c'est faire son devoir. Une telle définition peut être admise par tout le monde (elle est presque une tautologie), mais elle repose en réalité sur la définition que l'on donne du devoir.

• Durkheim considère que tout devoir est fini, parce qu'il est limité par d'autres devoirs. Conséquence : il ne peut exister d'extension « indéfinie » des devoirs ou des vertus.

• La morale ne peut donc, ni s'étendre au-delà de la société à laquelle elle est liée, ni dépasser son développement « normal », tel qu'il est déterminé par la société et ses exigences.

C. D'où vient la limitation des devoirs ?

• Les exemples de limitation des devoirs que donne Durkheim peuvent évoquer la formule « la liberté de chacun s'arrête où commence celle des autres », et impliquent la distinction traditionnelle entre devoirs « envers soi-même » et devoirs « envers les autres ».

• En effet, d'un côté, si on se préoccupe prioritairement de se donner à autrui, on s'abandonne soi-même : un altruisme excessif aboutit à l'oubli de soi. De l'autre côté, si on oublie les autres en développant sa « personnalité » (et sans doute ses intérêts propres), on aboutit au pur et simple égoïsme.

• Un devoir ignorant ses limites (c'est-à-dire les autres devoirs) génère des comportements qui ne respectent pas un certain équilibre moral, son « ni trop, ni trop peu ».

III. Tous les domaines sont-ils soumis à la morale ?

A. La morale concerne-t-elle toutes les dimensions de la société ?

• Il existe une autre limitation aux devoirs : celle que marquent les « exigences de notre nature », formule qui désigne ce qui est nécessaire à la vie collective. Parmi ces exigences, certaines sont soumises à la moralité et à sa réglementation

« impérative » (adjectif au passage assez kantien), à laquelle on ne peut donc échapper.

• D'autres, comme les fonctions de production et de commerce, ne peuvent lui être totalement soumises sans être paralysées, alors qu'elles sont essentielles. Ainsi, il n'y a pas à porter de jugement moral sur la richesse, ni « bonne » ni « mauvaise » en elle-même, ni morale ni immorale, de même qu'on n'en porte pas sur un phénomène « naturel ».

Gagnez des points

Soulignez que Durkheim soustrait clairement le secteur économique des préoccupations morales.

B. La morale peut-elle avoir des effets « négatifs » ?

• La morale appliquée à un domaine qu'elle devrait épargner devient excessive, mais elle en souffre elle-même. Pourquoi ?

• Ayant pour objet de « régler notre vie temporelle » (par opposition à la vie spirituelle et à l'exclusion de tout lien avec une religion), c'est-à-dire les relations entre personnes dans une société satisfaisant leurs besoins, elle ne peut interférer dans cette satisfaction sans « tarir » ou modifier la « matière » ou réalité sur laquelle elle s'applique. Elle change ainsi son objet et perd de sa fonction.

Gagnez des points

Préciser ce que peut être notre « vie temporelle ».

C. Une morale peut-elle ignorer les autres sociétés ?

• Durkheim aboutit à une forme de relativisme : si les conditions de la vie sociale, éminemment variables, déterminent la morale, on doit considérer non seulement l'existence, mais aussi l'équivalence de toutes ces morales d'origine sociale.

• Dès lors, il devient impossible de considérer que l'une serait meilleure que les autres, et de porter un jugement sur les valeurs morales d'une société « étrangère », puisqu'elles sont aussi légitimes que d'autres.

• Les conceptions sociologiques de la morale, dont fait bien partie celle de Durkheim, se heurtent toujours à cette difficulté majeure : puisque toutes les morales se valent comme étant également fondées dans une société, une morale universelle est aussi impossible qu'une société universelle.

Conclusion

On peut admettre qu'une société donne une coloration particulière à la morale. Mais si la détermination de l'une par l'autre est conçue comme absolue, le jugement moral ne peut légitimement s'exercer qu'à l'intérieur d'une société donnée et reste inopérant dès qu'une conduite issue d'une société différente paraîtrait choquante ou « immorale ». La morale est ainsi totalement close, elle ne peut prétendre à aucune universalité et ne peut se concevoir que comme une parmi beaucoup d'autres.

SUJET COMPLET 5

20 pts · 4h

Dissertation 1 D'après Inde, juin 2009

› **Peut-on s'excuser en disant : « J'ai agi inconsciemment » ?**

Dissertation 2 D'après France métropolitaine, juin 2014

› **Vivons-nous pour être heureux ?**

Explication de texte D'après France métropolitaine, juin 2015

› **Expliquer le texte suivant :**

Dans un État démocratique, des ordres absurdes ne sont guère à craindre, car il est presque impossible que la majorité d'une grande assemblée se mette d'accord sur une seule et même absurdité. Cela est peu à craindre, également, à raison du fondement et de la fin de la démocratie, qui n'est autre que de soustraire les hommes à la domination absurde de l'appétit[1] et à les maintenir, autant qu'il est possible, dans les limites de la raison, pour qu'ils vivent dans la concorde et dans la paix. Ôté ce fondement, tout l'édifice s'écroule aisément. Au seul souverain, donc, il appartient d'y pourvoir ; aux sujets, il appartient d'exécuter ses commandements et de ne reconnaître comme droit que ce que le souverain déclare être le droit.

Peut-être pensera-t-on que, par ce principe, nous faisons des sujets des esclaves ; on pense en effet que l'esclave est celui qui agit par commandement et l'homme libre celui qui agit selon son caprice. Cela cependant n'est pas absolument vrai ; car, en réalité, celui qui est captif de son plaisir, incapable de voir et de faire ce qui lui est utile, est le plus grand des esclaves, et seul est libre celui qui vit, de toute son âme, sous la seule conduite de la raison.

SPINOZA, *Traité théologico-politique*, 1670

1. **Appétit :** ce qui nous porte à désirer quelque chose.

CORRIGÉ SUJET COMPLET 5

Dissertation 1

Introduction

Le plan est rappelé pour vous aider, mais il ne doit en aucun cas figurer sur votre copie. À vous de guider le correcteur par l'annonce du plan dans l'introduction, les phrases d'attaque des paragraphes et des transitions.

Centrage : Lorsque quelqu'un cherche une excuse à sa conduite, c'est parce qu'il a agi d'une manière qui paraît plus ou moins répréhensible. Il s'agit le plus souvent de suggérer ou de persuader qu'« on ne l'a pas fait exprès », c'est-à-dire que la volonté propre n'est pas entrée en jeu.

Problématique : Dans ce contexte, prétendre avoir « agi inconsciemment » semble faire allusion à ce qui peut, en effet, soit s'effectuer indépendamment de la volonté, soit contrarier carrément cette dernière.

Avant d'examiner si de telles références à l'activité d'un inconscient – compris de façon alternativement large ou plus technique – peuvent servir d'excuses au comportement, il convient de préciser en quoi l'acte intégralement conscient ou volontaire implique la responsabilité du sujet.

I. La conduite volontaire suppose l'analyse préalable de ses conséquences

A. L'enfant peut ne pas être conscient des conséquences

Lorsqu'un enfant fait une bêtise, il affirme volontiers, pour s'en excuser, qu'il ne l'a pas fait exprès. Cela signifie, en réalité, non que sa conduite était indépendante de sa volonté (elle obéit plutôt au désir d'une satisfaction rapide), mais qu'il n'avait pas prévu les conséquences éventuelles de sa conduite. Peu expérimenté, l'enfant vit dans un temps relativement court : il ne développe pas de véritables projets à moyen terme, et ne se préoccupe pas de ce que ses actes peuvent entraîner. On peut ainsi s'amuser à enflammer des allumettes sans prévoir qu'un tel jeu peut provoquer un incendie plus ou moins grave.

Dans de tels cas, l'« inconscience » de l'enfant équivaut à la simple ignorance de ce que peuvent produire ses actes, parce qu'il ne prévoit pas – ou peu – au-delà de son présent. Lorsqu'on le réprimande, c'est bien cette absence de prévision qui est en cause : « Tu ne pouvais pas penser à… », « Tu n'as pas compris que… ». Mais cette insouciance (du futur) ne lui est authentiquement reprochée qu'à partir du moment où l'on estime qu'il devrait être capable de se conduire *raisonnablement*, c'est-à-dire en liant ses actes à certains de leurs effets possibles. Ce n'est qu'à partir de ce traditionnel âge de raison que les éducateurs commencent à considérer l'enfant comme responsable, non seulement de ses conduites dans leur matérialité, mais aussi de certaines de leurs conséquences.

B. Mais du sujet adulte, on attend qu'il maîtrise l'acte et ses conséquences

Sorti de l'enfance, le sujet devient au moins synonyme d'une alliance de raison, de volonté et de conscience : il lui appartient de maîtriser ses actes pour qu'ils paraissent moralement ou socialement acceptables, jusque dans leurs effets relativement éloignés. Il n'est alors plus question de prétendre trouver refuge dans l'ignorance de ces derniers, puisque la conduite raisonnable est précisément celle qui comprend à l'avance des enchaînements de causes et d'effets tels que, d'un acte, elle doit savoir et prévoir que pourra sortir telle conséquence néfaste.

> **L'astuce du prof**
> N'hésitez pas à souligner l'importance de la volonté, puisque c'est bien son efficacité qui est en cause dans le sujet.

Dans ce contexte, la conduite implique l'exercice d'une volonté en quelque sorte *éclairée*, c'est-à-dire avertie des effets possibles de l'acte. D'un point de vue strictement moral, les conceptions les plus exigeantes (Kant ou Hegel) font valoir que cette volonté est toujours à l'œuvre, et que toute allusion aux circonstances ou à de mauvaises influences émanant de l'entourage ne constitue que de fausses excuses : en dernière analyse, c'est bien le sujet lui-même qui décide, qui choisit d'agir ou non.

C. C'est pourquoi l'adulte est normalement tenu pour responsable

La conséquence en est que le sujet se trouve immédiatement doté d'une responsabilité entière quant à ses actes. Il n'est plus question de faire valoir, pour excuser une action malsaine ou mauvaise, qu'il aurait agi en ignorant à quoi pouvaient mener ses actes : cette ignorance même lui serait reprochée, et considérée comme une preuve de son incapacité à envisager entièrement ce qui constitue sa conduite.

Bien entendu, être tenu, et se tenir soi-même, pour responsable de ses conduites et de ce qui peut s'en déduire n'est pas toujours enthousiasmant.

Plus précisément, on accepte volontiers cette responsabilité lorsque les conduites et leurs conséquences paraissent bonnes, mais on a tendance à chercher à s'en défaire lorsque les conduites et leurs conséquences paraissent mauvaises. C'est alors que l'allusion à un inconscient compris plus sérieusement peut s'offrir comme une issue.

II. L'inconscient freudien ne semble-t-il pas empêcher l'exercice de la volonté ?

A. Il occupe les neuf dixièmes de l'appareil psychique

Tel que l'analyse sérieusement Freud, l'inconscient peut bien sembler à même d'excuser les conduites mauvaises.

Tout d'abord par son importance *quantitative* : là où les conceptions classiques de l'esprit accordaient la place principale à la conscience, comme moyen de coïncider avec ce que l'on vit, Freud considère que c'est l'inconscient qui constitue les neuf dixièmes de l'appareil psychique. Cela restreint aussitôt les capacités de la conscience à clarifier ou à maîtriser les conduites, tout autant qu'à en prévoir les conséquences éventuelles.

> **L'astuce du prof**
> Analyse ordonnée : commencez par souligner l'importance quantitative de l'inconscient avent d'analyser son éventuelle efficacité.

B. L'inconscient paraît contredire l'exercice de la volonté

La liaison entre conscience et volonté est mise en cause : l'inconscient, constitué de pulsions, est par nature dynamique, et il ne se prive pas de contrarier la volonté dans nombre de ses manifestations. Qui pourrait, par exemple, concevoir que son activité onirique est volontaire ? L'expérience la plus banale enseigne au contraire que les images de rêve ne dépendent en rien de la volonté du sujet : elles lui sont en quelque sorte imposées par une activité psychique, et donc interne, qu'il ne maîtrise pas.

Et il en va de même pour tous les phénomènes composant ce que Freud rassemble sous l'appellation de « psychopathologie de la vie quotidienne » : les lapsus, les actes manqués, les oublis échappent à la volonté, de sorte que le sujet qui en est victime ne peut s'en tenir pour authentiquement responsable. Après avoir dit un mot pour un autre, c'est en toute sincérité que je peux affirmer ne pas l'avoir fait exprès, ou l'avoir fait inconsciemment : comment me reprocherait-on un tel lapsus ?

C. L'inconscient pourrait rendre le sujet irresponsable

C'est évidemment dans les cas où la conduite est immédiatement dangereuse pour autrui que la situation devient d'une complexité exemplaire. L'intervention de l'inconscient dans la détermination d'une conduite suffit-elle à suspendre la responsabilité du sujet ? Sur le plan judiciaire, on sait que la responsabilité d'un accusé implique la pleine conscience de ses actes. Dans quels cas pourrait-on, ou devrait-on admettre que, de même que la folie reconnue, la détermination d'un acte par l'inconscient suspend la responsabilité ? L'existence d'actes ou de conduites ainsi déterminés est amplement attestée dans l'histoire de la psychanalyse, et l'on peut alors comprendre que, très vite, les théories freudiennes aient pu être accusées, non seulement de bouleverser les conceptions de l'esprit, mais aussi – ce qui peut sembler plus grave – de mettre à mal un minimum d'exigence morale.

> **Gagnez des points**
> N'hésitez pas à employer des questions rhétoriques afin de rendre votre devoir plus dynamique.

III. Il est nécessaire de refouler les pulsions

A. Pour certains rationalistes, l'inconscient freudien dégrade l'humanité

Lorsque Alain déclare que la psychanalyse « n'est qu'une psychologie de singe », c'est aussi le risque d'une disparition des valeurs morales qu'il déplore : si, par leur insistance sur la libido, les théories de Freud rabaissent l'homme au rang de l'animalité brute, il va de soi que l'existence de la morale devient pour le moins problématique – on n'attend pas d'un singe qu'il se conduise bien ou mal, ni même qu'il comprenne la différence entre le bien et le mal. C'est que, pour Alain, l'inconscient tel que Freud le découvre est par nature l'ennemi de la raison et de la volonté. Il est vrai que Freud souligne amplement, de son côté, que la satisfaction des pulsions est bien incompatible

> **Remarque**
> Après l'évocation de situations juridiques, rappelez que la question est radicalement morale.

avec les exigences sociales, et c'est pourquoi leur refoulement est absolument nécessaire, pour l'équilibre individuel aussi bien que pour le maintien de la vie sociale : comment une société supporterait-elle que les conduites obéissent en permanence aux exigences de la libido ?

B. Reconnaître l'existence de l'inconscient relève de surcroît d'une exigence de lucidité

Aussi les conceptions de Freud ne s'accompagnent-elles pas dans tous les domaines de conséquences signifiant la nécessité d'un bouleversement général. Sans doute constituent-elles la troisième grande révolution (après celles de Copernic-Galilée et de Darwin) dans l'idée que l'homme peut se faire de lui-même, mais cette révolution concerne en priorité la connaissance. En affirmant la dimension scientifique de ses découvertes – et même si cette dimension peut être actuellement mise sérieusement en cause –, Freud indique qu'il se préoccupe avant tout de faire progresser la connaissance de l'homme et de son fonctionnement psychique, ce qui n'implique pas nécessairement de conséquences dans le domaine de la moralité ou dans la conception que l'on peut avoir de la responsabilité.

Il n'est donc pas étonnant que Freud affirme que l'équilibre social ne peut être garanti qu'au prix d'un refoulement systématique des pulsions : il ne saurait donc être question que l'inconscient détermine exclusivement les conduites.

C. C'est pourquoi le ça doit laisser la place au je

Lorsque Freud affirme que « là où est le *ça*, le *je* doit advenir », il souligne bien que les pulsions doivent s'effacer devant des conduites maîtrisées, qui tiennent compte des exigences sociales. Quelle que puisse être la « noirceur » que l'on prête à l'inconscient, il ne saurait être question, de son point de vue, de laisser le champ libre aux pulsions. Et la supériorité reconnue au *je* sur le *ça* signale que, loin de disparaître, la responsabilité est maintenue. Elle est même, en un sens, renforcée, puisqu'il appartient au sujet de connaître aussi ce qui peut émaner de son inconscient – ne serait-ce que pour s'en défendre ou le contrarier.

> **Remarque**
> Au final, la perspective suggérée par la question est renversée.

Conclusion

« Agir inconsciemment » est une expression que l'on ne peut accepter que si on l'applique à l'individu encore incapable de raisonnement, ou d'exercer une volonté articulée sur un véritable projet, c'est-à-dire à l'enfant, qui peut en effet y trouver une manière d'excuser des conduites regrettables. Mais l'adulte, s'il prétend continuer à « agir inconsciemment », révèle, en réalité, soit son incapacité à considérer lucidement ce qui compose une conduite, soit une incompréhension de l'enseignement freudien. En aucun cas, la formule ne peut être utilisée sérieusement pour se défaire d'une responsabilité qui demeure le signe de la maturité.

Dissertation 2

Introduction

> Le plan est rappelé pour vous aider, mais il ne doit en aucun cas figurer sur votre copie. À vous de guider le correcteur par l'annonce du plan dans l'introduction, les phrases d'attaque des paragraphes et des transitions.

Centrage : « Tous les hommes recherchent d'être heureux », écrit Pascal, et il semble difficile de le contredire, tant la recherche du bonheur par chacun paraît une évidence.

Problématique : Mais affirmer que l'on vit pour être heureux va au-delà du rappel de cette quête partagée : ce que suggère la formule, c'est que notre conduite serait entièrement vouée à la recherche de cette fin qu'est le bonheur. Aussitôt s'accumulent les difficultés : comment définir le bonheur ? comment admettre qu'il mérite qu'on lui consacre notre vie ? Comment faire pour que cette attente ne s'effectue pas au détriment des autres ? Comment distinguer un bonheur authentique de « petits bonheurs » fallacieux ? De telles interrogations peuvent être traitées en se référant à de nombreux philosophes, puisque ces derniers ne sont guère en accord dès qu'il est question du bonheur. Mais, plus radicalement, c'est la relation entre la vie et un but possible qui peut être mise en cause : pourquoi paraissons-nous incapables de vivre sans trouver une fin à notre existence ?

I. Le bonheur comme bien suprême

A. L'eudémonisme est de tradition ancienne

> **L'astuce du prof**
> Rappelez les origines de l'eudémonisme.

L'affirmation selon laquelle nous vivons pour être heureux remonte à Aristote et paraît donc répondre à un désir de bonheur ancré dans l'histoire de notre culture. L'identification du bonheur et du souverain bien est selon Aristote admise par tout le monde, et les précisions qu'il peut être nécessaire d'apporter concernent « la nature du bonheur ». Pour préciser cette nature, il convient de s'interroger sur la « fonction » de l'homme en général, puisque c'est dans cette « fonction » que peut résider le bien ou le « réussi ». L'homme a pour fonction de mener une vie correspondant à l'activité de l'âme et à des actions rationnelles. Le bien consiste alors dans une « activité de l'âme en accord avec la vertu », et ce pendant toute la durée de la vie (car « une hirondelle ne fait pas le printemps » et le bonheur n'est pas davantage l'œuvre d'une seule journée).

B. L'eudémonisme a différentes formes

C'est encore par référence à une conduite rationnelle que les stoïciens considèrent que le bonheur est le but d'une existence sagement menée. Mais leur raison n'est pas exactement celle d'Aristote : elle conseille d'abord de différencier ce qui dépend de notre volonté et ce qui lui reste étranger, afin de ne pas souffrir inutilement.

Être heureux reste un but, mais que l'on atteint par d'autres voies, et qui se manifeste aussi différemment. Le bonheur stoïcien consiste à être en accord avec l'ordre du monde en se persuadant qu'il est bon, et qu'on se rend malheureux en croyant pouvoir intervenir sur ce qui ne dépend pas de nous (notre réputation, notre richesse). Il y a toujours accord avec la vertu, mais cette dernière se réalise autrement.

On ferait le même constat à propos de ce que les épicuriens conçoivent comme bonheur : on l'atteint en limitant la satisfaction des désirs à ce qui est « naturel et nécessaire » (pour survivre modestement). S'il s'agit encore de refuser la douleur et le malheur, être heureux est cette fois synonyme d'ascétisme, et de vie à l'écart du social et de l'agitation politique (à laquelle les stoïciens se mêlent très volontiers).

C. De quel bonheur parle-t-on ?

Gagnez des points
Justifiez l'arrêt des rappels historiques.

Multiplier les références aux théoriciens ne ferait que diversifier les conceptions du bonheur. On ne peut qu'approuver Kant lorsqu'il signale que toute conception du bonheur est subjective, et que le concept du bonheur est si « indéterminé » que personne n'est capable de préciser ce qu'il désire et désigne par ce mot.

Comment pourrait-il d'ailleurs en être autrement, en raison des situations si diverses où peuvent se trouver les individus ? Celui qui est assez riche pour ignorer le montant de sa fortune a sans doute une autre conception de ce que doit lui apporter la vie que l'homme obligé de compter quotidiennement de quelle somme il peut disposer, uniquement pour se nourrir. Et encore n'évoque-t-on que des individus d'une même société ; il suffit d'élargir l'horizon pour admettre que ce qu'un Indien d'Amazonie peut nommer « bonheur » n'a sans doute rien à voir avec le bonheur tel que l'espère un pétrolier texan milliardaire.

De cette variabilité des conceptions, Kant déduit que la détermination des actions qui favoriseraient à tout coup le bonheur d'un « être raisonnable » est impossible, et que l'on ne peut, d'un point de vue empirique, que donner des conseils de prudence et de modération assurant un certain bien-être.

II. L'articulation des moyens à une fin, et de soi aux autres

A. Que faire pour être heureux ?

Imaginons même que le bonheur soit définissable. Comment vivre pour en garantir la réalité ? Se pose aussitôt la question des rapports entre les moyens et la fin. Vivre pour être heureux signifie-t-il nécessairement que je dois tout faire pour être heureux ? Ce n'était pas le conseil des sagesses antiques. C'est moins encore, si possible, celui d'une morale attentive aux avertissements kantiens : aucune fin ne peut être considérée comme absolument bonne – en tout cas, pas le bonheur, puisqu'on ignore en quoi il consiste – et ne peut justifier l'adoption de n'importe quels moyens. La fin ne justifie jamais les moyens, et il serait parfaitement condamnable, sous prétexte de garantir son propre bonheur, de recourir à des conduites moralement inacceptables.

Plus simplement : ne semble-t-il pas difficile de s'affirmer heureux alors que le malheur règnerait alentour ? Puis-je jouir d'un bonheur singulier pendant que les autres en sont privés ?

B. Limites du « chacun pour soi »

La quête du bonheur invite à un certain égoïsme, car je pense au bonheur qui peut être le mien avant d'envisager celui des autres. Tout au plus puis-je aussi prendre en considération celui de quelques personnes qui me sont chères.

> **L'astuce du prof**
> Évoquez la situation contemporaine.

Mais cette façon de ne vouloir s'intéresser qu'à sa propre existence ou à celle d'un cercle de proches, en ignorant celle des autres, n'est-ce pas ce à quoi invite la société marchande ? Ne propose-t-elle pas à chacun d'acquérir des quantités de produits, d'objets, de machines qui doivent faire son bonheur ? Et sans se soucier de ce que peut faire le voisin (ou, au mieux, en se satisfaisant de voir qu'il ne peut acquérir autant ou aussi bien) ? Ce bonheur par la consommation, qui implique aussi une certaine concurrence et une recherche de la « distinction », a été fortement critiqué : il serait trompeur, ne ferait qu'accumuler des objets à l'utilité discutable, et serait en fait aux ordres du marché, soucieux de renouveler sans cesse la production et de programmer l'obsolescence de ses produits. Historiquement, le développement de la consommation va de pair avec l'individualisation qui caractérise le dernier tiers du XXe siècle. Il y a incontestablement de l'égoïsme dans le « bonheur » ainsi acquis, il y a surtout de l'illusion, pour peu que l'on constate que cette manière de multiplier l'« avoir » ne peut modifier en profondeur ce que l'on « est ».

C. Vivre pour être heureux implique-t-il une illusion ?

On en viendrait, puisqu'il s'agit aussi d'une « conception » contemporaine du bonheur, à mettre en cause, comme radicalement illusoire, l'idée de vivre pour être heureux. On peut évidemment souligner combien un tel espoir (si on en abandonne le projet) semble vouloir ignorer la réalité du monde.

Il est en effet peu contestable que ce monde n'est pas le domaine exclusif du bien : comment prétendre ignorer la multitude d'actes de violence, de tortures, de guerres, de viols, de massacres qui s'y produisent jour après jour ? C'est dans de telles conditions que le « chacun pour soi » devient insupportable : si certains l'affirment, c'est en voulant ne rien savoir du réel. Leur espoir les abstrait du présent des autres hommes pour les faire vivre, soit dans un temps parallèle ou irréel où le bonheur leur semble possible parce qu'ils sont coupés du temps de l'humanité, soit au futur – en sorte que leur bonheur est inlassablement différé et ne sera jamais savouré.

III. Pourquoi donner une fin à notre vie ?

A. L'être humain veut du sens

Vivre pour être heureux indique le but que doit ou peut avoir notre existence. Mais pourquoi faut-il que cette dernière présente un sens ou une fin ? Donnons-nous obligatoirement un but à la vie en général ?

Non, sans doute. La vie végétale nous paraît dénuée de signification globale, même si nous admettons qu'elle constitue un écosystème dont l'équilibre est nécessaire à la vie animale et à la nôtre. Mais de là à considérer qu'il y a de la végétation pour que l'homme puisse vivre, il y a un fossé. Bernardin de

Saint-Pierre le franchissait évidemment en affirmant que le melon a des côtes pour être découpé en famille, mais on admet aujourd'hui qu'une telle conception de la finalité est excessive.

Cependant, l'être humain cherche du sens : à ses actes, à ses conduites, et donc à son existence comme addition d'actes et de conduites. Une vague téléologie lui paraît toujours vraisemblable, même s'il ne peut en détailler l'organisation.

B. Et si notre vie n'avait pas de but ?

En l'absence d'un sens, l'existence humaine apparaît simplement absurde. C'est bien ainsi que la considère Sartre : rien ne la justifie, aucune transcendance ne peut lui fournir une signification globale, et c'est à chacun de construire la signification que pourra avoir sa propre vie.

On peut alors penser que, là où l'on affirme un sens à la vie humaine, il demeure un soupçon ou un souvenir de transcendance. Lorsque Bossuet affirme que les événements de l'histoire obéissent à la providence divine, on sait immédiatement que l'on a affaire à une conception dans laquelle Dieu joue évidemment un premier rôle. Par contre, lorsque Kant propose d'« envisager l'histoire de l'espèce humaine en gros comme la réalisation d'un plan caché de la nature pour », on peut supposer que derrière cette « nature » c'est bien Dieu qui agit. Et il en va sans doute de même dès que sont affirmées, à propos de la vie, des idées de plan, de fin, ou de but : cette téléologie renvoie au moins à une vague théologie, elle hérite du souvenir d'une transcendance.

C. Comment sortir de l'absurde ?

Est-ce parce que la reconnaissance de l'absurdité de l'existence est insupportable que nous cherchons ainsi un but à notre vie ? L'idée de bonheur se propose alors comme un but évidemment souhaitable.

Ce n'est pourtant pas le seul. Dans son *Mythe de Sisyphe*, Camus montre qu'il est peut-être absurde ou apparemment insensé que Sisyphe s'obstine inlassablement à remonter un rocher qui retombe toujours, mais que c'est justement cette action qui donne une certaine importance à sa vie. Et *La Peste* enseigne complémentairement que, pour combattre un mal très présent, la solidarité et l'entraide donnent précisément du sens à l'existence : rien ne garantit qu'on gagne ainsi le bonheur, mais au moins assure-t-on sa dignité d'être humain.

Conclusion

Freud remarque qu'il est beaucoup plus facile de faire « l'expérience du malheur » que celle du bonheur. Que ce dernier soit inaccessible pourrait seulement provenir de la façon dont nous croyons devoir donner du sens à notre vie. Au lieu de vivre pour, peut-être serait-il plus sage (et plus prudent : sans risque d'être déçu, et donc malheureux) de se contenter de vivre, d'agir, de se conduire le mieux possible, ne serait-ce que pour atténuer les malheurs du monde. Nous y gagnerions au moins une incontestable dignité.

Méthode

Votre conclusion doit exprimer une prise de position vis-à-vis de la question du sujet.

Explication de texte

Introduction

> Le plan est rappelé pour vous aider, mais il ne doit en aucun cas figurer sur votre copie. À vous de guider le correcteur par l'annonce du plan dans l'introduction, les phrases d'attaque des paragraphes et des transitions.

Centrage : La démocratie a souvent été critiquée, mais au moment où intervient Spinoza, elle n'apparaît pas encore comme un régime souhaitable ; on commence en effet seulement à critiquer la monarchie absolue au nom d'une monarchie parlementaire. Cependant, pour Spinoza, c'est déjà la démocratie qui propose le régime le plus rationnel, et donc sans doute le meilleur ou le plus souhaitable.

Problématique : Si l'on admet en effet que la fin d'un régime politique correct est d'établir la concorde entre les hommes en les faisant vivre en fonction de la raison, la démocratie semble capable de remplir un tel but. Mais vivre selon la raison, n'est-ce pas bénéficier d'une liberté plus réelle que si l'on se satisfait en réalisant ses désirs immédiats ? Les sujets ainsi orientés trouveront dans les formulations du souverain (qui peut les représenter) le droit véritable : s'ils lui obéissent, ils seront donc libres, et non soumis.

I. Sur quoi la démocratie peut-elle être fondée ?

A. L'hypothèse d'une raison collective

- En admettant l'existence d'un État démocratique, Spinoza en souligne une qualité : on n'a pas à y craindre d'ordre absurde (insensé, donc dangereux).
- En effet, la majorité d'une assemblée, lors d'un débat, ne peut se décider pour une absurdité. Cela suppose que cette majorité est dirigée par la raison.
- Cette raison, semblable à « la chose du monde la mieux partagée » de Descartes, est ainsi commune ; reste à savoir bien l'utiliser.

B. Le fondement de la démocratie

- Cette bonne utilisation est précisément ce sur quoi est fondée (ou établie) la démocratie : elle tend à soustraire les hommes au désir et à la satisfaction immédiate pour les maintenir « dans les limites de la raison ».
- Cela implique qu'elle les corrige, les écarte d'un chemin dangereux (celui de l'« appétit », dont la domination est qualifiée d'« absurde » : exactement ce que la majorité d'une assemblée ne peut décider) pour les placer dans le « droit chemin ». La démocratie a une fonction *pédagogique*.

> **Gagnez des points**
> Faites, quand c'est possible, des remarques intéressantes sur l'usage de certains termes.

- Il est sous-entendu que les premiers esprits attirés par la démocratie enseigneront aux autres citoyens à vivre selon la raison : une fois mise en place, la démocratie ne peut que devenir de plus en plus rationnelle, par élargissement de la mentalité qu'elle favorise.

C. Son fondement est aussi sa fin

- La fin d'un régime politique devrait toujours être d'assurer la concorde et la paix.
- Ce n'est pas toujours le cas : la tyrannie, qui obéit aux désirs d'un seul, ne peut que détruire l'harmonie.
- Au contraire, la démocratie garantit la paix en privilégiant le respect de décisions rationnelles, qui ne peuvent qu'obtenir l'assentiment de tous.

II. Comment le souverain fait-il obéir à la raison ?

A. Qu'est-ce que le « souverain » ?

- C'est, de manière générale, l'instance qui détient le pouvoir. Dans la monarchie, c'est le roi – mais le texte de Spinoza implique que c'est une situation malsaine.
- Dans un État démocratique, le souverain est, soit l'ensemble des citoyens (si l'État est de taille restreinte ; *cf.* Rousseau rédigeant son *Contrat social* en ayant à l'esprit la République de Genève), soit l'ensemble de ses représentants (dont il n'est pas précisé ici comment ils sont choisis, mais peu importe pour la démonstration opérée).

L'astuce du prof

Une première allusion, pas encore fondamentale, à Rousseau, en appelle à d'autres dans l'esprit du lecteur : elles interviendront ensuite.

B. Quelle est sa tâche ?

- Il lui appartient de maintenir le fondement de la démocratie : si ce fondement fait défaut, tout le régime s'écroule.
- Le souverain (comme, par exemple, une assemblée représentative) a donc pour fonction de mettre l'« appétit » hors-jeu et d'assurer des conduites conformes à la raison.
- De telles conduites sont pour le souverain relativement faciles à déterminer, puisqu'il est incapable en tant qu'assemblée (cf. début du texte), de se rallier à des avis absurdes. Les ordres du souverain ne peuvent ainsi relever de simples caprices ou refléter un appétit plutôt qu'un autre.

C. Que reste-il aux « sujets » ?

- Le souverain formule des « commandements », tels que son autorité semble impossible à contester (toute contestation ne renverrait-elle pas à un « appétit » ?).
- En face, les « sujets » (terme qui n'équivaut pas exactement à « citoyens » : on n'est pas encore dans la conception de Rousseau) ne peuvent qu'obéir. Cela leur évite d'être soumis à la « domination de l'appétit » et les amène à rationaliser leur conduite.
- Dans ce contexte, le droit ne peut être que celui formulé par le souverain : c'est bien ce seul droit qui doit être reconnu et respecté par les sujets.

III. Qu'est-ce que la liberté politique ?

L'astuce du prof

N'hésitez pas à déduire toute une partie de cette objection, pour aborder une réflexion sur la nature de la liberté politique.

A. Objection possible à l'obéissance

- En insistant sur l'obéissance que doivent les sujets, Spinoza risque de soulever une objection de poids : ses « sujets » prétendus rationalisés ne sont-ils pas, en réalité, des esclaves ?
- Traditionnellement en effet, ou plutôt selon une conception traditionnelle, on affirme volontiers que celui qui agit par commandement est esclave, tandis qu'en face, celui qui agit selon son caprice (ou son souhait, ou son désir, ou son bon plaisir : il y a des variantes) est un homme évidemment libre.

B. Erreur dans l'objection

- Une telle conception de la liberté « n'est *absolument* pas vraie » (on peut souligner la force de l'adverbe) : il convient donc d'inverser les définitions.
- Celui qui pense à son plaisir (qui en est « captif » – tout est déjà dit : s'il est prisonnier, il ne peut être libre) est « esclave », et d'autant plus qu'il est « incapable de faire et de voir ce qui lui est utile ». Ainsi, céder à l'« appétit » c'est faire quelque chose, non seulement d'inutile, mais surtout de nuisible à soi-même (ainsi qu'à la collectivité, même si on le comprend pas).
- Inversement, l'homme dont toute l'âme est « sous la seule conduite de la raison » et qui a donc renoncé à tout appétit et à toute jouissance immédiate, est libre, de manière authentique.

C. L'obéissance à la loi

- La liberté n'est donc pas une donnée immédiate : elle implique qu'un sujet reconnaisse le droit formulé par l'autorité du souverain, c'est-à-dire qu'il observe la loi telle qu'elle vient de la raison que représente ce souverain.
- Cette fois, on n'est pas loin de Rousseau : « La véritable liberté est l'obéissance à la loi qu'on s'est prescrite » (le *on* est nécessairement un collectif : chez Rousseau, c'est la « volonté générale » ; chez Spinoza, c'est l'« assemblée » démocratique).
- Cette relation essentielle entre la liberté et l'obéissance à la loi permet d'affirmer que la liberté est alors la même pour tous les « sujets », puisque tous doivent également exécuter les commandements du suzerain.

Conclusion

Ce texte n'achève sans doute pas la théorie ou la conception possible de la démocratie. Mais il en pose les bases : la politique a pour tâche d'en finir avec les désirs, contradictoires et anarchiques par nature, et doit instaurer un ordre civil dans lequel les sujets affirment leur liberté en obéissant aux lois. Quant à ces dernières, elles doivent être en relation avec la raison, par définition commune. Le *démos* (= « le peuple »), contrairement à ce qu'affirmait Platon, n'est pas incompétent en politique : il semble au contraire parfaitement capable d'inventer les solutions rationnelles établissant la vie en commun de manière durable et satisfaisante pour tous.

SUJET COMPLET 6

20 pts — 4h

Dissertation 1 D'après Liban, mai 2018

› **L'idée d'inconscient remet-elle en cause la responsabilité ?**

Dissertation 2 D'après France métropolitaine, juin 2013

› **La science se limite-t-elle à constater les faits ?**

Explication de texte D'après France métropolitaine, juin 2016

› **Expliquer le texte suivant :**

[...] Parce que nous savons que l'erreur dépend de notre volonté, et que personne n'a la volonté de se tromper, on s'étonnera peut-être qu'il y ait de l'erreur en nos jugements. Mais il faut remarquer qu'il y a bien de la différence entre vouloir être trompé et vouloir donner son consentement à des opinions qui sont cause que nous nous trompons quelquefois. Car encore qu'il n'y ait personne qui veuille expressément se méprendre, il ne s'en trouve presque pas un qui ne veuille donner son consentement à des choses qu'il ne connaît pas distinctement : et même il arrive souvent que c'est le désir de connaître la vérité qui fait que ceux qui ne savent pas l'ordre qu'il faut tenir pour la rechercher manquent de la trouver et se trompent, à cause qu'il les incite à précipiter leurs jugements, et à prendre des choses pour vraies, desquelles ils n'ont pas assez de connaissance.

DESCARTES, *Principes de la philosophie*, 1644.

CORRIGÉ SUJET COMPLET 6

Dissertation 1

Introduction

Centrage : Pour échapper à sa responsabilité, il peut arriver que l'on fasse allusion aux circonstances malheureuses, à l'influence malsaine de l'entourage, à l'inattention ou parfois aux mauvais tours que nous jouerait l'inconscient. De telles excuses ne sont avancées que lorsqu'on est responsable de comportements ayant des conséquences négatives ; dans la situation contraire, il va de soi que l'on ne cherche aucune excuse et que l'on revendique volontiers sa responsabilité puisqu'on a bien agi !

Le plan est rappelé pour vous aider, mais il ne doit en aucun cas figurer sur votre copie. À vous de guider le correcteur par l'annonce du plan dans l'introduction, les phrases d'attaque des paragraphes et des transitions.

Problématique : Qui peut être reconnu responsable ? Certainement pas un animal, ni un enfant : on admet qu'ils ne savent pas ce qu'ils font. Seul un adulte raisonnable peut avoir à rendre compte de ses actes et de leurs conséquences – à condition qu'il se reconnaisse bien comme « cause » de tels actes, c'est-à-dire comme doté d'une volonté et d'une liberté telles qu'elles déterminent sa conduite. On admettrait donc que l'enfant (*a fortiori* l'animal) agit « inconsciemment », mais dans un sens faible, non freudien. Par contre, agir « inconsciemment » serait pour l'adulte être déterminé par des pulsions qui contredisent sa lucidité et sa volonté, et mettent en crise la notion même de sujet. S'en tenir là, n'est-ce pas contester la moralité ?

I. À quelles conditions la responsabilité existe-t-elle ?

A. Est-elle présente chez l'animal ou l'enfant ?

- Existence, au Moyen Âge, de procès intentés à des animaux, par exemple à un cochon ayant tué un enfant. De tels procès deviennent incompréhensibles car on admet que l'animal ignore les valeurs morales, et qu'il agit selon ses « instincts ».

- L'enfant n'est guère conscient des conséquences de ses actes. D'où sa réaction fréquente, lorsqu'on lui reproche un comportement malheureux : il ne l'a pas « fait exprès ».

- L'enfant a peu d'expérience, et prévoit peu – au-delà du présent. D'où le reproche : « Tu ne pouvais pas penser à… », qui n'a de portée qu'à partir de ce que l'on nomme traditionnellement l'« âge de raison ». Moment où l'on estime qu'il doit se conduire raisonnablement à en reliant ses actes à leurs conséquences.

B. Qu'implique la responsabilité chez l'adulte ?

- La notion a une longue histoire. Avant sa conception moderne, elle semble avoir été de nature

Gagnez des points

N'hésitez pas à détailler l'histoire et les composants de la notion.

d'abord pénale : le groupe ayant subi une injustice cherche à se purifier, ou à se réconcilier avec des forces supérieures.

- Elle suppose que seul l'être humain peut être tenu pour responsable, et qu'il l'est individuellement – au contraire des pratiques de vendetta qui supposent une responsabilité collective (la famille, le clan).
- Elle renvoie à sa « conscience », au sens moral, c'est-à-dire à son intimité et à un « tribunal intérieur » qui peut apprécier ses conduites comme le ferait un juge « extérieur ». Rôle du christianisme (saint Augustin : la conscience « *intimior intimo meo* ») dans cette conception.

C. L'adulte doit maîtriser ses actes et prévoir leurs conséquences

- Une fois sorti de l'enfance, l'individu est tenu pour responsable de ses actes, ce qui signifie qu'il allie en lui conscience, raison et volonté. L'irrationalité, comme folie, rend légalement irresponsable (rôle des experts psychiatriques dans les procès).
- Il est « cause » de ses propres comportements (tradition issue d'Aristote : l'auteur d'un acte en est la cause parce qu'il en est le « père », *Éthique à Nicomaque*).

L'astuce du prof

Soulignez l'importance de la volonté rationnelle dans les conceptions morales qui accordent au sujet une responsabilité maximale, puisque ce point sera ébranlé par Freud.

- Les conceptions morales exigeantes (Kant, Hegel) considèrent que la volonté détermine la conduite, et que toute allusion aux circonstances ou influences extérieures n'est qu'une mauvaise excuse, ou un refus de la responsabilité : c'est la raison qui doit décider.

II. L'idée d'inconscient est-elle compatible avec ces conditions ?

A. Il est quantitativement dominant dans le psychisme

- Selon Freud, l'inconscient constitue les neuf dixièmes de l'appareil psychique.
- Dans les conceptions classiques, c'est au contraire la conscience qui occupait la place la plus importante.
- Ainsi restreinte, la conscience peut ne plus être capable de maîtriser les conduites (ou d'en prévoir les conséquences), et il semble difficile de concevoir qu'elle puisse encore coïncider avec ce que vit l'individu. La lucidité du sujet est mise en cause.

B. Il semble contrarier l'exercice de la volonté

- Constitué de pulsions, l'inconscient est dynamique : il tente sans arrêt de se manifester, ne serait-ce que pour amoindrir les tensions psychiques.
- Dès lors, la « psychopathologie de la vie quotidienne » suggère qu'il intervient fréquemment pour perturber le langage (lapsus), le comportement (actes manqués), l'affectivité ou la mémoire (oublis). Nombreux sont ainsi les phénomènes « involontaires », qui échappent effectivement au contrôle par la volonté, c'est-à-dire au sujet lui-même. *Cf.* Freud : « Il arrive trop souvent que le cavalier soit obligé de se rendre là où il plait à son cheval de le mener » *(Nouvelles Conférences sur la psychanalyse)*. Un sujet « obligé » ne peut être considéré comme responsable.

• Comment concevoir que notre activité onirique serait volontaire ? Si Freud accorde aux rêves une signification importante, c'est précisément parce que l'inconscient s'y libère en déjouant tout contrôle émanant des habitudes logiques ou morales. Du contenu de mon rêve, je ne peux donc être tenu responsable, pas plus que de mes lapsus.

C. L'inconscient favorise-t-il l'irresponsabilité ?

• L'inconscient freudien dégrade-t-il l'être humain ? C'est en tout cas le reproche de certains rationalistes : Freud bouleverserait non seulement la conception du psychisme, mais il mettrait en cause la moralité elle-même, et notamment la responsabilité.

• *Cf.* Alain : la psychanalyse « n'est qu'une psychologie de singe ». En insistant sur les pulsions (et la sexualité) Freud abaisse l'homme au niveau de l'animal, et les valeurs morales sont alors difficiles à maintenir.

> **Gagnez des points**
> Rappelez que les rationalistes ne furent pas les seuls à refuser la psychanalyse.

• Réaction également hostile et significative de l'église catholique : l'inconscient déresponsabilise, et ôte en conséquence toute portée à la confession, dès lors que les « fautes » seraient dues aux pulsions inconscientes, et que celles dont on s'accuse pourraient être illusoires.

III. Les pulsions sont-elles maîtrisables ?

A. Elles sont socialement peu acceptables

• Freud souligne fortement que les satisfactions que cherchent les pulsions sont socialement (ou moralement) inacceptables : le complexe d'Œdipe (désir de la mère et haine du père) doit être refoulé dans la biographie « normale ».

• C'est bien pourquoi la censure existe, et s'exerce en permanence, malgré ses échecs partiels, à l'égard des désirs inconscients.

• En aucun cas Freud ne réclame une libération des pulsions : ne pas le confondre avec un partisan de la révolution sexuelle (ni d'ailleurs de quelque révolution que ce soit, sinon dans la connaissance du psychisme).

B. Elles doivent être refoulées

• Ce refoulement est nécessaire du double point de vue individuel et collectif.

• En effet, on conçoit mal un individu dont l'existence serait uniquement déterminée par les satisfactions de sa libido.

• Une société ne pourrait supporter que les conduites de ses membres obéissent uniquement et en permanence aux exigences des pulsions : outre que les satisfactions de ces dernières seraient contradictoires, une telle société serait privée des « bienfaits » de la sublimation, qui permet des satisfactions pulsionnelles dans des domaines socialement valorisés (art, recherche, science, etc.).

C. Et le ça doit laisser place au je

• Loin de détruire le sujet responsable, Freud affirme que « là où est le *ça*, le *je* doit advenir ». En d'autres termes : l'inconscient (moi ou surmoi) doit être maîtrisé pour laisser place au sujet.

• Il souligne ainsi que les pulsions peuvent laisser place à des conduites maîtrisées et tenant compte des exigences sociales. La supériorité reconnue au « je » sur le « ça » indique que, loin de disparaître, la responsabilité doit être maintenue.

• Est-il paradoxal de considérer que cette responsabilité serait même renforcée par la connaissance que le sujet peut prendre, sinon de tout ce qui émane de son inconscient (qui relève sans doute de la cure analytique), au moins de l'existence de ce dernier – une telle connaissance allant évidemment dans le sens d'une lucidité plus prononcée ?

Conclusion

S'il est vrai que la notion d'inconscient, telle que la conçoit Freud, semble d'abord contredire l'idée de responsabilité, parce qu'elle ébranle l'assurance du sujet classique, sa lucidité et la maîtrise d'une part notable de ses pensées et de ses actes, on peut constater que la contradiction n'est guère définitive. S'il n'en allait pas ainsi, on devrait d'ailleurs se considérer comme irresponsable dans tous les cas, c'est-à-dire aussi lorsque l'on agit « bien » – ce qui paraît immédiatement difficile à admettre. Il faut pourtant considérer que la responsabilité doit exister, ou non, pour toutes les situations : ce qui serait contradictoire serait de la réserver pour celles qui semblent favorables à notre tranquillité.

Dissertation 2

Introduction

Centrage : La réflexion sur la manière dont la science se constitue doit s'intéresser à sa relation avec les faits qu'elle entend expliquer. Ces faits sont-ils immédiats, en quelque sorte naturellement donnés ? La science se contente-t-elle de les constater ?

> Le plan est rappelé pour vous aider, mais il ne doit en aucun cas figurer sur votre copie. À vous de guider le correcteur par l'annonce du plan dans l'introduction, les phrases d'attaque des paragraphes et des transitions.

Problématique : L'esprit scientifique serait alors passif, simplement attentif à recueillir des informations sur ce qui se présente, puis à les assembler pour expliquer les phénomènes. Mais les faits immédiats peuvent être trompeurs ? Ce que cherche la science, c'est ce qui est au-delà de ces apparences, et c'est pourquoi elle ne peut se contenter de les constater. Elle suppose une activité permanente de l'esprit, qui construit les faits qui l'intéressent, mais aussi des raisonnements pour les expliquer et des lois universelles qui les utilisent, non plus comme singuliers, mais comme exemplaires.

I. Qu'est-ce qu'un « fait » pour la science ?

A. Que nous apporte l'expérience banale ?

Nous sommes quotidiennement en contact avec une multitude de faits, telle d'ailleurs que nous y sommes le plus souvent inattentifs car ils ne constituent que l'environnement de notre existence et, sauf exception, nous n'avons pas de raison majeure pour nous y intéresser. Mais s'il nous arrive d'isoler un fait parmi d'autres, que nous donne-t-il à constater ?

Il s'inscrit dans un contexte particulier (tel jour, à telle heure, à tel endroit) et, s'il attire la curiosité, c'est parce qu'il se distingue du contexte, parce qu'il semble porteur d'une singularité. Ce à quoi l'expérience quotidienne peut de ce point de vue nous inviter, c'est à cerner ce qui fait précisément l'intérêt spécial de ce fait et non d'un autre : quelle est sa tonalité, sa couleur ou sa saveur « à nulle autre pareille », et comment sa singularité justifie l'intérêt que nous lui accordons.

B. Notre esprit y reste passif

De la sorte, nos sens et notre esprit accueillent sans doute quelque chose de ce qui nous entoure, mais c'est de manière passive : le fait *intéressant* se montre ou s'impose à nous, qui ne le cherchions pas. Nous pouvons d'ailleurs nous contenter de le constater sans chercher à l'expliquer : savoir qu'il est présent suffit. Mais si nous tentons de l'expliquer, nous risquons aussitôt d'être victimes des apparences. Ainsi pouvons-nous constater quotidiennement que « le soleil se lève » chaque matin, et qu'« il se couche » à la fin de chaque journée. Il est clair que toute tentative pour élaborer une connaissance cosmologique à partir de tels constats condamne à faire revivre des conceptions antiques…

> **Gagnez des points**
> Cet exemple très classique est toujours utile.

C. La science construit ses faits

Il n'est pas surprenant que les épistémologues s'accordent pour affirmer que la démarche scientifique commence par un refus des apparences et de ce qu'elles suggèrent. Gaston Bachelard souligne fortement que, pour la science à ses débuts, il importe de se débarrasser des fausses évidences et des faits *donnés* pour les remplacer par des faits rigoureusement *construits*, c'est-à-dire soumis à des exigences de l'esprit.

Bien entendu, il est peu contestable que la connaissance s'élabore à partir de ce qui est perçu (que cette perception dépende des sens ou, rapidement, d'instruments de plus en plus perfectionnés) ; c'est ce qu'affirmait Kant, et l'on voit mal quelle connaissance pourrait s'établir à partir de rien. Mais ce n'est là qu'un point de départ, dont rien n'implique qu'il soit directement livré par la nature, et il doit être aussitôt pris en charge par l'esprit.

II. Du « constat » au raisonnement expérimental

A. Le repérage des faits problématiques

La démarche scientifique s'intéresse avant tout à des faits qualifiés de « problématiques » parce qu'on ne sait pas encore les expliquer. Pour repérer de tels faits, on ne peut se contenter de se placer naïvement devant un ensemble de phénomènes : cette naïveté (si l'on veut bien entendre par là une ignorance de l'état de la science) empêche de percevoir quoi que ce soit. Un esprit non informé, invité à regarder dans un microscope, n'y devine pas grand-chose : il peut remarquer une agitation de cellules de différentes formes, mais aussi longtemps qu'il ignore leur nature, il reste incapable de savoir simplement ce qu'il s'agit d'observer. Alain signale

> **Gagnez des points**
> La citation vient illustrer votre affirmation.

judicieusement que « le microscope engourdit l'ignorant, il ne l'instruit pas ». Seul l'esprit déjà informé scientifiquement, dans un domaine particulier, peut repérer dans ce domaine un fait problématique, qui n'apparaît ainsi que relativement à un réseau de concepts et de lois, c'est-à-dire à un ensemble théorique.

B. La prise en charge du fait constaté

Ainsi appréhendé, le fait problématique suscitera une hypothèse pour expliquer, non sa présence singulière, mais la présence de tout fait comparable. Sur ce point, la démarche scientifique se différencie fortement de l'approche quotidienne, qui se contenterait de vouloir rendre compte du seul fait constaté. Comme l'affirmait déjà Aristote (et même si c'est d'un point de vue ne correspondant pas exactement à ce qu'est devenue la science), « il n'y a de science que du général » ou plutôt de l'universel. Aussi les caractères particuliers du fait constaté sont-ils aussitôt abandonnés (quoi que suggère la perception) au profit d'un fait *épuré* considéré comme exemplaire d'un fonctionnement universel.

L'esprit, loin de se satisfaire d'un constat passif, déploie immédiatement une activité qui, simultanément, pose à la nature une question précise (comme le remarquait Kant), et insère un fait dans une construction théorique capable d'en rendre compte.

C. Expérimentation et déterminisme

L'hypothèse constitue une « explication anticipée » (Claude Bernard). C'est dire que, pour être une véritable explication, elle doit perdre son caractère d'anticipation, ce à quoi sert en effet le montage expérimental qui doit la vérifier (lorsque la vérification échoue, l'hypothèse est simplement abandonnée, et remplacée par une autre puisque le fait demeure encore problématique). La relation causale qui peut alors être affirmée ne concerne pas seulement le phénomène qui a été expérimenté, elle est considérée comme immédiatement universelle, grâce au principe du déterminisme selon lequel « les mêmes causes entraînent toujours les mêmes effets ». Un tel principe ne pourrait en aucun cas provenir d'un constat : rien dans un fait constaté ne peut suggérer que la causalité qui s'y exerce vaut pour tous les faits semblables. Hume faisait ainsi remarquer que, pour affirmer une relation de causalité, il faut en avoir eu une expérience répétée, tandis que, face à un objet nouveau, l'esprit reste impuissant « à découvrir aucune de ses causes, aucun de ses effets ». Cela renforce ses conceptions empiristes, mais si l'on veut échapper au scepticisme qui les accompagne, on est amené à considérer comme Kant que c'est au contraire la présence d'*a priori* dans la pensée qui permet de passer de l'expérience d'une relation de causalité à sa nécessité universelle.

Remarque
Un bref rappel du débat entre Kant et Hume est ici suffisant.

III. De quelle « réalité » parle la science ?

A. La « réalité » des faits constatés

Lorsque l'on se contente de constater un fait, on ne cherche pas nécessairement à l'expliquer aussitôt, mais on est implicitement persuadé qu'il fait bien partie de la « réalité ». Celle-ci s'impose à mes sens, résiste à

L'astuce du prof
Vous repartez ici du constat quotidien.

mon imagination, elle est composée des objets matériels dans lesquels je me cogne, et je n'ai pas besoin de la chercher puisqu'elle est toujours déjà là autour ou en face de moi. Sans nécessairement en déduire qu'elle est entièrement illusoire comme le demande Platon, on peut cependant remarquer que cette réalité n'est guère fiable : soumise au temps, elle se modifie d'un moment à l'autre. Le fruit qui me semblait appétissant est pourri au moment où j'aimerais le savourer, cet arbre a perdu ses feuilles, cette nuit semble privée d'étoiles contrairement aux précédentes.

Le réel qui relève d'un constat est de surcroît teinté par mes désirs, mes intentions ou mes projets. Il est si l'on peut dire doublement singulier : par les qualités qu'il manifeste à tel ou tel moment, et par ma subjectivité. Or la science ne se préoccupe pas de ce réel particulier, elle ne s'intéresse qu'à un réel objectif et universel.

B. La « réalité » de la science échappe au constat

Ce qui intéresse la science est indépendant des apparences mouvantes. Le réel perçu ou constaté et le réel pour la science sont fortement divergents ; le même terme a deux acceptions qui ne coïncident pas et qui désignent les deux pôles du processus de connaissance : pour atteindre le réel objectif, il faut commencer par récuser le réel perçu. Lois et théories énoncent en effet un fonctionnement dissimulé par ce qui est banalement perçu, situé en deçà du constat immédiat – et quelle que puisse être la variabilité historique ou sociologique de ce dernier : la gravitation universelle et même la relativité sont à l'œuvre *derrière* toutes les représentations classiques de la peinture, même si les artistes se s'en soucient pas, de même qu'elles s'appliquent à *mon* univers, même si je les connais mal, ou à celui des Aborigènes australiens, même s'ils les ignorent et préfèrent rendre compte de leur environnement par leur mythologie.

> **Gagnez des points**
> Illustration judicieuse de l'universalité des lois et théories.

C. La science livre un réel intelligible

En dissociant la réalité des apparences, la science cherche à rendre intelligible la première et récuse les secondes. Même si un réel intelligible peut ne pas correspondre à un réel *en soi*, comme l'a signalé Kant en distinguant le *phénomène* (ce qui est connaissable) du *noumène* (ce qui n'est pas à portée de la connaissance), il doit son existence aux vérités qui sont élaborées à son propos et qui le constituent. Ces vérités concernent des concepts et des phénomènes rationnellement élaborés qui s'éloignent de plus en plus de ce que l'on peut constater quotidiennement : de la chute des feuilles d'un arbre, c'est bien la loi de la chute des corps qui peut rendre compte, alors même que le détail de leur mouvement semble la contredire.

Conclusion

Prétendre connaître scientifiquement à partir d'un simple constat, ce serait comme croire que l'on peut déduire une loi sociologique d'un simple fait divers. Le fait divers peut être intriguant ou frappant par son originalité, mais en extraire un principe général concernant la société est pour le moins risqué. De même, l'écart entre le fait que l'on constate et la loi qui le détermine est tel qu'il est impossible de trouver cette loi en se contentant d'observer simplement le fait constaté. Au constat doit se substituer une interrogation de la nature, et cette interrogation mène à une connaissance historiquement variable, tandis que le constat peut être répété, toujours semblable à lui-même.

Explication de texte

Introduction

Le plan est rappelé pour vous aider, mais il ne doit en aucun cas figurer sur votre copie. À vous de guider le correcteur par l'annonce du plan dans l'introduction, les phrases d'attaque des paragraphes et des transitions.

Centrage : Chacun est peut-être en quête de vérité, mais comme on le sait, « l'erreur est humaine ». On a évidemment intérêt à en repérer les causes, puisque de la sorte on pourra éviter sa répétition. S'il existe plusieurs sortes d'erreurs concevables, Descartes paraît s'intéresser uniquement aux erreurs « en nos jugements » – mais n'est-il pas néanmoins possible que « nos jugements » interviennent partout où il y a erreur ?

Problématique : Le jugement tel que le conçoit ici Descartes consiste en une prise de position relativement à un énoncé, à une proposition : il est donc approbation ou négation d'un jugement. Approuver des « opinions » peut ainsi être risqué, s'il est vrai que l'opinion n'est pas véritablement fondée. Mieux vaudrait « suspendre son jugement » : laisser l'opinion pour ce qu'elle est sans se prononcer sur sa vérité. Mais il semble que ce ne soit pas toujours possible, tant est prononcé, chez beaucoup de personnes, le désir de vérité : là où le désir intervient, la prudence semble s'effacer.

I. Pourquoi se trompe-t-on alors qu'on ne le veut pas ?

A. « Personne n'a la volonté de se tromper »

Descartes part d'un postulat, selon lequel la volonté de se tromper ne peut exister chez aucun homme. Principe que l'on peut admettre, même si certains préfèrent leurs illusions au « réel », en soulignant que l'erreur n'est pas exactement l'équivalent d'une illusion : il y a dans cette dernière une séduction justifiant que l'on puisse l'entretenir pour ainsi dire volontairement, alors que l'erreur apparaît généralement condamnable et insatisfaisante, quel que soit le domaine où elle se manifeste.

On imagine mal un élève voulant par exemple se tromper dans la résolution d'un problème, dans l'intention d'être puni. Par contre, on conçoit qu'un élève s'illusionne sur ses propres capacités et se complaise dans cette illusion puisqu'elle peut le rassurer.

Gagnez des points

Esquissez une interprétation morale de l'absence de volonté dans l'erreur.

B. Vouloir se tromper serait vouloir du mal

L'erreur est par définition du côté du négatif, ou plus profondément, d'un certain mal (mal compris, mal construit, mal conçu...). Depuis Socrate, une tradition philosophique considère que nul ne peut choisir le mal « volontairement » – et Descartes s'inscrit ici dans cette tradition, en soulignant à son tour l'incompatibilité qui existe entre l'exercice de la volonté et le fait de se tromper.

On peut rappeler que, dans cette optique, l'acception morale de l'erreur conclut semblablement à l'incapacité de faire volontairement le mal (selon Socrate encore : « Nul n'est méchant volontairement ») : mal agir est précisément une erreur, mais involontaire, qui résulte d'une mauvaise interprétation de la situation ou de la nature du bien.

C. L'erreur est cependant fréquente

Il n'en reste pas moins qu'il serait irréaliste de nier la réalité des erreurs, et leur fréquence. Il est fort possible que je ne veuille pas me tromper, mais il est incontestable qu'il m'arrive de me tromper. C'est d'ailleurs par ce constat, banal en lui-même, que débute le *Discours de la méthode*, avant de chercher l'origine de ces erreurs – que Descartes situe alors aussi dans le type d'enseignement qu'il a reçu, auquel il ne fait ici plus aucune allusion. Son propos semble cette fois, en quelque sorte, plus limité : l'erreur qui l'intéresse est celle qui se situe « en nos jugements ». Mais nos jugements n'interviennent-ils pas dans tous les cas où des erreurs sont commises ? Si tel est le cas, l'explication fournie par ce texte vaut, en dépit de l'interprétation trop étroite que l'on peut être tenté d'en donner, pour toutes les situations.

II. Qu'est-ce que consentir à des opinions fausses ?

A. L'opinion est mauvaise conseillère

Si nous nous trompons contre notre propre volonté, c'est parce que nous approuvons des opinions, qui sont source d'erreur. Mettant en cause des opinions, Descartes utilise évidemment un terme auquel l'histoire de la philosophie a fait une déplorable réputation.

Pour Platon, l'opinion est le plus bas degré de la connaissance : instable, on ne devrait lui accorder aucune confiance, comme il est affirmé dans *Ménon*, à moins de pouvoir l'enchaîner, c'est-à-dire l'inscrire dans un véritable raisonnement.

Quant à ce que Platon qualifie d'opinion « juste » ou « vraie », elle peut être utile, mais elle risque toujours de ne pas l'être longtemps, et l'on aurait tort de la confondre avec une vérité bien établie.

Descartes ici n'a pas besoin d'aussi longs développements pour condamner les opinions : il lui suffit de signaler qu'elles « sont cause que nous nous trompons quelquefois », ce qui suffit à faire comprendre leur insuffisance.

B. Consentir à des opinions, c'est être trompé sans le vouloir

C'est ainsi en approuvant de simples opinions que nous sommes trompés. Et qui suppose que, sans le vouloir, notre approbation croit aller vers des propositions vraies. Où peuvent intervenir ces opinions ? Sans doute dans les domaines confus où la pensée n'est faite que d'habitudes ou de traditions dont on a oublié depuis longtemps de vérifier la portée et qui sont précisément les disciplines que l'on a enseignées à Descartes dans sa jeunesse – l'histoire avec ses incertitudes, la philosophie transformée en mécanique scolastique, la littérature qui flatte l'imagination sans aucun souci de vérité, etc.

Mais au-delà, les opinions se présentent pour ainsi dire automatiquement là où il n'y a pas distinction dans les idées, à propos « des choses qu'(on) ne connaît pas distinctement » ; on retrouve avec cette « distinction » (qui doit être accompagnée de « clarté ») un des critères qualifiant pour Descartes les notions bien élaborées. Il est alors compréhensible que, par exemple, la perception puisse être source d'opinions qui nous trompent, si nous leur faisons confiance : l'exemple du bâton trempé dans l'eau qui semble cassé suffit à faire comprendre qu'approuver l'opinion née des suggestions de la perception constitue un jugement faux.

Gagnez des points

N'hésitez pas à montrer que le recours au terme « opinion » peut ouvrir largement la commentaire.

C. La prudence consiste à suspendre son jugement

Si l'opinion se présente ainsi dans de multiples domaines, et si elle peut être source d'erreur, le meilleur moyen de ne pas se tromper consiste à ne pas l'approuver. Mais ne pas l'approuver ne signifie pas que l'on devrait adopter la position contraire et la contester franchement : après tout, elle peut aussi être vraie…, et nier une vérité (même si elle ne doit d'être présente qu'au hasard), c'est encore être dans l'erreur. Il convient donc de ne pas l'approuver, mais de ne pas davantage la nier, c'est-à-dire de « suspendre son jugement », en la laissant dans l'indécision.

Suspendre son jugement, c'est se refuser de décider de la valeur de vérité des propositions incertaines : la connaissance n'en sort pas augmentée, mais au moins évite-t-on l'erreur.

III. Le désir de vérité peut-il être cause d'erreur ?

A. Désirer la vérité, est-ce la rechercher ?

N'est-il pas un peu paradoxal que ceux qui désirent la vérité puissent être victimes d'erreurs dans leurs jugements ? Non, si l'on comprend que le désir de vérité n'est pas l'équivalent de la recherche de la vérité. Celle-ci suppose un « ordre », c'est-à-dire une méthode, qui peut commencer par la suspension du jugement.

Gagnez des points

Soulignez l'importance du vocabulaire lorsque vous pouvez en déduire des avancée du commentaire.

Le désir est pressant et pressé : exigeant une satisfaction rapide, il ne supporte pas la lenteur relative de la recherche, ni les efforts nécessaires à l'obtention du vrai. Ce n'est pas par hasard que Descartes utilise le mot « désir », qui souligne l'existence d'un dynamisme, d'une pulsion entraînant l'esprit vers des voies qui l'éloignent du vrai.

B. Quelles sont les conséquences du désir de vérité ?

Il y a dans le « désir de connaître la vérité » la source d'un comportement triplement nocif pour la pensée et pour la vérité. Ce désir outrepasse en effet la prudence ou le raisonnement tempéré : lorsque les personnes ignorent « l'ordre qu'il faut tenir » pour chercher la vérité, il les entraîne à un jugement

« précipité », et ils prennent en conséquence pour vraies des choses dont ils n'ont pas une connaissance claire et distincte.

La précipitation dans le jugement désigne l'assentiment trop vite accordé à un jugement qui n'est encore qu'une opinion non vérifiée : l'esprit va trop vite et abandonne ce qui devrait être sa prudence, pour aboutir à une conclusion immédiate. Ce qu'énonce ainsi Descartes au niveau individuel peut faire penser à l'impatience qui s'empare de certains esprits devant la « lenteur » des résultats de la connaissance scientifique : sous prétexte que la science n'a pas immédiatement réponse à toutes les questions, ils vont se précipiter vers des solutions extra-scientifiques, parce qu'elles satisfont leur soif de « connaissance » immédiate – religions plus ou moins « classiques », sectes, croyances irrationnelles, etc.

C. Ce qui n'est pas bien connu peut-il être vrai ?

L'idée même d'un ordre à suivre ou d'une méthode, c'est-à-dire d'un ensemble de procédés ou de règles que l'on doit observer pour aboutir au vrai que l'on recherche, trouve sans doute son expression la plus simple – indépendamment de la méthode cartésienne telle qu'elle est présentée dans le *Discours* – dans le raisonnement mathématique, où la raison définit aussi bien ses objets que les règles qu'elle suivra pour les connaître exhaustivement. Il n'est pas étonnant que la vérité mathématique ait pu servir de modèle de vérité à Descartes – même s'il la conçoit de manière trop simple puisqu'il ne peut connaître la multiplicité des systèmes géométriques.

Bien connaître, pour les autres sciences, c'est se rapprocher de cette « pureté » des mathématiques, de la « clarté et distinction » qui caractérise leurs notions. Tant que les jugements portent sur des objets qui restent confus ou obscurs (notamment en raison de leurs qualités empiriques), leur relation à la vérité risque d'être moins certaine, sinon nulle.

Conclusion

Ce texte de Descartes paraît « dépassé », mais on aurait évidemment tort de lui reprocher d'ignorer des méthodes scientifiques ou des systèmes logiques qu'il ne pouvait connaître en son temps. Il est plus intéressant d'y lire un effort pour cerner les causes de nos erreurs dans nos efforts de connaissance, et notamment de voir Descartes recommander le recours, en tout domaine en réalité, à une méthode pour ne pas céder trop hâtivement au désir de vérité qui peut animer l'esprit : cette leçon n'a rien de « dépassé » et reste d'actualité.

SUJET COMPLET 7

20 pts — 4h

Dissertation 1 D'après Polynésie, juin 2013

> **Les mots ont-ils un pouvoir sur les choses ?**

Dissertation 2 D'après France métropolitaine, juin 2017

> **Une œuvre d'art est-elle nécessairement belle ?**

Explication de texte D'après France métropolitaine, juin 2017

> **Expliquer le texte suivant :**

Un Auteur célèbre[1], calculant les biens et les maux de la vie humaine et comparant les deux sommes, a trouvé que la dernière surpassait l'autre de beaucoup et qu'à tout prendre la vie était pour l'homme un assez mauvais présent. Je ne suis point surpris de sa conclusion ; il a tiré tous ses raisonnements de la constitution de l'homme Civil : s'il fût remonté jusqu'à l'homme Naturel, on peut juger qu'il eût trouvé des résultats très différents, qu'il eût aperçu que l'homme n'a guère de maux que ceux qu'il s'est donnés lui-même, et que la Nature eût été justifiée. Ce n'est pas sans peine que nous sommes parvenus à nous rendre si malheureux. Quand d'un côté l'on considère les immenses travaux des hommes, tant de Sciences approfondies, tant d'arts inventés ; tant de forces employées ; des abîmes comblés, des montagnes rasées, des rochers brisés, des fleuves rendus navigables, des terres défrichées, des lacs creusés, des marais desséchés, des bâtiments énormes élevés sur la terre, la mer couverte de Vaisseaux et de Matelots ; et que de l'autre on recherche avec un peu de méditation les vrais avantages qui ont résulté de tout cela pour le bonheur de l'espèce humaine, on ne peut qu'être frappé de l'étonnante disproportion qui règne entre ces choses, et déplorer l'aveuglement de l'homme qui, pour nourrir son fol orgueil et je ne sais quelle vaine admiration de lui-même, le fait courir avec ardeur après toutes les misères dont il est susceptible et que la bienfaisante nature avait pris soin d'écarter de lui.

ROUSSEAU, *Discours sur l'origine et les fondements de l'inégalité parmi les hommes*, 1751

1. **Un auteur célèbre :** il s'agit de Maupertuis, philosophe et mathématicien (1698-1759).

CORRIGÉ SUJET COMPLET 7

Dissertation 1

Introduction

> Le plan est rappelé pour vous aider, mais il ne doit en aucun cas figurer sur votre copie. À vous de guider le correcteur par l'annonce du plan dans l'introduction, les phrases d'attaque des paragraphes et des transitions.

Centrage : On lie volontiers le langage et le pouvoir. On conçoit aisément que le langage puisse s'exercer sur les hommes, mais peut-il également être efficace sur les choses ?

Problématique : Pour s'exercer réellement, un pouvoir doit être compris par ceux sur lesquels il pèse. Peut-il de la sorte peser sur des choses ? Il faudrait à celles-ci une intériorité qu'on leur refuse en général. Il n'y a guère que la mentalité magique qui admette la présence, dans les choses, de sentiments ou d'intentions sur lesquels un discours peut agir directement. Dès que la magie s'éloigne, les choses se définissent par une présence inerte et *brute*, privée de toute dimension spirituelle. Dès lors, les mots ne peuvent plus exercer le moindre pouvoir sur elles. Du moins directement.

I. Les performances de la magie

A. La mentalité magique multiplie les esprits dans les choses

- La magie (comme mentalité et ensemble de pratiques) suppose que les choses ont une intériorité sur laquelle on peut avoir de l'influence.
- Cette dimension spirituelle des choses autorise une action directe, qui les transforme ou les fait agir de telle ou telle façon.
- Cette action peut alors passer par les mots : ordres, invocations, etc.
- Pour la mentalité magique, les mots agissent ainsi sur les choses (même si en parallèle il faut agir plus concrètement sur elles pour obtenir le résultat annoncé).

B. Avons-nous entièrement renoncé à cette mentalité ?

- Elle revit chez l'enfant, par exemple dans ses jeux, sur le mode d'un *comme si* : ce sont bien les mots qui persuadent une poupée de boire ce qu'on lui offre, ou de se comporter comme il faut.
- Même chose lorsque l'enfant veut obtenir le plus vite possible un résultat : il ordonne aux choses, et fait comme si elles obéissaient.
- Chez l'adulte, même comportement lors d'émotions fortes : colère, impatience, etc. Exemple : on injurie un moteur récalcitrant pour faire démarrer sa voiture.

> **Gagnez des points**
> Ne limitez pas l'analyse à la seule enfance, évoquez que l'âge adulte la renforce.

C. Théoriquement, nos choses sont objectivées

- *Cf.* Auguste Comte : le passage à l'état positif signifie une dé-spiritualisation des choses, qui perdent toute subjectivité et deviennent de purs objets.

• Cette objectivation autorise leur connaissance. Mais plus celle-ci se développe, et plus nous pouvons comprendre notre incapacité à agir sur les choses avec les mots…

II. Il y a bien un écart entre les mots et les choses

A. Le cratylisme n'est qu'un rêve

• Cratyle, dans le dialogue éponyme de Platon, affirme que les mots sont l'équivalent des choses, et que connaître les premiers fournit déjà un certain savoir sur les secondes.

• Pour l'analyse actuelle du langage, cela est irrecevable. Indice suffisant : comment une même chose pourrait-elle être connue à travers des mots différents selon les langues ? Ou Kant : « Le mot chien ne mord pas. »

• Situation de relative exception : certaines conceptions de la poésie, où l'on tente de faire que les mots coïncident avec ce qu'ils évoquent. Exemple : Francis Ponge.

• Mais cette adhésion des mots aux choses d'une part ne permet pas d'agir sur les choses, d'autre part ne dure que le temps de la lecture du poème.

B. L'univers des mots est symbolique

L'astuce du prof
Citer un linguiste peut être bienvenu.

• Le langage n'est pas le réel, c'est une évidence. Travailler le langage, comme le fait par exemple un écrivain, n'est pas travailler le réel, mais sa représentation possible : à la fin d'un roman, ce n'est pas le réel qui est modifié, mais au mieux l'image que l'on en a.

• *Cf.* Benveniste : « Le langage […] est une structure immatérielle […] remplaçant les événements ou les expériences par leur "évocation" ». Les mots, en « évoquant » les choses, instaurent une certaine distance par rapport à elles.

• En raison aussi de cette distance, les mots ne peuvent agir sur les choses.

C. Les énoncés performatifs ne traitent pas des choses

• Pourtant, certains mots (ou verbes) semblent bien être l'équivalent d'actions : ce que Austin nomme les énoncés performatifs (« Dire, c'est faire »).

• Peuvent-ils *faire* sur les choses ? Il faudrait que celles-ci soient capables d'acquiescer ou d'obéir, et pour cela qu'elles aient d'abord compris ce qui a été dit.

• Austin lui-même ne cite comme exemples que des situations concernant des êtres humains : le « oui » d'une cérémonie de mariage, l'annonce d'un pari, etc., et Pierre Bourdieu, lorsqu'il revient sur la question, souligne que la réussite des énoncés performatifs – qu'il assimile à des actes d'autorité s'exerçant sur d'autres personnes – tient au statut de celui qui les prononce : les choses ne sont en rien concernées.

III. Utilité d'une distinction entre les choses et leur représentation

A. Comment agir sur les choses ?

• Il est clairement possible que les mots agissent sur les hommes (ou sur des animaux pourvu qu'ils « comprennent » ce qu'on leur ordonne), mais on n'a pas la même situation relativement aux choses.

• Pour agir sur celles-ci, il faut passer par des relations physiques, et non par des relations verbales : on les bouge soi-même, ou on les fait bouger.

• Tel est bien le cas de certains énoncés performatifs où dire, c'est « faire faire ».

B. On peut cependant faire agir sur leur réalité…

• « Faire faire » concerne en priorité le monde du travail et de la production, et l'on passe alors par l'intermédiaire du travailleur, quel qu'il soit, qui reçoit l'ordre de faire et agit sur les choses.

Gagnez des points

Notez les relations entre les mots et l'univers du travail, sans faire de hors-sujet.

• Les mots, dans de telles situations, finissent par avoir un pouvoir sur les choses, mais il est indirect et a besoin de la médiation d'une personne.

• Si longue qu'elle ait pu être, si cette médiation disparaît, les choses ne sont plus modifiées (elles ne se sont pas « habituées » à ce que l'on ait quelque action que ce soit sur elles…).

C. … ou sur les qualités qu'on leur prête

• Mais « faire faire » peut désigner d'autres comportements, qui mettent en cause, plutôt que les choses elles-mêmes, les qualités qu'on leur attribue ou les satisfactions que l'on peut en attendre.

• Tel est bien le rôle de la publicité qui a pour but de rendre les choses désirables grâce à des mots (slogans, formules) qui, se greffant sur le produit à vendre, semblent capables, sinon de le transformer dans sa réalité, du moins de modifier ses qualités, sa réputation, sa désirabilité.

• C'est alors pour agir sur le futur consommateur que l'on commence par *agir* sur la représentation d'une chose avec des mots. On doit cependant constater que l'action menée porte, non sur la chose elle-même, mais bien sur sa représentation.

• Consommation moins directement économique : cas d'une discussion autour d'une chose présentée comme artistique. Il est possible, grâce aux mots, d'en modifier la perception pour persuader une personne récalcitrante de sa qualité. La chose sera désormais perçue différemment, dotée d'une qualité qu'on lui refusait (mais elle ne s'en trouve pas modifiée matériellement).

Conclusion

Les mots ont sur les choses le pouvoir que leur attribue la mentalité magique – mais non le magicien qui, pour sa part, agit discrètement en prononçant ses formules. Dès que le monde est désenchanté, la chose se révèle incapable d'« obéir » aux mots, et la dimension symbolique du langage instaure entre les mots et les choses une distance impossible à combler directement. On ne pourra exercer de pouvoir sur les choses en recourant aux mots que grâce à des médiations : physiques, lorsqu'il s'agit de travailleurs obéissant aux ordres donnés pour modifier les choses, ou mentales, lorsqu'il s'agira de produire autour des choses des connotations capables d'en vanter ou d'en changer les qualités.

Dissertation 2

Introduction

> Le plan est rappelé pour vous aider, mais il ne doit en aucun cas figurer sur votre copie. À vous de guider le correcteur par l'annonce du plan dans l'introduction, les phrases d'attaque des paragraphes et des transitions.

Centrage : L'histoire de l'art montre la succession d'écoles et de tendances fondées sur des principes et des buts différents, ainsi que des œuvres issues de cultures si diverses qu'on a beaucoup de mal à proposer une définition qui puisse les rassembler. Quels points communs trouver entre une statue grecque, un tableau de Raphaël, une estampe d'Hokusai, une miniature persane, un masque africain et un monochrome d'Yves Klein ? Les esthétiques classiques, dont Kant fournit à sa façon la version finale, pouvaient réfléchir sur la beauté, la définir et en faire le critère décisif de l'œuvre d'art, mais les esthéticiens d'aujourd'hui admettraient plutôt avec Mikel Dufrenne que la notion de beauté est devenue non seulement « superflue », mais même « dangereuse » en ce qu'elle nous interdirait d'admettre certaines œuvres qui en sont dépourvues.

Problématique : Aussi longtemps que l'on admettait que la beauté était la qualité nécessaire de l'œuvre d'art, le repérage de cette dernière et la justification de son existence étaient relativement aisées. Par quoi peut-on désormais la remplacer ?

I. L'art occidental classique privilégie la beauté dans l'œuvre

A. L'esthétique a durablement exclu toute réflexion sur les arts non occidentaux

Lorsque Platon parle d'art, il s'agit exclusivement de l'art grec – poésie (Homère, Hésiode...), théâtre (les tragiques) ou sculpture (Phidias). Ultérieurement, l'habitude demeure, pour des raisons diverses mais convergentes : la mentalité chrétienne invite à ne considérer que des œuvres compatibles avec la religion dominante, la société occidentale est à un tel point assurée de sa supériorité sur les autres cultures qu'elle n'admet l'art en provenant qu'à titre de curiosités plus ou moins amusantes.

Dans de telles conditions, la réflexion sur l'œuvre d'art menée par certains artistes et intellectuels (Vinci) se limite évidemment aux arts européens.

B. L'approche kantienne conclut cette tradition

Dans sa *Critique de la faculté de juger*, Kant distingue le beau du simple agréable, pour réserver le premier aux œuvres d'art, et en prenant soin de souligner que ces dernières proposent « la belle représentation d'une chose », et non simplement « la représentation d'une belle chose ». La beauté qui caractérise l'œuvre d'art est donc bien spécifique : elle « plaît universellement sans concept », elle fournit une « satisfaction désintéressée », elle suppose la perception dans l'œuvre d'une « finalité sans fin ». En d'autres termes, la beauté provient d'une organisation de l'œuvre telle que ses divers éléments s'y rassemblent sous l'aspect d'une totalité.

Mais Kant considère l'existence, à côté de la beauté, du sublime, auquel correspond plutôt un sentiment de déplaisir. Or il y a du sublime dans certaines œuvres d'art (en architecture). De plus il montre que la beauté est « symbole de moralité » : l'œuvre ne doit pas être moralisatrice, mais, en tant que totalisation d'une diversité, elle rappelle la loi morale qui dépasse les intérêts privés.

C. La beauté classique n'est-elle pas variable ?

Donnent raison à Kant et à sa conception de la beauté les efforts accomplis par les artistes pour définir la beauté elle-même (débats entre peintres et théoriciens du XVIe siècle : est-elle une idée pure ou a-t-elle des modèles dans la nature ?) et l'existence de nombreuses règles organisant les œuvres (nombre d'or en architecture et peinture, versification et formes fixes en poésie, mise au point d'une perspective en peinture classique, etc.).

Mais peuvent les inquiéter les innombrables modifications matérielles apportées aux œuvres (on sait par exemple que la célèbre *Ronde de nuit* de Rembrandt est amputée) : qu'y devient la finalité « interne » ? Si le spectateur la retrouve dans une œuvre « incomplète », cela indique qu'elle est davantage dans son esprit que dans l'œuvre, et ce qu'elle produit en fait de beauté ne caractérise plus l'œuvre d'art, mais l'attente de l'amateur...

Gagnez des points
Indiquez les limites de la conception de Kant.

II. Les œuvres modernes ou non occidentales ne se préoccupent pas d'une telle beauté

A. Pour Hegel, la définition de l'œuvre d'art est variable

Dans son *Esthétique*, Hegel distingue trois moments dans l'histoire de l'art, définis par trois articulations différentes de l'idée et du sensible : l'art symbolique a de la matière en excès par rapport à son « contenu », l'art classique équilibre les deux versants, l'art romantique propose une surabondance de signification. Si l'art se définit en général comme « manifestation sensible d'une idée », les œuvres (et leur éventuelle beauté) deviennent historiquement variables.

Hegel, tout en considérant que l'art manifeste « l'esprit d'un peuple », n'accorde pas un esprit à n'importe quel peuple : il s'en tient à l'art occidental – qu'il considère d'ailleurs comme achevé puisqu'il a parcouru ses trois moments.

B. Pourquoi peut-on renoncer aux conceptions classiques ?

Peu de temps après que Hegel a prévu la « mort » de l'art, ce dernier connaît de sérieux bouleversements. D'une part, les courants artistiques se concurrencent et se succèdent de plus en plus vite ; de l'autre, les artistes découvrent dans les productions non occidentales des modes de représentation inédits et qui vont les influencer (diffusion de l'art japonais chez les Nabis, art « nègre » et cubisme). Quant à ceux qui ne veulent rien savoir de ces changements, on les accuse d'« académisme » : ils s'en tiennent à des conceptions datées de la beauté tandis que les « modernes » en cherchent de nouvelles formules (romantisme, néo-classicisme, impressionnisme, symbolisme, etc.) ou en abandonnent la quête. La beauté moderne est « bizarre » pour Baudelaire, monstrueuse pour d'autres, mais désormais disharmonieuse.

C. L'appréciation de la beauté n'est-elle pas une question de culture ?

Cette diversité des écoles et des points de vue possibles récuse le principe d'une universalité du jugement esthétique. Ce dernier apparaît de plus lié à la culture, tant collective qu'individuelle, c'est-à-dire à l'éducation et au milieu. Le XXe siècle promeut des œuvres souvent déroutantes, par leur apparente « laideur » (Picasso), par leur éloignement du visible (l'art abstrait), par leur indifférence aux règles (la poésie d'aujourd'hui), par leur presque absence (art conceptuel) ou par leur relation perverse avec le quotidien (*ready made*). À de telles productions répondent des groupes d'amateurs différents, pour lesquels il ne peut y avoir de beauté (quand ils s'y intéressent) que très relative.

III. Toute œuvre propose du sens, à interpréter

A. Comment l'œuvre se distingue de l'objet ordinaire

S'il y a ainsi une histoire de l'art, c'est que les œuvres anciennes continuent à nous intéresser. Marx note que cette survie signale leur étonnante indépendance relativement aux conditions sociales de leur production. C'est que les œuvres ne sont pas simplement les résultats d'un travail comme les autres : comme le soulignait Arendt, les œuvres bénéficient d'une durée que n'ont pas les simples « produits ». L'art au sens classique est peut-être « du passé » (Hegel), mais ses œuvres restent à notre disposition, et pas seulement à titre de documents présents dans des manuels d'histoire.

B. Quel « contenu » propose une œuvre ?

En utilisant une œuvre comme document, uniquement pour son contenu apparent (information sur une époque : costumes, nourriture, modes de vie, événement notable), on en trahit la véritable portée, parce qu'on oublie sa dimension esthétique, et que sa persistance dans la durée n'est pas due uniquement à son « discours » implicite.

Un tableau représentant la prise de la Bastille sera toujours moins riche en contenu narratif qu'un bon article d'historien. S'il nous intéresse, c'est donc pour autre chose que ce que l'on peut en transposer en langage. De même, une métaphore poétique, comme le faisait remarquer André Breton, n'est pas transposable en prose sans disparaître.

C. La signification d'une œuvre relève d'une interprétation renouvelable

Ce qui dès lors distingue une œuvre d'art d'un mauvais texte, d'un chromo ou d'une ritournelle sans intérêt, c'est que sa signification ne peut être épuisée en une seule « lecture », et c'est bien pourquoi elle est durable : des générations différentes pourront en proposer des interprétations différentes. Les artistes qui ont prétendu maîtriser en tout le sens de leur production ont le plus souvent réalisé des œuvres sans avenir réel, qui n'ont plus d'intérêt que statistique ou historique (pour apprécier par exemple le goût moyen d'une époque). En revanche, le théâtre de Racine, qui s'offre à des lectures diverses (marxiste, psychanalytique, structurale), continue à vivre, tout comme la peinture de Rubens ou *Le Neveu de Rameau*.

Conclusion

Si l'œuvre d'art n'est plus nécessairement belle, c'est parce que ses transformations historiques et culturelles révèlent que la « beauté » dissimulait peut-être une qualité plus discrète, mais aussi plus profonde : la capacité à concerner des hommes différents, dans le temps comme dans l'espace.

Explication de texte

Introduction

Centrage : L'actualité n'en finit pas de nous infliger le spectacle de multiples malheurs de l'humanité : conflits, guerres, famines se succèdent et peuvent faire penser que la vie est pour l'homme « un assez mauvais présent ». À cette conclusion de Maupertuis, Rousseau réplique que sa méthode d'appréciation est mauvaise, car il se contente précisément de considérer l'homme actuel. Si l'on considère l'homme « naturel », on voit que c'est l'histoire qui a produit le malheur de l'homme contemporain (de Rousseau, et peut-être de nous), et dans la nature, rien n'y prédisposait. Or cette histoire n'a été que celle des efforts accomplis par les hommes pour modifier, par orgueil ou vanité, la nature elle-même.

> Le plan est rappelé pour vous aider, mais il ne doit en aucun cas figurer sur votre copie. À vous de guider le correcteur par l'annonce du plan dans l'introduction, les phrases d'attaque des paragraphes et des transitions.

Problématique : De la sorte, ne se modifiaient-ils pas eux-mêmes, s'expulsant sans s'en rendre compte d'une situation « naturelle » favorable pour instaurer un monde d'artifices provoquant leur misère ?

I. De quel homme parle-t-on pour calculer son bonheur ?

A. Comment calculer le bonheur ?

- L'idée peut dérouter : il s'agit de comparer la somme des biens et des maux de la vie humaine (qui concerne, non un individu, mais l'ensemble des hommes, ou la société).
- En effectuant cette comparaison, Maupertuis conclut que la somme des maux est la plus importante, et que donc la vie ne vaut pas grand-chose. Thèse assez pessimiste.
- Rousseau accepte l'idée d'un tel calcul, mais il en conteste les termes et la conclusion.

B. Pourquoi s'intéresser à l'homme « naturel » ?

- L'erreur de Maupertuis consiste à opérer son calcul sur l'homme « civil » et sur sa « constitution » (= sur ce qui le constitue). C'est l'homme tel qu'il est devenu à travers son histoire, ou l'homme contemporain : celui que Maupertuis avait directement sous les yeux.

> **Gagnez des points**
> N'hésitez pas à détailler l'erreur de la méthode que Rousseau reproche à Maupertuis.

• Pour estimer la vie, il faut « remonter » à l'homme « naturel », c'est-à-dire à celui qui, sorti de sa première nature quasi animale et non historique, n'est pas encore « perverti » par un ordre social mal organisé.

• Cet homme « naturel » a pu connaître une période de bonheur : il a développé des qualités (sociabilité, travail, langage, famille fondée sur l'affection réciproque) assurant des rapports harmonieux, tant entre les hommes qu'entre ces derniers et leur milieu.

C. L'homme « naturel » « justifie » la nature

• La période « naturelle » de l'humanité, puisqu'elle fut heureuse, indique que le malheur ne provient pas de la nature elle-même.

• La nature se trouve ainsi « excusée » du malheur : elle est « justifiée » dans son organisation. Cela signifie aussi qu'il n'est pas dans la nature initiale de l'homme d'être malheureux.

II. Vers quoi l'action des hommes dans l'histoire est-elle orientée ?

A. Le malheur n'a pas été obtenu « sans peine »

• Humour de Rousseau : pour devenir malheureux, l'homme a dû se donner de la peine, et durablement.

• Il a réalisé une série d'« immenses travaux », dont l'énumération est assez impressionnante : grand nombre de « Sciences approfondies », multitude d'« arts inventés », importance des « forces déployées ».

• De tels efforts donnent déjà l'impression que les hommes ont véritablement cherché à devenir malheureux.

B. La nature n'a-t-elle pas été transformée ?

• Énumération symptomatique de lieux et d'espaces initialement naturels : abîmes, montagnes, rochers, fleuves, terres, lacs, marais.

• Le traitement que leur ont infligé les hommes les a profondément modifiés : relever les adjectifs négatifs (« comblés », « rasées », « brisées », « creusés », « desséchés »).

Gagnez des points

Introduisez une référence justifiée à Descartes pour signaler l'antirationalisme de Rousseau.

• L'homme est devenu ce que demandait Descartes, « comme maître et possesseur de la nature », élevant ses bâtiments « énormes » sur la terre, ou couvrant la mer « de Vaisseaux et de Matelots » : victoire des sciences et des techniques qui bouleversent tout.

C. Et l'homme s'est aussi transformé

• Rousseau est un des premiers à concevoir que les transformations de la nature entraînent celles de l'homme.

• Cette idée n'est pas immédiatement compatible avec le principe de la création divine.

• Idée reprise ensuite par Hegel ou Marx.

III. Quels « bienfaits » peut-on attendre de ces actions ?

A. Nécessité d'un peu de recul

- La « méditation » implique que l'on prenne le temps de réfléchir sur ce qui a eu lieu, et donc qu'on s'en détache.
- On constate alors la « disproportion » entre les actions transformatrices des hommes et les « avantages » qu'elles ont apportés.
- Pourquoi l'homme s'est-il ainsi dépensé pour si peu de profit ? Par « aveuglement », « orgueil » et « admiration de lui-même » : ce sont les défauts de l'homme devenu « civil ».

B. Les hommes ont provoqué leur malheur

- Ils « courent avec ardeur après toutes les misères » qu'ils peuvent subir : plus la situation se détériore, plus ils font ce qu'il faut pour l'empirer.
- Ils sont bien responsables de ce qu'ils subissent, étant « susceptibles » de produire des misères (parce qu'ils n'ont pas su contrôler leur « civilisation »).
- La nature peut d'autant plus être qualifiée de bienfaisante (originellement) qu'elle avait pris soin d'écarter de l'homme les misères que ce dernier s'inflige.

Gagnez des points

On peut aussi insister sur l'idée qu'en « excusant » la nature du malheur des hommes, Rousseau en « excuse » également le créateur.

C. Rousseau est-il pessimiste ?

- Oui, si l'on s'en tient à cet extrait. Et plus encore que Maupertuis puisqu'il affirme que l'homme provoque son malheur.
- Les Lumières affirment la possibilité du progrès, Rousseau n'y croit pas – du moins tel qu'il a eu lieu.
- Mais avertir les hommes de leur responsabilité, n'est-ce pas les aider à sortir de leur malheur en adoptant une autre attitude ? (Ce sera l'enjeu d'*Émile* et du *Contrat social*).

Conclusion

Très critique à l'égard des performances des sciences et des techniques qui n'entraînent que le malheur des hommes, Rousseau accorde trop d'importance à l'histoire pour prêcher un simple retour vers une nature initiale. Mais depuis son diagnostic, l'artificialisation de la nature n'a fait qu'empirer.

Gagnez des points

Vous pouvez ouvrir votre conclusion en mettant en parallèle le texte de Rousseau avec l'actualité.

SUJET COMPLET 8 — D'après Amérique du Nord, juin 2021 — 20 pts — 4h

Dissertation 1 › **Les vérités scientifiques sont-elles définitives ?**

Dissertation 2 › **La nature est-elle injuste ?**

Dissertation 3 › **L'art est-il l'affaire des seuls spécialistes ?**

Explication de texte › **Expliquer le texte suivant :**

De nos jours, ce n'est pas seulement dans les magasins, les marchés, les échanges, que les produits du travail entrent seuls en ligne de compte, et non les travaux qui les ont suscités. Dans les usines modernes il en est de même, du moins au niveau de l'ouvrier. La coopération, la compréhension, l'appréciation mutuelle dans le travail y sont le monopole des sphères supérieures. Au niveau de l'ouvrier, les rapports établis entre les différents postes, les différentes fonctions, sont des rapports entre les choses et non entre les hommes. Les pièces circulent avec leurs fiches, l'indication du nom, de la forme, de la matière première ; on pourrait presque croire que ce sont elles qui sont les personnes, et les ouvriers qui sont des pièces interchangeables. Elles ont un état civil ; et quand il faut, comme c'est le cas dans quelques grandes usines, montrer en entrant une carte d'identité où l'on se trouve photographié avec un numéro sur la poitrine, comme un forçat[1], le contraste est un symbole poignant et qui fait mal.

Les choses jouent le rôle des hommes, les hommes jouent le rôle des choses ; c'est la racine du mal. Il y a beaucoup de situations différentes dans une usine ; l'ajusteur qui, dans un atelier d'outillage, fabrique, par exemple, des matrices de presses[2], merveilles d'ingéniosité, longues à façonner, toujours différentes, celui-là ne perd rien en entrant dans l'usine ; mais ce cas est rare. Nombreux au contraire dans les grandes usines et même dans beaucoup de petites sont ceux ou celles qui exécutent à toute allure, par ordre, cinq ou six gestes simples indéfiniment répétés, un par seconde environ, sans autre répit que quelques courses anxieuses pour chercher une caisse, un régleur, d'autres pièces, jusqu'à la seconde précise où un chef vient en quelque sorte les prendre comme des objets pour les mettre devant une autre machine ; ils y resteront jusqu'à ce qu'on les mette ailleurs. Ceux-là sont des choses autant qu'un être humain peut l'être, mais des choses qui n'ont pas licence[3] de perdre conscience, puisqu'il faut toujours pouvoir faire face à l'imprévu.

WEIL, *La Condition ouvrière*, 1942

1. **Forçat :** prisonnier condamné aux travaux forcés.
2. **Matrices de presse** : moules servant à fabriquer des objets.
3. **Avoir licence de :** avoir la permission de.

CORRIGÉ SUJET COMPLET 8

Dissertation 1

Introduction

Centrage : En cherchant la vérité, l'être humain cherche aussi à se rassurer : un univers obéissant à des règles stables inquiète moins qu'un monde perçu comme instable. Mais les vérités élaborées par une connaissance sérieuse, scientifique, peuvent-elles être définitives ?

Le plan est rappelé pour vous aider, mais il ne doit en aucun cas figurer sur votre copie. À vous de guider le correcteur par l'annonce du plan dans l'introduction, les phrases d'attaque des paragraphes et des transitions.

Problématique : La connaissance scientifique concerne les relations entre l'esprit et la nature, elle a une histoire, ce qui signifie que ses vérités évoluent. Ces changements sont dus aussi bien à l'avancée des techniques de recherche qu'aux interrogations variables de l'esprit lui-même. Si les sciences ne livrent pas de vérités définitives, ces dernières sont-elles concevables ou admissibles dans d'autres domaines de la pensée ?

I. Les vérités scientifiques sont historiques, et donc variables

A. Le « vrai » relève, non des choses, mais d'un jugement

- Tant que l'on confond la vérité et la « réalité » du monde présent, on risque d'admettre que la vérité est aussi durable ou stable que ce monde (mentalité préscientifique).
- Dans la mentalité « primitive », les mythes fondent des vérités formulées une fois pour toutes, qui organisent la vie collective (mœurs, morale, rapports homme-femme, etc.).
- Lorsque le vrai qualifie des jugements élaborés à propos des faits ou des choses, il résulte d'une activité de l'esprit humain : au lieu de « séjourner » statiquement dans les choses, comme en attente d'être découverte, la vérité dépend de la pensée.

B. Les « sciences » ont-elles connu l'illusion d'une vérité définitive ?

- Le grec aletheia (vérité) implique un dé-voilement des choses, capables de révéler d'elles-mêmes leur nature à l'esprit.
- Aussi la « science » selon Aristote dépend-elle d'une observation « passive » (non expérimentale) des choses, dont peut se déduire une organisation définitive du réel (le « haut » et le « bas », dans l'espace, échappent à toute modification).
- Les premiers scientifiques, même lorsqu'ils commencent à pratiquer des expériences, restent animés par la volonté de mettre au point une vérité absolue. Exemple : pour Descartes, il existe une « nature » absolue du triangle, telle que la somme des angles

Gagnez des points
Donnez l'exemple d'une erreur commise par un scientifique parfaitement respectable dans son domaine.

est toujours égale à 180 degrés : la géométrie euclidienne énonce des vérités qui ne sauraient varier.

C. Les vérités, même mathématiques, se modifient

• Cette « nature » anhistorique du triangle change, malgré ce que croyait Descartes, dans les géométries non-euclidiennes : la somme de ses angles peut être supérieure ou inférieure à 180 degrés, selon le système considéré.

• Cela signifie, non pas que la géométrie euclidienne serait fausse, mais que ses démonstrations et théorèmes ne sont « vrais » qu'à l'intérieur d'un système particulier.

• Ce qui était considéré comme vérité « absolue » (tant qu'il n'existait qu'un seul système géométrique) devient vérité « relative » à une axiomatique. Cet abandon du caractère définitif de la vérité mathématique a choqué même certains mathématiciens, qui ont d'abord eu des difficultés à admettre la validité des géométries non-euclidiennes.

II. Les théories scientifiques peuvent-elles être définitives ?

A. Différence entre « vérité formelle » et « vérité matérielle »

• Les propositions mathématiques sont « formelles », c'est-à-dire « vides » : elles ne désignent aucun objet empirique et ne dépendent que de décisions strictement rationnelles (définitions, axiomes).

• Dans les sciences « expérimentales », celles qui ambitionnent de découvrir les lois « de la nature » (physique, chimie, biologie), les propositions « vraies » concernent au contraire des objets du monde, ou des aspects du « réel ».

• Ces objets sont livrés au chercheur par des moyens ou techniques qui varient historiquement, et qui modifient la perception. Exemple simple : on peut aujourd'hui observer le déplacement d'un objet avec une précision qui était impossible au XIXe siècle.

B. Les théories scientifiques évoluent

• Il est prévisible, ou normal, que des objets autrement perçus entraînent des questions différentes, et donc des lois et des théories qui vont remplacer ce qui était jusqu'alors admis.

• L'histoire d'une science est ainsi constituée d'une succession de lois et de théories se substituant les unes aux autres, pour formuler des « vérités » de plus en précises ou approfondies.

> **Gagnez des points**
> Citez un auteur devenu « classique ».

• Gaston Bachelard a montré, dans *La Philosophie du non*, que cette histoire peut être qualifiée de « dialectique », en ce sens qu'une théorie admise perd de son universalité (négation partielle) pour laisser place à une théorie nouvelle et plus ample, mais que sa « vérité » demeure à un certain niveau.

C. La « vérité » antérieure n'est pas réfutée, mais elle est redéfinie

• De même que la géométrie euclidienne est désormais considérée comme utile lorsqu'est en cause l'univers tel que nous le percevons spontanément, la mécanique newtonienne a été restreinte à l'expérience quotidienne dès lors que la mécanique relativiste a montré son efficacité lorsqu'on s'intéresse à un espace qui n'est plus celui de notre perception ordinaire.

• Les deux théories « classiques » ne deviennent pas fausses : elles conservent leur utilité à une certaine échelle, mais perdent ce qu'on leur attribuait comme caractère universel.

• Les vérités, dans l'histoire de chaque science, ne peuvent donc être définitives : elles sont temporaires (si elles sont réfutées) ou réinscrites dans une pluralité qui annule leur prétendue universalité.

III. Les vérités scientifiques sont-elles décevantes ?

A. Le désir de vérités définitives ne disparaît pas

• Le caractère « transitoire » des vérités scientifiques ne suffit pas pour supprimer le désir de vérités définitives : la pensée quotidienne n'est pas réglée uniquement sur la science.

• D'autre part, il existe toujours des secteurs de la pensée où sont maintenues des vérités admises comme définitives, notamment les systèmes religieux, avec leurs dogmes incontestables.

• Or les religions répondent à des questions « métaphysiques » (origine et fins dernières) que la science ne peut aborder (*cf.* Auguste Comte : l'état scientifique abandonne les questions en « pourquoi ? »).

Gagnez des points

Il serait dommage de ne pas citer Auguste Comte lorsqu'on examine ce qui caractérise l'esprit scientifique.

B. La science elle-même peut décevoir les attentes du « public »

• Freud a bien souligné, dans *L'avenir d'une illusion*, combien la science a d'ennemis, qui ne comprenant ni sa « lenteur », ni la façon dont elle progresse, lui reprochent de saper la foi religieuse.

• Les vérités scientifiques ne sont découvertes que lentement, les recherches sont longues et jamais certaines d'aboutir, et la patience, comme l'a encore montré l'épidémie de coronavirus, n'est pas ce qui caractérise le mieux un public avide de soins. La mise au point d'un vaccin exige du temps…

• De plus, la science formule des vérités dénuées de portée morale, alors que la religion promet un jugement moral des consciences (Dieu comme « juge suprême »). Et comme la science peut avoir des retombées catastrophiques (militaires notamment), on ne se prive pas de la critiquer et d'en contester le « pouvoir ».

C. Les épistémologues eux-mêmes croient-ils encore à la « vérité » ?

• En mathématiques, on évoque plutôt une « validité ». Puisqu'un théorème n'est « vrai » que dans un système donné, on préfère en reconnaître la validité, pour souligner qu'il n'existe pas de système absolument vrai.

• Cela ne détruit en rien la confiance que l'on peut accorder aux calculs effectués dans chaque système, mais cela renforce l'idée d'une pluralité des rationalités.

Gagnez des points

En mettant en cause la notion même de « vérité », vous élargissez le sujet, et pouvez utiliser des références à des épistémologues.

• Cette pluralité se remarque également dans les sciences expérimentales, comme l'a aussi souligné Bachelard : parallèlement à l'évolution dialectique des théories, il existe une évolution dialectique de la raison humaine.

D. N'est « vraie » qu'une théorie « falsifiable »

• Karl Popper montre pour sa part que la notion de vérité doit être redéfinie lorsqu'on l'utilise à propos des disciplines scientifiques. De son point de vue, il n'y a pas, et il ne peut pas y avoir - puisque l'histoire des sciences le montre amplement - de théorie définitivement « vraie ».

• De plus, il est nécessaire de distinguer les théories authentiquement scientifiques, de celles qui ne le sont pas, mais prétendent l'être (marxisme ou psychanalyse).

• Cette distinction s'effectue grâce au critère de falsifiabilité : sont scientifiques les théories auxquelles il est possible de faire subir l'épreuve d'une expérimentation qui prouverait la fausseté de leurs énoncés. Même ainsi confirmées les théories scientifiques ne sont que momentanément vérifiées ou valides.

E. Peut-on parler de « vérité » en science ?

• Paul Feyerabend, défenseur de l'« anarchisme épistémologique », considère que le respect de règles strictes déduites d'un état donné de la science ne peut qu'empêcher de nouvelles découvertes. Dès lors, les théories nouvelles ne sont acceptées que si l'on utilise toutes les ruses possibles pour les imposer : c'est le règne du « tout est bon » pour faire avancer une discipline - le souci de la vérité n'étant pas prioritaire.

• Sans être aussi radical, Jean-François Lyotard admet que les conditions contemporaines de la recherche aboutissent à faire admettre des propositions dont la « vérité » n'est que pragmatique et reste mal fondée. Ce qui est « vrai » n'est que ce qui « fonctionne » en aboutissant au résultat escompté.

Conclusion

Que la vérité scientifique ne puisse être définitive est désormais amplement démontré et admis. Faut-il aller au-delà pour contester l'idée même de vérité dans la connaissance scientifique, ou penser qu'elle n'est jamais suffisamment fondée ? La « vérité » n'est-elle qu'un mot qui perd son sens ? Si cela peut se dire d'un point de vue épistémologique, on devine que le public qui l'admettrait y trouverait un argument de plus pour contester davantage la science elle-même.

Dissertation 2

Le plan est rappelé pour vous aider, mais il ne doit en aucun cas figurer sur votre copie. À vous de guider le correcteur par l'annonce du plan dans l'introduction, les phrases d'attaque des paragraphes et des transitions.

Introduction

Centrage : Quand parle-t-on d'injustice ? Soit lorsqu'il y a désobéissance aux lois instaurant la justice, soit lorsqu'on estime que n'est pas attribué à une personne ce qui devrait lui revenir. L'injustice peut-elle être due à la nature et à ses lois ?

Problématique : La nature produit des différences entre les êtres et les conditions d'existence, qui peuvent être perçues comme des inégalités. Mais sont-elles des injustices ? Ces dernières n'apparaissent qu'à des consciences humaines, et relativement à des lois sociales et à des valeurs. N'y a-t-il d'injustice réelle que lorsque la société, déficiente, est incapable d'assurer la justice parmi ceux qui la composent ?

I. La nature produit des contextes et des êtres différents

A. La nature n'est pas uniforme

- Elle propose différents contextes d'existence (variété des climats, donc des faunes et des flores, etc.).
- Les ressources « naturelles » ne sont pas partout les mêmes, puisqu'elles dépendent du climat, du relief, etc.
- Il est notable que cette nature peut subir les conséquences des activités humaines (déforestation, pollution, etc.).

B. Il existe des différences entre les êtres

- Force ou faiblesse des espèces animales.
- Faiblesse initiale de l'humain relativement à d'autres espèces animales.
- Inégalité physique de naissance (handicaps) entre les humains, qui peut perdurer.

C. Ces différences peuvent devenir des inégalités

- La « loi de la jungle » ou « loi du plus fort », chez les animaux, certaines espèces vivent au détriment des autres (prédateurs et proies).
- Au sein d'une espèce animale, les plus faibles ne survivent généralement pas longtemps.
- L'individu handicapé semble avoir moins de chances de « réussite » que ceux qui ne le sont pas (même si la société intervient pour corriger les situations).

Gagnez des points

Commencez à suggérer la différence entre l'inégalité des espèces animales et celles que l'on peut rencontrer chez l'humain.

II. Les différences sont-elles des injustices ?

A. On peut les percevoir comme telles

- Qu'un prédateur survive en tuant et dévorant ses proies (le lion et la gazelle) peut sembler « injuste » : chaque être ne devrait-il pas avoir le droit de vivre ?
- L'animal prédateur lui-même ignore évidemment l'injustice comme la justice : il ne fait que suivre sa « nature ».
- On peut trouver injuste que l'individu né dans un milieu défavorisé ait moins de chances de réussite que celui élevé dans une classe « supérieure » : mais c'est alors la société qui est responsable, et non la nature.

B. C'est toujours une conscience qui dénonce l'injustice

- L'animal ne peut juger son comportement injuste : il n'a aucune conscience de ce que peut être la justice ou son contraire.

• Seul l'être humain possède des notions de justice ou d'injustice (et Dieu pour le croyant).

• C'est donc de son seul point de vue qu'il peut qualifier un fait de nature.

C. Il n'y a d'injustice que relativement à une loi

• Certes, la nature obéit à des lois (celles que découvrent les sciences).

• Mais ces lois n'impliquent aucun jugement de valeur : elles ne sont ni bonnes ni mauvaises, ni belles ni laides, ni justes ou injustes.

• Ce n'est que par rapport aux lois instituées, sociales, qu'il peut y avoir justice ou injustice.

Gagnez des points

Rappelez la différence entre lois de la nature et lois sociales.

III. Il n'y a d'injustice que relativement à un ordre social

A. Comment admettre une nature injuste créée par Dieu ?

• Du point de vue chrétien, Dieu ne peut produire d'effets négatifs : la nature qu'il a créée ne peut donc pas être injuste.

• Dès lors, l'injustice provient de l'humain et non de la nature.

• Autre solution : il n'existe pas dans le monde d'injustice réelle : les voies de la Providence demeurent inconnues, mais tout est bon et bien dans la nature (*cf.* Bossuet).

B. L'inégalité sociale peut-elle être fondée dans la nature ?

• *Cf.* Rousseau (second *Discours*, sur l'origine de l'inégalité) : dans son histoire hypothétique de l'humanité, l'humain initial (de la nature) n'est ni bon ni mauvais : c'est un animal comme les autres, à sa perfectibilité près.

• C'est en raison de transformations du milieu naturel (dues à des cataclysmes, raz-de-marée, etc.) que les humains doivent se regrouper : ils développent alors leurs qualités propres (langage, sentiments, famille, travail, etc.). Moment d'apparition d'inégalités physiques entre eux (d'origine naturelle).

Gagnez des points

Un résumé correct des idées de Rousseau esquisse la suite de la démonstration.

• Lorsque ces inégalités sont acceptées par l'organisation sociale, il y a injustice, mais c'est parce que la société a remplacé la nature.

C. Injustice et justice sont relatives à des lois sociales

• L'ordre social se distingue de la nature (de l'ordre naturel) par l'ensemble des lois organisant une communauté.

• Théoriquement, les lois de la société doivent œuvrer dans le sens de l'intérêt commun, tant dans ce qu'elles formulent que dans le fonctionnement des institutions les appliquant.

• S'il y a de l'injustice dans une société, c'est parce que les lois sont soit mal conçues (au profit de certains et non de tous), soit mal appliquées : la nature ne peut être cause dans un cas ni dans l'autre.

Conclusion

Il arrive que l'on se sente impuissant devant une inégalité « naturelle », et qu'on y perçoive de l'injustice : il n'est pas juste que des humains soient handicapés de naissance, ou que certains n'aient pas même de quoi survivre. Mais ce qui est injuste, c'est que l'on ne parvienne pas encore à guérir le handicap ou en atténuer les effets, ni à garantir à chacun ce dont il a besoin : dans les deux cas, c'est le social qui est « responsable ». Attribuer cette responsabilité à la nature participe d'une idéologie de la passivité, sinon de l'impuissance et, comme l'a souligné Roland Barthes, oublie l'histoire des actions humaines.

Dissertation 3

Introduction

Centrage : On déplore périodiquement que le public qui s'intéresse à l'art rassemble peu de représentants des classes « défavorisées ». La fréquentation des œuvres implique-t-elle une culture spécialisée ?

Problématique : Kant affirme que l'art apporte une satisfaction « universelle ». Mais les sociologues constatent que l'art ne concerne en réalité qu'un public restreint, qui l'apprécie après en avoir acquis les clefs. Faut-il, pour s'intéresser aux œuvres, y avoir d'abord été initié ? Peut-on avoir plus vite accès à des expressions plus « simples » que l'art « officiel », avec son histoire et ses techniques ? Des œuvres sont aussi réalisées par des autodidactes : concernent-elles davantage le public le plus vaste ?

> Le plan est rappelé pour vous aider, mais il ne doit en aucun cas figurer sur votre copie. À vous de guider le correcteur par l'annonce du plan dans l'introduction, les phrases d'attaque des paragraphes et des transitions.

I. Une satisfaction universelle est-elle possible ?

A. À quel art s'intéressait Kant ?

• Pour Kant, est beau ce qui procure une satisfaction universelle. Puisque l'œuvre d'art est pour lui une expression de la beauté, elle produit une telle satisfaction.

• Les œuvres considérées par Kant sont beaucoup moins diverses que celles que nous pouvons (ou non) apprécier. Elles relèvent du goût « bourgeois » du XVIIIe siècle et ignorent à peu près tout des expressions non occidentales ou populaires.

> **Gagnez des points**
> Vous pouvez évoquer Kant comme modèle de l'esthétique classique et lui faire sans attendre quelques objections sérieuses.

• La beauté qu'il attribuait aux œuvres a ensuite été contestée par les artistes eux-mêmes (Baudelaire, Rimbaud, l'impressionnisme, Dada, etc.).

B. L'art n'en finit pas d'élargir sa définition

- L'histoire de l'art moderne est, simultanément, une succession de courants différents et la reconnaissance d'expressions antérieurement négligées.
- La fin du XIXe siècle s'entiche du japonisme, les peintres fauves et cubistes valorisent les arts africains, le surréalisme l'art océanien ou des « premières nations » américaines, etc.
- Conséquence : l'art rassemble désormais des œuvres peu compatibles, tant par leurs matériaux que par leur finalité, par leur portée originelle ou par ce que peut en saisir une mentalité étrangère.

C. Cette extension entraîne une spécialisation

- Le domaine de l'art est devenu si vaste que personne ne peut en avoir même une vue superficielle : les « connaisseurs » se spécialisent, et le « grand public » est un peu perdu.

Gagnez des points
Illustrez vos affirmations par des exemples empruntés à différents domaines de l'art.

- Se manifestent dès lors des goûts différenciés qui peuvent être inconciliables. Pour un compositeur contemporain comme Pierre Boulez, la musique « ancienne » a perdu son intérêt. Un amateur de Delacroix accepte mal Picasso, etc.
- L'éclectisme devient difficile également en raison de l'évolution rapide des arts. Le lecteur de Proust a du mal avec le Nouveau Roman, le nostalgique des Ballets Russes supporte mal les chorégraphies de Maurice Béjart, etc.

II. L'art peut-il ignorer ses techniques ?

A. Les artistes ne sont-ils pas eux-mêmes des spécialistes ?

- Toute expression suppose un apprentissage, une maîtrise technique : on ne composait pas n'importe comment une symphonie, et la musique « concrète » demande qu'on en connaisse les outils. Il existe désormais des cours de création romanesque, comme de journalisme.
- Cet apprentissage concerne aussi l'histoire de l'art. Être peintre aujourd'hui, c'est se distinguer de la peinture classique, mais aussi de Picasso, Matisse, Magritte, Bernard Buffet, du Pop art, etc.
- Si la production artistique est ainsi spécialisée, n'est-il pas normal que la réception des œuvres suppose aussi une spécialisation, un bagage culturel particulier ?

B. Tout domaine sérieux n'implique-t-il pas des spécialistes ?

- Si l'on pense que l'art est un domaine qui mérite d'être pris au sérieux, comme la production technique ou la science, on doit admettre qu'il nécessite l'intervention de spécialistes, tant dans ses modes de diffusion et d'appréciation que dans sa production.

Gagnez des points
Suggérez que rêver d'un art accessible à tous, c'est peut-être ne pas le prendre au sérieux.

- Mais on admet plus aisément la présence de spécialistes lorsqu'il s'agit, par exemple, des sciences : celui qui s'y intéresse doit faire l'effort de s'y initier, au moins partiellement (les sciences étant au moins aussi spécialisées que les arts).

C. L'art concerne la sensibilité, non le savoir

• Kant et Hegel s'accordent sur ce point : l'art n'est pas une connaissance.

• C'est précisément parce qu'il s'adresse à la sensibilité, et ne participe pas d'un savoir au sens habituel, que chacun peut, à propos d'une œuvre, donner son avis en fonction de ce qu'il ressent en la rencontrant.

• Cette spontanéité rejoint l'attitude d'André Breton, pour qui il s'agit d'« aimer d'abord », d'être ébranlé, ou même bouleversé par une œuvre - mais il conviendra ensuite de comprendre pourquoi, de situer l'œuvre dans son contexte, de l'analyser, etc.

III. Artistes et amateurs peuvent-ils échapper à la spécialisation ?

A. L'art « populaire » a pu s'adresser à « tous »

• Jusqu'au XIXe siècle ont existé des expressions artistiques dites « populaires », qui se distinguent de l'art officiel (celui des cours, du clergé, de la noblesse, puis de la bourgeoisie) par le fait que ses producteurs et ses consommateurs sont de la même catégorie sociale.

Gagnez des points

Abordez des catégories artistiques qui se distinguent de l'art « officiel » auquel on pense plus volontiers.

• Consistant à élaborer un décor (meubles peints, peintures sur verre, travaux en fer forgé ou en bois sculpté, etc.) qui témoigne d'un besoin d'enjoliver les divers aspects de la vie quotidienne, il satisfait une « classe », mais est méconnu ou méprisé par les classes « supérieures ».

• Il a disparu en raison des mutations intervenant dans les modes de vie (métiers, emploi du temps, urbanisation), et de l'acculturation des populations qu'il concernait. Devenu objet de collection et de musée, il est désormais affaire de spécialistes…

B. L'art brut est-il l'affaire de tous ?

• Au cours des années 1940, le peintre Jean Dubuffet définit l'art « brut » : il réunit des œuvres produites par « l'homme du commun », soit des personnes étrangères à l'art « officiel », aux carrières artistiques et au marché de l'art, éventuellement internées en hôpital psychiatrique.

• Chaque artiste brut affirme une singularité qui ignore les attentes du public et les écoles, courants ou tendances. Si les œuvres semblent hermétiques (c'est notamment le cas des écrits), cela prouve leur authenticité, leur non-compromission avec les « règles » de l'art.

• Une fois admises par le milieu culturel, les conceptions de Dubuffet ont abouti à la constitution de collections, d'un marché « spécialisé », de musées et à l'apparition de spécialistes de l'art brut… les artistes bruts eux-mêmes restant en général indifférents aux œuvres de leurs collègues. Pour s'intéresser à l'art brut, il faut être très cultivé.

C. Nécessité des médiations pour aborder les œuvres.

• Les régimes démocratiques souhaitent que l'ensemble de la population ait accès aux œuvres, et cherche à faciliter cet accès : conférences préparatoires à une visite de musée, qui peut elle-même être guidée, ouverture des médiathèques à des heures de temps libre, animations en tout genre pour susciter la curiosité, « pass culture » donnant aux adolescents le moyen d'acquérir des livres ou d'aller au spectacle, etc.

• Malgré de tels efforts, on constate que les amateurs se recrutent toujours majoritairement dans les mêmes milieux déjà avertis, et qu'une grande partie du public potentiel ne franchit pas le pas. À la complexité des œuvres s'ajoute d'ailleurs le fait que les media ne parlent d'art (visuel) que lorsqu'une œuvre se vend quelques millions de dollars... ce qui persuade d'autant plus que « ça n'est pas pour nous » ou que « tout ça n'est qu'une histoire d'argent »...

Gagnez des points

N'accordez pas trop d'importance à l'aspect financier des œuvres visuelles, mais montrez rapidement que vous ne l'oubliez pas.

• Les « médiateurs » artistiques (dont la profession récente suffit à indiquer que le public a besoin d'être renseigné) interviennent dans les expositions pour mettre les œuvres « à la portée » des visiteurs. Mais ces derniers ont déjà décidé de venir, et leur curiosité est donc acquise, tandis que les indifférents ne bénéficient pas de la médiation.

Conclusion

Les amateurs d'art ont souvent du mal à comprendre l'indifférence d'une grande partie de la population. Les études sociologiques montrent qu'ils appartiennent à un milieu qui leur a déjà transmis une curiosité pour les œuvres. Si l'on rêve d'un accès universel aux œuvres alors qu'elles sont parfois devenues difficiles à cerner au premier abord, on doit admettre que leur fréquentation doit commencer dès l'enfance, être accompagnée d'un enseignement sur leur technique, leur signification éventuelle, la société qui a les a produites, les raisons de leur actualité, etc. André Malraux affirmait qu'on devient peintre en fréquentant les musées. Il semble qu'on ne devienne sensible à l'art qu'en fréquentant le plus tôt possible les lieux où il se manifeste.

Explication de texte

Introduction

Centrage : La crique des conditions du travail de l'ouvrier dans l'industrie est en quelque sorte un classique de la philosophie depuis le XIXe siècle. Mais les conditions du travail ont évolué - et reprendre périodiquement l'analyse n'est pas inutile.

Problématique : Que deviennent les ouvriers d'usine, et en quoi leur condition est-elle dégradée ? Marx évoquait la déshumanisation qu'ils subissaient. S. Weil va plus loin, parce qu'existe désormais une organisation « scientifique » du travail et un travail à la chaîne : ce sont les « choses » qui dirigent l'activité, et les humains privés d'initiative « jouent le rôle des choses ».

I. On perçoit les produits du travail, non le travail lui-même

A. La circulation des marchandises gomme le moment du travail

- Acheter une marchandise (en magasin ou au marché) n'implique pas que l'on pense au travail qui l'a produite.
- On s'intéresse généralement à ce qu'on achète (son utilité), mais non aux gestes et actions ou au temps de sa production.
- Dans l'économie quotidienne, le moment du travail de production est éclipsé. Lorsqu'il s'agit d'un produit industriel, mais beaucoup moins lorsqu'il s'agit d'un produit de l'agriculture, ou encore parfois d'artisanat.

B. L'ouvrier subit dans l'usine un effacement semblable

- Il s'agit des usines « modernes », dont l'organisation est relativement récente, et que ne pouvait connaître Marx. Ce dernier meurt en 1883, alors que Taylor ne commence à penser ses principes d'organisation qu'à partir de 1880, et que le travail à la chaîne (usines Ford) se généralise à partir de 1913.

Gagnez des points
Précisez l'antériorité de Marx relativement au taylorisme et au travail à la chaîne.

- S. Weil précise que se produit dans ces usines une occultation comparable à celle subie par le travail dans les échanges : elle a lieu « au niveau de l'ouvrier ».

C. Différence entre « sphères supérieures » et « niveau de l'ouvrier »

- Les « sphères supérieures » (les « cols blancs » de Taylor : ingénieurs, cadres) ont le monopole des relations (« coopération, compréhension, appréciation mutuelle ») qui font du milieu du travail un univers de relations entre personnes.
- Au contraire, pour l'ouvrier (le « col bleu »), les rapports n'existent qu'entre les postes de travail et les fonctions, non entre les personnes.

II. Identité des choses, anonymat des ouvriers

A. Comment les choses ont-elles un état civil ?

- Chaque pièce usinée correspond à une fiche indiquant son nom, sa forme, sa matière première. Cette fiche lui donne l'équivalent d'une identité.
- Pour sa part, l'ouvrier, s'il doit montrer à l'entrée de l'usine une carte d'identité où il est photographié « avec un numéro » (ce qui ressemble à une fiche de police) est légitimement comparable à un « forçat » : c'est le numéro qui compte, non le visage.
- Objet doté d'une identité, ouvrier réduit aux travaux forcés : le contraste est un symbole (de l'état du système de production) « qui fait mal ». À qui ? À Simone Weil bien sûr, et peut-être aux ouvriers s'ils la lisent et acquiescent à ses descriptions.

B. Prédominance du taylorisme et du travail à la chaîne

- Il peut rester dans une usine quelques ouvriers assurant l'ensemble de la production d'un objet. Exemple de l'ajusteur, qui « ne perd rien (de son humanité) en entrant dans l'usine ».

• Mais la majorité des ouvriers obéissent aux principes du taylorisme : les « cols blancs » ont défini les gestes à faire par les « cols bleus », et le temps qu'ils prennent à un poste de travail donné, qui résulte du découpage de la fabrication en une suite d'actions simples et répétitives.

• Ce « travail à la chaîne » est davantage que la déshumanisation dénoncée par Marx : il est une chosification de l'ouvrier, à qui il est interdit de réfléchir à ce qu'il fait ou à la nature de la production dont il n'est qu'un véritable pion qu'un « chef » peut déplacer quand il le faut.

C. L'ouvrier peut-il n'être qu'une partie de machine ?

• « Les humains jouent le rôle des choses » puisqu'ils sont privés d'initiative et d'autonomie.

• Ils sont attachés à un poste de travail et ne peuvent - sauf sur ordre - se déplacer ; ce qui bouge, c'est la chose sur laquelle ils interviennent brièvement, puisqu'elle passe, dans la chaîne, devant chacun. Les gestes à effectuer sont déterminés par l'ensemble du procès de production, dont l'ouvrier n'est qu'un élément. Tout se passe comme s'il n'était qu'une partie de machine.

• Les ouvriers ne sont pourtant des choses qu'« autant qu'un être humain peut l'être ». Une différence demeure : c'est leur conscience, mais elle-même est rétrécie, puisque, liée au système de production, elle n'a pour fonction que de faire face à l'inconnu qui dérèglerait le système (panne, accident).

III. Une critique forte, mais d'époque

A. Comment défendre cette organisation (« scientifique ») du travail ?

• Taylor et Ford cherchent en priorité à augmenter la productivité de chacun, et donc de l'usine. Mais cette augmentation doit avoir des conséquences positives pour les ouvriers eux-mêmes.

Gagnez des points

Rappelez les avantages procurés par cette organisation du travail.

• Augmentée, la production devient moins onéreuse, alors que les salaires et le niveau de vie des ouvriers peuvent croître de leur côté, puisqu'ils produisent davantage : Ford faisait ainsi valoir qu'au bout de quelques années, plus de la moitié de ses ouvriers étaient propriétaires d'une Ford T.

• Quant au temps de travail global de chacun, il diminue.

• Ces aspects « positifs » ne sont pas pris en compte par Simone Weil, qui s'intéresse prioritairement, dans cet extrait, à ce que devient l'ouvrier lorsqu'il est à son poste de travail.

B. De quel mal est-il question ?

• Simone Weil affirme que l'échange des rôles entre les humains et les choses est « la racine du mal ». Mais de quel mal s'agit-il ?

• Il y a sans doute le fait qu'un tel type de travail ne peut confirmer l'humanité du travailleur (alors que le travail est en théorie un processus d'humanisation) qui, tiré vers un statut de chose, n'est presque plus un humain tant qu'il travaille (critique déjà formulée par Marx).

• Il y a de surcroit le fait que l'ouvrier dit « spécialisé » (à et par un poste de travail) n'a qu'un avenir aussi répétitif que ses gestes : il a peu de chance de progresser professionnellement.

• Au-delà de l'ouvrier en tant qu'individu, on peut considérer qu'une population dont une partie importante (la « classe » ouvrière) est périodiquement (tant qu'elle est au travail) assimilable à un ensemble de quasi-objets, n'est pas saine, et qu'il faudra des remèdes à une telle situation, sans même évoquer l'inégalité sociale et les problèmes multiples qu'elle peut poser. Mais cette problématique n'est pas abordée ici.

C. En reste-t-on à ce genre d'organisation ?

• Raymond Aron considérait que, en annonçant la nécessité d'une révolution prolétarienne, Marx avait averti la bourgeoisie de telle façon qu'elle avait tout fait pour qu'une telle révolution n'ait plus (ou ait moins) de raison(s) d'être. Les défauts que l'on a dénoncés dans le taylorisme ont-ils eu pour effet d'accélérer sa correction ou son abandon ?

• Peut-être est-ce plutôt en raison des modifications des produits et de la nature du travail dans son ensemble, mais l'organisation scientifique du travail selon Taylor ou le travail à la chaîne ne sont plus vraiment d'actualité. Ils existent toujours dans certaines usines ou dans certains pays, mais ils semblent ne plus correspondre aux besoins actuels de la production.

Gagnez des points

Montrez, en vous référant aux conditions actuelles du travail industriel, que la critique de S. Weil perd de son acuité.

• L'automatisation et la robotisation reprennent les tâches classiquement confiées aux « ouvriers spécialisés » : aux humains reviennent donc le contrôle du fonctionnement des robots et la vérification de la production.

• Dans le « post-taylorisme », on abandonne la division verticale du travail (cols blancs et cols bleus) pour bénéficier des propositions éventuelles de tous les membres d'une entreprise.

• Quant à la division « horizontale » du travail (qui définissait les postes de travail), elle n'est plus justifiée dans certaines activités de service, où le travailleur peut passer d'une tâche à une autre et, plus généralement, on cherche à définir des tâches élargies et moins répétitives, c'est-à-dire plus intéressantes aussi, sinon d'abord, pour celui qui les accomplit.

Conclusion

Simone Weil s'intéresse ici en priorité, comme l'indique le titre de son ouvrage, à la condition ouvrière, telle qu'elle a pu elle-même la vivre en usine. La description assez sinistre qu'elle donne du travail taylorisé, tout à fait justifiée, suggère que le sens initial du travail (qui participe à l'humanisation) y disparaît et qu'il n'y subsiste, en fait de dimension spirituelle, qu'un minimum de conscience, susceptible de rendre l'ouvrier malheureux. Pour en finir avec un tel malheur, il serait sans doute nécessaire que l'ouvrier ne soit plus lié au produit, mais puisse, comme le considère à son tour Hannah Arendt, faire « œuvre », retrouvant la satisfaction qui signalerait son retour dans une humanité fière de se retrouver dans les matières œuvrées.

SUJET COMPLET 9

20 pts — 4h

Dissertation 1 D'après Polynésie, septembre 2013

› Suis-je le produit de mon passé ?

Dissertation 2 D'après France métropolitaine, juin 2018

› Peut-on être insensible à l'art ?

Explication de texte D'après France métropolitaine, juin 2013

› Expliquer le texte suivant :

Prenons maintenant un exemple où apparaissent une volonté droite, c'est-à-dire juste, la liberté du choix et le choix lui-même ; et aussi la façon dont la volonté droite, tentée d'abandonner la rectitude, la conserve par un libre choix. Quelqu'un veut du fond du cœur servir la vérité parce qu'il comprend qu'il est droit d'aimer la vérité. Cette personne a, certes, la volonté droite et la rectitude de la volonté ; mais la volonté est une chose, la rectitude qui la rend droite en est une autre. Arrive une autre personne la menaçant de mort si elle ne ment. Voyons maintenant le choix qui se présente de sacrifier la vie pour la rectitude de la volonté ou la rectitude pour la vie. Ce choix, qu'on peut aussi appeler jugement, est libre, puisque la raison qui perçoit la rectitude enseigne que cette rectitude doit être observée par amour de la rectitude elle-même, que tout ce qui est allégué pour son abandon doit être méprisé et que c'est à la volonté de repousser et de choisir selon les données de l'intelligence rationnelle ; c'est dans ce but principalement, en effet, qu'ont été données à la créature raisonnable la volonté et la raison. C'est pourquoi ce choix de la volonté pour abandonner cette rectitude n'est soumis à aucune nécessité bien qu'il soit combattu par la difficulté née de la pensée de la mort. Quoiqu'il soit nécessaire, en effet, d'abandonner, soit la vie, soit la rectitude, aucune nécessité ne détermine cependant ce qui est conservé ou abandonné. La seule volonté détermine ici ce qui est gardé et la force de la nécessité ne fait rien là où le seul choix de la volonté opère.

ANSELME, *De la concorde*, XIIe siècle.

CORRIGÉ SUJET COMPLET 9

Dissertation 1

Introduction

Le plan est rappelé pour vous aider, mais il ne doit en aucun cas figurer sur votre copie. À vous de guider le correcteur par l'annonce du plan dans l'introduction, les phrases d'attaque des paragraphes et des transitions.

Centrage : Savoir qui ou ce que je suis n'est pas chose aisée, tant je devine que de nombreuses déterminations interviennent pour me façonner progressivement. Il semble en tout cas difficile de nier que mon passé intervient dans ce contexte : je suis le résultat de ce que j'ai été.

Problématique : Mais ne suis-je que cela ? Et d'abord comment situer ce que j'ai été ? S'agit-il d'événements et de faits me concernant exclusivement ? Leur simple repérage dans ma mémoire fait intervenir les *cadres sociaux* de cette dernière, et la plupart d'entre eux doivent leur possibilité ou leur signification à un fonds collectif concernant, outre ma famille ou mon milieu social, toute une culture. D'un autre point de vue, ce passé qui est le mien se constitue par l'effacement constant de ce qui est d'abord mon présent, il n'est donc pas figé. Dès lors, me repérer comme son « produit » semble excessif dans la mesure où ce terme semble faire allusion à un processus définitivement achevé : même si mon passé me « produit » dans une certaine mesure, ce ne peut être comme un produit « fini » puisqu'il ne l'est pas lui-même. Mais si je suis ainsi mouvant, c'est aussi parce que je ne demeure pas dans le présent et que je me projette dans le futur. Cette dimension ne me produit-elle pas elle aussi ?

I. Comment nier le poids de mon passé ?

A. Ce qui est ne renvoie-t-il pas à ce qui était ?

Depuis le XIXe siècle, la philosophie s'est habituée à considérer que l'histoire est la dimension fondamentale de l'existence. Hegel et Marx ont longuement souligné combien une situation actuelle – individuelle ou collective – renvoie au passé et à un état antérieur : « Être, c'est avoir été ».

Dans un tel contexte général, il semble légitime et normal de s'interroger sur les relations existant entre ce que je suis et mon passé, et il n'est pas nécessaire de procéder à de longues analyses pour admettre que mon passé me « produit », au moins dans une certaine mesure.

B. Les déterminations par le passé ne sont-elles pas évidentes ?

L'astuce du prof
Une analyse commençant par les éléments les plus simples est facile à suivre.

Je puis affirmer très simplement que ce que je suis aujourd'hui résulte nécessairement de ce que j'étais hier : faute d'une telle continuité, je ne saurais d'où je proviens et n'aurais pas conscience d'être le même sujet. Bien entendu, « mon passé » désigne une durée beaucoup plus longue : cela renvoie à mon enfance, à ce que j'y ai vécu et à ce que j'ai pu connaître depuis.

Ce que je suis dépend bien de mon accès initial à une langue, à une mentalité, à des comportements progressivement acquis. Je me suis constitué en fonction des études que j'ai menées, du métier que je peux exercer, lui-même dépendant de ces études ou de quelque formation complémentaire, de la vie privée qui aura été la mienne.

C. Puis-je connaître totalement mon passé ?

On pourrait être tenté d'énumérer de la sorte les multiples événements, y compris les plus anecdotiques, constitutifs de ce que peut être « mon passé ». Mais on ne tarde pas à s'apercevoir que ce passé reste malgré tout impossible à repérer intégralement : mes souvenirs ne concernent pas chaque moment de ma vie antérieure, et des pans entiers de cette dernière semblent avoir disparu.

Gagnez des points

La référence à Freud est bienvenue, et permet d'élargir le propos.

Ce qui s'est ainsi effacé de ma mémoire est-il moins important que ce qui a été conservé ? Rien n'est moins sûr si l'on en croit Freud. Il faudrait au contraire admettre que c'est bien ce qui a été stocké dans mon inconscient – et que je crois avoir *oublié* – qui risque d'être le plus déterminant pour rendre compte de ce que je suis. Car cet inconscient conserve non seulement le souvenir de mes relations – bonnes ou mauvaises – avec les autres, mais, ce faisant, il garde aussi la trace de ce qui a pu être traumatisant, d'où, éventuellement, mon actuel malaise, sinon ma névrose. S'il y a bien une situation qui prouve que ce que je suis dépend de mon passé, c'est en effet la névrose telle que Freud en trouve l'origine dans l'enfance.

II. Un tel passé est-il compréhensible en dehors d'une histoire collective ?

A. Mon passé s'inscrit dans un contexte social

Les cas pathologiques rappellent à quel point les relations avec autrui vécues dans le passé sont déterminantes. En réalité, mon passé ne pourrait exister en dehors d'un contexte collectif et d'une histoire commune.

M. Halbwachs a montré comment la mémoire individuelle a besoin de *cadres sociaux* qui lui fournissent ses repères fondamentaux – à commencer par le calendrier –, grâce auxquels les événements passés pourront être situés. Mais les éléments mémorisés depuis l'enfance renvoient eux-mêmes à du collectif, qu'il s'agisse du langage ou des manières de table.

Je m'inscris ainsi dans une mentalité, une façon de voir le monde, une culture qui sont mon héritage et qui me composent. Les rejeter serait me séparer d'acquisitions essentielles à mon équilibre.

B. Mon passé est intégré dans une histoire

Ainsi, ce que j'ai vécu finit pas me définir aujourd'hui comme individu faisant partie d'une communauté et d'une nation : je suis français, ou italien, ou allemand, etc. Dans l'héritage de chacun se trouve aussi une histoire nationale avec laquelle il peut se trouver plus ou moins en accord, mais qui n'en est pas moins présente. Cette histoire me « produit » comme me « produisent » mes études, même si c'est d'une façon moins immédiate. L'appartenance à une collectivité et à une histoire nationales est d'autant mieux l'une des dimensions de ce que je suis qu'elle me permet, plus encore que l'appartenance à une collectivité restreinte (je peux être aussi normand, ou catholique, ou royaliste), d'obtenir la reconnaissance de mon existence.

C. Mais le passé qui me « produit » n'est-il pas sclérosant ?

Plus on examine ainsi le passé, plus on constate la variété de ses composants, et plus on devine la complexité des déterminations qu'il exerce sur moi. Que le passé d'un individu ait nécessairement un aspect collectif et qu'il renvoie à une histoire qui peut être lourde à assumer n'invite-t-il pas à considérer qu'à être ainsi défini par ce qui l'a précédé, l'individu n'a plus beaucoup d'initiative, et que sa liberté est singulièrement limitée, pour ne pas affirmer qu'elle disparaît purement et simplement ?

Lorsque Nietzsche évoque « le roc : ce fut », c'est bien pour faire valoir que l'obsession du passé peut en effet être sclérosante, et qu'à force de ruminer ce qui a été, on perd toute énergie pour agir. Multiplier les manières dont « mon passé » peut me « produire », qu'est-ce d'autre que souligner l'importance des déterminismes que je subis ? Au point de devoir m'interroger : ai-je une chance d'être autre chose que le simple produit de mon passé ?

> **Gagnez des points**
> La référence à Nietzsche introduit une réflexion sur le « produit ».

III. La considération de l'avenir ouvre d'autres possibilités

A. Le passé est-il définitivement établi ?

Il est vrai qu'à évoquer un « produit », on fait apparemment allusion à un processus achevé : ce qui est produit (par un travail, une industrie) ne se modifie plus. Ainsi pris au sens étroit, le « produit » témoigne d'une causalité simple : une cause « produit » un effet. Est-ce ainsi que mon passé peut me produire ? Encore faudrait-il qu'il soit lui-même simple, c'est-à-dire doté d'un sens ou d'une direction définitive.

Mais le passé n'est rien de plus que ce qui a d'abord été mon présent : cette remarque, pour élémentaire qu'elle soit, fait valoir que mon passé s'enrichit sans cesse de nouveaux éléments et se modifie en conséquence. Instable, il ne peut m'imposer d'être moi-même figé. Le « roc » nietzschéen n'est pas si solide qu'il pouvait paraître. S'il n'est pas niable qu'il influence ce que je puis être, on voit que ce n'est pas de façon massive et uniforme, mais au contraire avec des variations dues à ses propres modulations.

B. Le présent inclut aussi des projets

Il va de soi que ces modulations concernent autant le passé que conserve mon inconscient que celui que me propose ma mémoire consciente, mais cela ne fait que rendre encore plus complexe la détermination de mon être au présent car, du point de vue freudien, la temporalité s'exerce bien du passé au présent. C'est précisément ce que conteste Ernst Bloch, lorsqu'il entend redonner au désir un dynamisme efficace : pour lui (comme pour la philosophie moderne en général), le

> **L'astuce du prof**
> En donnant une double référence, sous soulignez évidemment le rôle majeur du projet.

présent est déterminé au moins autant par la considération de l'avenir que par la rumination du passé. En d'autres termes : c'est de son ouverture permanente sur un projet (au sens propre de « où le sujet se projette, se jette en avant vers un futur souhaité ou désiré ») que le présent obtient son orientation et sa signification.

On rencontre la même insistance sur l'importance du projet dans l'existentialisme sartrien : c'est bien le souci du futur qui permet au sujet d'échapper à toute définition figée. Ce qu'il n'est pas encore permet alors de mieux repérer le sujet que ce qu'il pourrait sembler être déjà, et aussi longtemps qu'il pourra formuler des projets, il restera impossible à définir, ce qui revient à dire qu'il continuera d'exercer sa liberté.

Gagnez des points

Évoquez la doctrine existentialiste de Sartre qui, parce qu'elle considère la complémentarité du vécu humain (existence) et de l'être (essence), met en évidence la capacité du sujet à être libre de toute définition.

C. Le passé inclut d'anciens projets

Si mon présent est ainsi traversé par ce qui n'est pas encore et lui doit son orientation et son sens, le passé lui-même est constitué d'anciens projets plus ou moins accomplis. Ce que peut alors « produire » le passé est une série d'images plus ou moins satisfaisantes de réussites et d'échecs de mes intentions successives – d'où pourront se déduire quelques enseignements concernant mes projets actuels.

La relation qui s'établit entre passé et futur est ainsi à double sens : s'il est vrai que du passé peut provenir quelque leçon éclairant la faisabilité d'un projet, il ne l'est pas moins que c'est d'abord ce dernier qui accorde au passé une importance et une portée qu'il n'aurait sans doute pas si du présent n'émanait aucun désir. C'est ce que je veux être qui « produit », assez paradoxalement, le sens de ce que j'ai été. Loin d'être orientée du passé vers le présent, la détermination s'effectue d'un présent incluant une version de l'avenir possible vers le passé.

Conclusion

Se contenter de dire que le passé « produit » ce que je suis, c'est oublier que les événements passés ont pu être eux-mêmes déterminés par ce qui s'annonçait alors comme futur. Je sais que ce que je suis aujourd'hui est en partie dû aux études que j'ai menées, mais j'oublie facilement que ces études ont naguère été choisies en fonction de ce que j'envisageais de devenir. Si on analyse le passé de manière un peu approfondie, on constate sans peine qu'il est constitué de faits qui se sont produits en raison de choix, de désirs, de volontés engageant ce qui proposait alors des possibilités d'avenir. Il est clair que la séparation entre passé, présent et futur se révèle ainsi très artificielle : dans le vécu de chacun, les trois instances temporelles n'en finissent pas de s'entremêler au point de frôler l'indistinction.

Dissertation 2

Introduction

> Le plan est rappelé pour vous aider, mais il ne doit en aucun cas figurer sur votre copie. À vous de guider le correcteur par l'annonce du plan dans l'introduction, les phrases d'attaque des paragraphes et des transitions.

Centrage : Quel que soit son mode d'expression, l'art prétend s'adresser à tous. Il se manifeste d'ailleurs par des voies sensibles, pour concerner la sensibilité de chacun. Est-il cependant possible que des individus puissent lui être indifférents ? Précisons sans attendre que cette indifférence se distingue de l'ignorance ou méconnaissance, mais aussi de l'hostilité.

Problématique : Un individu indifférent à l'art, c'est-à-dire à toutes ses formes, ne serait-il pas lui-même dénué de sensibilité ? Et un être totalement insensible ne semble-t-il pas un peu effrayant, parce qu'étranger à l'humanité ordinaire ? Tout enfant dessine, en étant fier du résultat. S'il perd ensuite cet intérêt, ce peut être par suite d'une interdiction sociale (politique, religieuse) : c'est alors le groupe qui impose cette insensibilité, et c'est lui qui est inhumain.

I. Les incitations sensibles de l'art ne sont-elles pas multiples et diverses ?

A. L'art apparaît avec l'humanité elle-même

Les preuves de l'existence d'une pratique artistique dans la société humaine apparaissent dès la préhistoire : gravures rupestres, marquage des parois par la main, dessins d'animaux, sculptures de petites « Vénus », etc. L'interprétation de telles œuvres est délicate, et l'on a pu à leur propos évoquer des fonctions magiques, des rituels pour favoriser la réussite d'une chasse, aussi bien qu'un souci strictement décoratif. Il n'en reste pas moins que ces premières œuvres témoignent de préoccupations proprement artistiques – occupation d'une surface, rythme d'une incision décorative, utilisation d'un relief pour esquisser un volume etc. – qui permettent de considérer que l'art accompagne l'humanité dès ses débuts.

B. Il ne cesse de se diversifier

> **Gagnez des points**
> En montrant la diversité ahurissante des formes et des expressions artistiques, vous suggérez combien l'insensibilité à tout art paraît problématique.

À travers son histoire ultérieure, l'art multiplie les propositions et les solutions : il se manifeste aussi bien par le chant et la musique que par la poésie et la littérature, par la peinture, la sculpture ou par l'architecture, se complexifiant progressivement, plus récemment par la photographie, le cinéma ou la bande dessinée, autant que par la vidéo ou le *street art*.

Chacun de ces secteurs se subdivise en « écoles » et courants, en styles différents qui se succèdent, au point que, selon la formule consacrée, « il y en a pour tous les goûts », et que la connaissance historique de l'art, si on l'entend tel qu'il s'est développé dans toutes les cultures du monde et pas seulement dans ses versions occidentales, semble être devenue un domaine pratiquement impossible à maîtriser : une telle connaissance relève incontestablement de spécialistes différents.

C. Peut-on être insensible à toutes ces propositions ?

S'il est donc à peu près impossible qu'un seul individu se trouve en contact avec la multiplicité des œuvres disponibles, il reste possible qu'il se trouve informé d'un certain nombre d'œuvres nettement différenciées, qui lui proposent de la sorte un choix éventuellement capable de toucher sa sensibilité, de lui « parler », par un matériau, une forme, une couleur, une harmonie sonore, un volume, une image poétique, etc. Puisque l'art se manifeste par des voies diverses, il peut concerner la sensibilité de chacun par des aspects eux-mêmes divers, mais qui tous sont relatifs en priorité aux sens et à la sensibilité, avant de concerner éventuellement des approches plus intellectuelles ou abstraites. Même chez Hegel, pour qui l'œuvre véhicule une « idée », elle commence par en être la « manifestation sensible ». C'est pourquoi l'existence d'un individu totalement insensible à toute forme d'art, si elle n'est pas interdite, est problématique : en admettant qu'un tel individu existe, il nous paraîtrait non seulement étonnant, mais sans doute dépourvu d'une part d'humanité – celle par où elle est précisément dotée de sensibilité.

II. Doit-on confondre l'hostilité ou l'ignorance avec l'indifférence ?

A. L'ignorance de certaines formes d'art est évidemment fréquente

Il est plus facile de rencontrer des personnes dont la connaissance de l'art est déterminée par leur environnement (famille, école, milieu social). Il arrive alors que, acceptant l'art de leur culture d'origine, ils ignorent tout simplement celui provenant de cultures différentes. Un tel effet de l'ethnocentrisme est assez banal, et la reconnaissance des productions « primitives » est par exemple récente : pendant longtemps les « fétiches » rapportés d'Afrique ou d'Océanie par les marins et voyageurs n'ont été vus que comme des bizarreries, au mieux comme des témoignages anthropologiques, dénués d'intérêt esthétique, et ce n'est que depuis le début du XXe siècle qu'ils ont été reconnus comme des œuvres au même titre que les sculptures romanes ou les portraits classiques. Jusqu'à cette reconnaissance, ils n'étaient que des preuves de « sauvagerie », indignes d'entrer dans les musées.

Mais on voit que cette ignorance, ou ce refus d'expressions étrangères n'est pas une insensibilité : elle accompagne au contraire une sensibilité exclusive à ce qui est proche, déterminant le refus de ce qui est lointain.

B. L'hostilité à certaines formes d'art implique une réaction de la sensibilité

Il en va de même lorsque les individus n'apprécient que certains aspects ou moments de l'art et excluent les autres : on peut aimer la peinture de la Renaissance italienne et rester insensible à Picasso et aux peintres modernes, sinon juger qu'ils ne représentent que des « horreurs » et ne sont que des « fumistes ».

> **Gagnez des points**
> Empruntez vos exemples à des domaines artistiques différents.

Ce que l'on apprécie l'est par imprégnation culturelle ou par habitude, mais suscite des réactions hostiles et négatives à l'égard de tout ce qui « choque » – qu'il s'agisse de la musique concrète pour un connaisseur de Mozart, du nouveau roman pour un lecteur de Balzac, du *dripping* de Pollock pour un admirateur de Van Gogh, ou du rap pour un amateur de jazz.

La sensibilité, dans de telles situations, est loin d'être absente ou hors-jeu, c'est elle au contraire qui provoque la réaction de rejet. Être insensible à la statuaire Dogon ou à la poésie de Francis Ponge parce qu'on apprécie uniquement Carpeaux ou Lamartine n'indique pas une insensibilité à l'art : c'est tout au plus, là encore, une sensibilité qui s'exprime de façon trop exclusive.

C. Pourquoi veut-on « démocratiser » l'art ?

Même si l'on sélectionne ainsi ce que l'on apprécie, on admet volontiers que la fréquentation de l'art apporte à l'existence une dimension supplémentaire. Le contact avec des œuvres serait synonyme d'un plaisir ou d'une satisfaction spécifique, strictement « esthétique ».

D'un tel point de vue, il est compréhensible que l'État puisse se soucier de mettre l'art (sous quelque aspect que ce soit) à la portée de tous, puisqu'il existe dans n'importe quel pays des régions « défavorisées » par manque de musées, de salles de concerts, de théâtres, etc. Une telle volonté de diffuser les œuvres ne sous-entend pas qu'il faudrait faire naître une sensibilité à l'art chez des gens qui n'en ont aucune, elle implique au contraire qu'il y a dans la population privée des contacts utiles une sensibilité vacante, qui ne demande qu'à s'exercer dès qu'elle en aura l'occasion. C'est l'absence de propositions artistiques qui invite certaines personnes à admettre que l'art « n'est pas pour elles », mais non une insensibilité native.

III. Ne peut-on être sensible à autre chose qu'à l'art officiel ?

A. On peut être sensible à l'art pour de « mauvaises » raisons

Sans aller jusqu'à de tels refus, un certain public ne trouve dans l'art d'autre intérêt que de représenter, le plus fidèlement possible, ce qu'il connaît déjà. L'art plaît alors parce qu'il reproduit ou « imite » le familier : on est ému par une poésie qui ravive une expérience vécue, par un portrait d'une technique si éblouissante qu'on « dirait qu'il va parler ».

Pour les « connaisseurs » avertis, de telles raisons sont détestables, car on ne doit pas confondre sensibilité et sensiblerie, s'attacher exclusivement au « sujet » d'un texte ou d'un tableau, ni être fasciné par la performance technique. Hegel ironise sur cette dernière, et rappelle que l'art « imitatif » ne peut être qu'une « caricature » de la vie, dénuée de signification, mais les amateurs de portraits « vivants » n'ont pas lu Hegel… et si l'art tel qu'ils le comprennent leur donne du plaisir, de quel droit devrait-on les en priver ? Il faudrait pour cela être assuré qu'on sera capable de les faire accéder à des satisfactions « supérieures ».

> **L'astuce du prof**
> On peut oser sourire de Hegel, si l'on adopte un point de vue (vaguement « sociologique ») qu'il n'avait pas.

B. Le goût a aussi des expressions « marginales »

L'artiste amateur, qui ne se prend pas forcément au sérieux, trouve aussi du plaisir à peindre maladroitement, ou à rimer en alexandrins. Et les arts dits « populaires », avec leurs meubles peints, leurs images votives, et leurs sculptures un peu maladroites, ont durablement satisfait leur public.

Il existe ainsi des formes d'art qui se trouvent plus ou moins volontairement en marge de l'art officiel : le sculpteur de figurines ne se prend pas pour Rodin, ni le décorateur de meubles pour Rembrandt. Ces formes, que l'histoire officielle des arts a tendance à occulter ou à négliger, n'en témoignent pas moins du goût pour des éléments qui « enjolivent » l'existence. Dans *La Culture du pauvre*, Richard Hoggart a montré que même dans les classes les moins favorisées, les individus éprouvent le besoin d'ajouter à leur environnement des éléments décoratifs (cartes postales entourant un miroir, napperons brodés sur les fauteuils, plantes vertes sur les appuis de fenêtres, etc.), répondant à un besoin de la sensibilité.

Quant à l'art brut tel que l'a officialisé Jean Dubuffet, ne témoigne-t-il pas de la présence d'une expression artistique chez des personnes n'ayant dans ce domaine aucune formation et qui ne se préoccupent que d'élaborer des œuvres qui les satisfassent ?

C. Comment concevoir la suppression de cette sensibilité omniprésente ?

Si la sensibilité à l'art semble ainsi exister dans différentes versions, comment pourrait-elle disparaître ? Si l'on ne tient pas compte de certains cas pathologiques, la seule hypothèse pour rendre compte de sa disparition est de l'expliquer par un pouvoir, politique ou idéologique.

Un pouvoir peut-il exiger une insensibilité absolue à l'art ? Ce ne peut être qu'en supprimant l'art lui-même, car il est sans doute impossible d'éradiquer la sensibilité de l'existence humaine. Platon, sous prétexte que la poésie freine la recherche de la vérité, demandait l'exclusion des poètes de sa Cité, et dénonçait de surcroît les illusions produites par la peinture ou la sculpture : c'est qu'il se méfiait de ce à quoi ouvre la sensibilité. Plus récemment hélas, un fanatisme religieux a pu détruire des œuvres ou interdire la musique, le cinéma ou le théâtre sous prétexte qu'ils favorisent l'idolâtrie et offensent Dieu. Mais on constate que, dès qu'il disparaît, les populations éprouvent le besoin de reprendre contact avec des œuvres : leur sensibilité a été frustrée, mais n'a pas disparu.

Conclusion

La sensibilité à l'art se manifeste partout, et trouve du plaisir avec des œuvres d'une extrême variété. Lorsqu'on veut la supprimer, on ne parvient qu'à la suspendre momentanément, car l'être humain est « par définition » un être aussi sensible qu'intellectuel ou spirituel. Prétendre l'amputer de cette dimension, c'est vouloir le transformer en une sorte de machine qui ne ferait qu'obéir sans émotion. Une telle transformation est généralement rêvée par les pouvoirs totalitaires, où la méfiance est évidemment maximale à l'égard de l'art et de la liberté qui peut s'y manifester.

L'astuce du prof

La réflexion sur la sensibilité à l'art peut être ouverte en évoquant le lien entre sensibilité et humanité, expliquant l'emprise des pouvoirs totalitaires sur l'expression artistique, de manière à annihiler la liberté.

Explication de texte

Introduction

Centrage : Pour faire comprendre quoi que ce soit, on considère parfois que rien ne vaut un bon exemple. C'est en tout cas ce que suggère ici Anselme, lorsqu'il entend montrer l'importance de la volonté dans la conduite.

Le plan est rappelé pour vous aider, mais il ne doit en aucun cas figurer sur votre copie. À vous de guider le correcteur par l'annonce du plan dans l'introduction, les phrases d'attaque des paragraphes et des transitions.

Problématique : Face à un obstacle qui viendrait contredire l'attitude que nous privilégions, ne pourrait-on être tenté de céder et de renoncer à ce que nous admettions jusqu'alors comme préférable ? L'exemple que développe Anselme prouve qu'il ne saurait en être ainsi, et qu'il appartient à la volonté du sujet d'exercer en toute circonstance – y compris lorsque la vie du sujet est en jeu – un choix libre correspondant à ce que demande la raison, et donc capable de négliger le risque alors encouru. L'attitude est évidemment noble, sinon même « héroïque », mais sa rigueur ne doit-elle pas être parfois abandonnée, notamment lorsque c'est la vie d'autrui qu'elle mettrait en jeu ?

I. Un exemple crucial de libre choix

A. Exposé d'une situation conflictuelle

- La situation proposée par Anselme (phrases 2 à 4 du texte) met en scène un conflit en quelque sorte maximal puisqu'une vie s'y trouve en question.
- Elle oppose deux personnes aux valeurs contradictoires : celle qui veut servir la vérité parce qu'elle comprend qu'il est droit (= juste) d'aimer la vérité et donc de la proclamer en toutes circonstances ; et celle qui la menace de mort si elle n'accepte pas de mentir (dont Anselme n'a pas même besoin de souligner qu'elle est vouée à l'injustice).

L'astuce du prof
N'hésitez pas à expliciter la situation.

- Puisque la première veut servir la vérité, cela signifie qu'elle a la volonté droite (juste) et la rectitude de la volonté. Si Anselme précise que la rectitude qui rend la volonté droite est autre chose que la volonté elle-même, cela laisse comprendre qu'une volonté peut être non droite, c'est-à-dire injuste (n'est-ce pas le cas du second personnage ?)

B. Résolution annoncée

- La première phrase du texte annonce que la volonté droite, bien que tentée d'abandonner sa rectitude, va la conserver par un choix libre.
- Volonté et liberté du choix sont évidemment des termes qui renvoient à la réflexion sur la morale (*cf.* leur importance ultérieure chez Kant).
- Historiquement, le rôle qu'Anselme leur accorde pourrait faire de lui un héritier, sinon un disciple, des stoïciens – c'est ce que confirme la suite du texte.

Gagnez des points
En introduisant rapidement des références à d'autres auteurs.

MÉTHODE | SUJETS PAS À PAS | SUJETS COMME À L'EXAMEN

II. La volonté libre est secondée par la raison

A. Les termes du choix

- Ils sont clairement opposés, sans aucune possibilité de solution intermédiaire.
- Dans un cas, il y a sacrifice de la vie « pour la rectitude de la volonté » : le sujet refuse de mentir parce qu'il met au-dessus de sa vie l'amour de la vérité, plus juste (droit) que le mensonge.
- Dans l'autre cas, le sujet survit mais sacrifie la rectitude, c'est-à-dire la justice, puisqu'il consent à mentir.

B. Pourquoi le choix est-il libre ?

- Noter l'équivalence entre choix et jugement (portant sur les valeurs).
- Intervention de la raison : c'est elle qui perçoit la rectitude (justice), c'est encore elle qui enseigne que la rectitude doit être observée « par amour de la rectitude elle-même ». La rectitude est autosuffisante.
- Conséquence : on doit mépriser tout ce qui tendrait à faire abandonner la rectitude.

C. Intervention de la volonté

- C'est la volonté qui repousse ce qui se présente pour faire abandonner la rectitude. Pourquoi en est-elle capable ?
- Parce qu'elle agit (dans son choix) « selon les données de l'intelligence rationnelle » : il y a collaboration entre volonté et raison.
- Volonté et raison ont été données à l'homme (comme « créature » issue de la nature ? – selon Anselme, de Dieu comme créateur) précisément pour qu'il soit capable d'effectuer des choix de ce genre. Ce qui fait de l'homme un être capable de se détacher de toutes les circonstances (donc libre).

> **L'astuce du prof**
> N'hésitez pas à développer cet aspect.

III. Le refus des déterminations extérieures est-il toujours possible ?

A. Intervention limitée de la nécessité

- Qu'est-ce qui pourrait mener à l'abandon de la rectitude ? Uniquement la pensée (Anselme ne parle même pas de crainte !) de la mort. Mais cette pensée ne correspond pas à une véritable nécessité s'exerçant sur la volonté.
- Ce qui est nécessaire, c'est le choix (soit d'abandonner la vie, soit d'abandonner la rectitude), mais non ce qui est choisi.
- Ce qui est choisi ne dépend que de la volonté (aidée de la raison comme dit plus haut), dont l'intervention rend inopérante la force de la nécessité.

B. Prolongements possibles

- On peut tenter d'illustrer le conflit proposé par Anselme : les deux personnes face à face pourraient être un croyant attaché à la vérité de sa religion et un personnage voulant au contraire le contraindre à renier sa

> **Remarque**
> Il s'agit là d'éprouver la portée du texte.

foi. Dans ce cas, selon Anselme, le croyant gagne le martyre, puisqu'il choisira de mourir pour ne pas trahir sa religion.

- L'opposition entre un devoir de vérité et le refus du mensonge sera longuement débattue à l'intérieur même de l'Église, et il pourra apparaître (*cf.* les jésuites) que sont possibles certains accommodements avec la vérité. Anselme n'en est pas encore là.

- D'un point de vue non religieux, il est évidemment classique de valoriser l'amour du vrai au détriment du mensonge – bien que ce dernier fasse, pour diverses raisons (politiques, idéologiques) une belle carrière « mondaine » ...

C. Est-il toujours juste d'aimer la vérité ?

- N'y a-t-il pas des situations où l'on considère que l'amour de la vérité peut être moins exigeant ? N'admet-on pas qu'il peut être justifié de mentir (ne serait-ce que par omission, ou en minorant la gravité de son cas) à un malade dont on sait par exemple qu'il est condamné, mais dont on préfère qu'il passe ses derniers moments avec un esprit tranquille ou apaisé ? Il s'agit alors de privilégier, non la vérité à tout prix, mais une certaine humanité.

Gagnez des points
En éprouvant le texte jusqu'à le contredire.

- L'histoire moderne montre que, dans certaines situations, dire la vérité peut être dangereux, non pour soi-même, mais pour d'autres. Que penser de quelqu'un qui, interrogé pendant l'Occupation sur la religion de ses voisins, aurait volontiers affirmé, par amour du vrai, qu'ils étaient juifs ?

Conclusion

Le texte d'Anselme est historiquement notable : par le rôle qu'il attribue à la volonté libre dans le choix moral, il propose une sorte de transition entre le stoïcisme et la rigueur kantienne. Même si l'exemple qu'il analyse semble discutable à partir de situations qu'il ne pouvait imaginer, il a l'avantage de permettre d'aborder un point évidemment crucial de la théorie morale, en soulignant l'intervention conjointe de la raison et de la volonté dans l'élaboration de la décision.

Soulevez les éléments qui font de ce texte une étape importante dans l'histoire de la pensée philosophique.

SUJET COMPLET 10

20 pts — 4h

Dissertation 1 D'après France métropolitaine, juin 2016

Savons-nous toujours ce que nous désirons ?

Dissertation 2 D'après France métropolitaine, juin 2018

Peut-on renoncer à la vérité ?

Explication de texte D'après France métropolitaine, juin 2016

Expliquer le texte suivant :

Je n'ignore pas que beaucoup ont pensé et pensent encore que les choses du monde sont gouvernées par Dieu et par la fortune[1], et que les hommes, malgré leur sagesse, ne peuvent les modifier, et n'y apporter même aucun remède. En conséquence de quoi, on pourrait penser qu'il ne vaut pas la peine de se fatiguer et qu'il faut laisser gouverner le destin. Cette opinion a eu, à notre époque, un certain crédit du fait des bouleversements que l'on a pu voir, et que l'on voit encore quotidiennement, et que personne n'aurait pu prédire. J'ai moi-même été tenté en certaines circonstances de penser de cette manière. Néanmoins, afin que notre libre arbitre[2] ne soit pas complètement anéanti, j'estime que la fortune peut déterminer la moitié de nos actions mais que pour l'autre moitié les événements dépendent de nous. Je compare la fortune à l'un de ces fleuves dévastateurs qui, quand ils se mettent en colère, inondent les plaines, détruisent les arbres et les édifices, enlèvent la terre d'un endroit et la poussent vers un autre. Chacun fuit devant eux et tout le monde cède à la fureur des eaux sans pouvoir leur opposer la moindre résistance. Bien que les choses se déroulent ainsi, il n'en reste pas moins que les hommes ont la possibilité, pendant les périodes de calme, de se prémunir en préparant des abris et en bâtissant des digues de façon à ce que, si le niveau des eaux devient menaçant, celles-ci convergent vers des canaux et ne deviennent pas déchaînées et nuisibles. Il en va de même pour la fortune : elle montre toute sa puissance là où aucune vertu n'a été mobilisée pour lui résister et tourne ses assauts là où il n'y a ni abris ni digues pour la contenir.

Machiavel, *Le Prince*, 1532.

1. **Fortune** : le cours des choses.
2. **Arbitre** : capacité de juger et de choisir.

CORRIGÉ SUJET COMPLET 10

Dissertation 1

Introduction

> Le plan est rappelé pour vous aider, mais il ne doit en aucun cas figurer sur votre copie. À vous de guider le correcteur par l'annonce du plan dans l'introduction, les phrases d'attaque des paragraphes et des transitions.

Centrage : Il semble que la philosophie soit condamnée à sonder le désir – peut-être parce qu'il concerne souvent, sinon toujours, le corps, philosophiquement difficile à circonscrire. Quoi qu'il en soit, sa définition fait elle-même problème : est-il simple manque d'un objet, manque d'être, ou pulsion productive ? Et quelles relations le sujet désirant entretient-il avec lui ? Est-il son maître ou son « esclave » ?

Problématique : On penserait volontiers que celui qui désire a connaissance de ce qu'il veut, qu'il connaît donc ce qu'il désire. Mais est-ce si sûr ? Sans même faire valoir que l'objet désiré peut ne pas avoir les qualités que lui prête le sujet, on remarque aisément que certains désirs semblent suffisamment vagues pour n'avoir pas d'objet précis. Quant aux désirs « ordinaires », ceux qui visent tel objet ou tel être, sommes-nous certains que leur objet véritable n'est pas tout autre, dissimulé par le premier ?

I. De quelle lucidité peut s'accompagner le désir ?

A. Le désir d'autrui n'est-il pas incompréhensible ?

- Ce que désire mon voisin ne me séduit aucunement. Si j'essaie de me mettre à sa place et de comprendre son désir, je n'y parviens absolument pas.
- Réciproquement, mon désir lui paraît aberrant : j'ai beau le justifier en lui détaillant les qualités que je trouve dans ce que je désire, il ne les perçoit pas, ou pas au même point que moi, et leur reste indifférent.
- Il est fréquent que l'objet (l'être) désiré n'ait d'importance (de sens) que pour un sujet particulier. Si tel n'est pas le cas, il peut évidemment y avoir rivalité entre les sujets désirants.

B. D'où vient la valeur attribuée à l'objet du désir ?

- Le sujet qui désire reconnaît dans ce qu'il désire une valeur. C'est cette valeur qui rend pour lui l'objet désirable. Elle peut être « esthétique » (la personne désirée est « belle ») ou non (je désire cet objet parce qu'il manque à ma collection).
- D'où provient cette valeur ? Appartient-elle à ce qui est désiré ? Ce n'est pas évident, puisqu'une personne différente qui n'éprouve pas de désir à l'égard de cet objet ne la perçoit pas.
- C'est alors le sujet désirant qui attribue une valeur singulière à ce qu'il désire. Le désir « crée » la valeur, mais le sujet n'en a pas nécessairement conscience, car il s'illusionne sur l'objet.

C. Mais la valeur attribuée par autrui peut susciter mon désir

• Cette illusion peut consister à désirer un objet en lui reconnaissant la valeur que lui attribue le désir d'un autre : l'objet ne « vaut » que par la circulation ou la multiplication des désirs (*cf.* Hegel).

• *Cf.* les phénomènes de mode : un objet (vêtement, bijou, accessoire…) est d'autant plus désirable et sera d'autant plus désiré que son succès s'affirme. C'est parce que d'autres (nombreux) le désirent que je le désire à mon tour. L'objet de ce désir commun devient un marqueur social, un signe d'appartenance à un groupe.

• Quel est alors le véritable objet du désir ? L'objet lui-même ou ce qu'il signifie socialement ? Le morceau de cuir devenu sac ou l'exhibition de sa valeur (économique) ? Le vêtement parce qu'il est confortable ou comme signe d'appartenance au cercle des privilégiés (qui peuvent se l'offrir, qui savent où l'acheter, qui connaissent sa marque, etc.) ? Le désir, tel qu'il est produit par la circulation marchande, n'a peut-être plus grand chose de commun avec ses analyses classiques : on semble assez loin du *Banquet* de Platon.

II. Les désirs trop généraux ont-ils un objet ?

A. Certains désirs orientent une partie de l'existence

• Désir de savoir, de s'instruire, de comprendre… Dans l'enfance, on peut les satisfaire : l'enfant apprend à lire, à compter, il comprend de mieux en mieux.

• Mais au-delà, le maintien de tels désirs ouvre un champ pour ainsi dire indéterminé : quand, chez celui qui en est animé, cessera le désir de savoir ? « Tout » savoir étant impossible, on ne voit pas comment satisfaire un tel désir.

• On a du mal à imaginer un chercheur scientifique, qui vit le désir intense de découvrir du nouveau, satisfait dès sa première découverte, et arrêtant ses recherches… En effet, il sait qu'il reste encore beaucoup à découvrir.

B. Mais ils n'ont pas d'objet précis

• Notre chercheur sait vaguement dans quel secteur il désire trouver du nouveau, mais il ignore en quoi ce nouveau consistera (sinon, ce ne serait plus nouveau).

• De même, l'écrivain ou l'artiste désire « créer » un roman ou un tableau, mais c'est un projet qui ne sera précisé véritablement qu'à la fin de son travail, lorsque le roman sera écrit et le tableau peint.

• Ces désirs généraux, sinon génériques, orientent l'activité globalement, mais sans en faire le détail : ils déterminent des projets, des plans de travail, mais ce n'est que lorsque le travail est en cours, ou même achevé, que l'on sait à quoi ils tendaient.

C. N'éprouvons-nous pas le désir d'être « heureux » ?

• Le « bonheur » est désiré par chacun. Mais sa définition est éminemment subjective, et dépend de chaque personne. Pour un épicurien à l'ancienne, on n'y parviendrait qu'en contrôlant les désirs, pour un libertin en les multipliant.

• Désirer être heureux n'est pas même un but, c'est tout au plus un aboutissement lointain, couronnant un ensemble de démarches ou un long cheminement.

• Satisfaire un désir peut procurer un « petit bonheur », mais une addition de « petits bonheurs » ne constitue certainement pas le bonheur. Désirer être heureux, de manière générale ou absolue, ne semble pas déterminer d'objets particuliers à désirer comme intermédiaires.

III. Le désir peut-il dissimuler son objet véritable ?

A. Les désirs peuvent être ambigus

• Derrière le désir d'un objet à la mode (« petit bonheur »), c'est peut-être le désir de reconnaissance sociale qui est déterminant. Une telle duplicité peut être rapprochée de la différence établie par Freud entre contenu « manifeste » et contenu « latent » d'un rêve.

• Le rêve présente ici d'autant plus d'intérêt qu'il est, selon Freud, la « satisfaction déguisée d'un désir », et que ce déguisement peut parfaitement prendre l'aspect d'un désir dont l'objet est très différent.

• L'« image » onirique présente ainsi deux significations : l'une, dite manifeste, est acceptable par la conscience et pourra être relatée au réveil (j'ai envie de manger une pêche), l'autre, dite latente, concerne l'inconscient et ses pulsions et reste ignorée de la conscience (pour achever notre exemple caricatural : je veux tuer mon père). Le sujet conscient ne sait pas, dans de telles conditions, ce qu'il désire authentiquement.

B. L'ambiguïté est fréquente dans le quotidien

• Lorsque Freud évoque une *Psychopathologie de la vie quotidienne*, c'est pour indiquer que l'existence la plus ordinaire offre chaque jour des exemples de situations dans lesquelles l'inconscient trouve à se manifester sans mal pour le sujet (cas du conférencier qui désire être ailleurs sans se l'avouer).

• Dès lors, il est concevable que ce que nous désirons nous reste inconnu, y compris à l'état de veille, alors même que nous croyons parfaitement le savoir.

• Ce qui nous manque, même si l'on admet que nous pouvons, dans certains cas, être sûrs de savoir ce que nous désirons, c'est de savoir pourquoi nous le désirons. Non seulement parce que le désir s'accompagne d'illusions, mais surtout parce que la raison que nous pouvons trouver à notre désir n'est pas nécessairement la vraie.

C. Comment savoir ce qu'on est ?

• Si je désire, c'est pour me « compléter », acquérir ce qui me manque : la satisfaction d'un désir me permet de confirmer ou de renforcer ce que je suis.

• Prétendre savoir ce que l'on désire, c'est sous-entendre que l'on peut aussi prétendre savoir qui l'on est, et comment on peut ajouter à cet être, lui apporter encore plus de consistance.

• Inversement, si je suis obligé de considérer que j'ignore ce que je désire le plus authentiquement, mais de plus pourquoi je le désire. La conséquence en est que je ne sais pas non plus, aussi clairement que j'aurais pu le croire hâtivement, qui je suis.

Conclusion

On admet que le désir peut tromper sur la véritable valeur de son objet : la satisfaction s'accompagne souvent de désenchantement. Il est plus douloureux de s'apercevoir que c'est l'objet du désir qui peut être inconnu du sujet désirant. Or, le cas est commun, tant parce que l'inconscient joue un rôle notable dans la formulation des désirs que parce que le désir d'un sujet renvoie fréquemment au désir d'un autre (ou de nombreux autres) en dissimulant sa raison d'être profonde. On penserait à tort que cette méconnaissance du véritable objet du désir est sans gravité, ou pourrait se corriger par un effort de lucidité : elle renvoie à une méconnaissance plus profonde, celle du sujet lui-même aux prises avec son inconscient ou certains phénomènes sociaux – contre lesquels il lui est difficile de lutter seul.

Dissertation 2

Introduction

Centrage : On admet volontiers que l'homme est en quête de vérité, quel qu'en puisse être le domaine, et qu'il ressent même un « devoir de vérité ». Comment, dans un tel contexte, penser qu'il peut être possible de renoncer à la vérité ?

Problématique : Si nous renonçons à la vérité, c'est-à-dire à la formuler alors que nous la connaissions, c'est sans doute que nous y sommes amenés par des circonstances relativement exceptionnelles. L'intérêt peut y intervenir, qu'il soit personnel ou politique, mais aussi la peur d'un pouvoir qui nous contraint à nous taire ou à mentir : toutes les variantes du mensonge peuvent se manifester, même si, d'un point de vue moral il reste prohibé. Mais n'y a-t-il pas des exceptions à cette interdiction ? La vérité, ainsi maltraitée, disparaît-elle pour si peu ? Il existe, par chance, des moyens de la « sauver » – et celui qui a menti peut un jour la formuler enfin.

> Le plan est rappelé pour vous aider, mais il ne doit en aucun cas figurer sur votre copie. À vous de guider le correcteur par l'annonce du plan dans l'introduction, les phrases d'attaque des paragraphes et des transitions.

I. Ne renonce-t-on pas fréquemment à la vérité par intérêt ?

A. Comment échapper à une culpabilité ?

Si j'ai mal agi, je peux être tenté de ne pas le dire, ou de le nier. Cette capacité, dès l'enfance, met à profit l'indépendance du langage relativement aux faits.

Il est plus rare que l'on en vienne à nier, par excès de modestie, avoir bien agi ! C'est que le mensonge semble proposer une issue plus intéressante dans une situation négative. J'ai parfaitement conscience d'avoir menti, d'avoir dissimulé la vérité, mais mon intérêt immédiat m'y incite : j'éviterai ainsi quelques ennuis, des reproches, ou une condamnation plus sérieuse.

> **Gagnez des points**
> Rappelez qu'il existe des degrés dans la gravité des mensonges.

Mais je peux aussi espérer obtenir des avantages : en cas de tricherie scientifique ou de plagiat, l'intérêt concerne le financement, ou la carrière. Quant aux éventuels remords, j'en fais mon affaire puisqu'ils restent muets. Le recours à ce genre de mensonge va de la peccadille au crime sérieux. Il est évidemment l'objet d'une condamnation morale : d'un point de vue kantien, on ne peut pas donner au mensonge une valeur de loi universelle, puisque dans ce cas, la vérité deviendrait introuvable. Mais lorsque l'intérêt qui est en jeu semble de poids, il est toujours facile de transgresser l'interdit.

B. La vérité ne peut-elle être dangereuse ?

Au-delà de ces cas où le menteur pense à son intérêt à plus ou moins long terme, on peut être amené à renoncer à la vérité dans des situations où sa formulation deviendrait trop dangereuse.

Dénoncer les méfaits d'un tyran peut entraîner pour un opposant politique ou un journaliste la mise en jeu de sa vie. On se tait alors par prudence, qui est une forme de l'intérêt, ou l'on parle en essayant à tout prix de rester inconnu. Mettre la vérité en circulation suppose qu'un locuteur soit repérable, comme auteur (officiellement garant) du discours. Parler anonymement n'est pas, au sens strict, renoncer à faire connaître la vérité, mais c'est renoncer à faire savoir qu'on la connaît personnellement.

« Toute vérité n'est pas bonne à dire » trouverait ici une justification. Il en est une autre, classique et concernant cette fois l'auditeur : peut-on renoncer à dire la vérité à un ami que l'on sait condamné par sa maladie ? Se taire, c'est peut-être le priver de sa lucidité, mais c'est aussi lui épargner la conscience de sa fin prochaine. Le « devoir de vérité » semble alors bien délicat à respecter, et c'est à chacun de décider en conscience de ce qu'il doit faire : s'il y a un devoir de dire ce qui est, n'y en a-t-il pas aussi un autre, de ne pas inutilement faire souffrir ?

C. La politique incite-t-elle à renoncer à la vérité ?

L'intérêt peut être collectif, ou « supérieur » quand il est celui de l'État. Ce dernier est volontiers accusé de dissimuler (ses intentions), de mentir (sur ses projets ou la réalité de la situation), de promettre sans suite, etc. Les citoyens sont méfiants, et finissent par ne plus accorder leur confiance aux discours officiels. Il est néanmoins légitime qu'existent des « secrets d'État » interdisant de dévoiler la vérité pour protéger l'intérêt, cette fois national, c'est-à-dire de tous – intérêt militaire, diplomatique, économique, etc.

Gagnez des points

Après les mensonges individuels, abordez les cas de mensonges institutionnels.

Mais l'État, par définition, cherche à durer, et il peut manipuler l'opinion par une propagande efficace, composée de silence sur certains problèmes et de mensonges sur d'autres. On voit ainsi proliférer les infox (*fake news*) affirmant systématiquement autre chose que ce qui est, par exagération, fausses nouvelles, inversion des faits, accusations sans fondement, chiffres erronés, etc. Une telle pratique n'a plus rien de commun avec les secrets d'État : elle diffuse un brouillard permanent sur la réalité de la politique menée.

II. Ne peut-on renoncer à la vérité parce qu'on s'y trouve obligé ?

A. Ne peut-on renoncer pour de « bonnes » raisons ?

« Avouez ! » est l'ordre lancé par le tortionnaire à celui qu'il torture. Cela suppose que ce dernier connaît une vérité que veut connaître le premier : elle lui fournira des informations importantes. Mais le torturé a-t-il le devoir de dire ce qu'il sait (étant admis que s'il avoue, la torture a quelque chance de s'arrêter, même si ce n'est jamais certain) ? Ce qu'il avouerait peut mettre en danger d'autres hommes – groupes de résistants pendant la seconde guerre mondiale, membres d'un parti d'opposition clandestin... Dans des conditions de ce genre, ne rien dire, ou donner des informations fausses, c'est sauver des vies, alors qu'avouer ce que l'on sait serait les condamner. Politiquement, on dirait volontiers que mentir ou se taire devient alors un devoir, même s'il n'est pas du goût de Kant pour qui il reste interdit de mentir même pour éviter un mal plus important.

B. Tout pouvoir peut contraindre au mensonge

Le pouvoir politique n'est pas le seul à maltraiter la vérité, même si sa version stalinienne aboutit à ce que des accusés s'avouent coupables de crimes qu'ils n'ont pas commis. Le pouvoir spirituel a pu obliger, dans certaines conditions, à renoncer à la vérité.

Le cas le plus célèbre est sans doute celui de Galilée, amené lors de son second procès en 1633 à abjurer l'héliocentrisme alors qu'il le tient pour scientifiquement vrai. On sait que son procès était « truqué » et qu'il aurait dû être accusé de soutenir une conception de la matière interdisant la croyance en la transsubstantiation – faute autrement plus grave qui menait à une position hérétique. L'héliocentrisme ne contredit aucun dogme, et la condamnation encourue était relativement légère, mais Galilée a préféré être prudent : après tout Giordano Bruno n'avait été brûlé sur ordre de l'Inquisition que 32 ans plus tôt, et il reprenait des thèses de Copernic, que Galilée démontrait.

> **L'astuce du prof**
> On peut utiliser un exemple très connu, à condition de le présenter avec un peu d'originalité.

C. Les vérités, même scientifiques, reculent devant l'idéologie

Naïvement, on pourrait croire qu'une vérité scientifique, une fois démontrée, doit s'imposer à tous les esprits. C'est oublier que bon nombre de ces derniers préfèrent leurs croyances aux sciences et aux vérités qu'elles établissent. Qu'il s'agisse de croyances religieuses ou politiques, leur poids idéologique est tel que toute science leur paraît incertaine, incapable de répondre à des questions jugées capitales. Les sciences ne peuvent en effet calmer les angoisses provoquées par l'inquiétude sur la fin de l'humanité, sinon du monde, sur son passé, ou sur la survie spirituelle après la mort. Les religions peuvent y répondre, ou les pseudo-sciences, parce qu'elles disposent de solutions rapides et globales : on préfère le créationnisme aux théories sur l'évolution, et l'on reste indifférent à l'argumentation rationnelle. Les esprits renoncent alors d'eux-mêmes à la vérité, sans subir d'autre pression que leur propre fanatisme.

III. De tels renoncements font-ils disparaître la vérité ?

A. Même occultées, les vérités demeurent

Malgré les fanatismes, les sciences restent libres de continuer leur travail – dans d'autres milieux – et les vérités qu'elles ont formulées ont beau être niées, elles n'en restent pas moins établies, et reconnues par les autres esprits, heureusement majoritaires. C'est en ce sens que l'on peut admettre que la vérité s'impose, ou finit toujours par s'imposer, et que l'erreur et l'illusion ne peuvent que globalement reculer.

Cet optimisme relatif peut tenir compte des retards provoqués par les obstacles épistémologiques et par la survie de mentalités préscientifiques, caractérisées depuis Auguste Comte par leurs prétentions à tout savoir tout de suite : rien ne prouve que l'accès à l'« État positif » mette entièrement fin aux États « théologique » et « métaphysique », et l'on doit admettre que les vérités admises dans ces derniers sont en mesure de vaincre momentanément les vérités mieux établies de la science.

> **Gagnez des points**
> Introduisez une référence classique là où on ne l'attend pas.

B. Galilée a-t-il eu raison ?

C'est bien parce que Galilée était persuadé, d'une part de la vérité de ses théories, et de l'autre de la poursuite de ses recherches, qu'il a pu abjurer. Son renoncement peut apparaître comme une défaite ou une faiblesse personnelle, mais on peut aussi y trouver la preuve de la confiance extrême qu'il accorde à la vérité et à la science : c'est parce qu'il a compris que l'héliocentrisme sera nécessairement imposé à la mentalité de tous par d'autres scientifiques, à plus ou moins long terme, qu'il peut faire semblant de modifier ce qu'il pense. Son abjuration n'est qu'un discours destiné aux autorités ecclésiastiques, et ne correspond en rien à ce qu'il sait intimement. Elle est proche d'un pur et simple mensonge par intérêt, à ceci près que la suspension du vrai qu'elle effectue est prévue comme momentanée par le menteur lui-même, qui espère d'une certaine façon être démenti le plus vite possible.

C. La démocratie peut-elle sauver la vérité des *fake news* ?

L'abjuration, ainsi comprise, ne cherche pas à tromper durablement, contrairement aux infox que peut diffuser un régime politique ou un État.

Les totalitarismes imposent de fausses versions officielles des événements, et s'ils sont organisés pour combler leurs vœux, le rétablissement ultérieur de la vérité n'est pas rapide : il a fallu des années pour démontrer que de nombreuses photographies de l'ère stalinienne ont été truquées, ou pour compter les morts provoquées par la « Révolution culturelle » maoïste, qui fut officiellement un si émouvant sursaut victorieux du « peuple chinois ». Dans les régimes démocratiques, la dénonciation des *fake news* peut heureusement être plus rapide : ces infox du pouvoir, une fois démontés par une presse indépendante, perdent de leur impact (même s'il est difficile de garantir que plus personne n'y croit) et peuvent laisser la place au rétablissement de la vérité.

> **L'astuce du prof**
> Terminer par l'aspect politique de la question est une bonne façon de montrer qu'elle n'est pas seulement abstraite ou théorique.

On voit toute l'importance de la séparation des pouvoirs (même si Montesquieu n'avait pas pensé au « quatrième »), et l'on comprend que les associations de journalistes soient toujours très attentives aux tentatives (constantes !) opérées pour restreindre leur liberté d'investigation.

Conclusion

Il peut exister des raisons respectables de renoncer volontairement à la vérité. Elle est sans doute une valeur éminente, mais on peut, comme le faisait Nietzsche, lui préférer par exemple la vie – et garantir celle-ci justifierait le mensonge. Mais ce qui n'est pas respectable, c'est que des pouvoirs, quels qu'ils soient, obligent des esprits à renoncer au vrai, et que l'on doive lutter pour sauver ce dernier, scientifique ou non. Par chance, la vérité, même bafouée ou occultée, peut toujours resurgir, pour peu qu'on ait l'intention de la restituer. Mais on voit que le travail la concernant ne consiste pas seulement à l'établir : il faut aussi œuvrer à son maintien, ce qui peut être, sinon aussi difficile, plus durable.

Explication de texte

Introduction

Le plan est rappelé pour vous aider, mais il ne doit en aucun cas figurer sur votre copie. À vous de guider le correcteur par l'annonce du plan dans l'introduction, les phrases d'attaque des paragraphes et des transitions.

Centrage : La façon dont va le monde peut sembler parfois nous échapper totalement, et nous donner l'impression qu'il nous est impossible de lutter contre un destin contraire, qui nous impose sa « volonté ». Celle-ci peut être attribuée à Dieu, ou à la fortune entendue comme un cours autonome des choses, il en résulte de toute façon que les hommes se sentent impuissants, et qu'il ne leur reste qu'à laisser les choses se faire en dehors d'eux.

Problématique : Doit-on nécessairement admettre cette passivité face aux événements ? Machiavel, qui reconnaît avoir adhéré à cette idée, a changé d'opinion et admet désormais que les hommes peuvent maîtriser une moitié des événements. Sans préciser lesquels, il cherche à montrer que l'on peut se prémunir contre les coups du sort, que c'est une question de « vertu », et que le destin ne vainc que ceux qui ne lui résistent pas. Comment les hommes pourraient-il accepter que leur histoire leur échappe intégralement ?

I. Le fatalisme ne mène-t-il pas à la passivité ?

A. Les choses du monde sont-elles gouvernées par une puissance extérieure ?

- Opinion commune : on pense que le monde est dirigé par Dieu ou « la fortune » (comme cours autonome des choses sur lequel on ne saurait intervenir).
- Il s'agirait là de puissances sans commune mesure avec celle de l'homme.
- Malgré leur sagesse (qui peut aussi être leur science ou leur savoir-faire en tout domaine), les hommes seraient alors impuissants et ne pourraient intervenir pour influencer les événements.

• Même si les événements leur sont contraires, ils ne pourraient donc les corriger (leur apporter aucun remède).

B. Le gouvernement du destin rend l'homme passif

• La disproportion entre les volontés agissant dans le monde et la volonté humaine rend stérile toute tentative des hommes pour agir sur les choses.

• Conséquence : toute tentative apparaît inutile (« pas la peine de se fatiguer » pour rien). On laisse faire le « destin » (qui renvoie donc à Dieu ou au cours des choses).

• Cette passivité (qui s'accompagne d'irresponsabilité) se justifie aussi par les bouleversements imprévisibles : quand le cours des choses change brutalement et que personne n'avait pu le prédire, cela n'indique-t-il pas que l'action humaine est vaine (tout comme la connaissance puisqu'on n'a pas été capable de prévoir) ?

C. Le libre arbitre peut-il être inutile ?

• Machiavel a lui-même partagé l'opinion fataliste. S'il y renonce, c'est en raison de la présence, en chacun, du libre arbitre : capacité de juger et de choisir. À quoi servirait que l'homme possède cette capacité si le cours des choses échappait totalement à ses jugements et à ses choix ?

• Qu'est-ce qui est à juger ? Les événements tels qu'ils se produisent. Ce n'est pas parce qu'ils semblent ne pas dépendre de nous que nous devons suspendre notre jugement à leur égard : Machiavel est ici anti-stoïcien, peu prêt à juger que tout a lieu comme cela doit être (et même si Dieu en est la cause).

• Sur quoi peut porter le choix ? Sur ce qui est à faire face aux événements : ou bien rester inerte, ou bien agir. Cela suppose que la cause des événements n'est pas toute-puissante.

• En effet, « les événements dépendent de nous » pour une moitié.

II. Comment échapper à l'irresponsabilité ?

A. La moitié de nos actions nous échappe

• Nous sommes à demi déterminés, dans nos actes, par le cours des choses (« la fortune »). Quels actes sont ainsi en cause ? Machiavel reste flou sur ce point.

• Hypothèse : lorsque les événements nous surprennent totalement, ils nous rendent impuissants, ou seulement capables de réagir relativement à ce qu'ils exigent (dans la comparaison, on fuit devant les « fleuves dévastateurs »).

• Les actions qui ne dépendent ainsi ni de notre jugement ni de notre choix peuvent être, en général, provoquées par des phénomènes naturels (cataclysmes, inondations, éruptions, etc.), ou par des événements d'origine humaine (guerre, conflit). Elles sont de l'ordre des réactions presque automatiques (« sauver sa peau »).

B. Tous les phénomènes n'ont-ils pas une fin ?

- Ces événements qui nous échappent ont tous une fin. Ils ne durent pas éternellement, quelle que soit leur nocivité. Même une guerre s'arrête un jour.
- C'est ce qu'enseigne la comparaison : lorsque les eaux se déchaînent, on ne peut que fuir, et aucune résistance n'est envisageable (on pourrait alors incriminer le destin et s'en tenir là).
- Mais lorsque l'inondation se calme et que les eaux refluent, c'est alors qu'il faut agir : préparer des abris, bâtir des digues, etc.

C. On agit pour modifier le cours des choses

- Si on agit de la sorte, on se prépare en vue d'une autre inondation. Lorsqu'elle a lieu, ses effets sont atténués : les eaux « convergent vers des canaux et ne deviennent pas déchaînées et nuisibles ». Parvenir ainsi à « canaliser » ce qui serait nocif, c'est maîtriser les événements.
- La « fortune » est comme l'inondation : elle se déchaîne là où il n'y a toujours pas de digues pour la contenir (choix de ceux qui admettent que, de toute façon, on ne peut rien faire).
- Par contre, si la « vertu » (courage, effort, travail) a été mobilisée pour lui résister, elle perd sa puissance : le cours des choses n'est plus autonome, mais dépend aussi de ce que les hommes jugent bon et choisissent d'en faire.

III. Les hommes peuvent-ils faire leur histoire ?

A. Ils peuvent se défendre contre la nature

- L'exemple de l'inondation montre que même ce que la nature produit de nocif peut être corrigé. Sans doute n'est-ce pas toujours faisable sur le moment (comment corriger une éruption ?), mais la possibilité en est donnée ensuite (on construira loin du volcan).
- Machiavel s'inscrit de la sorte dans une mentalité qui envisage, depuis le Moyen Âge, les performances techniques (« préparant », « bâtissant ») et considère qu'il est possible de modifier au moins en partie les phénomènes naturels.
- Ce n'est pas encore le projet cartésien (se rendre comme maître et possesseur de la nature) mais le texte s'engage dans cette voie.

B. Ils peuvent intervenir dans les actions humaines

- La situation peut sembler plus simple lorsqu'il s'agit des phénomènes dépendant des hommes. Mais en réalité, les événements qu'ils déclenchent peuvent être aussi imprévisibles que les cataclysmes naturels.
- De plus, les actions des hommes émanent de volontés étrangères. Si elles ne sont pas comparables à une volonté divine, elles n'en sont pas moins difficiles à contrarier : rôle de la politique, de la diplomatie.
- Lorsqu'il y a conflit ouvert, le choix offert reste radical : on fuit, ou on résiste. Ou l'on ruse en fuyant en apparence pour mieux préparer la résistance.

C. Que devient la Providence ?

• Tout le texte implique, sans trop lourdement y insister (l'Église a du poids au début du XVIe siècle), que Dieu ne gouverne pas tout. Que devient sa toute-puissance ? La question ne semble pas préoccuper Machiavel…

• Pour la réaffirmer, il faudra élaborer une véritable « philosophie de l'histoire », ici seulement en germe, qui sera celle de Bossuet.

• En affirmant que tout dans les événements dépend de la puissance divine, Bossuet précise que cette dernière est toujours orientée vers le bien des hommes, quelles que soient les apparences. Il devient alors possible de concilier l'ambition de Machiavel (maîtriser la moitié des événements) et la Providence, qui donne aux hommes cette faculté (de même qu'elle leur a évidemment donné le libre arbitre).

Conclusion

Le texte témoigne d'un effort pour faire admettre que l'histoire est faite par les hommes, même s'ils n'y sont pas maîtres de tout. Si Dieu y figure, c'est parce qu'il est impossible, dans la période où travaille Machiavel, de demeurer silencieux sur sa présence. Mais celle-ci est modeste, et les actions humaines semblent presque capables d'entrer dans une semi-rivalité avec les siennes. C'est que, si l'on admet que Dieu est responsable d'une inondation, on doit reconnaître qu'il est aussi responsable d'avoir donné à l'homme un libre arbitre, et que ce dernier ne saurait demeurer impuissant. En réalité, si le texte n'évoquait pas Dieu, il conserverait toute sa signification.

Méthode
En conclusion, faites le bilan de votre analyse du texte.

Crédits photographiques :

9 SHUTTERSTOCK/© Mascha Tace ; **29 htg** BIS/Ph.Coll.Archives Larbor ; **29 md, 49 mg, 123 h** et **193 mg** BIS/Ph © Archives Nathan ; **29 basg ,103, 143 h, 173 h** BIS/Ph.Coll.Archives Larbor ; **29 htd, 39 mg, 58 h, 93 bg, 103 md,123 mg, 153 md, 173 bg** et **193 md** BIS/Ph.Coll.Archives Larbor ; **39 ht, 123 md** et **153 mg** BIS/Ph.Guiley-Lagache © Archives Bordas ; **39 md** Rijksmuseum Collections ; **39 htd** Collection ARCHIVES NATHAN ; **49 htg** BIS/Ph. © Archives Nathan ; **49 md** BIS/Ph. H. Josse © Archives Larbor ; **49 htd, 93 md, 143 b** et **193 b** BIS/Ph.Coll.Archives Larbor ; **49 bas, 93 mg, 103 b** et **173 md** BIS/Ph.Jean Tarascon © Archives Larbor ; **58 m** et **133 d** BIS/Ph. © Archives Nathan ; **58 bas** et **173 mg** © Henri Martinie/Roger-Viollet ; **71 htd** BIS/Ph.Charmet © Archives Larbor ; **71 md** et **143 md** © Keystone-France ; **71 mg** © John Foley/Opale/Leemage ; **83 ht** et **153 h** BIS/Ph.J.L.Charmet © Archives Larbor ; **93 htg** © Science Photo Library/akg-images ; **93 htd** BIS/Ph.DR Coll.Archives Larbor ; **93** BIS/Ph. Scala © Archives Larbor ; **103 ht** © DPA/Picture Alliance/Leemage ; **103 mg** BIS/Ph.Lou © Archives Larbor ; **123 mhg** BIS/Ph. © National Portrait Gallery - Archives Larbor ; **123 bas** BIS/Ph.T.Scott © Archives Larbor ; **133 ht** et **193 b** BIS/Ph. Michel Didier © Archives Larbor ; **133 m** Ulf Andersen/Aurimages ; **143 mg** et **173 b** BIS/Ph.Jeanbor © Archives Bordas ; **153 bas** © Collection Dagli Orti/Aurimages ; **193 ht** Ph.Coll Archives BORDAS

Dépôt légal : août 2021 - N° de projet : 10269612
Imprimé en France par Maury-Imprimeur
45330 Malesherbes
N° d'imprimeur : 255093

IMPRIM'VERT
Votre imprimeur agit pour l'environnement

MIXTE
Papier issu de sources responsables
FSC® C022030
FSC www.fsc.org